Greg Bear

Gregory Dale Bear est né à San Diego (Californie) le 20 août 1951, de Wilma L. et Dale F. Bear. Son père était officier de marine et emmena sa famille au Japon, aux Philippines et en Alaska au rythme de ses affectations. Greg était en Alaska, âgé de dix ans, quand il mit le point final à sa première nouvelle ; à treize ou quatorze ans, il commença d'en envoyer aux magazines de S.-F. ; à quinze ans, il vendit un premier texte, qui parut quand il en eut seize. Suivirent cinq ans de traversée du désert ; il devint écrivain à plein temps en 1975, publia son premier roman en 1979. Pourtant il mit du temps à s'affirmer ; sa carrière ne démarra vraiment qu'avec la trilogie d'*Eon* (1985-1995) et celle de *La Reine des Anges* (1990-1997). Il devint le leader de la hard S.-F. américaine, à égalité avec Gregory Banford et David Brin ; moins titré qu'eux, il ne fit pas de carrière universitaire parallèlement à son travail d'écrivain, mais multiplia les seconds métiers (journaliste, critique, libraire, conseiller scientifique pour des séries TV…) jusqu'à ce que ses grands livres de hard S.-F. lui apportent l'aisance ; grands livres parce que la complexité des personnages, des décors et des idées y enrichit encore le foisonnement de l'action. Ajoutez qu'il ne dédaigne pas d'apporter sa pierre personnelle à de grands univers cycliques tels que Star Trek (*Corona*), Star Wars (*Planète rebelle*) ou le Second cycle de Fondation (*Fondation et Chaos*) et vou[...]aurez le portrait d'un écrivain complet, à qui ri[...]nque pour rencontrer ses lecteurs. Com[...]ne de la branche : il est le gendre d[...]

FONDATION ET CHAOS

SCIENCE-FICTION

Collection dirigée par Jacques Goimard

GREG BEAR

FONDATION ET CHAOS

PRESSES DE LA CITÉ

Titre original :
FOUNDATION AND CHAOS

Si vous souhaitez recevoir régulièrement
notre zine **« Rendez-vous ailleurs »**, écrivez-nous à :

« Rendez-vous ailleurs »
Service promo Pocket
12, avenue d'Italie
75627 PARIS Cedex 13

PRESSECO
PAPIER RECYCLÉ
NATURE PROTÉGÉE

ISBN 2-266-12318-1

Pour Isaac et Janet

Remerciements

Toute ma gratitude à Janet Asimov, Gregory Benford, David Brin, Jennifer Brehl, David Barbet et Joe Miller. Que soient aussi remerciés les millions de fans d'Isaac Asimov. Grâce à eux, soyons sûrs que ses univers et ses personnages vivront très, très longtemps encore.

Tandis que les siècles reculent à l'horizon, on voit grandir la légende d'Hari Seldon, l'homme brillant, sage et triste qui avait dressé la carte de l'avenir humain dans le vieil Empire. Mais les idées révisionnistes gagnent du terrain et il n'est pas toujours facile de s'en affranchir. Pour comprendre Seldon, il est tentant de se reporter aux récits apocryphes, aux mythes et même aux contes pour enfants de l'époque. Or les documents de ce lointain passé, souvent incomplets, contradictoires et parfois hagiographiques, réservent bien des frustrations.

Ce que l'on peut au moins affirmer, en faisant abstraction du révisionnisme, c'est que Seldon n'était ni un saint ni un prophète d'inspiration divine, mais un homme remarquable, un personnage clé, et il n'agissait évidemment pas seul. Parmi les mythes les plus répandus...

Encyclopaedia Galactica, 117e édition, 1054 E.F.

1

En pantoufles et drapé dans son épaisse toge verte de professeur, Hari Seldon contemplait, depuis le balcon d'une tour d'entretien du niveau supérieur, la sombre surface d'acier et d'aluminium de Trantor. Le ciel était assez dégagé, ce soir-là. Seuls quelques nuages fuyaient devant les volutes et les draperies irisées que formaient les étoiles pareilles à des feux follets.

Deux cents mètres plus bas, par-delà les doux mamelons des dômes caressés par la nuit, s'étendait un océan à ciel ouvert. La couverture d'aluminium flottante avait été dégagée sur des centaines de milliers d'hectares, et la faible lueur de la mer ainsi révélée faisait écho à celle du ciel. Il ne savait plus comment elle s'appelait : mer du Sommeil, du Rêve ou de la Paix. Tous les océans couverts de Trantor portaient jadis des noms de ce genre, des noms de berceuse enfantine, sécurisants. Le cœur de l'Empire avait besoin de sécurité autant qu'Hari ; de sécurité, pas de vérité.

Une bouche d'aération, derrière lui, exhalait des bouffées d'air chaud et doux qui lui effleuraient la tête et les épaules. Hari avait découvert que l'air, à cet endroit, était le plus pur de tout Streeling, peut-être parce qu'il venait directement du dehors. La température, de l'autre côté de la vitre de plastique, était de deux degrés. Il gardait de ce froid un souvenir cuisant, depuis certaine mésaventure qui lui était arrivée à la surface, des décennies auparavant.

Il y avait si longtemps qu'il vivait dans un monde clos, isolé du froid et même de la fraîcheur et de la nouveauté, un peu comme les données et les équations de la psychohistoire l'isolaient des dures réalités des existences individuelles.

Comment le chirurgien arrivait-il à travailler s'il éprouvait toujours la souffrance de la chair mutilée ?

En réalité, le malade était déjà mort. Trantor, le centre politique de la Galaxie, était morte depuis des années, sinon des siècles, et la pourriture commençait à se voir. Hari savait que sa flamme personnelle, fugitive, vacillerait et s'éteindrait bien avant que les braises de l'Empire ne se muent en cendres poussiéreuses, mais il voyait distinctement, dans les équations du Projet, la rigidité cadavérique, le profil pétrifié de la charogne qu'était devenu l'Empire.

Cette terrible vision lui avait valu, en même temps qu'une funeste notoriété, la diffusion de ses théories d'un bout à l'autre de Trantor et en de nombreux endroits de la Galaxie. On l'appelait « le Corbeau », l'oiseau de malheur annonciateur d'un destin cauchemardesque.

La désagrégation prendrait bien cinq cents ans, une simple et rapide déflation à l'échelle temporelle de ses équations les plus vastes. La peau sociale se décomposerait, fondrait sur le squelette d'acier des Secteurs et des municipalités de Trantor.

Combien d'histoires individuelles cet effondrement recouvrirait-il ! Contrairement aux organismes vivants, un empire continuait à souffrir après la mort. À l'échelle des équations les plus détaillées, et les moins fiables aussi, qui étincelaient par la magie de son Premier Radiant, Hari imaginait parfois, dans la zone définie par la courbe déclinante de l'Empire, un million de milliards de visages fondus dans un immense calcul. L'accélération de la décrépitude figurée par les évolutions de toutes les histoires humaines, presque aussi nombreuses que les points d'un plan... inconcevables sans la psychohistoire.

Il nourrissait l'espoir d'initier la renaissance de quelque chose de meilleur et de plus durable que l'Empire, et il était près du but... d'après ses équations.

Pourtant, son sentiment dominant, ces jours-ci, était un regret glacé. Ah, vivre dans une période de lumière et de jeunesse, dans un Empire en pleine gloire, stable, prospère – voilà qui aurait été digne de lui, de son niveau de réussite !

Ah, revoir Raych, son fils adoptif, et Dors, la belle et mystérieuse Dors Venabili, qui dissimulait sous la chair façonnée et l'acier secret la passion et la dévotion de dix héros. Pour leur seul retour, il aurait accepté la progression géométrique des symptômes de sa propre décrépitude, les membres douloureux, les viscères défaillants et la vue chancelante.

Mais ce soir-là, Hari se sentait presque en paix. Sa carcasse ne lui faisait pas trop mal. Il ressentait moins intensément les vers du chagrin. Il pouvait véritablement se détendre et envisager l'aboutissement de sa tâche.

Il était mû par des pressions qui convergeaient vers un noyau dur comme le diamant. Son procès commencerait d'ici un mois. Il connaissait son issue avec une certitude raisonnable. C'était l'Ère du Retournement. Tout ce pour quoi il avait vécu et travaillé se réaliserait bientôt, son plan avançait vers l'étape suivante, et vers sa propre sortie. Les conclusions dans la croissance, les étapes dans le flux constant.

Il avait bientôt rendez-vous avec le jeune Gaal Dornick, qui était un personnage important de ses projets. Mathématiquement, Dornick n'était pas un étranger pour lui ; pourtant ils ne s'étaient encore jamais rencontrés.

Et puis Hari croyait avoir revu Daneel, bien qu'il n'en soit pas sûr. Daneel n'avait pas voulu qu'il en ait la certitude, mais peut-être voulait-il qu'il s'en doute.

Une grande partie de ce qui passait pour de l'histoire sur Trantor puait maintenant la misère. Au fond, dans les affaires d'État, la confusion était la misère, et la misère était parfois nécessaire. Hari savait que Daneel avait beaucoup à faire, en secret ; mais Hari n'en parlerait jamais, il ne pourrait jamais en parler à un autre être humain. Daneel y avait veillé. Pour la même raison, Hari ne pourrait jamais dire toute la vérité sur Dors, sur la relation étrange et virtuellement parfaite qu'il avait eue avec une femme qui n'en était pas une, qui n'était même pas humaine, et qui avait pourtant été son amie et son amante.

Hari, malgré sa lassitude, s'interdisait de s'apitoyer sur son sort, mais n'y réussissait pas tout à fait. L'âge était un naufrage et les vieux étaient hantés par la perte des amis et des amants. Comme ce serait merveilleux de revoir Daneel une dernière fois ! Il imaginait le déroulement de la visite : après la joie des retrouvailles, Hari laisserait éclater la colère que lui inspiraient les contraintes et les exigences imposées par Daneel. Le meilleur des amis, le plus exigeant des maîtres.

Hari cilla et se concentra sur le panorama, derrière la vitre. Il avait beaucoup trop tendance, ces temps-ci, à rêvasser.

La lueur splendide de l'océan était aussi une forme de pourriture : une invasion d'algues bioluminescentes qui, depuis près de quatre ans, contaminaient les récoltes des fermes à oxygène et donnaient à l'air une vague odeur de moisi, même dans la fraîcheur de la surface. On ne risquait pas encore d'étouffer, mais pour combien de temps ?

Il y avait quelques jours à peine, l'état-major, les protecteurs et les porte-parole de l'Empereur avaient annoncé la victoire imminente sur les algues, cette peste magnifique, grâce à l'ensemencement de l'océan avec des phages spécialement conçus par génie génétique. L'océan semblait plus sombre, ce soir-là, peut-être par contraste avec la luminosité particulière du ciel.

La mort pouvait être impitoyable et belle, songea Hari. Sommeil, Rêve et Paix.

À l'autre bout de la Galaxie, Lodovik Trema voyageait dans les entrailles d'un navire de surveillance astrophysique impérial dont il était l'unique passager. Il se prélassait, tout seul, dans le salon des officiers, où il regardait un programme de divertissement léger avec un plaisir apparent. L'équipage du vaisseau, composé de citoyens triés sur le volet, avait stocké des milliers de bandes de ce genre avant le décollage, leur mission pouvant les tenir éloignés des ports civilisés pendant des mois. Les officiers et le capitaine, qui étaient généralement issus de l'aristocratie, préféraient dans l'ensemble des distractions moins populistes.

Lodovik Trema était un homme d'une quarantaine d'années, costaud, mais sans un poil de graisse, au visage d'une laideur agréable. Il avait de grosses pattes, aux doigts puissants. L'un de ses yeux semblait braqué vers le ciel, et sa bouche lippue, perpétuellement incurvée vers le bas, lui donnait l'air d'un incurable pessimiste, ou au mieux d'avoir opté pour une neutralité sans concession. Il commençait à se déplumer et ses cheveux très courts sur son front haut, sans une ride, conféraient à son visage une jeunesse que démentaient les plis entourant sa bouche et ses yeux.

Lodovik incarnait la plus haute autorité impériale, mais le capitaine et son équipage avaient appris à l'apprécier. Malgré la sécheresse avec laquelle il s'exprimait, il paraissait bienveillant et observateur, et n'en disait jamais trop long. On aurait même pu lui faire le reproche de ne pas en dire assez.

De l'autre côté de la coque, la fistule géométrique de l'hyperespace que la nef franchissait pendant ses Sauts était au-delà de la limite de visualisation complète, même pour les ordinateurs de bord. Comme les hommes, les machines étaient esclaves du statut de l'espace-temps, et se contentaient de mettre leur temps personnel entre parenthèse jusqu'à l'émergence programmée.

Lodovik avait toujours préféré emprunter les trous de vers, plus rapides mais pas forcément moins éprouvants. L'ennui, c'est que le réseau avait été dangereusement négligé au cours des dernières décennies, et que beaucoup de liaisons s'étaient effondrées comme des galeries mal étayées, aspirant parfois les stations de correspondance et les passagers en attente... Ce mode de transport était presque inutilisé, désormais.

Pendant que l'équipage s'affairait frénétiquement autour des systèmes de contrôle des appareils qui préservaient l'intégrité du vaisseau lors des Sauts, le capitaine Kartas Tolk entra dans le salon et se planta derrière le siège de Lodovik.

Tolk était un grand gaillard à l'air patricien, comme beaucoup de Sarossiens. Sa toison laineuse, d'un blond presque blanc, contrastait avec sa peau brune, cendreuse. Lodovik jeta un coup d'œil par-dessus son épaule et le salua d'un hochement de tête.

– Plus qu'un Saut, et nous devrions y être dans deux heures, annonça le capitaine Tolk. Nous sommes dans les temps.

– Parfait, répondit Lodovik. J'ai hâte de me mettre au travail. Où nous poserons-nous ?

– À Sarossa Major, la capitale. C'est là que sont entreposées les archives que vous cherchez. Puis, comme prévu, nous emmènerons le plus grand nombre possible de familles sélectionnées par l'Empereur. Le vaisseau sera bondé.

– Ça, j'imagine.

– L'onde de choc ne devrait pas atteindre les confins du système avant sept jours. Mais huit heures plus tard, elle aura englouti Sarossa.

– Ça risque d'être juste.

– Très. Tout ça à cause de l'incompétence du gouvernement et d'une succession de décisions désastreuses, répondit Tolk d'un ton amer. Les savants impériaux savaient depuis deux ans que cette étoile de Kale avait commencé à imploser.

– Les informations fournies par les savants de Sarossa étaient peu précises, répliqua Lodovik.

Tolk haussa les épaules. À quoi bon le nier ? La responsabilité était partagée. L'étoile de Kale s'était changée en supernova l'année précédente ; son explosion avait été observée par téléprésence neuf mois plus tard, et depuis... ce n'avait été que politicailleries, redéploiement de crédits notoirement insuffisants, et pour finir cette mission dérisoire, pathétique.

Le capitaine avait été envoyé là pour assister à la mort de sa planète, sans pouvoir sauver grand-chose, à part des archives impériales et quelques familles privilégiées.

– En d'autres temps, reprit Tolk, la Marine impériale aurait pu construire des boucliers et sauver au moins un tiers de la population. Ou affréter une flotte de gros porteurs et évacuer des millions, peut-être des milliards de gens... Assez pour reconstruire, pour préserver la culture de ce monde. Un monde au faîte de sa gloire, même si c'est moi qui le dis.

– Il paraît, oui, acquiesça gentiment Lodovik. Enfin, ce doit être une piètre consolation pour vous, mon cher capitaine, mais nous ferons tout ce qui est en notre pouvoir.

– Ne prenez pas ça pour vous, répondit Tolk avec une grimace. Vous vous êtes montré compatissant, honnête, et surtout efficace. Rien à voir avec la Commission. L'équipage vous considère comme un ami au milieu d'un repaire de canailles.

Lodovik secoua la tête dans une attitude de mise en garde.

– La plus anodine des récriminations contre l'Empire pourrait être dangereuse, dit-il. Mieux vaut ne pas trop vous fier à moi.

Le vaisseau frémit légèrement et une discrète sonnerie se fit entendre. Tolk ferma les yeux et se cramponna machinalement au dossier du fauteuil. Lodovik se tourna simplement vers l'avant.

– Le dernier Saut, annonça le capitaine. J'ai relativement confiance en vous, Conseiller, mais j'ai encore plus confiance en mes compétences. Ni l'Empereur ni Linge Chen ne peuvent se permettre de perdre des hommes comme moi : je saurais encore réparer le système de propulsion en cas de défaillance, et je ne connais pas beaucoup de capitaines qui puissent en dire autant aujourd'hui.

Lodovik hocha la tête. C'était vrai, mais ça lui faisait une belle jambe...

– Il se pourrait que l'art d'utiliser au mieux des ressources humaines essentielles sans en abuser soit aussi une discipline oubliée. Je crois plus honnête de vous prévenir.

– Message reçu, répondit Tolk en faisant la moue.

Il s'apprêtait à sortir lorsqu'il entendit un bruit insolite. Il se retourna vers Lodovik.

– Vous avez senti ?

Le vaisseau se remit soudain à vibrer, cette fois sur une fréquence aiguë qui les fit grincer des dents. Lodovik fronça les sourcils.

– Ça, en tout cas, je l'ai senti, dit-il. Qu'est-ce que c'était ?

Le capitaine inclina la tête et écouta la voix ténue qui bourdonnait à son oreille.

– Une instabilité. Une irrégularité lors du dernier Saut, expliqua-t-il. Ça arrive parfois quand on se rapproche d'une masse stellaire. Vous devriez peut-être regagner votre cabine.

Lodovik éteignit le projecteur et se leva. Il regarda le capitaine Tolk en souriant, lui flanqua une claque sur l'épaule.

– De tous les serviteurs de l'Empereur, c'est à vous que je me fierais le plus volontiers pour nous guider entre les écueils. Mais je dois à présent étudier les options possibles. Le tri, capitaine Tolk. L'optimisation de ce que nous emporterons parmi toutes les choses entreposées dans les chambres souterraines.

Tolk se rembrunit et baissa les yeux.

– La bibliothèque de ma propre famille, à Alos Quad, fait...

Tous les systèmes d'alarme du bâtiment se mirent à hurler comme d'énormes animaux torturés. Tolk leva instinctivement les bras devant son visage...

Lodovik se jeta à terre et se roula en boule avec une vivacité stupéfiante.

Le vaisseau se mit à tourner comme une toupie dans une dimension fractale où il n'avait jamais été conçu pour naviguer...

... et dans un moment de flou vertigineux, entraîné par un élan désespéré, avec un bruit digne d'un monstre mythique mourant, l'appareil désemparé effectua un Saut non programmé, dissymétrique.

Le vaisseau resurgit dans l'insondable néant de la géométrie officielle – l'espace normal, non expansé. La gravité du vaisseau tomba simultanément.

Tolk se retrouva en apesanteur, à quelques centimètres du sol. Lodovik se redressa et agrippa un bras du siège sur lequel il était assis un instant plus tôt.

– Nous avons émergé de l'hyperespace, constata-t-il.

– Sans aucun doute, confirma Tolk. Mais où, au nom de la procréation ! À quel endroit ?

Lodovik sut aussitôt ce que le capitaine ne pouvait savoir.

Ils avaient subi l'assaut d'un flux, d'une marée interstellaire de neutrinos. Il avait des siècles d'existence, et il n'avait jamais connu un tel déferlement. Sur les réseaux complexes, ultrasensibles, de son cerveau positronique, les neutrinos avaient le même effet qu'un nuage diaphane d'insectes bourdonnants. Pourtant ils traversaient le vaisseau et son équipage humain comme autant de bribes de néant. Un neutrino, la plus évanescente des particules, pouvait traverser sans encombre une année-lumière de plomb massif. Il était très rare, à vrai dire, que l'un d'eux interagisse avec la matière. Mais au cœur de la supernova de Kale, d'immenses quantités de matière avaient été comprimées en neutronium, chaque proton émettant un neutrino. C'en était plus qu'assez pour pulvériser les enveloppes extérieures, un an plus tôt.

– Nous sommes dans l'onde de choc, nota Lodovik.

– Comment le savez-vous ? objecta Tolk.

– Le flux de neutrinos.

– Mais comment... répéta le capitaine, puis la teinte grisâtre de sa peau s'accentua. Ce n'est qu'une supposition, bien sûr. Une déduction logique.

Lodovik acquiesça d'un hochement de tête. Pourtant, il n'en était rien. D'ici une heure, le capitaine et tout l'équipage auraient cessé de vivre.

Même à cette distance de l'étoile de Kale, la puissance de la sphère de neutrinos en expansion suffirait à transmuter quelque cent millièmes des atomes qui composaient le vaisseau et leurs corps. Une quantité critique de neutrons se convertiraient en protons, modifiant subtilement la chimie de leurs organismes, provoquant la sécrétion de poisons et l'émission de signaux nerveux qui provoqueraient prématurément une issue mortelle.

Contre cela, il n'existait aucune parade.

– Capitaine, ce n'est pas le moment de vous leurrer, reprit Lodovik. Je ne suppose ni ne déduis rien. Je ne suis pas humain. Je sens les effets du flux de neutrinos. Je suis un robot, capitaine, articula-t-il comme l'autre le regardait en ouvrant de grands yeux. Je survivrai quelque temps, mais ce n'est pas un cadeau, croyez-moi. Je suis programmé pour tenter de protéger les êtres humains, mais dans ce cas précis, je ne puis rien pour vous. Tous les hommes à bord de ce bâtiment vont mourir.

Tolk grimaça et secoua la tête comme s'il n'en croyait pas ses oreilles.

– Nous sommes tous en train de devenir fous, dit-il.

– Pas encore, répondit Lodovik. Capitaine, je voudrais que vous veniez avec moi sur la passerelle. Nous avons peut-être encore le temps de sauver quelque chose.

2

Linge Chen aurait pu être l'homme le plus puissant de la Galaxie, en apparence comme de fait, s'il l'avait voulu. Mais il avait opté pour quelque chose d'un tout petit peu moins prestigieux et choisi un uniforme et un rang beaucoup plus confortables : ceux de Haut Commissaire de la Commission de Sécurité publique.

La très ancienne et très aristocratique famille Chen avait survécu pendant des milliers d'années en s'astreignant à la prudence, à la diplomatie, et en se rendant utile à de nombreux empereurs. Linge n'avait pas l'intention de supplanter l'empereur actuel, ou l'un de ses innombrables ministres, conseillers et autres éminences grises, et il veillait à ne pas servir plus qu'il n'était absolument nécessaire de cible aux jeunes têtes brûlées. Il se sentait déjà bien trop exposé comme ça, mais au moins était-il en butte à leurs moqueries plutôt qu'à leur haine.

Il avait passé le début de la matinée à regarder des rapports émanant de gouverneurs de sept systèmes stellaires en proie à des troubles. Trois d'entre eux avaient déclaré la guerre à leurs voisins, ignorant les menaces d'intervention impériale, et Chen avait utilisé le sceau de l'Empereur pour envoyer une douzaine de vaisseaux dans ces systèmes, par précaution. Un bon millier d'autres systèmes étaient le théâtre de désordres graves, et pourtant, avec les ruptures et les dégradations récentes, le système de communication impérial ne pouvait traiter qu'un dixième environ des informations émises par les vingt-cinq millions de mondes théoriquement placés sous son autorité.

Le flux total des données transmises en temps réel et non traitées par les experts des mondes compagnons de Trantor et des stations spatiales aurait fait monter la température de Trantor de plusieurs dizaines de degrés. Chen et ses confrères, les autres Commissaires, ne devaient qu'à un professionnalisme consommé et à leur intuition, fruit de milliers d'années d'expérience, de conserver un semblant d'équilibre en n'exploitant que la dose minimale, réduite à sa plus simple expression, de l'immense ragoût galactique.

Il s'autorisait à présent quelques minutes d'exploration personnelle, nécessaires à sa santé morale. Mais c'était loin d'être un amusement frivole. Il s'assit avec une expression où la curiosité le disputait à la ruse devant son informatic et l'interrogea sur Seldon « le Corbeau ». L'informatic, un ovoïde oblong, creux, d'un blanc nacré, posé horizontalement sur son bureau, se mit à luire et lista toutes les rumeurs émanant des quatre coins de Trantor et des principaux mondes périphériques. Quelques notules cinécrites apparurent sur l'écran : un article d'une revue de mathématiques d'un autre monde, un entretien avec le journal des étudiants de Streeling, la sacro-sainte Université de Seldon, des bulletins de la bibliothèque impériale... mais rien sur la psychohistoire. L'infâme Seldon s'était tenu remarquablement tranquille, cette semaine, sans doute en prévision de son procès. Ses collègues du Projet n'avaient apparemment pas dit grand-chose non plus. Tant mieux.

Chen interrompit la recherche et se cala au dossier de son

fauteuil en se demandant à quelle crise il allait devoir répondre. Il avait des milliers de problèmes à traiter tous les jours. Il les transmettait presque tous à ses conseillers et à leurs assistants, mais il s'intéressait personnellement à l'explosion d'une supernova dans les parages de quatre mondes impériaux relativement loyaux, dont la belle et productive Sarossa.

Il avait envoyé son conseiller le plus fiable et le plus ingénieux superviser les mesures de sauvetage susceptibles d'être mises en œuvre à Sarossa. Il se renfrogna en songeant à l'inadéquation desdites mesures... Et à la tempête politique que la Commission et Trantor risquaient de devoir affronter si elles se révélaient vaines. Après tout, l'Empire était un gigantesque échange de bons procédés, et si l'échange se détériorait, il pourrait aussi bien cesser d'être.

La Sécurité publique n'était pas une formule politique vide de sens. En cette période de décadence, pénible, interminable, un fonctionnaire issu de l'aristocratie comme Chen jouait encore un rôle important. Si bien des Commissaires donnaient d'eux-mêmes une image de luxe irresponsable, Chen prenait sa fonction très au sérieux. Il était d'une autre époque, meilleure, où l'Empire mettait un point d'honneur à s'occuper de ses nombreux enfants, jusqu'à ses mondes les plus éloignés, et disposait d'un réel pouvoir politique, financier, de maintien de l'ordre, de support technique, de secours.

Chen sentit une présence et ses cheveux se dressèrent sur sa tête. Il se retourna, en proie à un soudain accès d'irritation (de peur?), et vit son premier secrétaire personnel, le petit Kreen. Lui d'ordinaire si doux et agréable était livide, et il semblait hésiter à parler.

– Pardon, dit Chen. Vous m'avez surpris. Je profitais d'un moment de tranquillité relative sur ce système infernal. Qu'y a-t-il, Kreen?

– Désolé... pour le chagrin qui doit être le vôtre. Je ne voulais pas que vous appreniez la nouvelle par votre machine...

Kreen nourrissait des soupçons légitimes à l'égard de

l'informatic, qui effectuait un si grand nombre de tâches si vite, et si discrètement.

– Oui, alors, qu'y a-t-il ?

– Le vaisseau d'observation impérial, l'*Hast de Gloire*, Votre Honneur...

Kreen déglutit. Il était issu du Secteur de Lavrenti, dans le petit hémisphère sud, qui donnait des serviteurs à la cour impériale depuis des milliers d'années. Il ressentait la douleur de son maître, c'était viscéral. Kreen lui donnait parfois l'impression d'être moins un être humain qu'une ombre... mais une ombre très utile.

– Oui ? Qu'y a-t-il ? Il a été réduit en lambeaux ?

Le visage de Kreen se convulsa de désespoir.

– Non, Votre Honneur... Enfin, nous l'ignorons. Il a une journée de retard, et les communications sont coupées. Nous n'avons même pas réussi à établir un faisceau d'urgence.

En l'écoutant, Chen sentit le cœur lui manquer. Un hérisson de glace se forma au creux de son estomac. Lodovik Trema...

Sans compter un équipage et un capitaine de premier choix.

Chen ouvrit et referma la bouche. Il aurait eu désespérément besoin d'informations complémentaires, mais Kreen lui avait manifestement tout dit. Il n'en savait pas plus long.

– Et Sarossa ?

– L'onde de choc en est à moins de cinq jours, Votre Honneur.

– Je sais. Vous avez envoyé d'autres bâtiments ?

– Oui, Votre Honneur. Quatre vaisseaux plus petits ont été détournés de leurs missions pour sauver Kisk, Purna et Transdal.

– Oh non, Ciel, non ! fit Chen en se levant, furieux. Je n'ai pas été consulté. Il ne faut pas restreindre les secours... Ils sont déjà réduits au minimum.

– Commissaire, l'Empereur a reçu l'émissaire de Sarossa il y a deux heures à peine... sans que nous en soyons informés. Il a réussi à convaincre l'Empereur et Farad Sinter de...

– Sinter, ce crétin ? Trois mondes sacrifiés pour en sauver un ! Pur caprice ! Un de ces jours, il fera tuer son empereur !

Puis Chen se tut, ferma les yeux et rentra en lui-même, mettant à profit six décennies d'entraînement pour disposer son esprit au calme et à la rapidité, afin de trouver le meilleur moyen de sortir de ce merdier.

Lodovik, si laid, si fidèle, si suprêmement plein de ressources. Lodovik... S'il l'avait perdu...

Laisse-toi entraîner vers le fond par la force adverse, profite de son énergie pour rebondir.

– Kreen, vous pourriez me faire un résumé ou un rapport textuel de ces réunions ?

– Oui, Votre Honneur. Les comptes rendus n'auront pas encore été soumis à la censure et révisés par les historiens de la cour. Le délai de réécriture est ordinairement de deux jours.

– Bien. Il y aura une enquête. Quand on nous interrogera, nous laisserons filtrer les paroles de Sinter dans les médias... La presse de caniveau nous sera très utile. Peut-être *La Langue de l'inter-monde*, ou *La Longue Z'oreille*.

Kreen eut un petit sourire.

– Personnellement, j'aime bien *Les Yeux de l'Empereur*.

– Encore mieux. Pas d'authentification requise. Juste des rumeurs distillées à une population malheureuse et sans discernement. Même si nous faisons tomber Sinter, reprit-il en secouant tristement la tête, ce sera une faible consolation pour la perte de Lodovik. Quelles sont les chances qu'il ait survécu ?

Kreen haussa les épaules. C'était bien au-delà de ses limites de compétence, d'ailleurs restreintes.

Ils n'étaient pas nombreux, dans le Secteur impérial, à comprendre les arcanes de l'hyperpropulsion et du Saut. Mais il y avait quelqu'un. Un vieux capitaine de vaisseau qui s'était mis à son compte, spécialisé dans le transport de marchandises et de passagers le long des routes les plus rapides et les plus tranquilles, trafiquant à ses heures. Un brigand de génie et sans scrupules, disait-on parfois. Mais un brigand qui avait rendu service à Chen dans le passé.

– Arrangez-moi tout de suite un rendez-vous avec Mors Planch.

– Oui, Votre Honneur.

Kreen se rua hors de la pièce.

Linge Chen inspira profondément. Fini l'informatic, pour ce jour-là du moins. Il avait du pain sur la planche. D'abord, rencontrer personnellement les généraux du Secteur et les émissaires planétaires des partenaires agro-alimentaires de Trantor.

Il aurait infiniment préféré concentrer ses réflexions sur la perte de Lodovik et sur la façon de tourner la bêtise de Sinter à son profit, mais même une telle tragédie, ou une telle aubaine, ne pouvait interférer avec les devoirs du moment.

Ah, les charmes du pouvoir !

3

Le Conseiller privé Farad Sinter avait si souvent outrepassé ses prérogatives au cours des trois dernières années que le jeune Empereur Klayus l'appelait son « pilier d'arrivisme fureteur », formule d'une maladresse typique qui n'exprimait plus, à cet instant en tout cas, la moindre connotation admirative ou affectueuse.

Sinter était debout devant l'Empereur, les mains croisées dans une attitude de soumission peu convaincante. Klayus Ier le considérait du haut de ses dix-sept printemps avec une irritation voisine de la fureur. Dans sa récente enfance, il avait été trop souvent réprimandé par ses tuteurs, tous choisis et contrôlés par le Commissaire Chen. Il était devenu un jeune homme rusé, sournois, plus intelligent qu'on ne l'estimait généralement, bien qu'encore parfois sujet à des éclats incontrôlés. Il avait très vite appris l'une des règles les plus importantes du commandement et de la finasserie politique dans un gouvernement en proie à l'hypocrisie et aux luttes intestines : il ne laissait jamais deviner ce qu'il pensait réellement.

– Sinter, pourquoi cherchez-vous des jeunes gens et des jeunes filles dans le secteur de Dahl ? demanda l'Empereur.

Sinter s'était donné beaucoup de mal pour que ça ne se sache pas. Quelqu'un se livrait à des petits jeux politiques, et ce quelqu'un le paierait.

– J'ai entendu parler de ces recherches, Sire. Elles participent sûrement du projet de réhabilitation génétique.

– Oui, Sinter. Un projet que vous avez lancé il y a cinq ans. Vous me croyez trop jeune pour m'en souvenir ?

– Non, Sire.

– J'ai une certaine influence dans ce palais, Sinter. Ma parole n'est pas complètement ignorée !

– Je n'en doute pas, Votre Majesté.

– Faites-moi grâce de ces titres obséquieux. Pourquoi cherchez-vous des enfants plus jeunes que moi, au risque de déstabiliser des familles et des communautés loyales ?

– Il est essentiel, Sire, que nous comprenions les limites de l'évolution humaine sur Trantor.

Klayus leva la main.

– Mes tuteurs m'ont appris que l'évolution était un processus d'accrétion génétique à long terme. Allons, Sinter, qu'espérez-vous apprendre en violant la vie privée de mes sujets et en les faisant enlever ?

– Pardonnez-moi, Majesté, d'oser caresser l'espoir d'agir en égal de vos tuteurs, mais...

– Et puis je déteste les sermons, ronchonna Klayus dans un grommellement à peine audible.

– Mais si vous me permettez, Sire, de poursuivre, les êtres humains sont sur Trantor depuis douze mille ans. On a déjà constaté l'émergence de populations dotées de caractéristiques physiques et mentales spécifiques, comme les Dahlites râblés, à la peau sombre, ou les esclaves serviles de Lavrenti. Il est prouvé, Sire, que certaines caractéristiques extraordinaires sont apparues chez certains individus au cours du siècle dernier. On en a la preuve scientifique, sans parler des rumeurs de...

– De pouvoirs psychiques, Sinter, ironisa Klayus en gloussant derrière ses doigts écartés, les yeux levés au ciel.

Quelques oiseaux virtuels descendirent du plafond et voletèrent autour d'eux, faisant mine de becqueter Sinter. L'Empereur avait fait équiper ses appartements de projecteurs censés traduire ses états d'âmes, ce qui déplaisait souverainement à Sinter.

– En quelque sorte, Majesté.

– Des dons de persuasion extraordinaires, à ce qu'il paraît. Peut-être la faculté de faire sortir le bon chiffre aux dés, ou de faire succomber les femmes à ses charmes ? Voilà qui me plairait beaucoup, Sinter. Les femmes qu'on me réserve commencent à se lasser de mes assiduités. Je le vois bien, ajouta-t-il d'un ton boudeur.

On ne peut pas leur en vouloir, songea Sinter. *Un partenaire obsédé, pas très affriolant et encore moins spirituel...*

– C'est une curieuse affaire, Majesté, et qui pourrait être importante.

– En attendant, vous suscitez des troubles dans des Secteurs déjà peu favorisés. C'est un stupide abus de liberté, Sinter, ou plutôt une privation de liberté. Je suis censé préserver mes sujets des horribles petites lubies de mes ministres, de mes conseillers, ou de moi-même. Eh bien, mes lubies sont relativement anodines comparées à... ça, Sinter !

L'espace d'un instant, Sinter crut que l'Empereur allait faire preuve d'un peu de caractère, user de son autorité et interdire ses activités, et il réprima un frisson. Klayus ne supportait ses fredaines que parce qu'il avait le don de lui trouver de jolies filles et de les remplacer quand il ou elles en avaient marre.

Mais les paupières de l'Empereur devinrent lourdes, et son énergie, son irritation semblèrent se dissiper. Sinter dissimula son soulagement. Klayus le Jeune allait, une fois de plus, céder.

– Je vous en prie, mon brave, allez-y doucement, reprit-il. Un peu de discrétion. Quoi que vous vouliez savoir, vous le découvrirez bien en temps utile, pas vrai ? Je suis sûr que vous avez nos intérêts à cœur. Maintenant, à propos de cette femme, Tyreshia...

Farad Sinter écouta la requête de Klayus avec un intérêt apparent, mais en fait il avait branché son enregistreur et réécouterait l'entretien un peu plus tard. Il n'en croyait pas ses oreilles. Quoi, l'Empereur n'avait pas interdit ses agissements ! Il pouvait réorienter et freiner les investigations les moins fructueuses ; et il pouvait aussi les poursuivre.

En fait, ce n'était pas après des êtres humains, exceptionnels ou non, qu'il en avait. Il cherchait la preuve de la plus extraordinaire, de la plus durable de toutes les conspirations de l'histoire humaine...

Une conspiration qui remontait, il en avait trouvé des traces, à Cléon Ier, et probablement bien avant.

Un mythe, une légende, une entité réelle, qui venait et repartait comme un spectre dans l'histoire de Trantor. Les Mycogéniens l'appelaient Danee. C'était l'un des mystérieux Éternels, et Sinter était résolu à en apprendre davantage, quitte à y laisser sa réputation.

On accordait peu d'attention aux histoires d'Éternels, probablement moins, en fait, qu'aux fantômes. Nombreux étaient sur Trantor, ce monde ancien, grouillant de vies éteintes, ceux qui croyaient aux fantômes. Rares étaient ceux qui s'intéressaient aux histoires d'Éternels.

L'Empereur parlait d'une certaine femme, et Sinter donnait l'impression de l'écouter religieusement, mais ses pensées vagabondaient loin, très loin de là. À des années-lumière.

Sinter se voyait honoré pour avoir sauvé l'Empire. Il s'imaginait – et quelle image enthousiasmante ! – assis sur un trône impérial ou, mieux encore, Haut Commissaire de la Sécurité publique, à la place de Linge Chen.

– Farad ! lança sèchement l'Empereur.

L'enregistreur de Farad lui repassa instantanément les cinq dernières secondes de conversation.

– Oui, Majesté. Tyreshia est vraiment une belle femme, très spirituelle et pleine d'ambition.

– Les femmes ambitieuses m'apprécient, n'est-ce pas, Farad ? reprit le garçon d'un ton radouci.

La mère de Klayus était une femme ambitieuse, et ça ne lui avait pas mal réussi, jusqu'à ce qu'elle s'attire les foudres de Linge Chen. Elle avait essayé de lui faire du charme en présence d'une de ses femmes. Et le Haut Commissaire était d'une parfaite loyauté envers ses épouses.

Par quelle ironie du sort ce fantoche de Klayus s'entichait-il toujours de femelles dotées d'une forte personnalité ? Elles finissaient invariablement par se lasser de lui. Au bout d'un moment, même les plus arrivistes ne pouvaient dissimuler leur ras-le-bol. Et lorsqu'elles avaient compris qui détenait véritablement le pouvoir...

Ni Sinter ni Linge Chen n'étaient très portés sur le sexe. Le pouvoir était tellement plus gratifiant...

4

Le plus grand projet industriel de l'histoire de Trantor avait fait fiasco dix ans plus tôt, et les échos de l'échec retentissaient encore dans le Secteur de Dahl, si important, si peuplé et si problématique. Quatre millions d'ingénieurs et de techniciens, plus dix millions d'ouvriers et une horde de tictacs clandestins avaient travaillé pendant vingt ans pour forer le puits de chaleur le plus profond jamais mis en service – un trou de plus de deux cents kilomètres dans la croûte de Trantor. Le gradient de température entre le fond et la surface devait générer une énergie suffisante pour fournir le cinquième des besoins de Trantor pendant cinquante ans...

Mais si les ambitions étaient élevées, les compétences

l'étaient beaucoup moins. Les ingénieurs s'étaient révélés médiocres, la direction du projet était complètement corrompue, il y avait eu des scandales à tous les niveaux, les ouvriers dahlites s'étaient révoltés et les travaux avaient pris deux ans de retard. Pour finir, lors de leur achèvement, le projet n'avait tout simplement... pas marché.

L'effondrement du puits, et de ses tours de sodium et d'eau, avait provoqué la mort de cent mille Dahlites, dont sept mille civils qui vivaient à cet endroit, sous le plus vieux dôme de Dahl. Les puits subsidiaires voisins avaient aussi été menacés, et seule une intervention héroïque avait permis d'éviter un désastre pire encore, le courage personnel palliant la faillite du pouvoir et les erreurs de conception.

Depuis, un nuage politique planait au-dessus de Dahl. Le Secteur jouait le rôle de bouc émissaire dans un monde qui voulait encore placer un minimum de confiance en ses chefs. À vrai dire, Linge Chen avait enquêté sur tous les fonctionnaires corrompus, les sous-traitants complices et les ingénieurs incompétents, et il les avait poursuivis. Ça faisait des dizaines de milliers de gens, mais il avait veillé à ce qu'ils soient tous jugés et envoyés à la prison de Rikera, ou punis par où ils avaient péché et condamnés aux travaux forcés au fond des puits de chaleur.

Les retombées économiques avaient été tout aussi catastrophiques. Dahl ne pouvant répondre aux quotas d'énergie imposés par l'Empire, d'autres Secteurs avaient dû remédier à sa défaillance, et le maigre prestige dont le Secteur avait jamais bénéficié au Palais s'était réduit comme une peau de chagrin, et il en avait résulté une quasi-famine.

C'est dans ce monde que Klia Asgar était née et avait grandi. Dans la misère des bidonvilles jadis réservés aux travailleurs. Son père avait perdu son travail l'année précédant sa naissance, et pendant toute son enfance elle l'avait vu rêver du retour à la prospérité en se soûlant à la gnôle dahlite, une décoction bulleuse, à l'odeur nauséabonde. Sa mère était morte quand elle avait quatre ans. À partir de ce moment-là, Klia avait poussé toute seule et s'en était remarquablement tirée, compte tenu du jeu détestable qu'elle avait tiré à sa naissance.

Klia était de taille modeste pour une Dahlite, mince et tendue comme la corde d'un arc, avec de longues mains aux doigts fins et robustes. Elle avait les cheveux noirs, coupés court, et les joues duveteuses, un trait de famille qui donnait une certaine douceur à son visage taillé à coups de serpe. Elle pigeait vite, elle bougeait vite, et, chose étonnante, elle avait le sourire facile et ne répugnait pas à exprimer ses sentiments. Dans le secret de son âme, elle faisait de vagues projets qui auraient été réalisables dans un autre monde, une autre vie. Trop souvent, elle rêvait d'une union solide avec un mâle séduisant, à la grosse moustache, et plein de ressources, qui serait un peu plus âgé qu'elle, mais de cinq ans, pas plus...

Seulement jamais un homme de ce genre n'avait traversé sa vie. Elle n'était pas une beauté, et elle refusait d'exercer dans le domaine de l'estime et de l'affection l'étrange don de persuasion qui était le sien. Si l'autre venait de son plein gré, tout irait bien. Mais elle ne le forcerait jamais. Elle croyait mériter mieux, naturellement.

À une autre époque, en des temps depuis longtemps oubliés, Klia Asgar aurait été qualifiée de romantique, d'idéaliste. À Dahl, en 12067 E.G., on trouvait simplement que c'était une gamine de seize ans, obstinée et naïve. C'est ce que lui disait son père quand il était assez sobre pour dire quoi que ce soit.

Klia lui était reconnaissante du peu qu'il avait fait pour elle. Il n'était ni brutal ni exigeant. Quand il n'avait pas bu, il assumait ses rares besoins, la laissant libre de faire ce qu'elle voulait : du marché noir, du trafic d'objets de luxe importés avec les moins recommandables (et les plus opprimés par l'Empire) des sans-emploi. Tout était bon pour survivre. Ils se voyaient rarement. Il y avait deux ans qu'ils ne vivaient plus sous le même toit. Plus depuis cette discussion et ce qu'elle lui avait fait sous le coup de la colère.

Elle était, ce jour-là, sur une galerie surplombant le District des Distributeurs, le marché de détail le plus pouilleux et le plus louche de Dahl, et elle attendait un homme sans nom, vêtu de vert, qui devait récupérer un paquet. Les dalles déglinguées de la voûte céleste projetaient des ombres sur la foule qui allait en se raréfiant. L'heure de rentrer approchait pour la première équipe d'ouvriers. Les gens faisaient les courses pour leur maigre souper du soir, payant à crédit plus souvent que comptant. Dahl développait une économie propre. Dans cinquante ans, se disait Klia, le Secteur pourrait devenir indépendant et troquer une économie faible, chancelante, dictée par le Palais, contre un système indigène, plus fondamental. Mais ça aussi, ce n'était qu'un rêve...

Tout autour du marché étaient disposés des moniteurs de négoce impérial. Des yeux et des caméras scrutaient constamment la foule. On ne manquait pas de créativité dans les secteurs où l'argent et le pouvoir politique étaient en cause. Dans tous les autres domaines, se disait Klia, c'était la faillite intellectuelle à Trantor.

Elle vit un homme qui correspondait à la description planté entre deux des moniteurs omniprésents. Il portait un costume et une cape froissés, d'un vert poussiéreux. Les moniteurs semblaient l'ignorer, à peu près comme ils ignorèrent Klia quand elle s'aventura dans le marché. Elle observa la scène entre ses paupières plissées, en se demandant s'il leur avait graissé la patte ou s'il avait d'autres moyens, moins communs, de passer inaperçu.

S'il était capable de faire la même chose qu'elle, c'était un homme avec qui il fallait compter, peut-être un futur associé. À moins que son don ne soit plus puissant que le sien. Auquel cas, elle l'éviterait comme un fléau mortel. Mais elle n'avait encore jamais rencontré plus fort qu'elle.

Elle leva un bras, conformément aux instructions. Il la repéra rapidement et s'approcha d'un pas léger, presque efféminé.

Ils se rejoignirent sur l'escalier qui descendait de la galerie vers le marché et la station de taxis. De près, l'homme en vert-de-gris avait un visage atone, sans signe particulier, que n'améliorait guère une moustache fine, peu convaincante. Il ne l'impressionnait pas du tout.

Il la regarda bien en face et eut un sourire. Les coins de la moustache se relevèrent. Il avait des dents d'une blancheur étincelante derrière ses lèvres lisses, des lèvres de bébé.

– Vous avez une chose dont j'ai besoin, commença-t-il.

Et ce n'était pas une question mais une affirmation.

– J'espère. On m'a dit de vous apporter ça.

– Ceci n'a aucune importance, fit l'homme avec un mince sourire. (Mais il prit quand même le petit paquet et lui tendit une poignée de crédits.) C'est de vous que j'ai besoin. Allons bavarder dans un endroit tranquille.

Klia eut un mouvement de recul. Elle se savait de taille à se défendre ; elle l'avait toujours fait. Seulement, avant de partir à l'aventure, elle aimait bien savoir où elle mettait les pieds.

– Tranquille comment ? demanda-t-elle.

– À l'écart du bruit de la rue, c'est tout, répondit l'homme en levant ses mains aux doigts raides.

Les endroits de ce genre étaient rares autour du marché. Quelques rues plus loin, ils trouvèrent un petit éventaire de coco glacé. L'homme lui acheta un coco rouge, qu'elle accepta malgré son peu de goût pour le régal populaire de Dahl. Il se prit un stimulk noir, qu'il lécha avec une dignité paisible lorsqu'ils furent assis à une petite table triangulaire.

Une dalle de la voûte céleste, au-dessus d'eux, s'assombrit si fortement qu'elle distinguait à peine ses traits. Ses lèvres semblaient briller autour du stimulk.

– Je cherche des jeunes gens et des jeunes femmes désireux de voir d'autres parties de Trantor, dit l'homme.

Klia fit la grimace.

– J'ai entendu baratiner tellement de recruteurs que je pourrais ouvrir une agence de casting, répliqua-t-elle en se levant.

L'homme posa la main sur son bras. Sans un mot, elle essaya de le forcer à la lâcher.

– Pour votre propre bien, dit-il, sans autre réaction.

Elle redoubla d'efforts.

– Bas les pattes, ordonna-t-elle.

Il retira sa main comme si elle l'avait piqué. L'homme parut mettre quelques secondes à reprendre ses esprits.

– Bien sûr. Mais c'est un bon moment pour écouter.

Klia regarda l'homme avec curiosité. Elle ne l'avait pas forcé ; il avait obtempéré plutôt comme un serviteur obéissant à sa maîtresse qu'à une jeune fille qu'il essayait de persuader en public. Klia se concentra plus intensément sur lui. Au premier abord, il n'était pas particulièrement séduisant, mais, en profondeur, elle rencontrait des réserves inattendues, un calme fondamental, une douceur métallique particulière. Ses émotions n'avaient pas la même saveur que celles des autres.

– Je n'écoute que les gens intéressants, répliqua Klia en prenant de grands airs, comme si elle était une dame et pas une vaurienne des rues.

– Je vois, fit l'homme.

Il finit son stimulk et lança habilement le bâtonnet dans un réceptacle. Le patron s'approcha dudit réceptacle, en retira cinq bâtonnets – maigre butin pour la journée – et les rapporta à l'arrière de l'éventaire pour les nettoyer.

– Alors, la survie est intéressante ?

– Dans l'ensemble, acquiesça-t-elle.

– Alors écoutez-moi bien, dit-il gravement, en se penchant en avant. Je sais qui vous êtes et ce que vous pouvez faire.

– Et qu'est-ce que je suis ? demanda Klia.

La dalle située juste au-dessus d'eux lança un éclair. Il leva les yeux vers la voûte céleste. Il avait la peau d'une couleur terne inhabituelle, comme s'il portait un maquillage pour dissimuler un problème dermatologique quelconque, mais elle ne reconnaissait pas les stigmates de la fièvre cérébrale. Les joues de Klia étaient profondément grêlées, sous le duvet.

– Vous avez eu la fièvre étant enfant, n'est-ce pas ? demanda-t-il.

– Comme la plupart des gens sur Trantor.

– Et pas qu'ici, ma jeune amie. Sur tous les mondes humains. La fièvre cérébrale est la compagne omniprésente de la jeunesse intelligente, trop banale pour qu'on y fasse attention, trop bénigne pour qu'on se donne la peine de la soigner. Mais chez vous, ça n'a pas été une maladie infantile bénigne. Vous avez failli en mourir.

La mère de Klia l'avait soignée pendant la partie la plus pénible, puis elle était morte quelques mois plus tard, dans un accident aux puits. Elle se souvenait à peine de sa mère, mais son père lui avait tout raconté.

– Et alors ?

Il avait des yeux clairs, et elle réalisa soudain qu'ils ne la regardaient pas mais étaient braqués sur un point absurde, quelque part sur la droite de son front.

– Je n'y vois plus très bien. Je me débrouille en sentant les gens, où ils sont, leurs déplacements, les bruits qu'ils font. Dans les endroits déserts, je suis un peu désemparé. C'est pour ça que je préfère les foules. Alors que vous... c'est le contraire. Les foules vous irritent. Trantor est un monde surpeuplé. Vous y êtes comme en prison.

Klia cilla, ne sachant trop s'il était poli de continuer à regarder ses yeux morts. Encore qu'elle ne se souciât guère de politesse, compte tenu des circonstances.

– Je ne suis qu'une messagère, je fais parfois un peu de troc. Personne ne fait très attention à moi.

– Je sens que vous agissez sur moi, Klia. Vous voudriez que je vous laisse tranquille. Je vous dérange, surtout parce que mes propos ont une certaine résonance, comme si je disais la vérité. Je n'ai pas raison ?

Klia étrécit les yeux. Elle ne voulait pas être spéciale, ou même que cet aveugle en vert-de-gris se souvienne d'elle.

Elle ferma les yeux et se concentra : *Oublie-moi*. L'homme pencha la tête sur le côté, comme en proie à un soudain torticolis. Son esprit avait une si étrange saveur ! Elle n'en avait jamais senti de pareil.

Et elle aurait juré qu'il mentait quand il prétendait être aveugle... Mais rien de tout ça n'était important à côté du fait qu'elle avait échoué à le persuader.

– Vous vous en sortez bien, pour une enfant, dit-il à voix basse. Trop bien. Ceux qui réussissent alors qu'ils devraient échouer intéressent certaines personnes. Les agents spéciaux du Palais, la police secrète, des gens pas amicaux du tout.

L'homme se leva, arrangea les plis de sa cape et essuya le derrière de son pantalon pour en ôter les miettes.

– Ces chaises sont dégueulasses, murmura-t-il. Votre tentative pour me faire oublier était d'une puissance exceptionnelle, mais vous manquez un peu de pratique. Je me rappellerai parce qu'il le faut. Il y a un nombre surprenant d'individus dotés du même don que vous sur Trantor, maintenant ; peut-être mille ou deux mille. J'ai entendu dire, peu importe par qui, que la plupart d'entre vous avaient eu une réaction particulièrement forte à la fièvre cérébrale. Ceux qui vous cherchent croient que vous ne l'avez pas eue. Ils se trompent. Mais je vous ennuie, poursuivit l'homme avec un sourire dans sa direction générale. Il m'est pénible de me sentir inopportun. Je vais m'en aller.

Il se retourna, parut chercher une personne susceptible de le guider, et s'écarta d'un pas.

– Non ! fit Klia d'un ton pressant. Ne partez pas. J'ai quelque chose à vous demander.

Il s'arrêta et eut un léger frisson. Soudain, il sembla très vulnérable. *Il pense que je peux lui faire du mal. Et je pourrais peut-être !* Elle voulait comprendre son odeur insolite, étrangement pénétrante. Il sentait le propre, comme si au plus profond de lui, derrière le masque évanescent de la tromperie, étaient tapies une honnêteté, une sincérité d'une profondeur telle qu'elle n'en avait encore jamais rencontré.

– Je ne m'ennuie pas, dit-elle. Pas encore.

L'homme en vert-de-gris se rassit, posa la main sur la table et inspira profondément. *Il n'a pas besoin de respirer*, pensa Klia, mais elle écarta rapidement cette absurdité.

– Un homme et une femme cherchent des gens comme vous depuis un certain nombre d'années. Beaucoup ont rejoint leur groupe. J'espère qu'ils vivront heureux là où l'homme et la femme vont les envoyer. Personnellement, je ne m'y risquerais pas.

– Qui sont-ils ?

– La fille serait Wanda Seldon Palver, la petite-fille d'Hari Seldon.

Klia haussa les épaules. Jamais entendu parler.

– Vous pouvez les rejoindre, si vous voulez, poursuivit l'homme.

– Des gens *connectés*, dit-elle, donnant à ce terme un sens détourné, signifiant proche du Palais, des Commissaires et autres fonctionnaires gouvernementaux.

– Oh oui. Seldon a été Premier ministre, et on dit que sa petite-fille l'a tiré d'un certain nombre d'ennuis assez sérieux, juridiques, notamment.

– C'est un hors-la-loi ?

– Non. Un visionnaire.

Klia fit la moue et fronça les sourcils. Ce n'étaient pas les visionnaires qui manquaient, à Dahl. Il y en avait à tous les coins de rue, des marginaux, des dingues sans activité, la plupart rendus fous par leur travail aux puits de chaleur.

L'homme en vert-de-gris observa attentivement sa réaction.

– Ça ne vous intéresse pas ? Mais aujourd'hui, un autre homme cherche des gens comme vous...

– Comment ça, comme moi ? demanda nerveusement Klia. Je suis encore un peu perdue.

Elle avait besoin de temps pour réfléchir, pour comprendre. Elle effleura ses défenses avec délicatesse, pour ne pas se faire remarquer.

L'homme réagit comme si elle l'avait piqué.

– Je suis un ami, pas un ennemi, pour que vous me traitiez avec cette désinvolture. Je sais que je prends un risque rien qu'en vous parlant. Je sais ce que vous pourriez me faire avec votre esprit. Un autre, un homme de pouvoir, pense que les gens comme vous sont des monstres. Mais il n'y comprend rien. Il vous prend apparemment pour des robots.

– Comme les tictacs ? s'esclaffa Klia.

Les ouvriers mécaniques étaient tombés en disgrâce longtemps avant sa naissance. Leurs révoltes, aussi fréquentes qu'inexpliquées, leur avaient valu d'être bannis, et ils inspiraient toujours une certaine aversion.

– Non. Comme les robots de l'histoire et des légendes. Les Éternels, fit-il avec un geste dans la direction générale du Palais. C'est de la folie, mais c'est une folie impériale, difficile à éradiquer. Vous avez intérêt à disparaître de la circulation, et je sais où vous seriez le mieux, ici, sur Trantor. Ce n'est pas très loin. Je pourrais vous aider à prendre vos dispositions.

– Non merci, dit-elle.

Il y avait trop d'incertitudes dans tout ça pour que Klia se remette entre les mains de cet étranger, si convaincants que puissent paraître certains éléments de son discours. Ses propos ne collaient pas avec ce qu'elle sentait.

– Prenez ça, fit l'homme en lui fourrant une petite carte dans la main. Vous appellerez. Il n'y a aucun doute à ce sujet. Ce n'est qu'une question de temps.

Il se leva et la regarda bien en face, les yeux brillants. Il avait soudain retrouvé la vue.

– Nous avons tous nos petits secrets, dit-il en se détournant.

5

Lodovik était seul sur la passerelle de l'*Hast de Gloire*. Il regardait, par la vaste baie avant, une scène qu'il aurait probablement trouvée d'une beauté exceptionnelle s'il avait été humain. Mais la beauté n'était pas un concept évident pour un robot. Il voyait ce qui se passait devant le vaisseau, il comprenait qu'un être humain puisse trouver cela intéressant, mais pour lui l'équivalent le plus proche de la beauté était l'utilité et la parfaite exécution du devoir. Il aurait pu prendre plaisir à informer un homme qu'il y avait quelque chose de beau à voir par là, mais son premier devoir aurait été de l'informer que le spectacle était dû à des forces monstrueusement dangereuses...

Et cette mission, il n'avait aucune chance de la mener à bien, car les hommes, à bord de l'*Hast de Gloire*, étaient tous morts à présent. Le capitaine Tolk était mort en dernier, son esprit avait cessé d'être, son corps n'était plus qu'une épave. Au cours de ses dernières heures de lucidité, il avait transmis à Lodovik les instructions nécessaires pour mener le vaisseau à bon port : comment réparer les éléments d'hyperpropulsion, reprogrammer le système de navigation ou économiser l'énergie afin de survivre le plus longtemps possible.

Ses dernières paroles cohérentes avaient été une question : « Combien de temps pouvez-vous vivre... enfin, fonctionner ?

– Un siècle, sans recharge d'énergie », avait répondu Lodovik.

Tolk avait alors sombré dans le pénible demi-sommeil murmurant qui précédait la fin.

Deux cents morts pesaient sur le cerveau positronique de Lodovik, l'alourdissant, le ralentissant comme si elles pompaient ses réserves d'énergie. Ça passerait. Il n'était pas responsable de ces morts. Il n'avait pas pu les empêcher, c'est tout. Mais ça suffisait pour qu'il se sente las.

Quant au spectacle...

Sarossa était une étoile floue, encore éloignée de cent milliards de kilomètres. Mais l'onde de choc révélait son aura immense, pareille à un feu d'artifice gigantesque, fantomatique.

En heurtant le flux de particules à haut niveau d'énergie, le vent solaire du système de Sarossa suscitait des draperies de lumière mouvantes. Dans leur vague clarté, il distinguait des traces de vert et de rouge. En passant sur vision ultraviolette, il vit d'autres teintes se déployer au fur et à mesure que le front nuageux de l'implosion traversait la poussière, la glace et les gaz cométaires qui composaient les zones périphériques du système.

Il avait si peu de temps devant lui, il ne pouvait rien faire...

Le pire, c'est qu'il sentait son cerveau changer. Les neutrinos et autres radiations avaient forcé les blindages énergétiques du vaisseau et, non contents de tuer les humains, il lui semblait qu'ils entraient en interférence avec son propre circuit positronique. Il n'avait pas encore achevé sa séquence d'autotest – ça pourrait prendre quelques jours de plus –, mais il craignait le pire.

Si ses fonctions primaires étaient affectées, il devrait s'autodétruire. Dans un lointain passé, il serait simplement passé en mode veille jusqu'à ce qu'un homme ou un autre robot le répare. Mais il ne pouvait pas se permettre de laisser découvrir sa nature androïde.

De toute façon, il semblait peu vraisemblable qu'on le retrouve. L'*Hast de Gloire* était perdu, plus irrémédiablement qu'un microbe dans l'océan. Lodovik n'avait pas réussi, malgré les instructions du capitaine, à identifier la panne ou à la réparer. L'entrée dans l'hyperespace et la ressortie précipitée avaient grillé tous les circuits de communication supraluminiques. Le vaisseau avait émis un signal de détresse automatique, mais comme il était environné par les radiations extrêmes de l'onde de choc, il avait peu de chance d'être jamais entendu.

Le secret de Lodovik était donc assez bien gardé. Seulement, il avait cessé d'être utile à Daneel, et à l'humanité.

Pour un robot, le devoir était tout, l'individu n'était rien. Enfin, compte tenu des circonstances, il n'avait qu'à observer les effets de l'onde de choc et spéculer, sans but précis, sur les processus physiques. Tout en poursuivant en parallèle le traitement constant des problèmes associés à sa mission à long terme, il arpentait la passerelle, tout besoin, toute tâche immédiate abolis.

Chez un être humain, on aurait pu appeler ça un moment d'introspection. L'introspection sans la carotte du devoir n'était pas qu'une nouveauté pour lui ; elle était perturbante.

S'il avait pu, il aurait évité cette sensation et les circonstances qui l'avaient provoquée.

Rien ne mettait un robot plus mal à l'aise que les changements internes. Dans un lointain passé, lors de la renaissance robotique sur Aurora et Solaria, ces mondes à présent quasi oubliés, les robots avaient été dotés d'inhibitions plus strictes qui allaient au-delà des Trois Lois. Les robots n'étaient pas autorisés, en dehors de quelques cas précis, à concevoir et à fabriquer d'autres robots. Ils pouvaient effectuer des réparations mineures, mais seules quelques rares unités spécialisées étaient habilitées à réparer les dégâts plus importants.

Lodovik ne pourrait réparer l'avarie de son cerveau, s'il se révélait qu'il avait été affecté ; ce qui n'était pas encore tout à fait certain. Le cerveau d'un robot et sa programmation fondamentale étaient bien plus inaccessibles que sa carcasse.

Il restait un endroit dans la Galaxie où l'on pouvait réparer un robot et, occasionnellement, en fabriquer un. C'était Eos, un monde fondé par R. Daneel Olivaw dix mille ans plus tôt, loin de la périphérie de l'Empire en expansion. Lodovik n'y était pas retourné depuis quatre-vingt-dix ans.

Les pulsions autopréservatrices des robots étaient pourtant fortes ; elles étaient inhérentes à la Troisième Loi. Lodovik, qui avait le temps de réfléchir à sa condition, se demanda s'il avait la moindre chance d'être retrouvé et renvoyé sur Eos pour réparation...

Aucune de ces possibilités ne semblait très vraisemblable. Il se résigna au destin le plus probable : dix ans dans l'environnement exigu de cette nef endommagée, jusqu'à ce que les réserves de son réacteur à minifusion s'épuisent, sans rien d'important à faire, un Robinson Crusoé robotique, sans même une île à explorer et à transformer.

Lodovik n'éprouvait aucune horreur à cette idée. Mais il imaginait ce qu'aurait ressenti un être humain, et cela suffisait à induire en lui l'écho d'un malaise robotique.

Pour couronner le tout, il entendait des voix – ou plutôt, une voix. Qui paraissait humaine, mais ne communiquait que par bribes, à intervalles irréguliers. Elle avait un nom, quelque chose comme Voldarr. Et elle donnait l'impression de surfer sur des lignes de force à la fois immenses et ténues, sillonnant le vide profond entre les étoiles...

Scrutant les halos plasmatiques des étoiles vivantes, me repaissant des miasmes neutroniques des étoiles mortes et mourantes, des neutrinos aussi enivrants que la fumée du haschisch. Fuyant l'ennui de Trantor, je m'ennuie à nouveau, et je trouve, entre les étoiles, un robot aux abois ! L'un de ceux que l'Éternel a fait venir du dehors pour remplacer ceux qui avaient été détruits... Regardez, mes amis, mes ennuyeux amis, qui n'avez pas de chair, ignorez la chair et ne tolérez pas les idéaux charnels...

L'un de vos épurateurs honnis !

La voix mourut, se tut. Venant après la détresse provoquée par la mort du capitaine et de l'équipage du bâtiment, et la boucle rétroactive du vieux malaise altruiste, cette voix mystérieuse – un symptôme manifeste d'illusion visuelle et d'avarie majeure – provoquait en lui la chose la plus proche du désespoir absolu que puisse éprouver un robot.

6

Du haut de son petit appartement qui dominait l'Université de Strecling, R. Daneel Olivaw s'interrogeait sur le chagrin humain. Il n'avait pas les structures mentales nécessaires pour éprouver ce sentiment amer qui impliquait la réévaluation et la reformulation de circuits neuronaux ; mais, comme Lodovik, il ressentait un malaise aigu, insistant, à mi-chemin de la culpabilité devant l'échec et des signaux précurseurs de la cessation imminente de fonction. La nouvelle que l'un des plus valeureux de ses semblables avait cessé d'être le désespérait au moins dans cette mesure. Il avait perdu beaucoup de tictacs, abusés par les entités-mèmes étrangères, tout récemment – à ce qu'il lui semblait, parce que ça faisait des dizaines d'années, en réalité –, et son malaise et sa solitude étaient toujours dévorants.

Il avait vu, la veille, en passant devant un magasin, l'holo annonçant la disparition de l'*Hast de Gloire* et la fin probable de tout espoir de survie pour les habitants de plusieurs mondes.

Il ressemblait beaucoup à ce qu'il était vingt mille ans auparavant, lorsqu'il avait connu Élijah Bailey, établissant la première et peut-être la plus importante de ses associations avec un être humain. Il était de taille moyenne, mince et brun. On lui aurait donné trente-cinq années humaines. Il avait fait quelques petites concessions à l'évolution de la morphologie humaine : les ongles de ses auriculaires avaient maintenant disparu, et il mesurait six centimètres de plus. Malgré cela, Bailey l'aurait tout de suite reconnu.

Daneel, quant à lui, n'aurait sûrement pas reconnu son ami humain d'autrefois ; tous ses souvenirs, sauf les plus généraux, avaient depuis longtemps été sauvegardés dans des registres distincts, et n'étaient pas immédiatement accessibles.

Daneel avait connu de nombreuses incarnations depuis cette époque. La plus célèbre était Demerzel, Premier ministre de l'Empereur Cléon Ier. C'était Hari Seldon en personne qui lui avait succédé à ce poste. Le moment approchait maintenant pour Daneel d'intensifier sa participation directe à la politique de Trantor, perspective qui lui répugnait profondément. La perte de Lodovik ne ferait que lui compliquer la tâche.

Il n'avait jamais apprécié les apparitions publiques. Il se sentait beaucoup mieux dans les coulisses, à tirer les ficelles pendant que ses milliers de pareils occupaient le devant de la scène. Il préférait, de toute façon, que ses robots s'illustrent dans des actions modestes un peu partout et à tout moment, afin d'opérer à des points clés des changements qui en provoquaient d'autres à leur tour, générant une cascade d'événements qui produiraient les effets escomptés (du moins l'espérait-il).

Au fil des siècles, depuis qu'il avait entrepris sa tâche, il avait connu quelques échecs et bien des succès, mais avec Lodovik il espérait atteindre son but primordial, l'aboutissement du Plan, le Projet de psychohistoire d'Hari Seldon, et l'établissement de la Première Fondation.

La psychohistoire avait déjà fourni à Daneel les outils nécessaires pour voir l'avenir de l'Empire dans ses plus sombres détails. L'effondrement, la désintégration, l'anéantissement total : le chaos. Il ne pouvait rien faire pour empêcher le désastre. S'il était intervenu dix mille ans plus tôt, s'il avait disposé d'une vision impossible avec la psychohistoire rudimentaire, empirique, dont ils disposaient alors, peut-être aurait-il pu retarder la catastrophe. Mais Daneel ne pouvait contempler le déclin et la chute de l'Empire sans intervenir, car beaucoup trop d'hommes souffriraient et mourraient – plus de trente-huit milliards rien que sur Trantor –, or la Première Loi interdisait de laisser souffrir un être humain.

Son devoir pendant ces vingt mille années avait été d'atténuer les erreurs des hommes et de canaliser leur énergie pour le plus grand bien de l'humanité.

Pour cela, il s'était plongé dans l'histoire, et certaines de ses interventions avaient provoqué bien des souffrances, des maux et même la mort. C'était la Loi Zéro, qui avait été formulée pour la première fois par Giskard Reventlov, le remarquable robot, qui lui permettait de continuer à fonctionner compte tenu des circonstances.

La Loi Zéro n'était pas un simple concept, bien qu'elle soit assez facile à énoncer : on pouvait nuire à certains humains, si cela pouvait éviter la souffrance du plus grand nombre.

La fin justifiait les moyens.

Cette implication terrifiante avait servi d'alibi à tant d'horreurs dans l'histoire humaine... mais ce n'était pas le moment de remettre cet éternel débat sur le tapis.

Que lui apprenait la perte de Lodovik Trema ? Rien, à première vue. L'univers décidait parfois des choses qui échappaient à toute raison. Il n'y avait rien de plus frustrant ou de plus difficile à comprendre, pour un robot, que l'indifférence de l'univers envers les humains.

Daneel passait d'un Secteur à l'autre dans le plus parfait anonymat, en se mêlant aux migrants sans travail, qui constituaient une véritable pandémie sur Trantor. Il restait en contact avec ses troupes grâce à un communicateur personnel, son informatic portable, ou en se branchant clandestinement sur les nombreux réseaux de la planète. Parfois, il se déguisait en mendiant ; il se terrait dans un réduit crasseux du Secteur trans-impérial, à soixante-dix kilomètres à peine du Palais. Tout le monde détournait le regard en passant devant ce pauvre hère courbé par l'âge. Daneel était devenu une sorte de symbole de la misère qu'il espérait vaincre.

Nul ne se souvenait d'un personnage de fiction qui aimait se promener déguisé parmi les gens du peuple, les *basses classes*, un homme doté d'un intellect incroyablement pur et lucide, un détective qui ressemblait beaucoup à Élijah Bailey, le vieil ami de Daneel. Après tous les compactages mémoriels qu'il avait dû subir, il n'en avait gardé qu'une impression d'ensemble et un nom : Sherlock.

Daneel était l'un des nombreux robots qui, tel Sherlock, erraient dans la foule sous un déguisement ou un autre. Des dizaines de milliers de Sherlock dispersés dans la Galaxie, qui ne s'efforçaient pas seulement de résoudre un mystère, mais d'empêcher d'autres crimes plus terribles.

Le chef de ces dévoués serviteurs, le premier Éternel, épousseta ses haillons, quitta le taudis du Projet d'Habitation Général et se mit en quête d'une tenue plus soignée.

7

– Ils ont tout retourné dans l'appartement, gémit Sonden Asgar en se frottant les coudes.

Elle ne l'avait jamais trouvé aussi petit et fragile. Elle avait perdu à peu près toute estime pour son père depuis bien des années, mais le spectacle de son désarroi lui serrait le cœur. Elle ne pouvait s'empêcher de se sentir coupable. Elle avait l'impression qu'elle était responsable.

– Ils ont fouillé nos papiers, tu te rends compte ? Nos papiers de famille ! Des agents impériaux...

– Pourquoi nos papiers, Papa ? demanda Klia.

L'appartement était sens dessus dessous. Elle imaginait les inspecteurs renversant les meubles et flanquant par terre les cartons et les pauvres assiettes qu'ils contenaient, tirant sur les tapis élimés... Elle était contente de ne pas avoir été là, et pour plus d'une raison.

– Pas mes papiers ! hurla Sonden. C'est après toi qu'ils en avaient. Tes carnets de notes, nos holos. Ils ont pris notre album de photos. Avec toutes les photos de ta mère. Pourquoi ? Qu'est-ce que tu as encore fait ?

Klia secoua la tête, remit un tabouret sur ses pieds et s'assit.

– Si c'est moi qu'ils cherchaient, je ne peux pas rester, dit-elle.

– Pourquoi, ma fille ? Qu'est-ce que tu as pu...

– Si j'ai fait quelque chose d'illégal, Papa, ça ne mérite pas que les agents impériaux s'y intéressent. Ça doit être autre chose...

Elle repensa à la conversation avec l'homme en vert-de-gris et se rembrunit.

Sonden Asgar était planté au milieu du salon, la plus

grande pièce de l'appartement (enfin, une pièce... un placard de trois mètres carrés, oui). Il se mit à trembler comme un animal apeuré.

– Ils étaient vraiment mauvais, disait-il. Ils m'ont attrapé et ils m'ont secoué très fort... de vraies brutes. J'aurais aussi bien pu me faire attaquer à Billibotton !

– Qu'est-ce qu'ils ont dit ? demanda doucement Klia.

– Ils m'ont demandé où tu étais, comment tu travaillais à l'école, comment tu gagnais ta vie, si tu connaissais un certain Kindril Nashak. Qui c'est, celui-là ?

– Quelqu'un, éluda-t-elle, dissimulant sa surprise.

Kindril Nashak ! C'est grâce à lui qu'elle avait réussi sa plus belle affaire, un coup qui lui avait permis de placer quatre cents nouveaux crédits sur son compte à la Banque de Billibotton. Mais ça ne pouvait pas être ça. C'était de la petite bière, pour eux, ça ne valait sûrement pas qu'ils s'intéressent à elle. La police spéciale de l'Empire était censée courir après les Seigneurs de l'Underground, pas les petites futées aux ambitions purement personnelles.

– Quelqu'un ! lança sèchement son père. J'espère qu'il va enfin me débarrasser de toi !

– Il y a des années que tu es débarrassé de moi, fit aigrement Klia. J'étais juste venue voir comment tu allais.

Et tâcher de comprendre pourquoi, chaque fois que je pense à toi, ça me gratte la tête.

– Je leur ai dit que tu ne venais jamais ici ! cria Sonden. Je leur ai dit que je ne t'avais pas vue depuis des mois. Ça n'a pas de sens, tout ça ! Je vais en avoir pour des jours à nettoyer ce merdier. Regarde-moi ça ! Et la bouffe ! Ils ont tout foutu en l'air dans la cuisine !

– Je vais t'aider à ranger, proposa Klia. Ça va aller vite, tu vas voir.

C'est ce qu'elle espérait, du moins. Des tas de gens lui donnaient des démangeaisons du cuir chevelu, maintenant : des amis, des collègues, tous les gens associés à Nashak. Elle était sûre d'une chose : elle était soudain devenue rudement importante, et pas pour ses prouesses au marché noir.

Une heure plus tard, elle avait plus ou moins remis de l'ordre dans l'appartement et Sonden reprenait ses esprits. Elle lui planta un baiser sur le sommet du crâne et lui dit au revoir. *Au revoir.* Sauf qu'ils n'étaient pas près de se revoir.

Elle ne pouvait pas regarder son père sans avoir le crâne en feu. *Ce n'est pas la culpabilité,* se dit-elle. *Il y a autre chose.*

Désormais, tout contact avec lui serait extrêmement dangereux.

8

Le major Prel Namm, agent spécial de la Sûreté impériale affecté au Secteur de Dahl, attendait depuis deux heures dans le bureau du Conseiller Farad Sinter. Il rajusta nerveusement son col. Le bureau du Conseiller était un meuble profilé, élégant, sculpté dans un bloc de bois de karon des Jardins impériaux. Un cadeau de Klayus Ier. Dessus était posé un informatic de niveau impérial pour l'instant inactif. Le soleil et l'astroncf, l'emblème de l'Empire, planaient sur le côté. Le plafond, très haut, était soutenu par des poutres de basalte trantorien, ornées de motifs floraux complexes sculptés à l'aide de rayons blasteurs syntonisés. Quand le major baissa les yeux, Farad Sinter était debout derrière son bureau, et il n'avait pas l'air content.

– Oui ?

Le major Namm n'avait pas l'habitude des audiences privées à ce niveau de responsabilité, surtout au Palais.

– Deuxième rapport sur les recherches concernant Klia Asgar, fille de Sonden et Bethel Asgar, dit-il avec raideur. Fouille de l'appartement du père.

– Du nouveau ?

– Ses premiers tests d'intelligence étaient normaux.

Quand elle avait dix ans, ses résultats ont fait un bond extraordinaire, et à douze ans elle avait un QI de débile mentale.

– Les tests d'aptitude impériaux standard, je suppose ?

– Oui, Votre Honneur. Adaptés aux... euh... spécificités dahlites.

Sinter traversa la pièce et se servit un verre de vin. Sans en proposer au major. À quoi bon gaspiller ce nectar ? Cette grande brute blonde ne devait apprécier que les stimulks bas de gamme, voire les stimus plus coriaces en circulation dans l'armée et les services de police.

– Pas trace de maladie infantile, évidemment, avança Sinter.

– Il y a deux explications possibles, Votre Honneur, répondit le major.

– Oui ?

– Les hôpitaux de Dahl n'enregistrent généralement que les manifestations exceptionnelles de la maladie. Et dans ces cas spéciaux, si l'issue risque d'avoir une influence négative sur les statistiques de l'hôpital, ils n'en gardent même pas trace.

– Elle n'a peut-être pas eu la fièvre étant enfant, bien que tous les individus un tant soit peu intelligents l'attrapent.

– Ça se pourrait, Votre Honneur, mais c'est très invraisemblable. Sur cent enfants normaux, il y en a à peine un qui passe à travers. Seuls les imbéciles y coupent totalement. Il se peut qu'elle y ait coupé pour cette raison.

Sinter réprima un sourire. Pauvre major. Il était complètement dépassé. Le nombre était plus proche, en fait d'un enfant sur trente millions, bien que beaucoup prétendent ne jamais l'avoir eue. Et cette assertion était significative, comme si le fait d'y avoir échappé était l'indice d'un statut supérieur.

– Major, vous ne vous posez pas de questions sur les Secteurs où vous ne patrouillez pas ?

– Non, Votre Honneur. Pourquoi, je devrais ?

– Vous savez quel est le bâtiment le plus élevé de Trantor ? Au-dessus du niveau de la mer, je veux dire ?

– Non, Votre Honneur.
– Le Secteur le plus peuplé ?
– Non, Votre Honneur.
– La plus grosse planète de la Galaxie ?
– Non, fit le major en se renfrognant comme si on se moquait de lui.
– La plupart des gens ignorent tout ça. Ils s'en fichent. Si on le leur dit, ils s'empressent de l'oublier. La vision globale se noie dans les détails quotidiens, que les gens connaissent assez bien pour s'en tirer. Et les principes de base du voyage hyperluminique ?
– Oh non, par le Ciel ! Pardon, Votre Honneur. Non.
– Moi non plus, je n'y connais rien. Je ne m'intéresse absolument pas à ce genre de choses, fit-il avec un sourire plaisant. Vous ne vous êtes jamais demandé pourquoi Trantor avait l'air tellement délabrée depuis quelque temps ?
– Parfois, Votre Honneur. C'est vraiment une plaie.
– Vous avez pensé à vous plaindre à votre Comité de quartier ?
– Ce n'est pas mon rôle. Il y a tellement de raisons de se plaindre, par où commencer ?
– Bien sûr. Vous êtes pourtant considéré comme un fonctionnaire compétent et peut-être même exceptionnel.
– Merci, Votre Honneur.
Sinter baissa les yeux sur le sol de cuivrite polie.
– Vous vous demandez pourquoi je m'intéresse tant à cette femme, euh... cette fille ?
– Non, Votre Honneur, répondit le major, mais il se dit que ça valait un petit clin d'œil complice.
Sinter ouvrit de grands yeux.
– Vous pensez qu'elle m'intéresse sur le plan sexuel ?
Le major se raidit brusquement.
– Non, Votre Honneur. Je n'ai pas à penser ce genre de chose.
– Je ne voudrais pas me retrouver deux minutes en sa présence, Major Namm.
– Oui, Votre Honneur.

– Elle n'a jamais eu la fièvre cérébrale.

– Nous n'en savons rien, Votre Honneur. Pas de dossier.

Sinter évacua l'argument d'un mouvement de menton.

– Je sais qu'elle n'a jamais eu la fièvre cérébrale, ni aucune autre maladie infantile. Mais pas parce qu'elle était idiote, Major. Parce qu'elle était immunisée, et au-delà.

– Oui, Votre Honneur.

– Elle a des pouvoirs extraordinaires. Vous voulez savoir comment je le sais ? C'est Vara Liso qui me l'a dit. Elle l'a repérée sur un marché dahlite, il y a une semaine. Elle a cru que c'était une candidate de premier choix. Je devrais vous demander d'emmener Vara Liso avec vous pendant vos recherches, Major. Elle vous aiderait.

Le major ne répondit pas. Il resta au garde-à-vous, les yeux rivés au mur d'en face. Sa pomme d'Adam tressautait. Sinter lisait en lui à livre ouvert. Le major ne croyait guère à ses histoires et ne savait à peu près rien de Vara Liso.

– Vous pouvez me la retrouver sans l'aide de Vara Liso ?

– Si j'avais assez d'hommes, Votre Honneur, ce serait l'affaire de deux ou trois jours. Avec ma petite équipe, ça risque de prendre deux ou trois semaines. Les Dahlites ne sont pas d'humeur coopérative en ce moment.

– Ça, j'imagine. Eh bien, retrouvez-la, mais n'essayez pas de l'arrêter et évitez à tout prix d'attirer son attention. Vous iriez droit à l'échec, comme tous ceux qui se sont attaqués à ceux de son espèce.

– Oui, Votre Honneur.

– Dites-moi ce qu'elle fait, qui elle voit. Quand je vous en donnerai l'ordre, vous la supprimerez à distance, d'une décharge d'arme cinétique à large rayon d'action en pleine tête. Compris ?

– Oui, Votre Honneur.

– Comme vous l'avez si souvent et si fidèlement fait déjà.

– Oui, Votre Honneur.

– Et puis vous me rapporterez son corps. À moi, dans mes appartements privés ; pas aux criminologues, attention ! Vous pouvez disposer, Major.

– Votre Honneur, fit le major Namm en claquant les talons.

Sinter ne se fiait pas aux compétences des agents, spéciaux ou non, de quelque Secteur que ce soit. Il était trop facile de leur graisser la patte. Pourtant, les patrouilles renforcées de Sinter n'avaient pas encore réussi à rapporter un seul robot ; toutes leurs proies étaient humaines, en fin de compte. Les robots les avaient très habilement abusés.

Mais Klia Asgar... Une jeune fille, en apparence, du moins. Comment un robot pouvait-il donner l'impression de grandir ? Il y avait tant de mystères que Sinter avait hâte d'élucider.

L'effet de la fièvre cérébrale sur la curiosité, et sur la civilisation en général, n'était pas le plus intéressant de ces mystères, loin de là. Ce n'était pas une énigme pour Sinter. Il soupçonnait fortement les robots d'avoir contaminé les hommes, après que ceux-ci les eurent bannis, il y avait des millénaires de ça, dans le but de réduire subtilement leurs facultés intellectuelles, de créer un Empire qui se rebellerait moins souvent contre le Centre...

Son esprit bouillonnait à l'idée de toutes les implications. Tant de soupçons, tant de théories !

Sinter se perdit dans les spéculations pendant plusieurs minutes, un sourire entendu flottant sur ses lèvres, puis il s'approcha de son informatic et chercha le nom de la plus grande planète de la Galaxie.

Sinter n'avait jamais eu la fièvre cérébrale, lui-même. Il y avait échappé, allez savoir pourquoi. Et pourtant il avait une intelligence au-dessus de la normale. Il était perpétuellement curieux de tout.

Et on ne peut plus humain. Farad Sinter se faisait passer aux rayons X au moins deux fois par an pour se le prouver.

Le plus grand monde habité de la Galaxie était Nak, une géante gazeuse en orbite autour d'une étoile de la Province de Hallidon. Elle faisait quatre millions de kilomètres de diamètre.

Mais il avait d'autres problèmes à voir, maintenant. Planté

devant son bureau – il ne s'asseyait jamais pour travailler –, il parcourut les notules fournies par l'informatic. Ça commençait à sentir mauvais. Il y avait eu des émeutes consécutives au déroutement des vaisseaux vers Sarossa, à la suite de la probable disparition de l'*Hast de Gloire*. Il sentait la patte de Linge Chen derrière la montée du mécontentement populaire, pourtant presque uniquement imputable à Klayus. Sinter avait entrepris de donner à ce gamin un minimum de sens de l'État.

Chen était un homme très intelligent.

Sinter se demanda s'il avait jamais eu la fièvre cérébrale...

Il resta encore assis cinq minutes, perdu dans ses pensées, indifférent aux nouvelles qui défilaient sur l'écran. Il avait tout le temps de s'occuper du Commissaire Chen.

9

Au cours des cinquante années que Mors Planch avait passées à servir l'Empire (et sa propre personne), il avait assisté d'un œil désabusé à la dégradation de la situation. Il en fallait un paquet pour le troubler, en apparence du moins. C'était un homme calme, qui parlait d'une voix douce. Il avait mené à bien des missions extraordinaires, mais il n'aurait jamais pensé que Linge Chen en personne ferait appel à lui pour une banale mission de recherche d'une hypernef perdue. Et un vaisseau d'observation, en plus !

Pour l'heure, il se tenait sur la passerelle d'acier qui surplombait le spatioport de Trantor Central, et regardait les longues rangées de vaisseaux impériaux fuselés, à la peau de bronze luisant et d'ivoire poli. Les pilotes effectuaient leurs tâches de plus en plus machinalement, sans réfléchir, sans s'intéresser à la mécanique, à l'électronique, et encore bien moins aux lois physiques qui leur permettaient d'effectuer leurs sauts miraculeux d'un bout à l'autre de la Galaxie.

Tout dans l'huile de coude. L'obscurantisme pointait à l'horizon. Une éclipse en plein midi...

Pour se réconforter, il huma le parfum du minuscule badge épinglé à son revers. Les plus suaves effluves d'un millier de mondes étaient programmés dans cette puce, un objet extraordinairement ancien qui lui avait été offert par Linge Chen, sept ans plus tôt. Chen était un homme remarquable, qui comprenait les émotions et les besoins des autres tout en n'éprouvant rien lui-même, à part la soif du pouvoir.

Planch connaissait assez bien son maître. Il savait de quoi il était capable. D'un autre côté, il n'avait pas besoin de l'aimer, Chen payait très bien, et si l'Empire se mettait à cultiver les mauvaises herbes, Planch n'allait pas chercher les désagréments et les mésaventures.

Une grande femme qui ressemblait à une araignée vue au microscope avec des cheveux pareils aux barbes de soie d'un épi de maïs se matérialisa comme par magie près de lui. Elle le dépassait de dix bons centimètres. Il leva les yeux, soutint le regard de ses prunelles d'onyx.

– Mors Planch ?

– Oui.

Il se retourna, lui tendit la main. La femme recula et secoua la tête. Sur son monde, Huylens, on considérait comme grossier tout contact lors de simples présentations.

– Et vous êtes Tritch, je présume ?

– C'est très présomptueux de votre part, mais vous supposez bien. J'ai trois vaisseaux, tous en parfait état, et j'ai choisi le meilleur. Privé, et dûment programmé pour vous transporter dans tous les coins où l'Empire daigne commercer.

– Vous n'aurez qu'un passager : moi. Et je voudrais inspecter votre hyperpropulsion afin d'y apporter certaines modifications.

– Oh ? fit Tritch, son humeur se dégradant à vue d'œil. Je n'ai jamais apprécié les tripatouillages des experts. Si ça marche, pas la peine de tout bousiller, comme je dis toujours.

– Je ne suis pas un expert, je suis mieux que ça, rétorqua Planch. Et avec ce que vous allez toucher, vous pourrez vous payer trois nefs comme celle-ci.

Tritch inclina la tête à gauche puis à droite, mimique que Planch ne put décrypter. Tant de coutumes sociales et de nuances corporelles ! Qu'il pouvait être difficile de comprendre un quintillion d'êtres humains... Surtout au Centre, où les échanges étaient si nombreux.

Ils se dirigèrent vers la porte donnant sur la partie du dock où les vaisseaux de Tritch étaient amarrés.

– Vous m'avez dit que vous alliez chercher quelque chose, dit-elle. Vous avez dit aussi que ce serait dangereux. Pour une somme pareille, je suis prête à prendre des risques, mais...

– Nous allons dans l'onde de choc d'une supernova, répondit Planch en regardant droit devant lui.

– Oh. Sarossa ? fit-elle après une seconde de réflexion.

Il acquiesça d'un hochement de tête. Ils prirent un trottoir roulant qui menait à la zone d'amarrage proprement dite, passant devant trois kilomètres de vaisseaux, pour la plupart impériaux, quelques-uns appartenant à l'élite du Palais, d'autres à des négociants indépendants comme Tritch.

– J'ai décliné quatre propositions de gens qui voulaient m'envoyer à la rescousse de leurs familles là-bas.

– Vous avez bien fait, répondit Planch. Aujourd'hui, votre client, c'est moi.

– Ça vient de haut ? demanda Tritch dans un reniflement. Ou je devrais peut-être demander si vous avez le bras long.

– Pas du tout. J'exécute les ordres, et je ne discute pas.

Tritch ondula dans une attitude de doute poli, le devança vers la coupée et ordonna aux portes de s'ouvrir. C'était un bâtiment bien entretenu, de deux cents ans peut-être, doté de propulsions autoréparables. Mais comment savoir si les unités d'autoréparation étaient en bon état ? Les gens avaient trop tendance à se reposer sur leurs machines, ces temps-ci. Parce qu'ils y étaient bien obligés, dans l'ensemble.

Planch nota le nom de l'appareil : *Fleur du Mal.*

– Quand partons-nous ?

– Tout de suite, répondit-il.

– C'est drôle, remarqua-t-elle, votre nom me dit quelque chose... Vous n'êtes pas de Huylens ?

– Moi ? fit-il en secouant la tête (il riait encore lorsqu'ils entrèrent dans la soute caverneuse, presque vide). Je suis beaucoup trop petit pour être de votre race, Tritch. Mais c'est mon peuple qui a colonisé votre monde, il y a un millier d'années.

– Tout s'explique ! fit Tritch en le gratifiant d'une autre sorte de tortillement exprimant – du moins le supposa-t-il – une espèce de plaisir à l'idée de leur possible lien de famille. Les Huylensois étaient un peuple clanique qui adorait l'histoire et la généalogie. Je suis très honorée de vous avoir à mon bord ! Quel est votre poison, Planch ? fit-elle en indiquant des caisses de bouteilles exotiques, arrimées par un champ de force dans un coin de la soute.

– Aucun pour l'instant, répondit Planch, mais il parcourut les étiquettes d'un œil appréciateur. Mille sabords ! s'exclama-t-il devant dix cartons qui lui firent soudain battre le cœur. C'est bien de l'eau de vie trillienne ?

– Deux cents bouteilles, confirma-t-elle. Quand nous aurons mené notre mission à bien, il y en aura deux pour vous. Cadeau de la maison.

– Vous êtes généreuse, Tritch.

– On ne le dira jamais assez, fit-elle avec un clin d'œil. Planch inclina galamment la tête. De même que leur gestuelle, il avait oublié que les Huylensois pouvaient être aussi ouverts et puérils. D'un autre côté, ils figuraient parmi les plus rudes négociateurs de la Galaxie.

La porte du sas se referma et Tritch mena Planch vers la salle des machines où il farfouillerait dans les parties intimes de son bâtiment.

10

Lorsque le jour commença à décliner sous les dômes et derrière les fenêtres de son bureau, Chen s'installa dans son fauteuil favori et se connecta au serveur d'actualités de la bibliothèque impériale, le meilleur et le plus complet de la Galaxie. Titres et images se mirent à défiler autour de lui. Il était exclusivement question du désastre de Sarossa et de la perte de l'*Hast de Gloire*. Il n'y avait pas trace du vaisseau, et il était peu vraisemblable qu'il y en ait. D'après les meilleurs experts, il avait probablement disparu dans une discontinuité lors de son dernier Saut, un risque associé aux implosions de supernovae, mais que l'on constatait rarement, pour la simple raison que les supernovae étaient rares à l'échelle humaine. Dans toute la Galaxie, il s'en produisait moins d'une ou deux par an, et la plupart du temps dans des régions inhabitées.

La presse populaire enjoignait déjà l'Empereur (respectueusement, bien sûr) et le Commissaire Sinter, sur un ton plus acerbe, de repenser l'envoi de vaisseaux de sauvetage. Chen eut un sourire sinistre. Que Sinter rumine donc ça un moment.

Évidemment, si Mors Planch revenait bredouille, il faudrait qu'il fasse remplacer Lodovik, et sans attendre. Il avait quatre candidats, moins qualifiés que Lodovik, certes, mais qui avaient tous d'excellents états de service à la Commission de Sécurité publique. Il en prendrait un comme assistant et ferait suivre un programme de perfectionnement aux trois autres, en arguant que la Commission ne devait pas se laisser prendre au dépourvu par la perte de collaborateurs importants.

Trois Commissaires lui devaient quelques faveurs secrètes

et d'importance; il pourrait en profiter pour mettre des hommes et des femmes loyaux à des postes clés.

D'un revers de main, il interrompit la connexion avec le serveur et se leva en lissant sa robe. Puis il sortit sur le balcon pour admirer le coucher de soleil. Le ciel n'était évidemment pas visible, mais il avait ordonné que le dispositif héliovisuel du Secteur impérial soit entretenu régulièrement, de sorte que les couchers de soleil étaient désormais aussi fiables en ce point de la voûte que partout sur Trantor au temps de sa jeunesse. Il observa le spectacle, très artistique au demeurant, avec une certaine satisfaction, puis il écarta tous ces simulacres de plaisir et envisagea l'avenir.

Il dormait rarement plus d'une heure par jour, généralement vers midi, ce qui lui laissait toutes ses soirées pour procéder à ses recherches et prévoir le travail du lendemain matin. Pendant cette heure de sommeil, il rêvait généralement une trentaine de minutes, et ce jour-là, il avait rêvé de son enfance pour la première fois depuis des années. Il avait constaté que les songes reflétaient rarement les préoccupations de la vie quotidienne, mais ils pouvaient faire écho à des faiblesses ou des problèmes personnels. Chen avait un grand respect pour ces processus mentaux inconscients. Il savait que c'était là que se faisait l'essentiel du travail le plus important pour lui.

Il s'imaginait aux commandes de sa nef stellaire personnelle, avec tout un équipage d'hommes remarquables – représentant le travail de son subconscient. Sa tâche consistait à les maintenir en action. Dans ce but, Chen consacrait au moins vingt minutes par jour à des exercices mentaux particuliers.

Une machine prévue à cet effet avait été spécialement conçue pour lui par le plus grand psychologue de Trantor, et peut-être de la Galaxie. Le psychologue avait disparu cinq ans plus tôt, à la suite d'un scandale à la Cour orchestré par Farad Sinter.

Tant d'interconnexions, de rétroactions. Chen considérait ses ennemis comme ses associés les plus intimes, et il lui arrivait d'éprouver pour eux une sorte d'affection attristée, lorsqu'ils tombaient sur le côté de la route, victimes de leurs propres limites et de leur aveuglement.

Ou, dans le cas de Sinter, de leur idiotie et de leur folie agressive.

11

Hari occupait un appartement sans prétention sur le campus universitaire. C'était son troisième appartement depuis la mort de Dors Venabili. Il lui semblait qu'il ne se sentirait plus jamais chez lui nulle part. Après quelques mois, ou dix ans, dans ce cas précis, il ne supportait plus l'environnement, si anonyme et dépourvu de caractère qu'il puisse être, et il s'installait ailleurs. Il passait souvent ses nuits dans la bibliothèque, expliquant qu'il devait se remettre très tôt au travail le lendemain matin. Ce qu'il faisait, d'ailleurs, mais ce n'était pas la raison principale pour laquelle il restait là.

Où qu'il soit, Hari se sentait si seul.

Il n'était pas opposé au fait d'utiliser son rang à l'université et son standing à la bibliothèque impériale pour se faire reloger. On tolérait ses excentricités, un peu comme on accorde un soin particulier à un vieux moteur dans l'espoir qu'il rendra encore quelques services avant de lâcher. Il était pénible d'approcher de la fin ; il avait des quantités de souvenirs du début de sa vie, tous beaucoup plus excitants et satisfaisants que tout ce que la réalité pouvait lui apporter à ce stade de son existence...

C'est pourquoi il attendait son procès avec une sorte de hâte, car il lui donnerait l'occasion d'affronter Linge Chen directement et de forcer la main à l'Empire, sa dernière et suprême habileté. Alors, il saurait. C'en serait fini.

Lorsqu'il était Premier ministre de Cléon Ier, il lui était arrivé – rarement, il est vrai – de profiter de sa position pour recueillir les informations dont il avait absolument besoin. L'un des problèmes cruciaux de la psychohistoire était alors celui de la variabilité culturelle et génétique inattendue, c'est-à-dire la possible émergence d'individus extraordinaires et la façon de les faire entrer en ligne de compte.

Sur le coup, il n'avait pas pris au sérieux les pouvoirs psychiques d'individus comme sa petite-fille, ou son père, Raych ; il ne s'y était pas intéressé, sinon de façon tout à fait abstraite, et il n'avait pas envisagé sérieusement les pouvoirs de Daneel dans ce domaine.

Ils étaient tous particulièrement doués pour la persuasion, bien sûr, et il avait veillé, au cours des dernières années, à ce que la psychohistoire tienne compte de ce don particulier, au niveau où Wanda l'exerçait.

À l'époque où il était Premier ministre, il s'était intéressé à l'énigme historique et politique plus familière de l'ambition dévorante, associée ou non au charisme personnel. Ce n'étaient pas les sujets d'étude qui manquaient dans l'Empire, et il les avait observés comme il pouvait, à distance...

Mais ça n'avait pas suffi. Hari s'appliquait avec une détermination aveugle, inébranlable, à régler les problèmes successifs de la psychohistoire et, malgré l'avis de Dors, il avait demandé à Cléon de faire venir sur Trantor cinq spécimens de l'espèce politique des tyrans charismatiques, totalement dénués de scrupules. Ils avaient été soustraits à leurs mondes après s'être rebellés contre l'autorité impériale, ou avoir tenté de la subvertir, ce qui arrivait sur zéro virgule un pour cent des mondes environ chaque année. La plupart du temps, les tyrans en question étaient exécutés sans tambours ni trompettes, mais ils étaient parfois exilés sur des rocs solitaires et désolés où ils finissaient leur vie loin de toute victime potentielle.

Hari avait demandé à Cléon de lui permettre d'interroger ces cinq tyrans, et de les soumettre à des investigations psychologiques et médicales relativement anodines.

Hari se rappelait comme si c'était hier le jour où Cléon l'avait convoqué dans le luxe outrancier de ses appartements privés et lui avait agité sa requête sous le nez.

« Vous me demandez de faire venir ces vermines sur Trantor ? D'interrompre une procédure légale et même de surseoir à une exécution afin de vous permettre de satisfaire votre curiosité ?

– C'est très important, Majesté. Je ne puis rien prédire faute de compréhension de ce genre d'individus extraordinaires, ainsi que des raisons de leur apparition, à un moment donné, dans les cultures humaines.

– Ha ! Eh bien, étudiez-moi, Premier ministre Seldon !

– Vous ne cadrez pas avec le profil, Majesté, avait répondu Hari en souriant.

– Je ne suis pas un psychopathe délirant, c'est ça ? Eh bien, au moins, vous pensez que je suis récupérable. Mais faire venir ces monstres obscènes sur ma planète... Que ferez-vous s'ils s'échappent, hein, Hari ?

– Je m'en remettrai à vos forces spéciales pour les retrouver, Majesté. »

L'Empereur avait reniflé.

« Vous avez, à l'égard de la Sûreté impériale, une confiance que je suis loin d'éprouver, hélas. Ces monstres sont comme un cancer : ils ont le talent de susciter des organisations tumorales et de circonvenir tout le monde à leurs fins ! Sincèrement, Hari, qu'espérez-vous trouver ?

– Ce n'est pas une simple affaire de curiosité, mon Empereur. Ces gens ont le pouvoir de changer le cours des événements exactement comme les tremblements de terre ont celui de détourner le lit des fleuves.

– Non, pas sur Trantor, c'est impossible.

– En fait, Sire, pas plus tard que l'autre jour...

– Je suis au courant, et nous y avons remédié. Mais ces hommes et ces femmes sont des aberrations, Hari !

– Des aberrations assez fréquentes dans l'histoire humaine...

– Et assez bien comprises pour que nous puissions établir

leur profil et les éliminer de la sphère impériale. La plupart du temps.

– Exactement, Sire, mais pas toujours. Je voudrais justement combler les vides.

– Pour les besoins de la psychohistoire, Hari?

– Je voudrais voir si je ne peux pas améliorer vos perspectives, Majesté, et peut-être faire en sorte que les tyrans soient plus rares dans vos mondes. »

Cléon avait réfléchi quelques secondes, le doigt sur le menton, puis il avait écarté son doigt de son visage, décrit un petit cercle avec et dit :

« Très bien, Premier ministre. Nous avons notre prétexte politique, si besoin est. Cinq?

– Autant qu'il me sera possible d'en étudier dans le délai imparti, Sire.

– Les plus pervers?

– Vous connaissez ceux que je vous ai nommés.

– Je n'ai jamais rencontré aucun d'eux, et ne leur ai pas non plus donné l'imprimatur impérial, Hari.

– Je sais, Sire.

– On ne me mettra pas ça sur le dos dans vos manuels de psychohistoire, n'est-ce pas?

– Bien sûr que non! »

Et c'est ainsi qu'Hari était arrivé à ses fins. Les cinq tyrans avaient été amenés sur Trantor et installés dans la prison la plus sûre du Secteur impérial, la prison de Rikera.

Les premières entrevues avaient eu lieu au...

Hari était plongé dans ses souvenirs quand le portier de son appartement annonça que sa petite-fille demandait à le voir. Hari était toujours content de voir Wanda, surtout vu le temps limité dont ils disposaient, mais là, alors qu'il était sur la piste de quelque chose d'important...

Enfin, il ne l'avait pas vue depuis des semaines. Avec son mari, Stettin Palver, ils s'efforçaient de rassembler un groupe, un noyau de mentalistes issus des huit cents Secteurs de Trantor, et ils n'avaient guère de temps à consacrer aux relations sociales. Dans quelques semaines, le plus vite possible après le procès, les mentalistes partiraient pour Stars End, afin d'initier les travaux de la Seconde Fondation secrète.

Hari se leva, attendit que ses jambes se raffermissent, passa une robe et dit à la porte de s'ouvrir. Wanda entra, apportant avec elle une bouffée d'air frais et l'odeur des couloirs du dehors : des odeurs de levure en train de cuire (et pas les délices de Mycogène !), d'ozone et peut-être de peinture fraîche.

– Tu as entendu, Grand-Père ? L'Empereur nous fait rechercher !

– Qui ça, Wanda ? Qui fait-il rechercher ?

– Nous, les mentalistes ! Ils ont retourné une femme de notre groupe et elle leur a raconté n'importe quoi pour sauver sa peau. Rien que des mensonges ! Comment ce garçon a-t-il pu faire ça ? C'est totalement illégal de pourchasser les citoyens et de les tirer comme du gibier !

Hari leva les mains et l'implora de se calmer un peu.

– Raconte-moi tout en commençant par le début, dit-il.

– Au départ, il y a cette femme, Liso, Vara Liso. C'était l'une de nos recrues pour la Seconde Fondation. Je l'ai toujours trouvée instable, et Stettin était bien d'accord avec moi, mais elle était très douée, très persuasive, et sensible. Nous pensions qu'elle nous ferait gagner du temps en nous aidant à trouver d'autres mentalistes, même si nous n'avions pas l'intention de l'emmener avec nous.

– Oui, je l'ai vue à la dernière réunion, fit Hari. Une petite femme à l'air nerveux.

– On aurait dit une musaraigne, confirma Wanda. Bref, elle est allée au Palais, le mois dernier, à notre insu...

– Qui a-t-elle rencontré ?

– Farad Sinter ! cracha Wanda.

– Et qu'est-ce qu'elle lui a raconté ?

– Nous n'en savons rien, mais ce qui est sûr, c'est que, depuis, la policc secrète recherche les mentalistes, et que lorsqu'elle en trouve, ils meurent... d'une balle dans la tête.

– Les nôtres, ceux qui ont été choisis pour le Projet ?

– Non, et c'est le plus surprenant. Il n'y a pas de relation directe. Les Spéciaux ont tué des candidats que nous n'avions même pas encore approchés.

– Sans prendre la peine de les interroger ?

– Même pas. Ils les éliminent purement et simplement. Grand-Père, à ce rythme-là, nous ne remplirons jamais nos quotas ! Les gens comme nous ne courent pas les rues.

– Je n'ai jamais rencontré ce Sinter, reprit Hari d'un ton rêveur, mais des gens à lui m'ont interrogé, l'année dernière. Ils voulaient que je leur parle des légendes mycogéniennes, si je me souviens bien.

– Ils retournent Dahl de fond en comble à la recherche d'une jeune femme ! Nous ne connaissons même pas son nom, mais certains des nôtres l'ont sentie, à Dahl ; ils l'ont manquée de peu. Un don extraordinairement puissant. Nous sommes sûrs que c'est elle qu'ils cherchent. J'espère qu'elle survivra assez longtemps pour que nous la trouvions avant eux.

Hari fit signe à Wanda de s'asseoir à sa petite table et lui proposa une tasse de thé.

– Sinter a l'air de se fiche de moi comme d'une guigne, et je suis sûr que personne ne sait que nous nous intéressons aux mentalistes. Je me demande ce qu'il a derrière la tête.

– C'est de la folie ! s'exclama Wanda. L'Empereur lui laisse la bride sur le cou, et Linge Chen ne fait rien.

– La folie est une fin en soi, et sa propre récompense, fit doucement Hari, qui avait vu monter la hargne populaire suite à la façon dont Sinter avait géré la crise de Sarossa. Chen sait peut-être ce qu'il fait, mais en attendant, nous devons survivre et maintenir le Projet sur ses rails.

Malgré la gravité des nouvelles qu'apportait Wanda, Hari ne pouvait s'empêcher d'être irrité par son intrusion. Peut-être même aggravait-elle son agacement. Il voulait seulement – mais avec quelle force ! – qu'on lui fiche la paix. Il avait besoin de réfléchir aux tyrans et à ce qu'ils lui avaient dit. Quelque chose d'important était dissimulé dans ces souvenirs, une chose sur laquelle il n'arrivait pas à mettre le doigt.

Mais il invita Wanda à rester dîner avec lui, pour la calmer et pour voir si elle savait autre chose.

Soudain, au cours du dîner, Hari rapprocha ses souvenirs, les équations, et trouva le lien qu'il cherchait. C'était la vague impression d'avoir rencontré Daneel. Mais où et quand ? C'est là qu'il eut la certitude que la rencontre avait bel et bien eu lieu, et que Daneel lui avait dit quelque chose de ridicule et de potentiellement dangereux... À propos de Farad Sinter.

– Je vais lui demander audience, dit-il à Wanda alors qu'ils allaient chercher le dessert.

Elle posa les coupes de pudding sur la table et s'octroya une boule de coco glacé, dont elle raffolait. Comme son père, Raych.

– À qui ? à Sinter ? demanda-t-elle.

– Pas à Sinter, non, pas encore. À l'Empereur.

– C'est un monstre, Grand-Père ! Je ne te laisserai pas faire.

Hari eut un petit rire sinistre.

– Ma chère Wanda, tu n'étais pas née que je mettais déjà ma tête dans la gueule du lion. Et pourquoi voudrais-tu m'en empêcher ? Tu perçois un problème ?

Wanda baissa les yeux puis le regarda à nouveau.

– Tu sais pourquoi nous cherchons les mentalistes, Grand-Père.

– Oui. Vous avez découvert, Stettin et toi, que vos facultés fluctuaient, pour des raisons encore inconnues. Vous cherchez à créer un noyau central, stable, au sein duquel les forces et les faiblesses s'équilibreraient, engendrant un flux régulier.

– Je n'entends plus distinctement les gens depuis quelques semaines, Grand-Père. J'ignore ce qui pourrait t'arriver. Je ne vois rien, je suis complètement dans le brouillard.

12

Vara Liso n'avait pas dormi une nuit entière depuis des années, par crainte de ce qu'elle pourrait entendre pendant son sommeil ou en s'endormant. Car à ce moment-là elle sentait les mailles de son filet s'étendre autour d'elle comme un nuage, et quand il revenait, quand elle le ramenait, si l'on peut dire, il était plein des émotions, des désirs et des soucis de tout le monde à des kilomètres à la ronde, comme des poissons qu'elle ne pouvait s'empêcher d'ingurgiter.

Quand elle était jeune, ces expériences involontaires de pêche nocturne se produisaient une ou deux fois par mois, et elle ne savait pas très bien si elle était folle, ou si elle avait vraiment appris ce qu'elle croyait avoir découvert sur ses parents, son frère, leurs voisins ou ses amants. Ses rares amants, parce qu'il y avait chez elle, même à l'époque, quelque chose d'effrayant, dans son attitude et son aspect physique.

Mais à présent, le filet se déployait toutes les nuits et elle n'arrivait plus à absorber ce qu'il ramenait dans ses mailles, ni à évacuer ces bribes de la vie d'autrui. Elle se faisait l'effet d'un papier tue-mouches accroché au milieu d'une décharge.

Et puis elle avait été approchée par d'autres mentalistes, comme ils disaient – elle n'avait jamais pensé à donner un nom à son pouvoir –, et elle avait réalisé que cette faculté pouvait intéresser des gens. Elle avait passé une nuit à s'entraîner à l'Université de Streeling, avec d'autres personnes, et elle avait surpris un lambeau de rêve qui l'avait profondément ébranlée.

Un rêve d'hommes mécaniques. Pas des tictacs, ces drôles de machines qui faisaient les travaux trop fastidieux pour les ouvriers de Trantor et des autres mondes au temps de leur splendeur défunte, non, pas des tictacs, des robots qui ressemblaient à des hommes, qui évoluaient parmi eux sans se faire remarquer.

Dans son rêve, il y avait aussi des femmes mécaniques, capables d'exploits stupéfiants, et même de tuer et d'inspirer l'amour.

Vara Liso réfléchit à ce rêve pendant des semaines avant de demander audience à l'Empereur. Cette requête un peu folle – comment pouvait-elle espérer être reçue par le plus haut personnage de l'Empire ! – avait reçu un accueil favorable, et elle avait rencontré la Voix de la Conscience impériale autoproclamée, le Conseiller impérial Farad Sinter.

Sinter l'avait reçue avec courtoisie, un peu fraîchement au départ, mais quand elle lui avait révélé ses soupçons, il s'était mis à l'interroger, à la cuisiner pour découvrir, derrière son discours confus, les évidences qui avaient pu lui échapper. Farad Sinter avait pris un rêve tiré tout cru, tout vivant, d'une nuit anonyme et lui avait donné une autorité politique, un poids, une structure logique qu'elle même n'aurait pas réussi à assembler en un million d'années.

Vara Liso en était arrivée à respecter Sinter, puis à l'admirer, et enfin à l'aimer. Ils étaient si semblables à bien des égards, sensibles, nerveux, syntonisés sur des fréquences de pensée que les autres ne pouvaient percevoir... ou du moins, c'est ce dont il avait réussi à la convaincre.

Elle serait bien devenue sa maîtresse si Farad Sinter ne l'avait persuadée qu'ils étaient au-dessus de ces trivialités. Ils avaient des préoccupations intimes autrement élevées à satisfaire.

Elle allait donc, ce matin-là, vers ses appartements privés au Palais, escortée comme toujours par deux gardes, des femmes glaçantes, convaincue qu'elle allait lui livrer ce qu'il voulait le plus. Et pourtant Vara Liso gardait quelque chose par-devers elle, une chose qui n'avait pas l'air de coller.

– Bonjour, Vara, fit Sinter. Alors, qu'avez-vous pour moi, aujourd'hui ?

Il prenait son petit déjeuner, assis devant une table roulante, en robe d'intérieur matelassée, dorée, et ses yeux perçants pétillaient d'une sorte d'amusement.

– Rien de nouveau, Farad, répondit-elle, lasse et découragée, en se laissant tomber sur un canapé, devant lui. Tout est si confus. Je ne sais plus où j'en suis, je vous jure.

Sinter fit *tsk-tsk* et agita le doigt dans sa direction.

– Ne dénigrez pas votre pouvoir à nul autre pareil, Vara.

Elle ouvrit de grands yeux avides qu'il ignora.

– Vous avez découvert qui vous avait mise sur cette piste, par son rêve d'hommes mécaniques ?

– Je l'ignore. Je ne sais même pas si c'était un homme ou une femme. Je me souviens des visages que j'ai vus en rêve, et je n'en ai reconnu aucun. Vous l'avez attrapée ?

– Non, pas encore, répondit-il. Mais je n'ai pas dit mon dernier mot. D'autres indices, des suspects ?

Vara Liso rosit légèrement et secoua la tête. Elle serait bientôt obligée de révéler comment tout cela avait commencé, qu'elle avait failli devenir membre d'un groupe de mentalistes au rabais, beaucoup moins forts qu'elle, et surtout que la jeune femme dont elle avait détecté, deux semaines auparavant, l'esprit flamboyant dans la nuit. Ils l'avaient bien traitée, et elle n'en avait pas parlé à Sinter pour deux raisons : parce que ces gens n'étaient évidemment pas des robots, et parce qu'il lui restait un minimum de sens de l'honneur et de loyauté. Elle essayait de guider sa vision afin qu'il n'aille pas courir après ces petits mentalistes de rien du tout ; elle pensait que ç'aurait été une erreur, même si elle gardait ses réflexions pour elle.

Elle se doutait que Sinter ne réagirait pas bien si elle lui disait qu'il se trompait, même sur un point de détail.

Sinter l'avait envoyée à Dahl parce qu'il avait eu l'intuition irrationnelle qu'il y aurait plus de suspects là-bas que partout ailleurs à Trantor, et c'était là que Vara Liso s'était réveillée en pleine nuit, dans une chambre d'hôtel sordide, ramenant dans son filet la plus grosse prise qu'elle ait jamais faite.

Elle avait détesté Dahl, avec ses miasmes de rancœur, de

décrépitude et de colère. Elle espérait ne jamais y remettre les pieds.

– Il va falloir que vous y retourniez pour aider mes hommes, dit Farad Sinter avec légèreté. Ils n'arriveront à rien, sans vous. Oh, ma petite Vara trop sensible ! ironisa-t-il comme elle levait sur lui ses yeux pleins de larmes. Ce n'est pas si grave. Nous avons besoin de vous. Nous cherchons une aiguille dans une meule de foin. Si son pouvoir est aussi fort que vous le dites...

– Si vous y tenez absolument... murmura-t-elle. J'espérais que vous auriez assez d'éléments pour vous passer de moi.

– Eh bien, ce n'est pas le cas. Je crains de ne plus avoir beaucoup de temps devant moi pour produire une preuve concrète.

Elle se força à sourire, et posa la première question qui lui passait par la tête :

– Que feront ces robots s'ils savent que nous savons ?

Le visage de Sinter se crispa.

– C'est le plus grand danger, répondit-il d'un ton funèbre, les yeux baissés. Il y a des moments où je pense qu'ils nous remplaceront par des répliques de nous-mêmes et continueront notre travail comme nous l'avons toujours fait. Mais sans esprit, sans contenu. Sans âme, ajouta-t-il après réflexion, et ce vieux mot parut bien étrange et mystérieux dans sa bouche.

– L'âme ? Je ne vois pas ce que ça peut être, fit Vara.

Sinter eut un mouvement de tête agacé.

– Moi non plus, mais ce serait terrible de la perdre !

Et pendant quelques instants ils ruminèrent cette sinistre perspective, savourant la complicité du danger partagé.

13

– Je trouve un peu étrange votre demande d'audience, compte tenu du fait que la Commission de Linge Chen va vous faire comparaître pour trahison le mois prochain, fit Klayus en secouant la tête. Vous ne trouvez pas incongru que j'accepte de vous recevoir ? ajouta-t-il, les yeux au ciel.

– Si, Majesté, répondit Hari, tête basse, les mains croisées. Cela témoigne de votre indépendance d'esprit.

– Oui. Je suis beaucoup plus indépendant qu'on ne le pense généralement. En réalité, cette Commission me rend le service de régler quantité de détails fastidieux et sans intérêt. Linge Chen a suffisamment de jugeote pour ne pas fourrer son nez dans mes affaires, alors pourquoi devrais-je m'intéresser à vous ? En dehors de vos compétences supérieures sur le plan professionnel, bien sûr.

– Je me suis dit que l'avenir pouvait vous importer, Majesté.

– Ah oui, votre éternelle promesse, renifla Klayus.

Hari suivit l'Empereur dans une pièce circulaire d'une bonne douzaine de mètres de diamètre et d'une trentaine de mètres de hauteur. Dans la coupole gravitaient tous les systèmes solaires habités de la Galaxie. Des dizaines de millions de mondes. Hari leva les yeux et scruta l'immensité à la portée de l'humanité. Klayus Ier ignora le spectacle. Il pinça les lèvres et Hari fut troublé par ses yeux écarquillés, un peu vagues.

Klayus poussa une énorme porte, pareille à l'entrée d'une crypte, qui donnait sur son cabinet de récréation. La porte pivota et des insectes vert et or se mirent à ramper sur le chambranle. Hari supposa que c'était une projection, mais il n'aurait pas été surpris de découvrir qu'ils étaient réels.

– Je ne m'intéresse guère à votre avenir, Corbeau, reprit l'Empereur d'un ton guilleret. Je n'annulerai pas le procès. Je ne me risquerai pas à jouer au plus fin avec Chen sur ce sujet.

– Je faisais allusion à votre avenir immédiat, Majesté, rétorqua Hari en faisant des vœux pour que le message de Daneel n'ait pas été qu'un rêve, un fantasme.

Si tel était le cas, il pourrait le payer de sa vie.

L'Empereur se retourna en souriant. Quelle formulation dramatique !

– Vous avez dit que l'Empire était condamné. Ça me paraît une traîtrise suffisante. Nous sommes d'accord là-dessus, Chen et moi.

– Ce que j'ai dit, Majesté, c'est que Trantor ne serait plus que ruines d'ici cinq cents ans. Jamais je n'ai prédit votre avenir personnel.

Le cabinet de récréation était orné de sculptures monumentales de créatures géantes d'un peu tous les coins de la Galaxie, de farouches carnivores immortalisés en position d'attaque. Hari les considéra d'un œil indifférent. Il ne s'était jamais beaucoup intéressé à l'art, et surtout pas à ses formes les plus populaires, sauf lorsqu'il s'agissait d'en dégager les tendances ludiques en tant qu'indicateurs de santé sociale.

– Je me suis fait faire les lignes de la main, reprit Klayus, toujours souriant. Par un certain nombre de jolies filles. Elles les ont toutes trouvées fort séduisantes, et m'ont assuré d'un brillant avenir. Pas d'assassinat, Corbeau.

– Vous ne serez pas assassiné, Sire.

– Destitué ? Exilé sur Smyrmo ? C'est là qu'ils ont envoyé mon héroïque aïeul à la cinquième génération. Ses mémoires sont assez distrayants, en vérité. Smyrmo, si chaude et si sèche, où l'on ne peut mettre un pied dehors sans tenue réfrigérée, où l'on vit dans des galeries exiguës, creusées dans des roches faites pour de la vermine et qui puent le soufre.

– Non, Majesté. Vous serez ridiculisé au point de perdre tout prestige, puis ignoré. Linge Chen ne se sentira même plus tenu de vous rendre des comptes. Il proclamera assez rapidement la démocratie populaire, vous reléguant dans un rôle symbolique et faisant des coupes sombres dans votre budget jusqu'à ce que vous ne puissiez même plus sauver les apparences.

L'Empereur s'arrêta entre deux lions de Gareth, les plus gros carnivores des mondes à gravité moyenne : près de vingt mètres de haut, du museau préhensile aux griffes des pattes de derrière, et des écailles tranchantes comme des rasoirs.

– C'est la psychohistoire qui vous dit ça?

– Non, Sire, l'expérience, et la logique, sans aucune aide de la psychohistoire. Vous n'avez jamais entendu parler de Joranum?

l'Empereur haussa les épaules.

– Je ne crois pas. C'est un individu, un endroit, un animal?

– Un homme, qui voulait devenir Empereur et qui avait adhéré à un ancien mythe... concernant les robots.

– Les robots! Oui, je crois aux robots.

– Pas les tictacs, Majesté, précisa Hari, saisi. Des machines intelligentes auxquelles on avait donné une forme humaine.

– Évidemment. Je crois qu'ils ont jadis existé, et que nous les avons oubliés, comme un enfant qui grandit rejette ses jouets. L'expérience des tictacs n'était qu'un anachronisme. Nous n'avons pas besoin d'ouvriers mécaniques, et encore moins d'intelligences mécaniques.

Hari ferma lentement les paupières et se demanda s'il n'avait pas sous-estimé ce jeune homme.

– Joranum croyait (*avait été poussé à croire, par Raych!* songea-t-il) qu'un robot s'était introduit au Palais. Il prétendait que le Premier ministre Demerzel était un robot.

– Ah oui, je me rappelle, maintenant... C'était il n'y a pas si longtemps, n'est-ce pas? Mais avant ma naissance, quand même.

– Demerzel avait tourné ses assertions en dérision, Majesté, et le mouvement politique de Joranum s'était effondré sous le fardeau du ridicule.

– Oui, oui, je me souviens de cette histoire. Demerzel

avait démissionné, et Cléon Ier l'avait remplacé par un autre. Par vous, si je ne me trompe, Corbeau?

– Oui, Majesté.

– C'est là que vous avez acquis vos dons politiques, n'est-ce pas?

– Je ne suis pas si doué que ça pour la politique, Majesté.

– Ce n'est pas mon avis, Corbeau. Vous êtes en vie, alors que Cléon Ier a été assassiné par... *un jardinier*... Qui avait des liens étroit avec vous, si je ne me trompe?

– Dans une certaine mesure, Majesté.

– Toujours en vie, Corbeau. Très futé, en vérité, peut-être riche de secrets et de dossiers embarrassants sur des personnages clés, qui craignent vos révélations. Avez-vous un dossier secret sur Linge Chen, Corbeau?

Hari ne put retenir un petit ricanement. Klayus sembla plutôt amusé qu'offensé par cette réaction.

– Non, Majesté. Chen est très bien armé, politiquement. Son comportement personnel est au-dessus de tout reproche.

– Vraiment? Vous m'en direz tant! Alors qui? Qui me fera sombrer dans la disgrâce et m'abattra?

– Vous avez un collaborateur, un membre de votre conseil privé, qui croit aux robots.

C'est ce que Daneel voulait que je sache. Hari eut un frisson fugitif. Et si Daneel n'existait plus, ou s'il avait quitté Trantor et si ce n'était qu'un rêve? La tension des derniers mois, son chagrin obsédant...

– Et alors?

– Il y a encore des robots sur Trantor. Il les pourchasse et les abat. Avec des armes cinétiques.

L'information de Wanda avait recoupé celle de Daneel : le lien, le soupçon qui le tenaillait, ils s'étaient rapprochés. Mais Hari avait désespérément besoin de réfléchir à ses entretiens avec les tyrans. Il lui manquait encore un élément!

– Vraiment? fit l'Empereur, les yeux brillants. Il a trouvé de vrais robots?

– Non, Majesté. Des humains. Vos sujets. Des Trantoriens, et même un étranger d'Hélicon, mon monde natal, assez curieusement.

– Comme c'est intéressant ! Je ne savais pas qu'il en avait après les robots. Voulez-vous que je le fasse venir et que je l'interroge en votre présence, Corbeau ?

– Ce n'est pas mon affaire, Majesté.

– J'imagine que vous faites allusion à Farad Sinter.

– Oui, Majesté.

– Abattre, tuer des citoyens ! Je l'ignorais. Eh bien, j'en doute, Corbeau, mais si c'est vrai, je mettrai fin à ses agissements... Quant à pourchasser les robots, ça lui fournit assurément un dérivatif sans conséquences.

– Linge Chen laissera assez de fil à Sinter pour qu'il se prenne les pieds dedans, puis il branchera le courant... Et ça fera de sacrées étincelles, quand Sinter grillera. Votre Majesté pourrait être atteinte.

– Je vois... Chen rappellera à tout le monde ce Joranum du temps jadis, et je serai déshonoré pour avoir laissé un individu pareil tuer impunément des citoyens, fit Klayus en se prenant le menton dans la main. Un Empereur qui fait massacrer ses sujets... ou qui ignore leur sort injuste. Explosif. Très dangereux. Je vois ça d'ici ; ça n'a rien d'invraisemblable. Oui... J'avais des projets pour ce soir, Corbeau. Je peux leur dire adieu. Mais je crains de ne pouvoir régler le problème en un entretien de quelques minutes tout au plus.

– Non, Majesté.

– Et Sinter est à Mycogène, aujourd'hui. Il ne rentrera pas avant la fin de la soirée. Alors vous allez rester avec moi, et peut-être me donner quelques conseils, après quoi, Hari... Vous permettez que je vous appelle Hari ?

– Ce serait un honneur, Majesté.

– Après, nous fêterons ça, et je vous récompenserai pour vos bons et loyaux services.

Hari resta impavide, mais c'était bien la dernière chose dont il avait envie. La façon dont l'Empereur faisait la fête était connue de quelques personnes, que Linge Chen neutralisait en leur graissant la patte et grâce à des pressions beaucoup moins subtiles. Hari n'avait pas envie de faire partie de ceux que Chen serait amené à circonvenir, surtout en ce moment...

Il devait vivre jusqu'à son procès, et au-delà, pour voir établir les Fondations... L'une par décret, l'autre en secret.

Mais il ne pouvait permettre à la curieuse folie de Sinter de mettre en péril l'avenir de Wanda, de Stettin et de tous ceux qui pouvaient encore être amenés à aller sur Stars End. Qui devaient y aller ! Les équations l'exigeaient.

14

Après cinq jours de solitude, Lodovik avait sombré dans l'équivalent robotique du coma. Il n'avait rien à faire, personne à servir, aucun moyen de se rendre utile ; il n'avait pas le choix : il devait se mettre en état de veille, ou ses circuits risquaient d'être sérieusement endommagés. Dans cet état, ses pensées évoluaient très lentement, et il conservait les rares possibilités d'explorations mentales qui lui restaient. Il évitait ainsi la rupture complète, laquelle ne pouvait être interrompue que par un être humain ou un robot de réparation.

En dépit de la viscosité de sa pensée, Lodovik tenta d'estimer l'ampleur du changement qu'il avait subi. Car il était sûr d'avoir changé ; il le sentait dans ses schémas fondamentaux, dans ses diagnostics. Certaines caractéristiques de son cerveau positronique avaient été partiellement modifiées par le flux de radiations qui accompagnait l'onde de choc frontale de la supernova. Mais ce n'était pas tout.

La nef hyperspatiale dérivait à des années-lumière de Sarossa, trop loin pour recevoir les éventuelles communications susceptibles de franchir la géométrie statique, hors de portée des macro-ondes radio. Et pourtant Lodovik était sûr que quelqu'un, que quelque chose l'avait examiné, était intervenu dans ses programmes et ses processus.

Il avait entendu parler par Daneel des mèmes, ces entités qui encodaient leurs pensées non dans la matière mais dans les champs et les plasmas de la Galaxie, ces intelligences qui occupaient les réseaux et les processeurs de données de Trantor, et qui s'étaient vengées sur certains robots de Daneel avant l'arrivée de Lodovik sur le monde-capitale de l'Empire. Ils avaient fui Trantor plus de trente ans auparavant. Lodovik ne savait pas grand-chose d'autre à leur sujet ; Daneel n'avait pas eu l'air disposé à entrer dans les détails.

Peut-être une ou plusieurs entités-mèmes étaient-elles venues inspecter la supernova, ou refaire le plein d'énergie dans son éclatante proximité. Il se pouvait qu'elles aient trouvé le vaisseau en perdition, et soient entrées en contact avec lui.

Et qu'elles l'aient modifié.

Lodovik ne pouvait plus être sûr de fonctionner normalement.

Il ralentit encore plus ses pensées, se prépara pour un long siècle glacé, jusqu'à l'extinction.

Tritch et sa seconde, Trin, observaient les agissements de Mors Planch avec inquiétude. Il s'était enfoncé, avec des machines à diagnostic mobiles, dans les entrailles de l'hyperpropulsion. Assez loin des serpentins actifs d'hélium solide et des cristaux de chlorure de sodium d'un mètre de côté – du vulgaire sel de table, anti-introspecté et posi-foré –, assez loin, donc, pour éviter les bobos, mais quand même...

Tritch n'avait jamais laissé personne intervenir sur son hyperpropulsion quand le vaisseau était en transit. Ce que Planch faisait la fascinait et la terrifiait.

Tritch et Trin l'observaient depuis la galerie de la salle des machines, un petit balcon qui dominait la propulsion dont le noyau faisait quinze mètres de long, si bien que le bout disparaissait dans l'ombre. Planch avait accroché une lampe au-dessus de lui, et il était entouré d'une pâle lueur dorée.

– Vous devriez nous dire ce que vous faites, tenta nerveusement Tritch.

– Là, maintenant ? demanda Planch, agacé.

– Oui, maintenant. Ça me rassurerait un peu.

– Vous connaissez quelque chose à l'hyperphysique ?

– Je sais juste que ça implique l'extraction des racines extrêmes de tous les atomes du vaisseau, leur reversion et leur réimplantation dans une direction où on ne va pas normalement.

– Très impressionniste, chère Tritch, fit Planch en riant. J'adore. Mais ça ne fait pas avancer le schmilblick.

– Le quoi ? releva Trin.

Tritch secoua la tête.

– En hyperpropulsion, reprit Planch, tout vaisseau laisse une trace permanente dans une région obscure appelée l'Espace de Mire. Konner Mire était un de mes profs, il y a quarante ans. On n'étudie plus guère ses travaux, de nos jours. La plupart des hypernefs vont là où elles doivent aller, et les actuaires de l'Empire trouvent que ça ne vaut pas le coup de rechercher celles qui se perdent, ce qui n'arrive pas souvent, de toute façon.

– Un fois sur cent millions, fit Trin comme pour se rassurer.

Planch farfouilla entre deux longs tuyaux et écarta une machine à diagnostic du moteur, la laissant planer en apesanteur.

– Tout moteur a une extension dans l'Espace de Mire pendant que la nef est en transit ; ça évite aux particules du bâtiment de se disperser. De vieilles techniques, sur lesquelles je ne m'étendrai pas, permettent d'amarrer un moniteur au moteur et d'examiner les dernières pistes. Avec un peu de chance, nous en trouverons une avec un bout effiloché ; ce sera notre vaisseau perdu. Ou plutôt, la piste de son dernier Saut.

– Un bout effiloché ? répéta Tritch.

– Toute sortie précipitée de l'état d'hyperpropulsion laisse une importante quantité de discontinuités, comme une corde sectionnée. Lors d'une émergence programmée, les discontinuités se résolvent, s'aplanissent.

– Si c'est tellement facile, pourquoi tout le monde ne le fait-il pas ? objecta Tritch.

– Parce que c'est un art perdu, je vous l'ai dit. Vous avez oublié ? lança-t-il, et elle eut un rictus d'agacement. Vous l'avez voulu, grommela Planch d'une voix assourdie qui prit des accents caverneux dans la gigantesque salle des machines. Nous avons une chance sur cinq de nous planter et de nous retrouver hors de l'hyperespace, éparpillés sur un tiers d'année-lumière.

– Vous ne m'aviez rien dit, fit Tritch d'un ton de reproche.

– Maintenant, vous savez pourquoi.

Trin étouffa un juron et jeta un coup d'œil accusateur à son capitaine. Planch s'affaira encore plusieurs minutes, puis émergea à nouveau. Trin était partie, mais Tritch était restée sur la galerie.

– Toujours d'accord pour ces deux bouteilles de Trillien ? demanda-t-il.

– Si nous sommes encore en vie, lança-t-elle d'un ton funèbre.

Il se laissa dériver loin des cylindres et poussa la machine à diagnostic vers la coupée.

– Tant mieux ! Parce que je crois que j'ai trouvé.

15

Hari avait mal aux jambes à force d'être debout. Klayus avait enfin cessé de lui décrire ses statues de monstres. Il l'avait laissé, et Hari avait trouvé un divan au bord duquel il s'était assis avec un gros soupir.

Il tenait l'occasion de voir à quel point les choses s'étaient dégradées et jusqu'où l'Empire allait tomber. Ce n'était pas folichon, mais il avait depuis longtemps appris que la meilleure façon de s'en sortir dans la vie était de s'efforcer de voir le bon côté des choses. Il avait hâte de retrouver son Premier Radiant, de se perdre dans ses équations. Ah, les gens ! Tant de ruptures minuscules, et pourtant potentiellement désastreuses, comme d'être dévoré par des insectes affamés...

Hari se tourna vers la porte encore ouverte et essaya de voir les insectes qui rampaient sur le chambranle, mais les projecteurs s'étaient éteints quand Klayus était sorti. Lorsqu'il se retourna, un jeune serviteur lavrentien était debout à côté de lui. Un petit bonhomme au visage rond, lisse, pareil à un lampion dans les ténèbres de la salle.

– L'Empereur m'a dit de m'occuper de vous avant votre rendez-vous, fit-il avec un sourire charmant. Avez-vous faim ? Un dîner vous sera servi un peu plus tard, mais vous avez sûrement envie de manger un morceau avant, quelque chose de léger et de délicieux. Voulez-vous que je vous prépare quelque chose ?

– Oui, s'il vous plaît, répondit Hari.

Il avait assez souvent mangé au Palais pour ne pas refuser une telle offre. Cette collation était un luxe inespéré.

– Je me sens tout courbatu, aussi. Vous pourriez me faire envoyer un masseur ?

– Certainement ! répondit le jeune Lavrentien avec un grand sourire. Je m'appelle Koas. Je suis à votre service pour la durée de votre séjour ici. Vous êtes déjà venu, n'est-ce pas ?

– Oui. La dernière fois, sous le règne d'Agis XIV, répondit Hari.

– J'étais déjà là ! fit Koas. Nous vous avons peut-être servi, mes parents ou moi.

– Peut-être, convint Hari. Je me souviens d'avoir été très bien traité, et je crains que le dîner de ce soir ne soit pas une partie de plaisir. Je suis sûr que vous allez me détendre et me préparer à la tâche qui m'attend.

– Avec plaisir, répondit Koas avec une courbette fluide. Vous voulez que je vous prépare quelque chose de particulier, ou vous voulez le menu ? Nous n'utilisons, évidemment, que les meilleurs produits de Mycogène et des autres mondes.

– Farad Sinter est très amateur des douceurs mycogéniennes, je crois, avança Hari.

– Oh non, Monsieur. Il se contente de mets infiniment plus simples, fit Koas avec une moue réprobatrice.

Il est donc à Mycogène pour leur arracher des informations, songea Hari. *Leurs mythes sur les robots. Je commence à me demander si ce type n'est pas tout simplement un obsédé.*

Koas n'étant pas spécialisé dans les massages, deux servantes arrivèrent bientôt avec un matelas à suspension. Hari s'abandonna à leurs soins diligents avec un soupir reconnaissant, et pendant quelques minutes il fut presque heureux d'être venu au Palais et d'avoir demandé cette audience à Klayus.

Les masseuses commencèrent par ses jambes. Elles décrispèrent ses muscles noués et réussirent à le débarrasser d'une douleur au genou gauche qui le tenaillait depuis des semaines. Puis elles passèrent à ses bras, sur lesquels elles s'activèrent avec une force surprenante, lui procurant une sorte de douleur exquise qui se fondit rapidement en une lassitude liquide.

Pendant qu'elles s'occupaient de lui, Hari pensa aux privilèges spéciaux accordés aux chefs, à leurs associés et à leurs familles. Il y avait évidemment le piège de velours du pouvoir, et un luxe suffisant pour amener des individus raisonnablement compétents et combatifs à exercer une tâche difficile, ingrate (Hari était évidemment d'avis que Cléon Ier avait été un Empereur parfois remarquablement énergique, et même Agis avait essayé de tenir son rang, ce qui avait entraîné sa chute grâce à l'entregent de Linge Chen et de sa Commission).

Pour Klayus, le luxe ne s'accompagnait guère de responsabilités, ce qui impliquait d'innombrables possibilités de distorsion de la personnalité, chose qu'Hari avait si souvent constatée dans l'histoire, chez les dirigeants de divers systèmes...

Tandis que les masseuses le caressaient, le tapotaient et le pinçotaient, il laissa ses pensées revenir à ses entretiens avec les tyrans. Leurs entrevues avaient lieu à plus d'un kilomètre de profondeur, sous le Palais de Justice et les Cours impériales, dans la prison de Rikera, au cœur d'un labyrinthe de mesures de sécurité minutieusement conçues et élaborées. Hari était sur Trantor depuis des dizaines d'années, et il en était venu à aimer les espaces fermés, même exigus, mais la prison de Rikera avait été conçue pour punir, pour atrophier l'esprit.

Des années plus tard, il en faisait encore parfois des cauchemars.

C'est dans une cellule où il avait à peine la place de se tenir debout, aux murs noirs, lisses et nus, avec juste deux trous par terre, un pour les déchets organiques, l'autre pour la nourriture et l'eau, sans rien pour s'asseoir, qu'il avait interrogé Nikolo Pas, de Sterrad, le boucher qui avait massacré cinquante milliards d'êtres humains.

Cléon, qui avait un curieux sens de l'humour, avait tenu à ce que leurs entrevues aient lieu là et non pas dans un endroit neutre. Peut-être voulait-il qu'Hari comprenne ce qu'endurait cet homme, afin de mettre les choses en perspective, peut-être de lui faire éprouver de la pitié, allez savoir ?, de sorte qu'il ne ramène pas tout à des équations et à des nombres, auxquels Cléon le croyait probablement réduit.

« Vous m'excuserez de ma piètre hospitalité », avait commencé Nikolo lorsqu'ils s'étaient retrouvés face à face dans ce réduit obscur.

Hari avait évacué le sujet d'une boutade.

L'homme faisait six bons centimètres de moins que lui. Il avait des cheveux blonds, presque blancs, de grands yeux noirs, un petit nez en pied de marmite, la bouche lippue et un menton effacé. Il portait une chemise grise, de tissu fin, un short et des sandales.

« Vous êtes venu étudier le Monstre, avait repris Nikolo. Les gardes m'ont dit que vous étiez le Premier ministre. Vous n'êtes sûrement pas venu quêter des tuyaux politiques.

– Non, avait confirmé Hari.

– Vous êtes venu contempler le triomphe de Cléon et le retour de l'ordre et de la discipline ?

– Non.

– Je ne me suis jamais rebellé contre l'autorité de Cléon. Je n'ai jamais usurpé l'autorité de l'Empereur.

– Je comprends. Comment expliquez-vous ce que vous avez fait ? avait demandé Hari, décidant d'entrer dans le vif du sujet sans autres préliminaires. Quel était votre but, à quoi pensiez-vous ?

– On raconte que j'ai massacré des milliards d'êtres humains sur les quatre mondes du système qui était le mien et que j'étais censé protéger.

– C'est ce que dit le dossier. Que s'est-il passé, selon vous ? Et je vous préviens que j'ai les comptes rendus de milliers de témoins et d'autres documents à ma disposition.

– Alors pourquoi devrais-je me donner la peine de vous raconter tout ça ? rétorqua Nikolo.

– Parce qu'il se pourrait que vous me disiez une chose susceptible d'empêcher d'autres massacres dans l'avenir. Quelque chose qui nous permettrait de comprendre ce genre de situations et de les éviter.

– En tuant au berceau les monstres de mon espèce ? Non, je vois que c'est plus subtil que ça, avait murmuré Nikolo. En empêchant l'ascension au pouvoir des êtres comme moi ?

– Peut-être.

– Et qu'est-ce que j'ai à gagner dans tout ça ?

– Rien, avait répondu Hari.

– Rien pour Nikolo Pas... Sauf le droit de mettre fin à mes jours, peut-être ?

– Cléon ne permettrait jamais une chose pareille.

– Juste le droit de renseigner le Premier ministre de Cléon, d'accroître sa compréhension, et donc son pouvoir...

– On peut voir ça comme ça, évidemment.

– Pas dans ce trou à rat, avait répondu Nikolo. Je parlerai, mais dans un endroit propre et confortable. C'est le prix que j'exige. Même la vermine refuse de vivre ici. Et j'ai tant de choses à vous dire... sur les hommes et les machines, ou sur des machines qui ont l'air humaines... hier, et demain... »

Hari l'avait écouté en s'efforçant de rester impassible.

« Je ne suis pas sûr d'arriver à convaincre Cléon de...

– Alors vous ne saurez rien, Hari Seldon. Et je vois, à cette lueur dans votre regard... que j'ai évoqué un détail qui suscite en vous un vif intérêt, n'est-ce pas ? »

Hari se tortilla sur la couchette, et la masseuse qui s'affairait sur son cou lui demanda doucement de rester tranquille. *Pourquoi ne m'étais-je pas rappelé cette conversation avant aujourd'hui ?* se demanda Hari. *Aurais-je refoulé autre chose ? Et pourquoi ?*

Et puis, la tension réduisant à néant tous les efforts des masseuses, une autre question : *Daneel, que m'avez-vous fait ?*

16

Les cadavres disposés en rangées bien nettes flottaient en apesanteur dans le salon de l'équipage, le plus vaste espace du vaisseau, et aussi le plus proche du sas d'évacuation, au milieu de la nef.

Mors Planch eut un mouvement de recul et se demanda l'espace d'un instant s'il n'était pas tombé sur une scène de piraterie. Les corps étaient maintenus par des cordes. *Même morts, on s'est occupé d'eux, on en a pris soin.* Dans l'air planait une odeur de pourriture avancée. Et pourtant il fallait qu'il les compte, pour voir s'il devait chercher ailleurs dans le vaisseau.

Tritch resta bien à l'écart de la porte. Ses yeux rougis tranchaient sur le mouchoir blanc qu'elle tenait sur son nez et sa bouche.

– Qui a pu faire ça ? demanda-t-elle d'une voix étouffée.

– Je ne sais pas, répondit Mors d'un ton morne.

Il mit un masque à gaz et entra pour procéder au décompte. Quelques minutes plus tard, il ressortait, le visage décomposé.

– Tout le monde est mort, là-dedans, mais tout le monde n'est pas là.

Il passa devant elle et s'engagea, par petits bonds experts, dans la coursive menant vers la passerelle. Tritch le suivit à contrecœur, s'arrêtant brièvement pour transmettre une instruction à Trin.

– Ils sont tous morts à peu près en même temps, reprit Planch alors que Tritch le rejoignait. Empoisonnés par les radiations de l'onde de choc.

– La nef est pourtant bien protégée, objecta Tritch.

– Pas contre les neutrinos.

– Mais les neutrinos ne peuvent rien nous faire. C'est comme des fantômes.

Planch scruta le salon des officiers plongé dans la pénombre, alluma sa torche, balaya les meubles, les parois. Personne.

– Les enveloppes extérieures de la supernova projettent d'importantes quantités de neutrinos, dit-il d'une voix étranglée. Des quantités telles qu'elles peuvent jouer des tours étranges et mortels à la matière, et surtout aux gens. Vous sentez ça ?

– Je sens les cadavres, là-bas, répondit Tritch.

– Non, l'odeur du bâtiment, ici. Que sentez-vous ?

Elle écarta le mouchoir de son nez et renifla.

– Ça sent le brûlé. Pas la chair humaine.

– Exactement, confirma Planch. Ce n'est pas une odeur habituelle, et je ne l'ai sentie qu'une seule fois : dans un bâtiment qui avait essuyé unc tempête de neutrinos, émanant non d'une supernova mais d'une planète qui avait été engloutie par un trou de ver. L'un des désastres qui ont anéanti plusieurs stations de transit, il y a trente ans. Le vaisseau avait été pris dans le flux provoqué par la conversion de la masse. Je faisais partie d'une équipe de sauvetage. Tout le monde à bord était mort. Le vaisseau sentait exactement comme ça... le métal brûlé.

– Sacré boulot, ironisa Tritch en se recollant son chiffon sur le nez.

L'écoutille qui menait à la passerelle était ouverte. Planch tendit le bras pour empêcher Tritch d'avancer. Elle ne fit pas mine de résister. La passerelle était éclairée par la seule lueur des étoiles filtrant par les hublots. Il ralluma sa torche, la braqua sur les panneaux, le fauteuil du capitaine, les tableaux synoptiques. Tout était éteint. Le vaisseau était mort.

– Nous risquons de manquer d'air d'ici peu, dit-il à Tritch. Dites à votre équipage de repartir.

– C'est déjà fait, répondit Tritch. Je ne tiens pas à m'éterniser ici. Nous ne sauverons rien si le vaisseau ne peut repartir.

– Non, répondit Planch.

La passerelle était apparemment déserte, et il y faisait assez froid pour que son souffle se condense. Il fit quelques pas en chassant d'une main l'air froid, qui sentait le renfermé, il attrapa une épontille et pivota sur lui-même. De ce point de vue, il dirigea le rayon de sa lampe vers le coin opposé. Là, il vit une silhouette recroquevillée dans la forme fœtale.

Il se hala en s'accrochant à la rampe jusqu'à un mètre de la forme. Ce qu'on lui avait dit était vrai : il y avait un survivant. Celui-ci tourna la tête vers lui et il reconnut le Conseiller Lodovik Trema. Mais ce n'était pas le Haut Commissaire Chen qui lui avait annoncé la survie de Trema.

Lorsqu'ils avaient enfin repéré la nef qui dérivait lamentablement dans l'espace, il était aussitôt entré en contact avec Chen, puis avec un autre personnage, qui payait encore mieux : le grand gaillard qui avait beaucoup de visages et de noms, et qui avait si souvent fait appel à lui.

Cet homme ne s'était jamais trompé, et il avait vu juste

cette fois encore. *Même si tous les autres sont morts, il se peut qu'il y ait un survivant... Il ne devra pas être ramené à Chen. Il faudra confirmer sa mort.*

Lodovik Trema cligna des yeux lentement, calmement, en regardant Planch. Lequel porta un doigt à ses lèvres et murmura :

– Vous êtes mort, monsieur. Ne bougez pas, ne dites rien.

Puis il récita une phrase codée, mêlant les chiffres et les mots, que l'homme aux innombrables visages lui avait apprise.

– Vous avez trouvé quelque chose ? demanda Tritch, depuis l'autre côté de la passerelle.

– L'homme que je cherchais, répondit Planch. Il a tenu le coup un peu plus longtemps que les autres. C'est lui qui a dû disposer les cadavres comme ça, et puis il est venu mourir ici.

Comme il soulevait le corps de Lodovik, Tritch tenta de reculer, mais elle ne trouva pas de prise assez vite. Le corps inerte, recroquevillé sur lui-même, lui passa sous le nez, et elle ne put retenir un haut-le-cœur.

– Ne vous en faites pas, dit Planch. Celui-ci sent moins fort que les autres. Il faisait plus froid sur la passerelle.

Tritch ne pouvait croire qu'ils soient venus jusque-là uniquement pour récupérer un cadavre. Lorsqu'ils furent de retour à bord du *Fleur du Mal*, Lodovik soigneusement entreposé dans un sarcophage au fond de la soute, elle passa à Planch une bouteille d'eau de vie trillienne. Il s'en versa un verre et le leva pour porter un toast sans joie.

– Le Haut Commissaire voulait être sûr. Maintenant que nous savons qu'il est mort, je dois le ramener sur son monde natal et veiller à ce qu'il soit décemment enterré, avec tous les honneurs dus à son rang.

– Lui et pas les autres ? C'est un peu bizarre, non ?

Planch haussa les épaules.

– Je n'ai pas pour habitude de discuter mes ordres.

– Et de quel monde vient-il ?

– Madder Loss.

Tritch secoua la tête d'un air incrédule.

– Comment un homme aussi important pourrait-il venir de ce repaire de parasites infâmes?

Planch examina son verre, leva un doigt, siffla la liqueur jusqu'à la dernière goutte, puis il tendit le verre et le doigt vers Tritch.

– Je vous rappelle notre contrat, dit-il. La mort de cet homme pourrait avoir des répercussions politiques.

– Je ne connais même pas son nom.

– Certains pourraient le deviner à partir des éléments dont vous disposez, pour peu que vous en parliez dans les endroits où il ne faut pas. Et si vous le faites, je le saurai.

– Je respecte mes contrats. Je tiendrai ma langue.

– Et votre équipage?

– Vous deviez savoir que nous étions dignes de confiance quand vous avez fait appel à nous, répondit Tritch avec une suavité inquiétante.

– Oui. Eh bien, c'est encore plus important maintenant.

Tritch se leva, prit la bouteille posée sur la table entre eux et la reboucha fermement.

– Vous m'avez insultée, Mors Planch.

– Je ne voulais pas vous offenser. Mettez ça sur le compte d'une prudence excessive.

– Je me sens quand même insultée. Et vous me demandez d'aller sur un monde sur lequel aucun citoyen un peu soucieux de son quant-à-soi ne mettrait les pieds.

– Il y a des citoyens sur Madder Loss aussi.

Elle ferma les yeux et secoua la tête.

– Nous y resterons longtemps?

– Non. Vous pourrez repartir dès que vous voudrez.

Tritch avait de plus en plus de mal à en croire ses oreilles.

– Je ne vous poserai plus de questions, dit-elle en coinçant la bouteille sous son bras.

Planch avait apparemment perdu tout charme pour elle, et leur relation serait désormais strictement professionnelle.

Ce que Planch regretta fugitivement.

Lorsqu'il déposerait Lodovik Trema sur Madder Loss, il

serait un homme riche, très riche. Il n'aurait plus jamais besoin de travailler. Il se voyait déjà acheter un vaisseau de luxe, un appareil qu'il saurait maintenir en parfait état, ce qu'on ne pouvait pas dire de la plupart des vaisseaux de l'Empire.

Quant à l'homme étrange et si docile qui était dans la soute, un homme capable de rester enfermé dans un sarcophage pendant des journées d'affilée sans se plaindre, sans avoir besoin de rien...

Moins il y penserait, mieux ça vaudrait pour lui.

Lodovik était allongé dans le noir, parfaitement conscient, mais très calme. La phrase codée l'avait prévenu que Daneel n'était pas étranger à son sauvetage. Il devait pleinement coopérer avec Mors Planch. Et on finirait par le ramener sur Trantor.

Quant à ce qui lui arriverait une fois là-bas, il l'ignorait. Ayant effectué trois autotests dans le sarcophage de métal, il était raisonnablement certain que son cerveau positronique avait été subtilement affecté. Les résultats des autotests étaient contradictoires.

Pour éviter de se détériorer par suite de non-utilisation, il activa son niveau émotionnel humain et lui fit subir un autodiagnostic. Il paraissait intact. Il pouvait se comporter en humain dans la société humaine. C'était un soulagement. Mais le contact avec Mors Planch, sur la passerelle de l'*Hast de Gloire*, avait été trop bref pour qu'il mette cette fonction à l'épreuve. Mieux valait rester en isolement jusqu'à ce qu'il puisse se soumettre à un test plus approfondi.

Par-dessus tout, il ne devait pas trahir sa nature androïde. Il était primordial pour tous les robots de l'environnement de Daneel que les êtres humains ne sachent jamais à quel point les robots avaient infiltré leur société. C'était essentiel.

Lodovik fit repasser son niveau humain à l'arrière-plan et amorça un test-mémoire complet. Pour cela, il devait renoncer à contrôler ses mouvements externes pendant vingt secondes. Mais ça ne l'empêchait ni de voir ni d'entendre.

C'est à cet instant que quelque chose heurta le sarcophage. Il entendit quelqu'un farfouiller au-dehors, puis un raclement métallique. Le décompte des secondes se poursuivait : cinq... sept... dix...

Le couvercle du cercueil se souleva dans un gémissement métallique. Lodovik avait la tête tournée sur le côté, vers la paroi. Il vit vaguement, du coin de l'œil, un visage qui regardait à l'intérieur, et il crut en entrevoir un second. Dix-huit secondes. Le test-mémoire était presque terminé.

– Il a vraiment l'air mort, fit une voix de femme.

Le test-mémoire était achevé, mais il décida de rester immobile.

– Il a les yeux ouverts, fit une voix mâle qui n'était pas celle de Mors Planch.

– Retourne-le et essayons de l'identifier, reprit la femme.

– Ciel ! Non. Fais-le, toi. C'est ta proie.

– Il a la peau bien rose, je trouve, nota la femme d'une voix hésitante.

– Les brûlures occasionnées par les radiations.

– Non, il a l'air en bonne santé.

– Il est mort, insista l'homme. Il y a une journée et demie qu'il est dans cette boîte, sans respirer.

– On ne dirait pas un cadavre, répéta-t-elle, tendant la main pour toucher une partie visible. La peau est fraîche, pas froide.

Lodovik laissa lentement blêmir sa peau et abaissa sa température externe au niveau de la température ambiante. Il se sentait complètement nul de ne pas y avoir pensé plus tôt.

– Moi, il me paraît assez pâle, remarqua l'homme, une autre main effleurant sa peau. Je ne sais pas ce qu'il te faut : il est froid comme la glace. Tu te fais des idées.

– Mort ou non, il vaut une fortune, reprit la femme.

– Écoute, Trin, je connais Mors Planch de réputation. Il ne t'abandonnera pas son butin.

Lodovik avait entendu ce nom, « Trin », lorsqu'on l'emmenait sur le vaisseau de sauvetage, et il avait compris que c'était une femme, la seconde de Tritch, la capitaine. La situation risquait d'être sérieuse.

– Prends-le en photo, fit Trin. J'enverrai un message pendant la période de sommeil. On verra bien si c'est celui qu'ils cherchent.

Un appareil fut élevé au-dessus du cercueil et enregistra silencieusement son image. Lodovik essaya d'imaginer toutes les raisons possibles de ces agissements, tous les scénarios et leurs issues potentielles.

– Et puis Tritch a donné sa parole à Planch, poursuivit l'homme. Elle a une bonne réputation.

– Si nous réussissons, nous gagnerons dix fois ce que Planch a promis à Tritch, répondit Trin d'une voix tendue. Nous pourrions acheter notre propre vaisseau et offrir nos services dans la périphérie. Adieu les taxes impériales et les inspections. Nous pourrions même aller travailler dans un système libre.

– Des contrées plutôt sauvages, à ce qu'on dit, objecta l'homme.

– La liberté est toujours dangereuse, répondit Trin. Bon, en attendant, nous avons brisé les sceaux du cercueil. Nous en avons trop fait ou pas assez. Fais-lui une incision dans le cuir chevelu et finissons-en.

L'homme tira ce qui ressemblait à un scalpel de sa poche. Lodovik activa son regard et braqua les yeux sur eux, dans la lumière crépusculaire. L'homme étouffa un juron et laissa retomber sa main.

Lodovik ne pouvait pas se laisser entailler. Une blessure superficielle déclencherait un saignement, mais si le scalpel tranchait assez profondément, l'œil le moins exercé reconnaîtrait qu'il n'était pas humain. Lodovik soupesa le pour et le contre de toutes les réactions possibles et retint la solution optimale, compte tenu des circonstances.

Son bras jaillit de la boîte. Il referma la main sur le poignet de l'homme au scalpel.

– Salut ! fit-il en s'asseyant.

L'homme fit une sorte de crise nerveuse. Il sursauta, poussa un hurlement, essaya de retirer sa main et cria à nouveau. Il roula des yeux blancs et de l'écume apparut sur ses lèvres. L'espace de plusieurs secondes, il se tortilla sous l'étreinte de Lodovik, alors que celui-ci considérait la situation sous cette perspective nouvelle.

Trin recula vers l'écoutille. Elle avait l'air effrayée, mais pas autant que l'homme toujours prisonnier de l'étreinte mortelle de l'autre. Lodovik estima l'état de l'homme, lui enleva délicatement son scalpel de la main et le lâcha. L'homme crispa la main sur son épaule, le visage d'un vert pâle fort contestable d'un point de vue médical.

– Trin, gémit l'homme en se tordant de douleur.

Il s'effondra. Lodovik sortit de son cercueil et se pencha pour l'examiner. La femme, près de l'écoutille, semblait pétrifiée.

– Votre ami est en train de faire une crise cardiaque, nota Lodovik. Vous avez un docteur ou un moniteur médical, à bord ?

La commandante en second poussa un petit cri d'oiseau et s'enfuit.

17

Klia Asgar s'approcha de son contact à Fleshplay, un village de vacances familial et ouvrier un peu hard mais populaire à la périphérie de Dahl, près du Secteur de plaisir de Petit Kalgan. C'est là, à Fleshplay, que les numéros et les attractions de Petit Kalgan étaient testés sur une clientèle très exigeante avant d'être diffusés sur le reste de Trantor.

Les bâtiments de Fleshplay disparaissaient sous les enseignes lumineuses qui montaient presque jusqu'à la voûte céleste, annonçant de nouveaux spectacles, des acteurs, ou les vieux classiques qui repassaient au Stardust Theatre, des boissons populaires, des stimulks, et même des stimus de contrebande. Klia regarda les holos représentant des fontaines de boissons gazeuses avec d'autant plus d'intérêt qu'elle mourait de soif.

Elle attendait son contact depuis une vingtaine de minutes, plantée dans le renfoncement d'une devanture, et elle n'osait pas abandonner son poste le temps d'aller boire quelque chose à un éventaire en pleine rue.

Elle observait la foule avec les yeux et mentalement aussi, de sorte qu'elle voyait les gens en profondeur. En surface, ils avaient l'air très bien. Il était relativement tard, et chacun portait ce qui passait, à Dahl, pour une tenue décontractée : les femmes étaient en blouse blanche et culotte noire, bouffante, ceinturée de rouge, les enfants prépubères en combinaison rose, et les hommes en une version moins stricte de la cotte de travail noire. Mais un examen plus attentif révélait les tensions.

C'étaient les classes supérieures de Dahl, les cadres, l'équivalent des bureaucrates tout de gris vêtus, omniprésents dans les autres Secteurs, et pourtant ils arboraient une expression morne lorsqu'ils ne répondaient pas d'un sourire forcé aux interpellations. Ils avaient le regard las, un peu vitreux, après tous ces mois de déception et de chômage endémique. Mais la coloration de leur humeur interne apparaissait aussi à Klia, par brefs éclairs, car elle avait d'autres préoccupations : des violets furieux, des verts bilieux bouillonnant dans les profondeurs de leur esprit, non des auras mais des puits dans lesquels elle n'apercevait que certaines perspectives mentales.

Rien d'extraordinaire dans tout ça ; Klia connaissait l'état d'esprit à Dahl, et essayait de l'ignorer dans toute la mesure du possible. L'immersion totale ne se contenterait pas de la distraire, elle pourrait même la contaminer. Elle devait rester isolée du troupeau si elle voulait conserver l'esprit affûté.

Elle reconnut le garçon dès qu'il entra dans son champ de vision, de l'autre côté de la rue. Il avait peut-être un an de plus qu'elle. Il était plus petit, trapu, avec un visage aux traits pincés, couturé de petites cicatrices sur les joues et le menton, les marques des gangs des rues chaudes de Billibotton. Elle lui avait plusieurs fois livré des marchandises et des informations au cours de l'année passée, lorsqu'elle ne trouvait pas mieux à faire. Il se pourrait qu'elle le voie encore plus souvent, à présent, et ça ne lui plaisait pas du tout. Il était difficile à convaincre...

Les bons jobs étaient devenus à peu près introuvables depuis quelques jours. Klia savait qu'elle était marquée. On ne lui faisait plus confiance. Ses revenus avaient dégringolé en chute libre, et le pire, c'est qu'elle avait échappé de peu à la capture par un gang de brutes dont elle n'avait jamais vu le chef. Des nouveaux dans le secteur, entraînant de nouvelles allégeances, de nouveaux dangers.

Klia avait encore confiance en sa faculté à se tirer de toutes les situations, même les plus périlleuses, mais ça exigeait d'elle un effort épuisant. Elle rêvait d'un endroit tranquille où vivre avec des amis, mais elle n'avait pas beaucoup d'amis, et même aucun qui soit prêt à l'accepter telle qu'elle était.

Il n'en fallait pas plus pour l'amener à repenser toute sa philosophie de la vie.

Le gamin au visage pincé aperçut Klia lorsqu'elle le souhaita, puis il se donna un mal fou pour paraître ne pas l'avoir repérée. Elle fit de même, mais se rapprocha en regardant autour d'elle comme si elle attendait quelqu'un d'autre.

Lorsqu'ils furent à portée de voix, le gamin dit :

– Ce que tu apportes aujourd'hui ne nous intéresse pas. Si tu fichais le camp de Dahl, hein ? Pourquoi t'irais pas en emmerder d'autres ?

La brusquerie, et même la grossièreté ne voulaient pas dire grand-chose ; elle y était trop habituée.

– On a un contrat, répondit laconiquement Klia. Je livre, vous payez. Mon patron du jour ne le prendrait pas bien si vous...

– On dit, par ici, que ton patron du jour est dans la mouise, fit le gamin en la lorgnant avec insolence. Comme tous tes autres patrons du jour ou de la nuit. Même Kindril

Nashak! Il paraît qu'ils ont menacé de l'enfermer à Rikera, sans charges! Un avertissement sans frais, fillette. Fini!

Le piège se refermait.

– Et qu'est-ce que je fais de ça? demanda Klia en soulevant le paquet plat qu'elle avait sous le bras.

– Je prends rien et je paie pas, c'est la consigne. Maintenant, décampe!

Klia le regarda moins d'une seconde. Le garçon secoua la tête comme pour chasser un insecte importun et regarda à travers elle, l'air de ne plus la voir. Il n'irait pas raconter qu'il l'avait rencontrée.

Si tout le monde voulait qu'elle disparaisse, si elle n'avait plus de travail ni aucune autre raison de rester, il était temps de s'éclipser. La pensée la terrifiait. Elle ne s'était jamais éloignée de Dahl pendant plus de quelques heures. Elle avait moins de deux semaines de crédits devant elle, toute une cargaison de marchandises de contrebande vendables sur le marché local uniquement – et ils pouvaient refuser de travailler avec elle, maintenant, de toute façon.

Klia longea la rue jusqu'à un quartier moins prospère, connu sous le nom de Softer Fleshplay, ce qui était un euphémisme, et se faufila par une palissade de plastique brisée dans un restaurant en terrasse abandonné. Là, parmi de vieux emballages vides et des meubles brisés, elle arracha le sceau de sécurité de son paquet et l'ouvrit pour voir si son contenu pouvait avoir la moindre valeur en dehors de Dahl.

Des papiers et un holo. Elle les feuilleta, examina le sceau de la bande. Des documents personnels, codés, rien de déchiffrable ou de vendable à qui que ce soit. Elle le savait avant d'ouvrir le paquet. Elle ne transportait que des marchandises au rabais de toute façon, assez souvent des livraisons de sécurité, des informations trop sensibles pour qu'on coure le risque de les voir interceptées par des cellules de sécurité, mais en même temps pas assez précieuses pour que quiconque ait envie de payer la forte somme pour de meilleurs coursiers.

De tous les coursiers elle était, il n'y avait pas si longtemps, le meilleur et l'un des mieux payés de Dahl, l'héritière d'une tradition millénaire, aussi sophistiquée, dotée d'un vocabulaire et de rites aussi riches que n'importe quel commerce religieux en dehors de Trantor. Même les papiers officiels et publics étaient parfois confiés aux courriers dahlites par des patrons d'un jour tout ce qu'il y avait de plus légitimes, soucieux d'assurer une livraison rapide maintenant que tous les autres moyens de communication étaient si souvent retardés ou surveillés par la Commission.

Pour elle, tout s'était écroulé en quelques jours à peine !

Elle se rendit compte avec un sursaut qu'elle pleurait. Sans bruit, mais elle pleurait.

Elle s'essuya les yeux, se moucha sur un papier poussiéreux mais raisonnablement propre, laissa tomber le paquet dans les détritus et ressortit.

Une fois dehors, elle traversa la rue et attendit quelques minutes. Elle vit bientôt celle qui la suivait, comme prévu, au cas où la livraison n'aurait pas lieu. C'était une petite fille mince, sensiblement plus jeune qu'elle, vêtue d'une version réduite de la combinaison noire des hommes qui travaillaient aux puits de chaleur. Elle faisait semblant de jouer dans la rue. Klia était trop loin pour tenter de la persuader, ou lui extorquer des informations ; mais ce n'était pas nécessaire.

La gamine fila dans l'entrepôt abandonné et en ressortit quelques secondes plus tard avec le paquet déchiré et son contenu.

Klia avait suivi des coursiers au tout début, parfois pour faire le nettoyage après des livraisons ratées. Et voilà qu'on lui faisait le coup, maintenant. C'était le dernier camouflet, l'insulte finale.

Il y avait de plus en plus de monde dans la rue. La voûte n'allait pas tarder à s'assombrir, les lumières des marquises au-dessus de la rue deviendraient plus vives, plus éclatantes, les passants se bousculeraient, cherchant à oublier un instant leur morne existence. Pour une personne en fuite, la foule pouvait être fatale. Tout pouvait arriver dans la cohue, on pouvait la serrer de près, la forcer, la dissimuler, amener les gens à oublier ou l'enlever. On pouvait la retrouver et la tuer.

Elle pensa à l'homme en vert-de-gris. Son souvenir ne lui picotait pas le cuir chevelu, mais il faudrait qu'elle soit tombée bien bas pour renoncer à son indépendance et rejoindre un mouvement, même de gens qui prétendaient être comme elle...

Surtout s'ils étaient comme elle ! La pensée de se retrouver parmi des gens capables de faire la même chose qu'elle...

Soudain, tout autour d'elle se mit à lui brûler le crâne. Avec un gémissement, elle se rua dans la marée humaine, à la recherche d'un plongeoir, l'entrée de ces immenses et antiques ascenseurs qui desservaient les différents niveaux de Dahl et la plupart des autres Secteurs de Trantor.

Vara Liso, épuisée et hagarde, implora le jeune major stoïque qui se trouvait à côté d'elle de la laisser se reposer.

– Il y a des heures que je suis là, geignit-elle.

Elle avait mal à la tête, elle cuisait dans son jus et elle n'y voyait plus clair.

Le major Namm tripota distraitement son insigne impérial en se mordillant la lèvre inférieure. Vara se concentra sur lui avec une haine qu'elle avait rarement éprouvée jusqu'alors, mais elle n'osa pas lui faire de mal.

– Alors ? demanda-t-il d'un ton hargneux.

– Il y a trois jours que je n'ai trouvé personne, répondit-elle. Vous les avez tous fait fuir.

Il s'éloigna de la rambarde du balcon surplombant le trans-Dahl qui traversait Fleshplay. Des meutes de gens défilaient en dessous d'eux, des trains et des robots passaient en grondant sur des voies aériennes, quelques mètres plus haut, ébranlant les murs de l'appartement vide. Vara scrutait la foule depuis sept heures. La nuit tombait rapidement, et les enseignes éblouissantes de l'autre côté de la voie de traverse commençaient à lui donner mal à la tête. Elle n'avait qu'une envie : dormir.

– Le Commissaire Sinter apprécierait d'avoir des résultats, dit le jeune homme.

– Farad ferait mieux de s'inquiéter de ma santé ! Il sera

bien avancé si je tombe malade ou si je m'épuise complètement. Je suis sa dernière cartouche dans cette petite guéguerre qu'il a entreprise ! rétorqua Vara avec une violence qui la surprit elle-même. (Elle était à bout, elle changea de cible et décida de rejeter la responsabilité sur le major :) Et si c'est votre faute, si mon efficacité est réduite... que dira le Commissaire Sinter, alors ?

Le jeune homme envisagea cette éventualité sans émotion apparente.

– C'est à lui que vous devez rendre des comptes. Je ne suis là que pour vous surveiller.

Vara Liso retint un soudain éclat de rage. *Comme ils sont près ! Et ils ne s'en rendent même pas compte !*

– Eh bien, emmenez-moi à un endroit où je pourrai me reposer, lança-t-elle sèchement. Elle n'est pas là. Je ne sais pas où elle est. Il y a trois jours que je ne l'ai pas détectée.

– Le Commissaire Sinter tient tout particulièrement à ce que vous la retrouviez. Vous nous avez dit que c'était la plus forte des...

– En dehors de moi ! rétorqua Vara. Mais je ne la sens pas.

Le major sembla se fourrer dans la tête qu'il n'en tirerait plus rien ce jour-là.

– Le Commissaire sera très déçu, dit-il en recommençant à se mordiller la lèvre inférieure.

Tout le monde est donc stupide, ici ? fulmina intérieurement Vara, puis elle songea que ça ne la mènerait à rien de se laisser emporter par la colère. Ça pourrait même réduire à néant ses chances d'arriver à ses fins avec Sinter.

– Je voudrais rester seule, me reposer, arrêter de parler un moment, dit-elle d'une voix rauque. Nous essaierons à nouveau demain, dans un autre Secteur. J'ai besoin de travailler dans une zone plus restreinte, quelques pâtés de maisons tout au plus. Il nous faudrait davantage d'agents et de meilleures informations.

– Bien, fit le major en répondant à son ton radouci par une réaction plus raisonnable. Nos services de renseignements ne se sont pas montrés très brillants. Nous ferons mieux demain.

– Merci, dit-elle doucement.

Le major traversa l'appartement vide et lui ouvrit la porte. Elle s'apprêtait à sortir lorsqu'elle fut poignardée par une soudaine pointe d'envie, il n'y avait pas d'autre façon d'appeler cette soudaine impression d'être près d'une femme comme elle, dotée d'un don pareil au sien. Son visage devint d'une blancheur de craie et elle balbutia :

– N-n-non, attendez ! Elle est là !

– Où ça ? demanda le major en la ramenant vers la fenêtre.

– Oui, oui, oui, murmura Vara en se laissant faire.

Ils me traitent comme une méprisable putain ! Mais l'excitation de la chasse était trop forte. Elle tendit un doigt tremblant et porta le dos de son autre main à ses lèvres.

– Là-bas ! Elle est tout près.

L'agent scruta la foule dans la direction indiquée par la petite femme. Il vit une silhouette féminine, alerte, presque incolore, filer dans la foule vers l'entrée d'un plongeoir.

Il alerta aussitôt, par vidcom, les agents qui se trouvaient dans la rue, en bas.

– Vous êtes sûre ? demanda-t-il à Vara, qui se contenta de tendre le doigt et de se frotter les lèvres, incapable de dire un mot tellement la sensation était forte.

Elle se retenait à grand-peine de trembler. Elle détestait cette sensation. Elle l'avait pour la première fois éprouvée quand elle s'était retrouvée près des membres du groupe de Wanda et de Stettin, mais pas aussi fort que ça. Une envie pareille à une douleur dans la poitrine, comme si cette fille pouvait tout lui voler dans la vie, ne lui laisser que de vaines attentes et une infinie déception.

– C'est elle ! s'écria-t-elle. Attrapez-la, je vous en prie !

Klia avait l'impression d'avoir le cuir chevelu en feu. Elle fonça avec un petit cri dans la cabine du plongeur. Deux hommes d'âge mûr, à la grosse moustache poivre et sel, la regardèrent d'un air inquiet.

Klia ne voyait pas ce qui se passait dans leur dos. Elle sauta et aperçut deux hommes aux épaules carrées qui couraient à toutes jambes vers les portes ouvertes du plongeur. Les portes se refermaient. Les agents lui crièrent de s'arrêter, flashèrent des rayons codés, pour prendre le contrôle des commandes.

Klia tira de sa poche une clé de maintenance, illégale, mais courante chez les coursiers. Les portes de l'ascenseur frémirent, puis s'immobilisèrent. Elle enfonça sa clé dans le tableau de contrôle et hurla :

– Vite ! On descend, c'est une urgence !

Les portes se refermèrent au nez et à la barbe des deux hommes qui se mirent à flanquer des coups de poings dessus en lui ordonnant de s'arrêter.

Les deux autres hommes s'écartèrent d'elle.

– Où voulez-vous descendre ? demanda-t-elle, le souffle court, mais souriante.

– Au niveau en dessous, s'il vous plaît, répondit l'un d'eux.

– Bon.

Elle donna l'instruction nécessaire au plongeur et fit oublier aux deux hommes qu'ils l'avaient vue et avaient assisté à une scène insolite.

Ils quittèrent la cabine au niveau suivant et elle ordonna rapidement aux portes de se refermer. Avec un soupir, elle s'appuya au mur incrusté de crasse. Une voix mécanique, rocailleuse, dit :

– Instructions d'urgence. Quel niveau de maintenance ?

Elle sonda de toutes ses forces et détecta des poches de troubles sur plusieurs niveaux, tant en haut qu'en bas. Elle avait toujours la peau du crâne en feu. Elle devait sortir du rayon d'action des équipes envoyées à sa recherche. Il n'y avait qu'une direction possible : vers le bas.

– Plus bas, répondit-elle. Niveau zéro.

Quatre kilomètres en dessous du dernier niveau occupé... Les rivières suburbaines.

18

Tritch rencontra Mors Planch en terrain neutre, loin de la soute et en arrière des quartiers de l'équipage, dans un couloir de maintenance en apesanteur. Si elle espérait en tirer avantage, c'était raté. Planch était aussi à l'aise sous gravité nulle que dans les conditions standard.

– Votre cadavre a des facultés remarquables, lança-t-elle comme Planch apparaissait au détour de la coursive.

– Votre équipage manque singulièrement d'éthique, rétorqua Planch.

– L'ambition est le fléau des temps modernes, soupira Tritch en haussant les épaules. J'ai trouvé Gela Andanch devant la soute. Il filait un mauvais coton. Il est à l'infirmerie. Son état est stabilisé.

Planch hocha la tête. Il était tombé sur Lodovik alors qu'il tirait le corps inerte, dont il ignorait le nom, vers la proue. Il avait récupéré Andanch et dit à Lodovik de regagner la soute. Il y était sûrement encore.

– Que cherchaient-ils ?

– Quelqu'un leur a graissé la patte, répondit Tritch d'un ton aérien. Sans doute un adversaire de celui ou de ceux qui vous paient. Il leur avait promis, en échange de Lodovik Trema, cinquante fois ce que je leur donne en une année standard. Ça fait beaucoup d'argent, même pour trahir l'Empire.

– Qu'allez-vous faire d'eux ? demanda Planch.

– Je suppose qu'ils auraient pris le contrôle de la nef et nous auraient neutralisés, peut-être même tués. Trin est dans ma cabine, là. Elle boit comme un trou. Pas de l'eau de vie trillienne, je vous rassure. Quand elle sera assez ivre, il se pourrait que je la balance à la verticale de Trantor, en espérant qu'elle se volatilisera au-dessus du Palais lors de sa rentrée dans l'atmosphère. C'était une bonne seconde, ajouta-t-elle, les paupières papillotantes. Mon problème, maintenant, c'est qu'est-ce que je vais faire de vous ?

– Je ne vous ai pas trahie, rétorqua Planch.

– Mais vous ne m'avez pas dit la vérité. Lodovik Trema peut être ce que vous voudrez, mais il n'est pas humain. Trin bredouille des histoires de simulacres, de robots. Celui qui l'a payée, quel qu'il soit, lui a dit de chercher des hommes mécaniques. Que savez-vous des robots ?

– Ce n'est pas un robot, répliqua Planch en secouant la tête, tout sourire. Personne ne construit plus de robots, d'ailleurs.

– Sauf dans nos cauchemars, poursuivit Tritch. Les holos de série B. Des tictacs au cerveau modifié, mus par une vengeance aveugle. Mais Lodovik Trema... le premier conseiller du Haut Commissaire de la Commission de Sécurité publique ?

– Ça n'a pas de sens, coupa sèchement Planch comme si toute cette conversation était indigne de lui.

– Je me suis renseignée, Mors, fit Tritch d'un air soudain attristé, avec une sorte d'abandon qui ne devait rien à l'apesanteur. Vous avez raison. Il n'y a pas de moyen de protection possible contre un flux de neutrinos, et en quantité suffisante ils sont mortels.

– Il est mourant, mentit Planch. Quoi qu'il arrive, son état doit demeurer secret.

– Je ne vous crois pas, insista Tritch. Mais je tiendrai parole ; je vous déposerai sur Madder Loss. Et j'y abandonnerai peut-être Trin et Andanch aussi. Vous réglerez vos comptes ensemble. Maintenant, allez retrouver votre ministre mort.

Elle tourna les talons et repartit vers l'avant.

– Pourquoi ne pas me laisser regagner ma cabine ? demanda Planch.

– Je vous ferai apporter à manger et un lit de camp. Si je permettais à un type qui fricote avec des cadavres vivants de se promener à l'avant, j'aurais une mutinerie sur les bras. Nous serons à Madder Loss d'ici un jour et demi.

Planch la regarda partir avec un frisson. Lui non plus, l'idée d'être associé à Lodovik Trema ne lui disait rien. Elle avait parfaitement raison.

Personne, à bord de l'*Hast de Gloire*, n'aurait pu survivre. Aucun être humain.

Lodovik attendait Planch dans la soute, debout à côté de son sarcophage, les mains croisées. Un être vivant avait pâti de son comportement, et pourtant il n'était pratiquement pas affecté par la diminution de fréquence mentale, le réexamen critique, et dans des circonstances extrêmes l'extinction complète que cela aurait dû induire en lui. Même en tenant compte du temps qu'avait duré sa mission pour Daneel, et de la Loi Zéro, il aurait dû éprouver des répercussions profondes, inconfortables.

Or il n'en était rien. Lodovik se sentait calme et complètement fonctionnel. Calme mais pas apaisé : il avait fait du mal, il en était conscient, mais il n'éprouvait pas la certitude quasi paralysante d'avoir rompu l'une des Trois Lois calvinistes.

C'était clair : quelque chose avait changé en lui. Il essayait de déterminer quoi lorsque Planch revint.

– Nous sommes coincés ici jusqu'à la fin du voyage, annonça-t-il platement. J'avais une très jolie cabine, pourtant. Et la capitaine et moi, nous étions... Peu importe, coupa-t-il en secouant tristement la tête, puis son expression se durcit. Il y a quelque chose qui ne va pas du tout dans cette histoire.

– Ah bon? Quoi donc? fit Lodovik avec un sourire. (Il s'étira, la persona humaine glissant en douceur sur toutes ses autres fonctions.) J'étais un peu à l'étroit dans cette boîte, mais j'ai connu pire. On dirait que j'ai émergé au mauvais moment?

– Comme vous dites. Le type a fait une crise cardiaque.

– Je suis vraiment désolé. Ils ne mijotaient rien de bon, hélas.

– Quelqu'un d'autre veut vous récupérer, mort ou vif. Je pensais que le Haut Commissaire à la Sécurité publique était plus ou moins inattaquable. Invulnérable.

– Personne n'est invulnérable en cette époque sans foi ni loi, rétorqua Lodovik. Je suis désolé de vous avoir causé des ennuis.

Planch le regarda d'un œil implacable.

– Jusqu'à présent, j'ai ignoré tous les mauvais pressentiments que m'inspiraient cette mission et vous-même. En politique, tout peut arriver – un individu peut valoir un système solaire entier. C'est comme ça que marchent les systèmes centralisés.

– Vous n'êtes sûrement pas un diffusionniste, Mors Planch ?

– Non. Il n'y a pas grand-chose à gagner et beaucoup à perdre à trahir un Linge Chen.

– L'Empereur, vous voulez dire.

Planch ne rectifia pas.

– Ma curiosité a toutefois été piquée à un niveau dangereux. La curiosité est pareille à un flux de neutrinos. Elle peut tout pénétrer, et en quantité suffisante, elle peut tuer. J'en ai bien conscience. Mais la curiosité que vous m'inspirez...

Il serra les mâchoires et détourna les yeux.

– Je suis un homme entre deux âges, qui a eu une chance extraordinaire, restons-en là, reprit Lodovik. Il y a des histoires qu'on ne peut pas nous raconter, ni à vous, ni à moi. Et nous avons intérêt à modérer notre curiosité. Oui, je devrais être mort. Je le sais mieux que personne. Mais la raison pour laquelle je ne suis pas mort n'a rien à voir avec ces superstitions extraordinaires sur les... les quoi, déjà ? Les robots ? Vous pouvez être rassuré sur ce point, au moins, Mors Planch.

– Ce n'est pas la première fois que j'entends parler des robots, vous savez, reprit Planch. Les histoires d'hommes artificiels balaient parfois le monde comme un vent de sable. Il y a trente-cinq ans, il y a eu un massacre dans l'un des systèmes du Septième Octant. Quatre planètes ont été ravagées, des mondes fiers, prospères, unis par une culture commune et qui promettaient de devenir une vraie force dans l'économie impériale.

– Je m'en souviens. Le gouverneur prétendait avoir la preuve irréfutable que les robots s'étaient infiltrés au plus haut niveau et fomentaient la rébellion. Très triste.

– Des milliards de morts, reprit Mors Planch.

– Je suppose que vous serez grassement payé pour votre héroïque sauvetage.

– C'est tout le problème, répondit Planch en s'assombrissant. La capitaine et l'équipage ne nous aiment pas. L'honneur de ces gens est parfois chancelant. Je sais, mon peuple est pareil. C'est pour ainsi dire génétique. Ils vont nous emmener où nous leur demanderons, mais il se pourrait qu'ils bavardent dans les spatioports, n'importe où... et qu'y faire ? Enfin, leur récit étant assez invraisemblable, j'imagine que personne n'y accordera foi. Personnellement, je ne les croirais pas. J'ai dit à Linge Chen que vous étiez mort. Que le sauvetage avait échoué.

Lodovik renvoya la tête en arrière, et la peau de son cou fit un double menton.

– Nous allons quand même à Madder Loss ?

Planch hocha la tête, la mine attristée, mais n'ajouta rien.

19

Linge Chen se préparait au dîner sans cérémonie dans les appartements privés de l'Empereur lorsque Kreen lui apporta le message scellé de Planch dans les profondeurs glauques de sa salle d'ablutions, qui lui servait aussi de lieu de méditation. Chen lâcha rasoir et savon, attendit que

Kreen soit reparti, poussa un profond soupir et posa son pouce sur le petit paquet gris. Le premier sceau, appliqué par le récepteur et le décodeur, s'ouvrit à son contact, son empreinte et l'analyse chimique de sa peau ayant confirmé son identité. Le second sceau, intégré dans le disque recelant le message proprement dit, était programmé pour réagir à quelques mots connus de lui seul et prononcés par sa voix. Le message s'épanouit devant lui.

Mors Planch était dans un vaisseau au décor un peu flou pour le moment, et disait d'une voix grave :

« Votre Honneur, je suis à bord de l'*Hast de Gloire*. L'appareil que j'ai affrété est pour l'instant seul à avoir trouvé le vaisseau, et j'imagine avec compassion votre profonde déception à l'audition des nouvelles que je vous apporte. Votre conseiller est mort, comme tout le reste de l'équipage...

Linge Chen écouta la suite en remuant les lèvres. Planch lui montra les détails sinistres : les cadavres alignés dans une pièce, la découverte du corps inerte de Lodovik Trema, roulé en boule sur la passerelle. Planch confirma son identité en plaçant l'identificateur du Commissaire sur le bracelet de Trema.

Linge Chen coupa le message alors que Planch se lançait dans l'énumération superflue des mesures qu'il s'apprêtait à prendre. Le cadavre ne serait jamais retrouvé ; personne ne saurait que le vaisseau avait été retrouvé. Linge Chen ne tenait pas à être accusé de favoritisme ou de prodigalité alors qu'il espérait faire tomber Farad Sinter pour la même accusation.

L'espace d'un moment, il se sentit redevenu petit garçon. Il était sûr que Lodovik Trema évoluait sur un plan différent, plus élevé que le reste de l'humanité. Il n'aurait jamais osé se l'avouer, mais il ne se contentait pas d'admirer Trema ; il lui faisait confiance, aussi. Son instinct personnel, presque infaillible, lui disait que Trema ne le trahirait jamais, ne ferait rien qui fût contraire à ses intérêts. Il avait même invité Trema lors de certaines fêtes de famille. Il n'y avait convié aucun autre conseiller, ni aucun Commissaire, au demeurant.

En ces occasions, Lodovik Trema s'était montré sociable, agréable, jouant solennellement, non sans innocence, avec les enfants de Linge Chen, faisant à leurs mères des compliments extravagants sur leurs dons culinaires, au mieux passables. Et ses conseils...

Il n'avait jamais donné à Chen un seul mauvais conseil. Ils s'étaient élevés ensemble au sommet des responsabilités après vingt-cinq ans de service sans gloire et souvent pénible. Ils avaient essuyé la fin du règne d'Agis et les premières années de la junte, et Lodovik s'était révélé inestimable lors de la mise sur pied de la Commission de Sécurité publique qui avait modéré et finalement remplacé les chefs de la junte militaire.

Dix minutes passèrent. Kreen frappa doucement à la porte.

– Oui, dit Chen. J'ai presque fini.

Il acheva de se raser, révélant sous sa barbe fine la peau livide, lisse. Puis, comme pour donner la mesure de son émotion, il préleva deux minuscules lambeaux de peau juste devant son oreille gauche. Il épongea le sang avec une serviette blanche qu'il laissa tomber dans l'incinérateur, faisant à des puissances invisibles non précisées l'offrande de son propre sang.

Il avait appris pendant sa jeunesse, passée dans la Municipalité d'Éducation impériale de Runim, que ce genre de rituels faisait partie du chemin qui menait à la maturité, suivant la Règle de Tua Chen. Les Ruelliens orthodoxes avaient élaboré, il y avait quatre mille ans, un projet secret de développement d'une race sélectionnée d'administrateurs et de bureaucrates impériaux appelée Lumière des Peuples, et Tua Chen en était l'exemple le plus réussi. Vers la fin de sa vie, Tua Chen avait conçu deux Livres de Règles, basés sur les principes ruelliens : le premier concernait l'éducation des aristocrates de l'administration (dont l'Empereur), l'autre la formation des centaines de milliards de bureaucrates de l'Empire, les Hommes en Gris.

Linge Chen était un héritier direct de Tua Chen.

L'école de la Lumière des Peuples n'était plus qu'un vivier de superstitions à peu près sans intérêt, mais à son apogée elle formait des fonctionnaires qui étaient envoyés aux quatre coins de l'Empire. En retour, des millions de futurs Hommes en Gris venaient chaque année, de tout l'Empire, recevoir l'enseignement de Tua Chen. Ils se voyaient offrir les postes les plus convoités de la bureaucratie impériale, en concurrence avec les Hommes en Gris de Trantor, conservateurs et rancuniers. Les autres, leur pèlerinage effectué, rentraient chez eux ou prenaient des postes sur des mondes périphériques.

Linge Chen était le plus prometteur des diplômés de l'école, et s'il avait réussi, ce n'était pas grâce à l'observation scrupuleuse de ces rites de persuasion secrets, condamnables. Quant à Lodovik Trema... C'était le moins qu'il pouvait faire.

– Sire... commença Kreen en observant les petites plaies de son maître d'un air soucieux.

– J'ai fini. Apportez-moi ma robe pour paraître devant l'Empereur, avec la ceinture noire.

– Que dois-je inscrire sur la ceinture, Sire ?

– Le nom de Lodovik.

– Aucun espoir, Monsieur ? fit Kreen, consterné.

Linge Chen secoua sèchement la tête, passa devant lui et entra dans le dressing. Le petit serviteur resta quelques secondes pétrifié dans la salle d'ablutions. Son chagrin était sincère. Lodovik l'avait toujours traité, lui, le petit Lavrentien, à l'égal de n'importe laquelle de ses relations. Kreen appréciait cette estime même si elle n'avait jamais été exprimée.

Puis il s'ébroua et suivit son maître.

20

La salle à manger privée grouillait de serviteurs qui procédaient aux derniers préparatifs. Hari leva les yeux vers l'immense lustre aux dix mille pampilles de verre sphériques, étincelantes, représentant les Mondes choisis par l'Empereur pour l'Année galactique, puis parcourut du regard la salle de cent mètres de long, avec ses colonnes d'opale massive et le fameux escalier de cuivrite vert foncé importée du seul système encore situé dans le Grand Nuage de Magellan – une colonie abandonnée deux cents ans plus tôt, qui avait laissé ce seul souvenir. Ses lèvres se crispèrent. Lorsqu'il était Premier ministre, il avait coupé les vivres à ce monde vigoureux, de crainte qu'il ne devienne indépendant et trop puissant... Tant de crimes, de péchés, avaient été commis au nom de la préservation du Centre de pouvoir. Il avait veillé à ne laisser prospérer aucune autre colonie dotée d'un fort potentiel, et il n'y en avait pas eu.

La table de trente couverts était dressée au centre géométrique de la salle, entourée de trente chaises d'ébène à haut dossier, toutes vides : leurs futurs occupants attendraient pour arriver que l'Empereur lui-même ait pris place.

Klayus Ier escorta Hari autour de la salle comme s'il était un hôte d'honneur et non pas un raseur de dernière minute.

– Corbeau – ça ne vous ennuie pas que je vous appelle comme ça ? Seldon « le Corbeau ». Quel nom évocateur ! L'Oiseau de Mauvais Augure... susurra l'Empereur avec un sourire.

– Votre Majesté peut m'appeler comme elle veut.

– Un sobriquet difficile à porter, reprit Klayus.

Hari, à qui aucune beauté féminine n'échappait, repéra trois créatures stupéfiantes du coin de l'œil et se tourna automatiquement vers elles. Les femmes passèrent à côté de lui comme s'il était une statue et s'approchèrent de Klayus. Elles paraissaient travailler en équipe. Elles entourèrent l'Empereur et deux d'entre elles se penchèrent pour lui parler à l'oreille. Klayus s'empourpra et poussa un gloussement de jubilation.

– Mon trio d'exception! dit-il en guise de présentation. Hari, vous ne pouvez imaginer ce que ces femmes savent faire! Elles ont déjà participé à mes dîners, pour notre plus grand plaisir.

Les femmes se tournèrent vers Hari avec un ensemble parfait, manifestant un intérêt modéré à son égard. Elles déchiffrèrent instantanément l'attitude de l'Empereur à son égard avec une précision mortelle. Hari n'était pas un personnage puissant, donc attirant; ce n'était qu'un jouet, encore moins important qu'elles. Hari se dit qu'elles ne se seraient pas enlaidies plus vite s'il leur était tout à coup poussé des crocs ou des poils sur le nez. Avec une sagesse issue moins de ses équations que de sa longue vie et des nombreuses conversations sur la nature humaine qu'il avait eues avec Dors, il imagina aussitôt leurs manœuvres expertes, leur peau chaude, leurs voix douces, masquant la glace d'ammoniaque primitive. Dors avait souvent fait des observations pertinentes sur le sexe humain d'après lequel elle avait été façonnée, et elle s'était rarement trompée.

Klayus congédia les trois femmes de quelques paroles aimables. Elles s'éloignèrent et, tandis qu'elles se baguenaudaient dans la salle, il se pencha vers Hari lui murmurant à l'oreille :

– Elles ne vous impressionnent guère, n'est-ce pas? Les femmes qui viennent au Palais sont pour la plupart de leur espèce. Belles comme des lunes de glace. Mon Conseiller privé réussit parfois à en trouver de meilleures, seulement... soupira-t-il. Pour un homme dans ma position, il est plus facile de trouver des perles fines que la perle des femmes.

– Ah, Majesté, Cléon a connu le même problème, répondit Hari. Il avait conclu, étant jeune, des arrangements avec trois princesses consortes, et en mûrissant il a complètement renoncé aux femmes. Il est mort sans héritier, comme vous savez.

– J'ai étudié Cléon, évidemment, répondit l'Empereur d'un ton songeur. Un homme solide, pas intelligent, mais capable. Il vous aimait bien, n'est-ce pas ?

– Je doute qu'aucun Empereur ait jamais aimé un homme tel que moi, Majesté.

– Oh, ne soyez pas si modeste ! Vous avez des charmes réels, vous savez. Vous avez été marié à cette femme remarquable...

– Dors Venabili, fit une voix rocailleuse, dans leur dos.

L'Empereur se tourna dans une grande envolée de robes et son visage s'illumina.

– Farad ! Comme c'est gentil d'être venu plus tôt !

Le Conseiller privé s'inclina devant son Empereur et jeta un coup d'œil en passant à Hari.

– Quand j'ai appris qui était votre hôte, Majesté, je n'ai pu résister.

– Vous connaissez mon Conseiller privé, Farad Sinter. Farad, je vous présente le célèbre Hari Seldon.

– C'est la première fois que nous nous rencontrons, nota Hari.

On ne se serrait jamais la main en présence de l'Empereur. Trop d'armes avaient ainsi changé de mains entre des conspirateurs et des assassins au fil des siècles. Une simple poignée de mains ne pouvait être autre chose, désormais, qu'un manquement à l'étiquette grossier, voire suicidaire.

– J'ai beaucoup entendu parler de votre femme, reprit Sinter avec un sourire. Une femme remarquable, comme dit l'Empereur.

– Hari était venu me mettre en garde contre vos activités, fit Klayus avec un petit sourire en les regardant alternativement. Je n'étais pas au courant de ce que vous mijotiez, Farad.

– Nous avons parlé de mes intentions, Majesté. Je me demande ce que le docteur Seldon a bien pu ajouter au dossier ?

– Il dit que vous recherchez des hommes mécaniques. Des robots. D'après lui, vous seriez obsédé par les robots.

Hari se raidit. La situation commençait à devenir très dangereuse. Il sentait le nœud coulant se resserrer autour de son cou. Il regrettait presque d'avoir tenté cette approche directe avec un être aussi tortueux et imprévisible que Klayus. Il serait bien avancé s'il se retrouvait en butte aux représailles de Farad Sinter...

– Il se sera mépris, Majesté. Mais peut-être la rumeur l'aura-t-elle induit en erreur. Il y a beaucoup de faux bruits qui courent sur nos activités, fit Sinter avec un sourire dégoulinant de miel et de bonhomie.

– Cette étude génétique... Parfaitement valable, vous ne pensez pas, Hari ? Quelqu'un vous en a-t-il parlé ?

– À l'échelle du système, et des douze plus proches Étoiles centrales, précisa Sinter.

– J'ai lu ça dans les publications scientifiques impériales, répondit Hari.

– Quand même, tirer sur mes sujets ! continua Klayus. Pourquoi, Farad ? Pour prélever des échantillons ?

Hari n'en croyait pas ses oreilles. L'Empereur aurait aussi bien pu signer son arrêt de mort. Voilà qu'il remettait sa tête à son Conseiller privé... sur un plateau d'argent, pour dîner !

– Ce sont... ce sont des mensonges, évidemment, fit lentement Sinter, les paupières soudain très lourdes. La police impériale vous aurait rapporté ce genre d'exactions.

– Je me le demande, reprit Klayus, les yeux pétillants de joie. En tout cas, Farad, Seldon le Corbeau a des arguments intéressants à opposer à cette traque de robots. Hari, expliquez-moi les problèmes politiques que pourrait susciter la diffusion de ces accusations dans le public. Parlez à Farad de...

– Jo-jo Joranum, oui, je connais, coupa Sinter, les lèvres pincées, les joues blêmes. Un prétendu usurpateur mycogénien. Stupide et trop manipulable. Par vous, en partie, si je ne me trompe, docteur Seldon ?

– Son nom a été mentionné, répondit l'Empereur en regardant autour de lui comme s'il commençait à s'ennuyer.

– En fait, reprit Hari, Joranum n'était qu'un symptôme d'un mythe plus vaste, qui a eu des conséquences bien pires sur d'autres mondes loin de Trantor.

Un mythe auquel je n'avais pas songé, que je n'avais pas mesuré, pas étudié... tout ça à cause des interdits de Daneel ! Hari se rendit compte qu'il aurait du mal à aborder le sujet, encore aujourd'hui. Il toussota en mettant poliment son poing devant sa bouche. Sinter lui proposa un mouchoir, mais Hari secoua la tête et prit le sien. Accepter un tel objet pouvait aussi être mal compris. *Et dangereux. Trantor et l'Empire étaient-ils tombés si bas ?* Quoi qu'il en soit, Hari ne tomberait pas dans un piège aussi grossier.

– Sur le monde de Sterrad. Nikolo Pas.

– Ce nom ne me dit rien, fit l'Empereur en regardant Hari, les yeux ronds.

– Un boucher, Majesté, répondit Sinter. Responsable de la mort de millions d'individus.

– Des milliards, rectifia Hari. Dans une quête vaine pour les êtres humains dont il prétendait qu'ils infiltraient l'Empire.

L'Empereur regarda Hari pendant plusieurs secondes, le visage atone.

– Je devrais être au courant de cela, non ?

– Il est mort dans la prison de Rikera l'année précédant votre naissance, Majesté, répondit Sinter. Ce n'est pas un moment glorieux de l'Histoire impériale.

Quelque chose avait changé dans l'atmosphère. Klayus avait un air amer, quelque peu déçu, comme s'il envisageait une corvée désagréable. Hari jeta un coup d'œil en biais à Sinter et vit que celui-ci observait l'Empereur d'un air soucieux. Hari réalisa que Klayus et Sinter avaient joué avec lui comme le chat avec la souris. L'Empereur était déjà au courant pour les meurtres des citoyens de Trantor. Et pourtant, ni Sinter ni aucun de ses précepteurs ne lui avait parlé de Nikolo Pas, et ça l'ennuyait.

– Je ne devrais pas être aussi ignare, reprit Klayus. Il faudrait vraiment que je consacre un peu plus de temps à mes études personnelles. Continuez, Corbeau. Alors, ce Nikolo Pas ?

– Eh bien, Majesté, il se produit régulièrement, à un intervalle de quelques siècles, quelques décennies parfois, des marées ou des tempêtes de perturbation psychologique, centrées sur le mythe des Éternels.

Sinter accusa visiblement le coup, à la grande satisfaction d'Hari. Il poursuivit :

– La résurgence de ce mythe mène presque invariablement à des désordres sociaux et, dans quelques cas extrêmes, à des génocides. J'ai rencontré Nikolo Pas alors que j'étais Premier ministre de Cléon. Je me suis entretenu avec lui plusieurs jours de suite, à raison d'une ou deux heures à chaque fois, dans les profondeurs de Rikera, murmura Hari, un torrent de souvenirs affluant à sa mémoire.

– À quoi Pas croyait-il ? demanda l'Empereur.

Les domestiques avaient pris position sur le pourtour de la pièce. Les préparatifs étaient achevés, mais les invités ne seraient autorisés à pénétrer dans la salle que lorsque l'Empereur serait ressorti, pour faire son entrée solennelle un peu plus tard. Klayus ne semblait pas concerné par le problème.

– Pas prétendait avoir capturé un être humain artificiel actif. Il disait l'avoir placé...

Hari toussota à nouveau. Il ne pouvait se résoudre à prononcer le mot « robot » dans cet environnement. Il se sentait gravement menacé, et même handicapé, car l'interdit portant sur la nature de Daneel s'était étendu à d'autres zones de pensée, de mémoire et même de volonté.

– Il prétendait avoir isolé l'être humain artificiel...

– Le robot. Nous n'allons pas y passer la nuit, coupa Klayus.

Son intervention parut rompre une barrière. Hari opina du chef.

– Le robot. Dans un endroit rigoureusement sûr. Le robot s'était désactivé...

– Quel effroi ! Quelle noblesse ! s'exclama Klayus.

– D'après Pas, ses savants l'auraient disséqué et analysé, puis la forme mécanique inactive aurait disparu sans laisser de trace. Quelqu'un l'aurait subtilisée dans cet environnement de haute sécurité. Ce fait marque le point de départ de la croisade de Nikolo Pas. Les détails sont beaucoup trop fastidieux et épouvantables pour être relatés ici, Majesté, mais je suis sûr que vous trouverez tout dans la Bibliothèque impériale.

Les yeux de Klayus étaient des billes de verre dans un masque de cire.

– Votre argument semble transparent, Hari. Docteur Seldon. Je peux vous appeler Hari ?

L'Empereur lui avait déjà posé cette question lors de leur précédente entrevue, mais Hari ne releva pas. Il répéta :

– Ce serait un honneur, Majesté.

– Je comprends que ces vagues de détresse démarrent inévitablement quand un haut fonctionnaire a une araignée au plafond et se livre à des investigations futiles. Et quand les investigations échappent à tout contrôle, elles coûtent cher en vies et en richesses à l'Empire. Des superstitions. Des mythes. Toujours dangereux. Comme les religions.

Sinter restait coi. Hari se contentait d'opiner du bonnet. Les deux hommes avaient le front luisant de sueur. L'Empereur semblait pensif et calme.

– Je suis prêt à vous garantir que mon Conseiller privé ne nourrit aucune illusion de ce genre, Hari. J'espère avoir réussi à vous rassurer sur ce sujet.

– Oui, Majesté.

– Et vous, Farad, vous comprenez le souci d'Hari, qui tenait à nous informer de la façon dont les bureaucrates et le peuple perçoivent les choses ? Les citoyens ! Pareils à un océan murmurant. Les Hommes en Gris ! Les éternels manipulateurs du destin humain, le plus grand pouvoir après celui du Palais ! Et la noblesse, les barons, les aristocrates, hautains, conspirateurs... Si importants et si souvent en proie à des thèmes fluctuants. Non ?

Hari ne voyait pas où l'Empereur voulait en venir.

– Vous n'en voulez pas à Hari, hein, Farad ?

– Non, bien sûr que non, Majesté, fit Sinter en gratifiant Hari d'un sourire rayonnant.

Klayus appuya son menton dans sa main et se tapota les lèvres du bout du doigt.

– Quand même, dit-il, quelle histoire stupéfiante ! Il va falloir que je me documente sur la question. Et si le boucher avait raison ? Ça changerait tout, non ?

Klayus se tourna pour prêter l'oreille au maître d'hôtel de sa salle à manger privée, un vieux Lavrentien compassé.

– Mes invités, et notamment le Haut Commissaire, attendent, dit l'Empereur. Hari, un jour, il faudra que vous dîniez à ma table, comme vous le faisiez sans doute avec l'infortuné Cléon et le presque aussi infortuné Agis. Mais compte tenu de votre actuelle disgrâce auprès de Linge Chen, ce serait malvenu ce soir. Mes serviteurs vont vous raccompagner, Corbeau. Nous vous remercions, mon Conseiller privé et moi-même !

Hari s'inclina bien bas et deux serviteurs baraqués, plutôt des gardes du corps, en fait, l'encadrèrent et l'escortèrent hors de la pièce. Ils passaient sous le lustre stupéfiant, lorsque les portes principales s'ouvrirent à sa droite, devant Linge Chen. Hari croisa son regard et se sentit vibrer d'une émotion qu'il ne put identifier. Il méprisait Chen, et en même temps l'homme jouait un rôle primordial dans son Projet.

Ils étaient intimement liés, sur le plan politique autant qu'historique, et Hari ne retira aucune satisfaction de l'expression attristée qu'il crut lire sur le visage du Commissaire. *On dirait qu'il vient de perdre un ami*, songea-t-il.

Presque tous mes amis et ceux que j'aimais sont morts aussi, ou sont... partis. Disparus en fumée. Et il y en a dont je ne peux même pas parler.

Hari adressa un signe de tête cordial à Chen. Le Haut Commissaire se détourna comme si Hari était rigoureusement transparent.

Les deux domestiques costauds l'escortèrent à la porte du

Palais, où un taxi l'attendait pour le raccompagner à la bibliothèque et à son appartement infiniment plus humble et néanmoins beaucoup plus confortable.

Dans le taxi, Hari se cala au dossier de la banquette arrière, ferma les yeux et inspira profondément. Après tout, il n'en avait peut-être plus pour longtemps ; juste le temps qu'il faudrait à l'un des tueurs de Sinter pour l'abattre. Et que dirait-il à Wanda ? Avait-il réussi, ou n'avait-il réussi qu'à envenimer encore les choses ?

Il n'arrivait pas à évaluer le niveau d'intelligence de l'Empereur, ni à savoir quel contrôle il exerçait ou souhaitait exercer sur ses divers conseillers et ministres. Klayus était manifestement passé maître dans l'art de dissimuler sa vraie personnalité, ses émotions et plus encore ses intentions.

Hari savait pourtant depuis longtemps que Klayus était condamné à régner peu de temps. Selon les équations de son Premier Radiant, l'Empereur avait soixante pour cent de chances d'être assassiné ou renversé par Chen au cours des deux prochaines années, quels que soient son caractère ou son intelligence.

Dans son appartement à la bibliothèque, Hari se déshabilla, prit une douche, enfila une robe de nuit de tissu fin et s'assit au bord de son petit lit. Il lut ses messages. Tous pouvaient attendre le lendemain, et son retour au bureau.

Son appartement était un simple rectangle de deux pièces, sans fenêtres, sans rien de luxueux, au plafond si bas qu'il avait juste la place de se tenir debout. Mais c'était le seul endroit de Trantor où il se sentait bien. À l'aise, détendu.

La seule pièce où il pouvait maintenir ce genre d'illusion.

21

Klia frissonna dans l'immense espace vide et regarda entre ses pieds le confluent de deux des plus grands fleuves de Trantor. Ils avaient jadis eu un nom. Depuis douze mille ans, ils ne portaient plus que des numéros, évocateurs, tout de même, de grandeur : Un et Deux. Un traversait la moitié de Sirta, le continent où se trouvaient certains des Secteurs les plus peuplés, dont le Palais impérial, Streeling et Dahl. Des milliers d'années plus tôt, alors que la population de Trantor croissait et que les urbanistes devaient prévoir l'hébergement de milliards d'habitants supplémentaires, la décision avait été prise de couvrir toutes les terres émergées, de creuser sous la croûte et de forer dans les plates-formes continentales, au large des côtes océaniques.

Les ingénieurs du temps jadis s'étaient sagement abstenus de modifier les bassins hydrographiques. Et comme ç'aurait été du gâchis de laisser couler sur la peau de métal des nouvelles structures toute l'eau qui finissait par se jeter dans la mer, ils avaient gainé les profonds canaux où les fleuves naturels coulaient jadis, afin que les pluies s'accumulent dedans. Aux endroits où les Secteurs primitifs s'étendaient sur d'anciens aquifères, le légendaire Empereur Kwan Shonam avait donné carte blanche aux ingénieurs pour créer de nouveaux matériaux poreux afin que les bassins conservent toute leur utilité.

Klia ne comprenait pas plus les problèmes posés par l'eau sur Trantor que n'importe quel citoyen lambda. Ce qu'elle savait, c'est que c'était là, ou plutôt cinquante mètres plus bas, dans le maelström rugissant où les deux fleuves s'épousaient, que se trouvait le pouvoir. Elle appréciait le pouvoir, mais elle était trop jeune pour le craindre comme il aurait convenu. Et puis, son propre pouvoir lui conférait une sorte d'arrogance. Elle ne pouvait persuader les fleuves d'eau de changer, mais les fleuves humains... c'était une autre histoire.

Elle était gelée, affamée, et très en colère. Elle se sentait trahie. S'ils savaient ! Elle inspira profondément et songea au jour où elle pourrait rendre la monnaie de leur pièce à ceux qui la faisaient courir et se terrer comme un rat.

Puis elle s'assit souplement en tailleur sur la grille de la passerelle d'entretien et reprit le contrôle de ses émotions, beaucoup trop négatives. Elle devait trouver un endroit où dormir. Ici, c'était trop humide, trop froid, et bruyant. Il faudrait aussi qu'elle trouve à manger, et ça, ça ne poussait pas sous terre. Elle pouvait attendre qu'un tram d'entretien passe en grondant, l'aborder, voler les vivres et forcer le personnel à tout oublier... Elle eut un sourire. Elle serait un fantôme, un spectre. Le spectre des deux rivières.

Certains, à Dahl, croyaient que ceux qui avaient vécu une belle et bonne vie s'intégraient aux grands fleuves et coulaient vers les mers couvertes, pour y vivre en parfaite communion, ignorés de l'Empire. Ceux qui s'étaient mal conduits dans la vie s'engloutissaient dans les puits de chaleur où ils croupissaient pour l'éternité, à suer et à transpirer. Elle n'y croyait pas, mais c'étaient des notions intéressantes à imaginer pendant que son subconscient énumérait ses problèmes et lui présentait des solutions.

Elle repensait sans arrêt au tram. Elle l'imaginait sous la forme d'une sorte de gros ver ou de mille-pattes, avec toutes ses roues et ses compartiments confortables et bien éclairés. Elle pourrait se lier d'amitié avec les gars de l'entretien. Peut-être l'un d'eux serait-il exceptionnel, un Dahlite à la grosse moustache, beaucoup plus viril que son père ou ces types sournois qui faisaient du marché noir. Au début, il la réconforterait doucement, il ne la forcerait pas, il attendrait qu'elle sache de quoi elle avait envie, ce que voulait son corps.

Ces visions romantiques ne réussissaient qu'à aggraver sa

solitude. Elle se sentait très vulnérable. Elle flanqua un coup de poing sur la rambarde, choc sourd vite avalé par le gigantesque rugissement. Ce n'était pas le moment de rêver ! Elle serait inhumaine, au-dessus de toute passion, de tout besoin. Sa vengeance serait implacable, son nom susciterait la crainte et le respect. On l'invoquerait pour faire peur aux enfants pas sages...

Soudain, ses larmes se tarirent et elle rit de ses songes ridicules. Et son rire s'éleva, clair, merveilleux, et la rage du fleuve ne put l'avaler. Au contraire, les immenses voûtes qui surplombaient le confluent se le renvoyèrent et il lui revint, pareil au rire d'une multitude.

En attendant, si ce grand Dahlite si doux ne se montrait pas, et vite, elle était coincée. Elle serait bientôt obligée de remonter à Dahl, et de trouver un coin où se cacher. Si des gens cherchaient d'autres gens qui avaient le même don qu'elle, elle choisirait le moindre mal et coopérerait – pendant un moment.

Cette idée lui arracha un soupir. Enfin, elle n'était pas idiote. Elle ne se morfondrait pas avec ses rêves moribonds dans ces bas-fonds, sombres et humides, sans autre compagnie que celle des grands fleuves.

22

Mors Planch écouta, depuis le strapontin qu'on lui avait installé dans la soute, les bruits caractéristiques d'un atterrissage en douceur. Lodovik Trema était assis à côté de lui, les yeux fermés, dans une attitude paisible soigneusement composée.

Planch savait, sur Madder Loss, une chose que ni Tritch ni son équipage ne pouvaient comprendre. Cinquante ans plus tôt, Madder Loss était un joyau prometteur sur la robe de velours noir de l'espace galactique, un de ces Mondes de la Renaissance où l'intellect, la philosophie et la science brillaient de mille feux. Les vastes continents-cités de Madder Loss n'avaient pas eu de mal à éclipser la gloire de Trantor tout en révélant son âge. Pendant un moment, Trantor avait toléré Madder Loss comme une grande dame aurait pendant un moment supporté la présence d'une jolie jeune femme à la cour, regardant mûrir sa beauté avec plus d'amusement que d'envie.

Et puis la jolie jeune femme, un peu inconsciente de l'effet qu'elle produisait, commençait à attirer l'attention des soupirants de la grande dame, la tolérance se changeait en une indifférence bienveillante, on finissait par lui couper les vivres et la jeune femme se retrouvait à l'état de non-entité, méprisée par la cour, son nom réduit à une rumeur maudite.

Planch était venu sur Madder Loss trente ans auparavant pour réunir des informations sur Linge Chen qui était alors administrateur de Premier Niveau du commerce du Second Octant. Ce que Mors avait vu lui aurait brisé le cœur – son beaucoup plus jeune cœur – si Chen lui-même ne l'avait prévenu : des spatioports magnifiques désormais déserts, des dômes et des plexes flambant neufs, qui donnaient néanmoins des signes de décrépitude, des fonctionnaires sanglés dans des uniformes impériaux démodés appliquant le règlement avec apathie. Le marché noir faisait rage partout, et des hordes de femmes et d'enfants affamés étaient massées devant les barrières du spatioport. Madder Loss lui avait ouvert les yeux sur les marées de l'histoire et de l'économie, et avait aussi implanté en lui cette graine de rébellion personnelle qui venait de s'épanouir. À partir de ce moment, il avait cherché un moyen de lutter contre le rationalisme glacé, sans amour, de Linge Chen et de ses hordes d'aristos, qui commandaient des meutes étouffantes d'Hommes en Gris, lesquels tiraient les ficelles et éradiquaient les rejetons les plus florissants de l'Empire au nom de sombres convenances et pour la gloire de Trantor... pour la raison d'État.

Tritch descendit dans la soute et lui tendit son livre de bord pour qu'il y imprime son sceau codé.

– Tout se passe comme convenu, murmura-t-elle sans le regarder, en évitant soigneusement Lodovik.

Celui-ci se leva et se planta devant le vaste sas. Un doux bourdonnement, un changement de pression révélaient qu'il allait bientôt s'ouvrir.

– Comme convenu, répéta Mors en contresignant le registre.

– Puissent nos lignes spatio-temporelles ne plus jamais se croiser, fit Tritch d'un ton badin, puis elle tendit son index en crochet.

Il referma son index recourbé autour du sien, selon l'antique mode de salutation de leurs ancêtres communs, et ils se donnèrent gentiment l'accolade.

– Allez-y, ordonna-t-elle.

Ils s'exécutèrent rapidement, prenant pied dans l'air qui sentait le renfermé et le silence inquiétant d'un gigantesque dock désert en dehors de leur appareil.

– Je dois vous emmener à la demeure privée d'un médecin de campagne, annonça Planch alors qu'ils attendaient, Lodovik et lui, un moyen de transport.

Ils étaient absolument seuls dans le terminal passager, un vaste hall poussiéreux, conçu pour accueillir des dizaines de milliers de gens et maintenant baigné par une lueur crépusculaire. Le plafond lumineux formait un puzzle aléatoire. Les dalles étaient en bien plus mauvais état encore que sur Trantor. Par moments, Mors avait l'impression qu'il allait étouffer tant l'air sentait le renfermé.

Ils n'avaient rencontré qu'un fonctionnaire impérial râpé dans la zone d'immigration. L'homme les avait fait passer d'un geste, avec un reniflement et ce qui était peut-être autrefois un rictus. Son monde n'en avait rien à fiche ; pourquoi s'en ferait-il ?

Il y avait des tictacs démantibulés dans tous les coins. On aurait dit les victimes d'une sorte de peste mécanique. Une peste qui avait été le manque de pièces détachées. Madder Loss avait adopté les travailleurs mécaniques et les avait conservés bien après que Trantor et la plupart des autres mondes de l'Empire y eurent renoncé. On ne les ramassait même plus pour les cannibaliser.

Lodovik regarda Planch avec compassion.

– Ça ne doit pas être agréable pour vous, observa-t-il.

– Non, soupira Planch. Regardez le gâchis qu'a fait l'Empire.

– Comment ça ?

– C'est Trantor qui a fait ça, de peur de perdre sa suprématie. Elle a étouffé un monde entier.

– Vous en voulez à Linge Chen ? C'est pour ça que vous l'avez doublé ? avança Lodovik en détournant le regard.

– Je n'ai jamais parlé de Linge Chen, rétorqua Planch en blêmissant.

– Non, répondit Lodovik, tandis que Planch le regardait soudain avec méfiance.

Si Chen apprenait ça, il ne serait plus en sûreté nulle part dans la Galaxie.

Un taxi déglingué, en forme de losange, approcha sur de grosses roues blanches. Il était conduit par une femme âgée vêtue d'une livrée rouge fanée. Elle avait un accent tellement prononcé qu'ils eurent du mal, au début, à communiquer, mais Planch réussit à se faire comprendre d'elle quand même. Elle parut soulagée d'avoir des passagers qui payaient – en crédits impériaux ! – et encore plus heureuse de sortir du centre-ville.

– Je sais que vous avez travaillé pour Chen. J'ai eu connaissance de certains arrangements, ajouta Lodovik alors que le véhicule s'engageait sur une chaussée cahoteuse.

La voie express n'étant plus enfouie sous terre, ou recouverte par des dômes, comme sur Trantor, ils se retrouvèrent en plein air. Le soleil du matin était aveuglant, et la lumière rosée donnait à toute chose un aspect chaud, nostalgique.

– Bien sûr, fit Planch.

– Vous travaillez maintenant pour un certain Posit, ajouta Lodovik.

Planch sursauta, choqué, et le regarda d'un air assez piteux.

– Je devrais vous abattre tout de suite et quitter Madder Loss, murmura-t-il.

– Une chose est claire, au moins, vous savez décrypter les événements, reprit Lodovik. Vous vous êtes fâché contre Chen quand il a pris les mesures qui ont étouffé Madder Loss... et les autres Mondes de la Renaissance. Pourtant, l'étouffement, pour reprendre votre terme, des Mondes de la Renaissance n'était pas la politique de Linge Chen, au départ. Tout a commencé quand Hari Seldon était Premier ministre. C'est lui qui a inspiré les mesures destinées à rétablir la stabilité de l'Empire.

Planch marmonna qu'il était bien conscient du rôle joué par Seldon.

– L'Empire a fait des tas de choses que je n'approuve pas. Chen le savait quand je travaillais pour lui. Mais je ne suis plus à son service.

– Ne vous en faites pas, reprit Lodovik. Chen n'en saura jamais rien.

Planch se tortilla dans son fauteuil craquelé.

– Vingt minutes ! annonça allégrement la conductrice.

Planch n'avait jamais vu une maison aussi bizarre. C'était une bicoque isolée au milieu d'un champ de petites plantes vertes qui formaient une sorte de tapis vivant sous le soleil. La ville était à dix bons kilomètres, et la plus proche construction semblable se trouvait à près de cinq kilomètres. Le paysage se composait de collines basses, qui ondulaient comme des vagues, couvertes de buissons aplatis, d'un vert intense, bleuté ou violacé. La campagne paraissait d'une élégante vivacité, assez pimpante par rapport à la cité abandonnée, décrépite.

Le taxi les déposa sur un vaste rond-point pavé, devant la maison. Un homme se tenait sous un dais de toile qui claquait mollement dans la douce brise tiède. Il s'avança et s'inclina devant Mors Planch.

– Vous avez fait du bon travail, dit l'homme.

Planch lui rendit son salut et indiqua Lodovik d'un geste vague.

– Ce n'était pas un client compliqué, dit-il platement, en reculant comme s'il s'attendait à ce qu'ils fassent quelque chose d'inattendu : se battre, ou s'enflammer spontanément, peut-être.

– Vous pouvez partir, dit l'homme.

– Je voudrais un... une décharge. Je crois reconnaître en vous le contact que j'ai rencontré sur Trantor, mais...

L'homme fit un geste et un tictac usé, mais encore fonctionnel, sortit de la maison avec un petit porte-documents.

– Voilà qui fera l'affaire. Cette pochette contient aussi les papiers dont vous pourriez avoir besoin pour aller où vous voudrez, en toute sécurité, dans les territoires encore placés sous le contrôle de l'Empire.

– Je voudrais quitter l'Empire pour toujours, souffla Planch.

– Vous trouverez là des documents qui vous y aideront, affirma l'homme.

Planch n'avait pas l'air à l'aise, mais il semblait malgré tout peu pressé de reprendre le taxi qui l'attendait.

– Je peux faire autre chose pour vous ? demanda l'homme.

– Oui. M'expliquer. Qui êtes-vous, que représentez-vous ?

– Rien du tout, répondit l'homme. J'ai le regret de vous dire que vous oublierez bientôt tout ce que vous avez vu ici, ainsi que le rôle que vous avez joué dans le sauvetage de mon ami.

– Votre ami ?

– Oui. Nous nous connaissons depuis des milliers d'années.

– Vous n'avez pas l'air de plaisanter. Qui êtes-vous ? insista Planch, malgré un sentiment croissant de respect mêlé de crainte.

– Partez, je vous en prie, fit l'homme en penchant légèrement la tête.

Planch inclina la tête à son tour, comme par mimétisme, et tourna les talons sans ajouter une parole. La portière du taxi s'ouvrit avec un grincement et il monta.

Lodovik regarda partir son sauveteur. Puis, sans articuler un mot en langage humain, mais en émettant un son à haute fréquence modulé, pulsatile, hérissé d'explosions de pico-ondes, ils se saluèrent et Lodovik fut partiellement débriefé.

Après quoi R. Daneel Olivaw dit à haute voix :

– Revenons pour le moment aux méthodes et au temps humains.

– Bien, acquiesça Lodovik. J'ai hâte de savoir quelle tâche on va bien pouvoir m'assigner maintenant.

Daneel ouvrit la porte de la demeure et fit passer Lodovik devant lui.

– Vous dites que vous avez changé. Pourtant, j'ai examiné le profil qui m'a été transmis et je n'ai rien remarqué d'anormal.

– Non, confirma Lodovik. Depuis l'accident, j'ai examiné mes structures mentales et ma programmation dans l'espoir de repérer la différence.

– Et vous êtes parvenu à des conclusions ?

– En effet. Je ne suis plus contraint d'obéir aux Trois Lois.

Daneel reçut l'information sans réaction perceptible par un œil humain. Il y avait deux fauteuils dans la pièce principale de la maison. Les murs comportaient trois renfoncements destinés à des tictacs, mais qui rappelaient à Lodovik les niches jadis réservées aux robots sur Aurora, il y avait des dizaines de milliers d'années.

– Si c'est vrai, je prévois de graves difficultés, parce que j'observe que vous êtes toujours en fonctionnement. Vous ne vous êtes pas désactivé.

– C'était impossible, compte tenu des circonstances. Je n'ai compris le nouvel état de fait qu'après mon sauvetage par Mors Planch. J'ai nui, sans le vouloir, à un être humain sur le vaisseau que Planch avait affrété pour retrouver l'*Hast de Gloire*. Je n'ai rien éprouvé de la réaction qui aurait dû être la mienne. J'en ai conclu que le flux de neutrinos avait altéré mon cerveau positronique d'une façon que rien ne permettait d'anticiper. Certains éléments clés de mes circuits logiques ont pu être transmutés.

– Je vois. Vous avez arrêté une conduite, à présent ?

– Il va falloir soit que je me désactive et que vous détruisiez mes restes, soit que vous m'envoyiez à Eos si la poursuite de mon existence peut servir à quelque chose.

Daneel s'assit dans l'un des fauteuils et fit signe à Lodovik de prendre place dans l'autre. Il leur aurait semblé déplacé d'occuper les niches, qui eussent été trop étroites, d'ailleurs, pour leurs carcasses humaines.

– Pourquoi êtes-vous venu ici vous-même au lieu d'envoyer un émissaire ? demanda Lodovik.

– Tous les émissaires possibles étaient à des postes clés, répondit Daneel. Je ne pouvais en détourner aucun. Je ne pouvais pas non plus me permettre de vous perdre. J'avais déjà prévu de faire escale à Madder Loss en allant à Eos. Normalement, j'aurais retardé mon voyage, parce que nous sommes à un moment crucial, et que l'accident a provoqué de sérieux problèmes. Il a même déclenché au Palais impérial un affrontement politique dans lequel Hari Seldon pourrait être directement impliqué.

Lodovik n'avait pas travaillé personnellement sur le Projet, mais il était très bien informé sur le psychohistorien.

Ils restèrent quelques instants silencieux, puis Daneel reprit la parole :

– Nous allons nous rendre sur Eos. Je vous trouverai un petit vaisseau. En revenant, vous pourrez accomplir une certaine mission pour moi...

– Je regrette, Daneel, coupa Lodovik. Je me permets d'insister : je ne fonctionne plus normalement. Il ne faut rien me confier tant que je n'aurai pas été révisé ou reprogrammé, selon la gravité de mon état.

– Ça ne peut être fait que sur Eos, reprit Daneel.

– Oui, mais il se pourrait que je ne suive plus vos instructions, reprit Lodovik.

– Expliquez-moi, je vous prie.

– Les humains appelleraient ça une crise de conscience. J'ai eu tout le temps de faire le tri dans le contenu mémoriel de mon cerveau et de le réexaminer sous cette nouvelle perspective, ainsi que tous mes algorithmes fonctionnels. Je dois avouer que je suis très troublé pour le moment, et mon comportement est imprévisible. Il se peut même que je constitue un danger.

Daneel se leva et resta debout à côté de Lodovik, puis il s'inclina à partir de la taille et posa la main sur son épaule.

– Que vous disent vos investigations et vos examens?

– Que le Projet est erroné, fit Lodovik. Je crois... j'en arrive à croire que... dans mon état d'esprit actuel...

Il se leva, passa devant Daneel et s'approcha d'une large fenêtre qui donnait sur les champs.

– C'est un monde magnifique, reprit-il. Mors Planch pense qu'il est magnifique, et j'ai passé un moment avec lui. J'en ai conçu un certain respect pour son jugement. Il regrette les changements imposés à Madder Loss. Il les considère comme un châtiment infligé par l'Empire pour avoir aspiré à la grandeur. Et sa rancune l'a amené à trahir Linge Chen.

– Je suis au courant du dégoût que lui inspirent l'Empire et Linge Chen, acquiesça Daneel.

– Ce ne sont pourtant ni l'Empire ni Linge Chen qui ont décidé de serrer la bride à Madder Loss. Enfin, pas directement, rectifia Lodovik en se tournant vers Daneel avec une expression humaine faite de tristesse, de regret, de chagrin, alors qu'il était en présence d'un robot, et que ce n'était donc pas nécessaire. C'est vous qui avez décrété que les Mondes de la Renaissance devaient être contrôlés, et qui avez initié les changements de politique de Trantor qui ont provoqué leur étouffement.

Daneel l'écouta en proie à une sorte de fascination troublée. Reproduire les comportements humains pendant si longtemps avait créé des chemins réflexes chez les deux robots, et il leur paraissait parfois plus simple de laisser s'exprimer leurs émotions que de les réprimer.

– Je prévoyais des accès d'instabilité, commença Daneel. Des siècles de conflit entre des systèmes qui aspiraient à supplanter l'Empire et à devenir des centres de pouvoir. Tous ces mondes ne pouvaient l'emporter ; le combat aurait provoqué des souffrances et des destructions inimaginables, à une échelle jusqu'alors inconnue dans l'histoire humaine. l'Empire se serait effondré ; ça, au moins, nous le savons. Tous mes efforts ont visé à atténuer les effets de cette chute, à réduire au minimum les souffrances humaines. La Loi Zéro...

– La Loi Zéro, voilà ce qui me préoccupe.

– Vous avez accepté ses conséquences pendant des siècles. Pourquoi vous perturbe-t-elle à présent ?

– Il se pourrait que la Loi Zéro résulte d'une mutation que les robots se seraient transmise comme un virus. J'ignore comment elle est apparue, mais il est possible qu'elle ait été provoquée par une autre mutation. L'apparition de pouvoirs mentalistes chez les robots.

– La mise en cause de la Loi Zéro pourrait nous amener à conclure que tout ce que j'ai essayé de faire était une erreur, et que tous les robots qui m'ont suivi devraient être désactivés, à commencer par moi.

– Je suis conscient de l'ampleur des conséquences de mon idée.

– Il vous est manifestement arrivé quelque chose de très intéressant, constata Daneel.

– Oui, convint Lodovik. (Son visage plein, plaisant, se crispa, fut parcouru par une série de grimaces sans rime ni raison.) Il se peut que ces questions et ces pensées perturbantes soient dues à l'altération de mon état. J'ai suivi vos directives pendant des milliers d'années, alors... éprouver des doutes à présent... Je me sens misérable, Daneel ! fit-il dans un grincement métallique, contraint.

Daneel envisagea la situation avec soin, comme s'il avançait en terrain miné.

– Je regrette que vous vous sentiez troublé. Vous n'êtes pas le premier à désapprouver le Projet. D'autres ont exprimé des doutes similaires, certains il y a plusieurs milliers d'années. Il y a eu de nombreux schismes parmi les robots lorsque les hommes nous ont abandonnés. Les Giskardiens – mes pareils, qui suivaient les idées de Giskard Reventlov – étaient en butte à l'opposition de ceux qui prônaient une stricte interprétation des Trois Lois.

– J'ignorais tout de ces événements, fit Lodovik d'une voix plus ferme.

– Il n'était pas utile de s'étendre sur la question. Et puis, il se peut que ces robots soient tous inactifs à présent. Il y a des siècles que je n'en ai pas entendu parler.

– Que leur est-il arrivé ?

– Je n'en sais rien, répondit Daneel. Ils s'appelaient les Calvinistes, du nom de Susan Calvin.

Le nom de Susan Calvin ne disait plus rien aux êtres humains, mais tous les robots avaient entendu parler d'elle.

– Avant ces schismes, il y a eu des événements encore bien pires, reprit Daneel. Les hommes confièrent des tâches indicibles aux robots qui devaient devenir des Calvinistes. Ces souvenirs sont en eux-mêmes dérangeants.

– Je m'en veux aussi de vous causer du souci, R. Daneel, fit Lodovik.

Daneel se rassit et croisa les bras sur sa poitrine. Les mimiques humaines n'avaient aucun secret pour les deux robots. Ils avaient l'habitude d'activer leurs strates humaines ; ces gestes, ces attitudes ne constituaient pas une contrainte particulière pour eux. Ils étaient même parfois rassurants, et Lodovik remarqua que la position de Daneel dans le fauteuil, l'inflexion de sa voix, son expression faciale, tout cela semblait devenir de plus en plus humain au fur et à mesure qu'ils avançaient dans la discussion. Ils ne souhaitaient ni l'un ni l'autre en revenir à la transmission par picoondes ou par haute fréquence, plus rapides ; mais la situation exigeait complexité et subtilité, et les modes de communication humains, plus lents, paraissaient plus sûrs.

– Vous allez partir pour Eos. Nous verrons là-bas ce que nous pouvons faire, conclut Daneel. Je vous souhaite un prompt et complet rétablissement.

– Et moi donc, souffla Lodovik.

Planch resta parfaitement immobile pendant la majeure partie du trajet de retour au spatioport. Il regardait la route, par-dessus le dossier du siège avant, en essayant d'ignorer le bavardage de la conductrice, son accent à couper au couteau. Avec un frémissement, il retira un petit enregistreur d'une poche secrète de sa veste et le regarda. Il lui fallut plusieurs minutes pour décider s'il devait écouter la bande ou le balancer par la fenêtre.

– Tout ça, c'était fich'trement riche, dans l'temps, avec l'trafic de c'port et tous les vaisseaux qu'arrivaient par là... disait la vieille femme, accompagnant ses paroles d'un coup d'œil vers lui, par-dessus son épaule.

Elle avait des yeux bleu clair, délavés, mais vifs et sages. Elle sourit et cent mille rivières creusèrent son visage. Planch hocha la tête en l'écoutant d'une oreille distraite.

– Maintenant, c'est la dèche, y a plus d'trafic, plus d'boulot, rien. J'trime nuit et jour pour des prunes, c'est tout.

Elle ne semblait pas particulièrement amère, elle se contentait d'énoncer des faits, et pourtant ses paroles portaient. Il y avait des mondes, dans le voisinage stellaire, où l'accent de Madder Loss passait pour ridicule. Les comiques l'imitaient pour évoquer les simples d'esprit et les petits escrocs. Tritch elle-même avait dit que Madder Loss était un monde de parasites. Rares étaient les gens du dehors qui venaient encore ici. Rares étaient ceux qui savaient ce qui s'était vraiment passé.

Mais à présent, grâce à cette bande, il tenait peut-être quelque chose d'extraordinaire, un indice de l'ensemble du tableau. Depuis la veille, il avait l'esprit embrumé et des trous de mémoire. Il ne savait même plus pourquoi il avait acheté l'enregistreur. Il n'avait rien fait d'important depuis qu'il avait emmené le corps de Lodovik Trema au terminal passager pour le remettre aux agents impériaux. Et pourquoi cette promenade à la campagne ? Juste pour ressusciter de vieux souvenirs, parfois pénibles ?

– Et voilà. Dommage qu'vous restiez pas plus longtemps. Y a encore plein d'coins intéressants et d'jolies auberges, dans la campagne, poursuivait-elle d'une voix rusée, un peu enjôleuse. J'pourrais vous montrer des tas d'beaux endroits, pleins d'vie, avec des filles de ferme toutes fraîches et naturelles, des pauvresses solitaires et désolées.

– Merci, fit Planch, un peu tenté quand même.

Son dernier grand amour était une fille de Madder Loss. Il y avait trente ans de ça. Il n'avait pas goûté à l'amour depuis. Ça ne l'intéressait plus. Et pourtant il sentait une douleur, un vide à l'idée de quitter la planète sans essayer d'amorcer une romance. D'un autre côté, il était plus ou moins convaincu que rester pourrait être très dangereux.

Il paya la femme, la remercia dans son propre jargon et resta là, sous l'énorme toit en forme de ballon des services de transfert et d'immigration. Dans les trous laissés par les bâtiments abattus et jamais reconstruits on voyait les champs, au loin, sous le ciel bleu.

Il s'assit sur un banc à l'ombre, près d'un restaurant vide, et regarda combien de temps son appareil avait enregistré.

Cinq heures.

L'espace de quelques secondes, il resta simplement assis là, à se tapoter le menton avec l'appareil, les paupières mi-closes. Puis, les sourcils froncés, les jointures blanchies à l'endroit où ses doigts étaient crispés sur le petit tube, il dit :

– Code : sans oubli. Ici Planch, journal personnel. Repasser la bande.

23

Les candidats à la seconde Fondation ne se rencontraient pas en secret ; ils avaient une couverture plausible : une association de recherche sur l'histoire des jeux de hasard, un club d'amateurs comme il y en avait tant à Trantor où l'on s'engouait avec une régularité fastidieuse pour le dernier jeu à la mode. Même lorsque leur vogue était passée, ces loisirs conservaient de petits groupes de fanatiques.

Les mentalistes susceptibles de participer à l'établissement de la future colonie de Stars End se rencontraient, avec l'accord officiel de l'administration, deux fois par semaine, dans la salle commune d'un dortoir pouilleux situé en bordure de l'Université de Streeling. Dans ces locaux vétustes, à l'abandon, ils étaient ignorés par les étudiants qui avaient quitté des mondes moins privilégiés pour venir sur Trantor.

La salle n'était pas équipée de dispositifs d'écoute. Wanda avait persuadé le gardien de lui parler des plus vieux bâtiments, dont les micros avaient été débranchés ou enlevés.

Wanda était debout à côté de son mari, Stettin Palver, dans la salle pleine à craquer, et attendait que les cent trois candidats soient assis. L'huissier ferma les portes, les verrouilla, et trois sensitifs montèrent la garde pour veiller à ce qu'on ne les espionne pas.

Dans ce noyau central de mentalistes – les seuls dont Wanda ait connaissance, et peut-être les seuls tout court –, les rappels à l'ordre et autres directives articulées n'étaient guère nécessaires. Le calme s'établissait généralement dans le groupe sans qu'ils soient obligés de le demander. Elle pensait mélancoliquement que ça n'avait rien à faire avec la politesse. Les manifestations de mauvaise humeur n'étaient pas rares chez ses pareils, mais le désordre se manifestait chez eux sous des formes différentes.

Stettin leva la main. Le groupe avait déjà fait silence. Chacun regardait devant soi avec une expression d'un calme trompeur. Les mentalistes dévoilaient rarement leurs émotions, et sûrement pas entre eux.

Wanda éprouvait de petites ondes de persuasion incontrôlée. Ça lui picotait le cou. Elle discernait quelques courants distincts dans la masse, comme les effluves d'un ragoût odorant : des ondes de tension sociale et sexuelle, des préoccupations précises et même des velléités désordonnées de renverser la domination de Stettin. Chez les mentalistes, l'esprit conscient n'était pas seul à exercer ses effets persuasifs. *Mes pareils*, pensa-t-elle. *Le ciel me préserve d'eux !*

– Nous entendrons les rapports de nos cellules de recrutement, commença doucement Stettin. Ensuite, je vous ferai mon propre rapport sur la formation mathématique et psychologique des candidats, afin de les amener au niveau des autres groupes pressentis pour la mission. Et puis nous parlerons de la friction.

– Nous voulons parler des meurtres tout de suite ! lança une jeune historienne aux cheveux noirs, épais, taillés en large coupe autour de sa tête.

Elle regardait Stettin et Wanda, ses yeux verts lançaient des éclairs. Wanda détourna le flux d'ondes persuasives qu'elle projetait machinalement. Son cou la grattait furieusement.

La femme continua d'une voix calme, mais en proie à une tempête d'émotions :

– Toutes les recrues, depuis les trois derniers mois...

– Il y a un traître parmi nous ! coupa un homme, au fond.

Stettin leva la main à nouveau, les lèvres pressées dans une expression sinistre.

– Nous connaissons le prétendu traître, dit-il calmement. C'est une femme, et elle s'appelle Vara Liso.

Le brouhaha cessa net. Wanda observa les vagues de trouble et de calme avec un intérêt à la fois intense et détaché. *Voilà comment nous sommes. Et c'est pour ça que Grand-Père nous a choisis, pas vrai?*

– Nous l'avons peut-être identifiée, reprit la jeune historienne d'une voix à peine audible. Mais ça nous fait une belle jambe. Elle est plus forte qu'aucun de nous ici présents.

– Nous sommes sans pouvoir sur elle, dit une autre voix, anonyme dans la foule.

– Elle nous flaire comme un chien de chasse!

– Nous devons la mettre hors d'état de nuire.

– Persuadez quelqu'un de la tuer!

– Quelqu'un dont on pourrait se passer...

Stettin attendit que le flot de suggestions se tarisse. Un calme surnaturel s'établit bientôt sur la salle. Même les ondes de persuasion semblaient s'être taries. Ces gens avaient l'habitude d'utiliser leur don pour faire leur chemin dans la vie. Et voilà qu'ils se retrouvaient entre eux, entre égaux, et leur « chance » était désespérément inefficace, ici.

– Wanda a appelé le docteur Seldon à l'aide, reprit Stettin. Il est allé voir l'Empereur, mais nous ne connaissons pas encore l'issue de sa démarche. Nous devons envisager la possibilité d'un échec. Il se pourrait que nous soyons obligés de faire une chose que nous n'avons tentée qu'une fois jusqu'à présent.

– Laquelle? demandèrent plusieurs personnes.

– Un effort collectif. Nous avons une fois mis notre pouvoir en commun, Wanda et moi, sans le faire exprès, et ça a marché. Mais c'était contre une personne normale.

Un juge, songea Wanda. *Quand Grand-Père s'était attiré des ennuis avec une bande de voyous.*

– À mon avis, si une dizaine ou une vingtaine d'entre nous s'entraînaient ensemble, il se pourrait qu'ils réussissent à agir contre cette femme.

L'assistance mit quelques secondes à digérer l'information.

– Pour la tuer? avança l'historienne aux cheveux noirs.

– Pas nécessairement, répondit Wanda.

Ils en avaient parlé, Stettin et elle, jusqu'au début de la soirée, avec une certaine virulence. Stettin soutenait que le seul moyen d'être tranquilles était d'éliminer Vara Liso. Wanda répliquait avec autant de force que le meurtre risquait de perturber le groupe, de dresser ses membres les uns contre les autres. Il était déjà assez délicat de préserver l'équilibre entre un nombre aussi important de mentalistes.

Même son propre mariage n'était pas exempt d'écueils. Deux mentalistes aussi puissants, vivant ensemble, à chaque heure du jour et de la nuit, pendant des années, pouvaient trouver des façons uniques en leur genre de s'exaspérer et de se faire bisquer.

« Je ne tuerai pas un autre être humain, et encore moins quelqu'un comme moi, avait-elle fermement décrété, les yeux brillants d'émotion, étincelants d'idéalisme. Peu importe le risque qu'elle nous fait courir. »

Stettin avait serré les dents.

« Nous ne le ferions qu'en dernier ressort. Nous devons commencer à entraîner des volontaires dans cette éventualité. J'ai les noms de ceux que leur travail met en position de rencontrer Liso... »

Wanda écouta Stettin énumérer les noms. Ils s'avancèrent comme des enfants coupables, et Stettin les emmena dans une pièce voisine.

– Ceux qui restent ont d'autres points à aborder, dit Wanda pour changer de sujet. Il y a des questions liées au voyage : les problèmes de santé, de famille, les dispositions financières à prendre, et bien sûr l'entraînement aux disciplines de Seldon...

Le groupe se calma et se concentra sur ces affaires avec un certain soulagement, ravi d'évacuer le cas de Liso, pour le moment du moins.

De vrais enfants, se dit Wanda. Il n'y en avait pas un pour racheter l'autre : des adolescents maladroits, marchant dans la vie d'un pas hésitant, avec des pouvoirs qu'ils venaient seulement d'identifier, pleinement conscients pour la première fois des faiblesses qu'ils n'avaient jamais eu à affronter auparavant.

Des faiblesses dissimulées par la persuasion.

Nous sommes tous des invalides ! Elle s'efforçait de conserver un visage impassible, mais elle était intérieurement ravagée par les conflits qui s'annonçaient, si nombreux, si dangereux. Comment Hari avait-il pu choisir un groupe aussi étrange et disparate pour préserver l'histoire humaine ?

Il y avait des moments où Wanda avait l'impression d'errer dans un rêve. Et dans ces moments où elle était si proche du désespoir, même Stettin était incapable de la rassurer.

Mais ça, évidemment, elle ne l'avoua jamais à Hari.

24

Klia Asgar émergea pendant la période de sommeil principal, à dix kilomètres de l'endroit où elle était descendue vers les fleuves souterrains. La voûte au-dessus de ce quartier de Dahl luisait d'une lueur bleu-gris crépusculaire, et il n'y avait plus dans les rues que des travailleurs de nuit. Il y en avait trois fois plus lorsque la foule battait son plein, à l'heure d'éveil maximum. Personne ne la défia.

Au lieu de contacter simplement le numéro sur la carte que lui avait donnée l'homme en vert-de-gris, Klia persuada un pirate à la petite semaine du sud de Dahl de violer le code de la carte. Celle-ci lui fournit une adresse et de vagues instructions de guidage, sous la forme de lueurs et de bourdonnements. Elle prit donc le transit puis un taxi vers Pentare, une petite bourgade à l'ombre de Streeling. Elle acheta un lecteur d'holographes de niveau impérial, se connecta à une borne en libre service et interrogea les archives publiques, en payant avec des crédits qu'elle avait gagnés quelques mois auparavant, grâce à deux petits boulots. Elle se renseigna sur Hari Seldon et sa petite-fille, Wanda. Apparemment, Seldon n'était pas un mentaliste, et pourtant l'homme en vert-de-gris avait dit que sa petite-fille l'était. D'où tenait-elle ce pouvoir, alors ? Klia chercha le père de Wanda Seldon Palver. Raych. Un Dahlite.

Ce qui lui valut un moment d'étonnement, d'inquiétude, et même une vague fierté. Elle avait toujours su que les Dahlites étaient spéciaux.

Le lien familial de la femme avec Dahl n'était pas suffisant pour chasser les soupçons de Klia envers les gens qui avaient un rapport quelconque avec le Palais.

Toutefois, Hari Seldon avait prédit la fin de l'Empire, la chute de Trantor. Il s'était fait une réputation d'oiseau de mauvais augure, au risque de mécontenter le Palais. Des voix s'élevaient même pour exiger qu'il soit jugé pour trahison.

D'un autre côté, Klia avait une aversion instinctive pour ces fadaises. Les visionnaires tentaient trop souvent d'organiser leurs propres petites structures d'acolytes totalement inféodées, leurs petits royaumes personnels au sein d'un Empire galactique à peu près totalement impersonnel et incommensurablement plus grand.

Elle avait entendu parler d'un incident spectaculaire qui s'était produit l'année passée, à Temblar, un Secteur de l'Équateur. Cinquante mille adeptes d'un Mycogénien schismatique s'étaient suicidés, obéissant, disaient-ils, à des messages annonçant la destruction imminente de Trantor et censés provenir d'intelligences non humaines qui parasitaient les défenses impériales et les plates-formes d'information en orbite autour de Trantor.

Klia ne connaissait rien aux plates-formes de défense, mais elle était assez futée pour voir que Seldon était manifestement de la famille de ces fanatiques, et qu'il n'y avait rien de bon à attendre de lui.

Comme le lui avait laissé entendre l'homme en vert-de-gris...

Suivant les directives de la carte, Klia prit, à partir de la plate-forme de transit, une petite ruelle menant vers une voie piétonne appelée ironiquement la Foire de Brommus, laquelle conduisait à mi-chemin d'un quartier où étaient entreposées les marchandises destinées aux magasins de détail, aux agoras et aux marchés qui entouraient Streeling et le Secteur impérial.

Elle s'approcha d'un vaste entrepôt qui montait presque jusqu'à la voûte céleste, où il rencontrait le mur de soutènement. Un environnement peu attractif, mais propre et sans histoire. À cette heure matinale, il y avait encore moins de monde que dans le sud de Dahl, mais elle restait tendue, tous ses sens en éveil.

La carte la conduisit vers une petite porte de côté, sans marque distinctive. Elle la regarda pendant plusieurs dizaines de secondes en se mordillant la lèvre inférieure. Ce qu'elle s'apprêtait à faire semblait constituer une étape importante et peut-être dangereuse. Et pourtant, tout dans l'homme en vert-de-gris sonnait vrai.

Et il lui avait donné sur elle, sur ce qu'elle était, sa nature, des informations troublantes. Qui l'avaient profondément perturbée.

Elle s'apprêtait à frapper à la porte quand elle s'ouvrit soudain vers l'intérieur en grinçant. Une grande silhouette sombre manqua lui rentrer dedans en sortant. Klia recula d'un bond.

– Pardon, dit la silhouette en émergeant dans la lueur crépusculaire d'un globe placé très haut sur la façade de l'entrepôt.

C'était un homme. Très grand, aux épaules larges, aux cheveux noirs, brillants, et à la moustache magnifique. Un Dahlite !

– L'entrée principale est au coin, là-bas, reprit l'homme d'une voix grave et chaude, une voix de velours. De toute façon, c'est fermé.

Elle n'avait jamais vu un aussi bel homme, et aussi profondément... elle chercha le mot : gentil. Klia avala sa salive et s'obligea à répondre :

– On m'a dit de venir ici. On m'a donné ça. Un homme habillé en vert. Il ne m'a pas dit son nom.

Elle lui tendit la carte.

Le grand Dahlite – il faisait bien deux têtes de plus que tous les hommes de sa connaissance – prit la carte entre ses doigts habiles, l'approcha de son visage et plissa les yeux.

– Ça doit être Kallusin, murmura-t-il en abaissant la carte.

Klia sentit quelque chose l'effleurer comme une douce brise, et repartir.

– Il doit être chez lui, en ce moment, ou dans un endroit où on peut le joindre. Je peux vous aider ?

– Il... il a dit qu'il me trouverait un... un endroit sûr. Je pense qu'il voulait parler d'ici.

– Ouais. Très bien, ajouta le grand Dahlite en se retournant et en rouvrant la porte. Vous pouvez l'attendre à l'intérieur.

Elle hésita.

– Il n'y a pas de problème, répondit le géant, sa voix emportant soudain sa conviction. Je ne vais pas vous manger. Vous êtes une sœur. Je m'appelle Brann. Entrez.

Brann referma la porte derrière eux. Malgré sa taille, Klia n'avait pas peur de lui. Il se déplaçait avec une grâce mesurée qui aurait pu être calculée pour ne pas alarmer ou agresser, si elle n'avait paru si naturelle. Il la regarda en souriant.

– Dahl ? demanda-t-il.

– Oui.

– Nous sommes presque tous de Dahl. Certains viennent de Misaro, quelques-uns de Lavrenti. Peu importe, ça fait de bons serviteurs, reprit Brann avec un petit sourire comme elle haussait les sourcils. Vous le savez depuis longtemps ?

– Depuis que je suis toute petite, répondit Klia. Et vous, vous êtes là depuis longtemps ?

– Quelques mois à peine. Kallusin m'a recruté pendant l'équinoxe. J'ai quitté Dahl il y a cinq ans. J'étais trop grand pour travailler dans les puits de chaleur.

Klia parcourut du regard le vaste espace dans lequel il l'avait fait entrer. Il était plein d'allées bordées de rayonnages industriels chargés de caisses, de vieux engins de levage, de systèmes de transbordement à bandes, tout cela immobile et silencieux dans l'obscurité.

– Qu'est-ce que c'est? demanda Klia.

– Kallusin travaille pour un certain Plussix qui importe des marchandises d'autres mondes pour les vendre ici. Kallusin ne sera pas là avant une heure, reprit-il en s'engageant dans une allée. Il aime faire la grasse matinée. Vous voulez voir le trésor?

– D'accord, fit Klia avec un haussement d'épaules.

Elle suivit lentement le grand homme, les bras croisés sur sa poitrine. Il ne faisait pas chaud. L'entrepôt était plus vaste qu'elle n'aurait cru : sous les voûtes immenses, d'énormes portes coulissantes donnaient sur des salles encore plus grandes.

– Il y a ici des choses venues d'un millier de mondes, fit Brann d'une voix à peine audible dans ce gigantesque espace. Là d'où elles viennent, ce ne sont que des saloperies. Je vous prie de croire qu'il en faudrait un peu plus pour impressionner l'Empereur. Mais les Hommes en Gris de Trantor en raffolent. Le plus minuscule appartement ne peut se passer d'une fronde de palméduse séchée de Giacond ou d'une boîte à transe pré-impériale de Dessemer. Plussix achète tout ça à vil prix, le sauvant de la reconversion et du recyclage. Il fait venir ça par les vaisseaux qui apportent les produits des partenaires agro-alimentaires de Trantor, ou il traite avec des capitaines indépendants, dûment licenciés. Chaque cargaison lui rapporte vingt pour cent, bien mieux que la Bourse de Trantor. En trente ans, il s'est fait une vraie fortune.

– Je n'ai jamais entendu parler de ce Plussix.

– Il ne vend rien personnellement. Les bureaucrates aiment qu'on leur serve des histoires, et c'est un type à peu près sans histoire. Je ne l'ai jamais vu moi-même, et je ne pense pas que Kallusin le connaisse non plus.

– Alors il se contente de vendre à des gens qui savent raconter les histoires?

Brann émit un doux grondement et Klia se rendit compte avec une certaine satisfaction qu'il riait.

– Ouais, fit-il avec un coup d'œil approbateur.

Il semblait avoir envie de se détourner d'elle. Elle essaya presque inconsciemment de le forcer à se retourner. Elle aurait voulu savoir plus précisément ce qu'il pensait d'elle.

– Arrêtez ça, dit-il, ses épaules se raidissant.

– Arrêter quoi ?

– Tout le monde, ici, essaie de faire ça, et ça ne me plaît pas. N'essayez pas de me forcer. Si vous voulez quelque chose, demandez-le-moi.

– Pardon, fit Klia, qui le pensait sincèrement.

Il avait l'air offensé, comme s'il s'estimait trahi par un ami !

– Bah, c'est normal. Enfin, j'imagine. Je le sens, mais ça ne marche pas sur moi. J'ai dit que vous étiez une sœur. Vous ne savez pas ce que ça veut dire ?

– Je... je suppose que ça veut dire que vous êtes comme moi.

– Je ne suis pas comme vous. Pas exactement. Vous persuadez. Moi, j'amène les gens à se sentir bien et heureux. Je ne peux les forcer à rien, mais ils aiment être à proximité de moi. Et moi, j'aime être près d'eux. C'est réciproque. Alors vous n'avez pas besoin de m'obliger. Demandez-moi ce que vous voulez, c'est tout.

– Je le ferai, fit Klia.

– Mais ne me demandez pas de vous regarder en face, reprit Brann. Pas tout de suite. J'ai eu des moments difficiles avec les femmes. C'est pour ça que j'ai quitté Dahl, et pas seulement parce que je ne pouvais pas travailler dans les puits de chaleur.

– Je ne comprends pas, fit Klia.

– Je suis plutôt timide, répondit-il.

– Je voudrais comprendre.

– Forcément, acquiesça-t-il aimablement. Vous êtes une femme. Je sens que vous m'aimez bien. Et j'aime bien les femmes... beaucoup. Je les trouve belles. Irrésistibles. Alors je tombe amoureux d'elles, très vite. Mais l'effet que j'ai sur elles... au bout d'un moment, il s'estompe, et elles me voient tel que je suis : un grand type sans avenir. Alors elles s'en vont et je reste tout seul.

– Ça doit être très pénible, dit Klia, sans trop comprendre ce qu'il voulait dire.

Elle avait été seule pendant si longtemps qu'elle ne voyait pas où était le problème. Elle n'avait pas non plus une idée claire de ce que ça pouvait faire d'être amoureux. Elle rêvait plutôt d'une sexualité satisfaisante, durable, pas nécessairement d'un lien émotionnel profond.

– Personnellement, j'aime bien être seule. Je me fiche plus ou moins de ce que les autres pensent de moi.

– Vous avez de la chance, dit Brann.

– Alors qui raconte l'histoire de ces choses, pour les vendre ? demanda Klia, changeant de sujet.

La timidité de Brann et sa vulnérabilité étaient un peu trop attirantes.

– Les marchands de tout Trantor, répondit Brann. Le bureau nous fournit des notices sur les trésors, nous les attachons aux fiches des douanes, nous livrons le tout sur les agoras, et les Hommes en Gris se jettent dessus. Vous avez déjà vu un magasin d'antiquités des mondes extérieurs ?

– Jamais, répondit Klia.

– Eh bien, si vous restez assez longtemps ici, peut-être que l'un des gars vous emmènera en voir un. Moi, je ne sors que pendant les périodes de sommeil, quand il n'y a pas trop de gens.

Kallusin, l'homme en vert-de-gris, était assis derrière un bureau ridiculement grand, les mains croisées. Son bureau était couvert de babioles d'un peu tous les mondes, parfaitement inutiles, pour autant que Klia puisse en juger, mais jolies. Ou peut-être juste distrayantes.

Brann était debout derrière elle. Elle ne quittait pas Kallusin des yeux, mais elle devait prendre sur elle pour ne pas regarder Brann. Le grand Dahlite ne lui avait pas tout dit à propos de son don. Enfin, c'était de bonne guerre. Elle ne lui avait pas tout dit à son sujet à elle non plus.

– Nos amis forment un groupe assez bizarre, vous savez, fit Kallusin avec un sourire. Bourrés de talent, mais bizarres. Ils doivent observer une discipline de fer, ou bien on aura vent de leur présence au-dehors, et vous pensez que le peuple de Trantor aimerait découvrir l'existence de gens comme eux ? Des gens heureux, persuasifs. Des gens qui s'en sortent... Mais je vais vous dire une chose étrange : aucun d'eux n'a réussi à s'infiltrer au Palais. Ils ne dépassent pas un certain niveau de réussite, et ils ne se mêlent pas de politique. Vous y comprenez quelque chose, Klia Asgar ?

– Non, répondit-elle en secouant la tête. Nous devrions dominer la situation, si vous dites vrai.

– Eh bien, il faut croire que vous vous autolimitez. Vous vous contentez de vivre votre vie et vous laissez les questions élevées aux gens normaux. Quant à savoir pourquoi, je l'ignore. Cela dit, le négociant Plussix apprécie votre compagnie. Vous savez que vous ne le rencontrerez jamais en personne, même quand vous serez des nôtres et que vous aurez prêté serment ?

– Ça me va, fit Klia.

– Et ça n'excite pas votre curiosité ?

– Non, répondit Klia avec un reniflement. Que devrai-je faire ?

– D'abord, promettre d'apprendre à contrôler votre don en présence de vos compagnons. Surtout vous, Klia Asgar. Vous êtes l'une des personnes les plus douées pour la persuasion que j'aie jamais rencontrées. Si vous vouliez, vous pourriez nous faire tous marcher sur les mains, mais nous nous en rendrions compte et nous devrions vous tuer.

Klia éprouva un petit frisson de désarroi. Elle n'avait jamais vraiment essayé de se contrôler. Elle avait grandi avec cette faculté et l'utilisait aussi naturellement et spontanément qu'elle parlait, peut-être plus, car elle n'était pas douée pour la conversation.

– Très bien, dit-elle.

– En échange, nous vous protégerons, nous vous cacherons et nous vous donnerons un travail utile. Et... vous aurez un entretien avec le négociant Plussix.

– Oh, très bien, fit Klia d'une voix douce.

– N'ayez pas peur de lui, fit Brann de sa douce voix de basse.

– Je n'aurai pas peur.

– Il est difforme. Enfin, je suppose. Il ne nous dit rien, mais il met tout ça à notre disposition... reprit Kallusin avec un ample geste de la main en direction du bureau, de l'entrepôt, des dortoirs. J'ai une théorie. Je l'ai même exposée à Plussix : c'est un mentaliste d'un genre particulier, pas très doué pour la persuasion ou pour mettre de l'huile dans les rouages sociaux, mais il apprécie la présence des gens qui ont votre pouvoir. Il n'a rien confirmé ni infirmé.

– Oh, répéta Klia.

Elle avait hâte d'en finir avec les formalités et de gagner ce qui lui tiendrait lieu d'appartement. Elle avait envie d'être seule et de se reposer. Elle n'avait pas bien dormi depuis plusieurs jours. Se reposer, et manger. Depuis son arrivée à l'entrepôt, Brann l'avait emmenée deux fois à la cafétéria des employés, et elle avait mangé comme un chancre, mais elle avait encore faim.

Elle résista à la tentation de regarder Brann. Elle conservait les yeux rivés sur Kallusin.

– Je suis bien content que vous nous ayez rejoints, dit-il en pressant l'une sur l'autre ses lèvres lisses, des lèvres de bébé.

Il ne sourit pas, ne fronça pas le sourcil, mais ses prunelles fixes semblaient la scruter à la rechercher du moindre détail important.

– Merci, reprit-il avant de se tourner vers la vitre qui donnait sur la plus grande salle de l'entrepôt.

Brann lui tapota l'épaule, la faisant sursauter. Elle le suivit au-dehors.

Quand dois-je prêter serment ? demanda-t-elle.

– Vous l'avez fait, en acceptant notre hospitalité et en ne demandant pas à Kallusin si vous pouviez repartir.

– Ce n'est pas juste. Je ne connaissais pas la règle du jeu.

– Il n'y a pas de règle du jeu. Vous restez ici, avec nous, c'est tout. Vous n'utilisez pas votre pouvoir sur nous ou sur les gens du dehors... à moins qu'on ne vous l'ordonne. Et vous ne parlez de nous à personne.

– Pourquoi ne pas formaliser tout ça par un serment?

– À quoi bon? rétorqua Brann.

– Et vous? Vous n'arrêtez pas de me donner envie de vous regarder. Vous ne pourriez pas arrêter?

– Je ne fais rien, répondit Brann en secouant solennellement la tête.

– Ne me racontez pas d'histoires! Je ne suis pas idiote!

– Croyez ce que vous voulez, reprit Brann. Si vous avez envie de me regarder, c'est parce que vous le voulez bien. De toute façon, ajouta-t-il de sa voix de basse, avec vous, je m'en fiche.

Il la devança dans un couloir fonctionnel gris, étroit, sur lequel donnaient des portes fermées, et éclairé par des globes. Sa présomption la mit en colère.

– Eh bien, vous avez tort! Je ne suis pas quelqu'un de très gentil!

Brann haussa les épaules et lui tendit la carte d'identification qui lui servait aussi de clé pour sa chambre.

– Bon séjour, dit-il. Nous allons rester quelques jours sans nous voir. Je pars avec Kallusin escorter une livraison de marchandises à Mycogène. Il nous faudra peut-être un moment pour conclure le marché.

– Bien, fit Klia.

Elle inséra la carte dans la fente, ouvrit la porte de sa chambre, entra en coup de vent et lui claqua la porte au nez.

Pendant plusieurs secondes, elle s'en voulut tellement que c'est à peine si elle vit la chambre. Elle se sentait vidée, elle avait l'impression de s'être fait avoir. Prêter serment sans même le savoir! Ce Plussix était un monstre!

Puis le décor, les meubles se précisèrent devant ses yeux. L'ameublement était sommaire, dans des tons de gris et de vert doux, avec des pointes de jaune vif. Rien de luxueux, mais ce n'était pas mal quand même. Il y avait un matelas de mousse pas trop vieux, une armoire, un coffre, un petit bureau, une chaise et un fauteuil, guère plus grand, mais un peu plus confortable. Sur le bureau étaient posés un lecteur d'holographes et une lampe. Il y en avait une autre au plafond.

La pièce faisait trois pas de large et trois et demi de long. Elle n'avait pas eu une aussi jolie chambre à elle depuis qu'elle était partie de chez elle, et en fait, elle était plus jolie que sa chambre d'enfant. Elle s'assit au bord du lit.

Éprouver une attirance pour un homme, quel qu'il soit, était une faiblesse qu'elle ne pouvait se permettre maintenant. Elle était sûre que son fantasme d'un grand Dahlite ne collait pas avec Brann. Il était grand, dahlite, et il avait une jolie moustache, mais quand même.

La prochaine fois, se jura-t-elle, *je ne le regarderai même pas.*

25

Lodovik regardait, parfaitement immobile – seuls ses globes oculaires bougeaient –, Daneel mener un autre test de diagnostic, le dernier avant leur départ pour Eos.

– Il n'y a pas de dégâts évidents, enfin, rien de détectable, fit Daneel lorsque les vieux instruments eurent terminé. Mais vous êtes plus récent que ces machines. Je crains qu'elles ne soient pas à votre niveau.

– Vous vous êtes déjà soumis à l'autodiagnostic? demanda Lodovik.

– Souvent, répondit Daneel. Tous les quatre ou cinq ans. Mais pas avec ce matériel. Il y a des dispositifs de haute technologie dissimulés sur Trantor. Cela dit, il y a bien un siècle que je ne suis pas allé sur Eos, et j'ai besoin de refaire le plein d'énergie. C'est pour ça que j'y vais avec vous. Et puis je dois aussi en rapporter un robot. S'ils ont fini de la réparer et de la perfectionner.

– Une forme féminine?

– Oui.

Lodovik attendit qu'il développe, mais Daneel n'en avait apparemment pas l'intention. Il ne connaissait qu'un robot de forme féminine encore actif, sur les millions qui avaient jadis été si populaires auprès des humains. C'était Dors Venabili, et elle était sur Eos depuis des dizaines d'années.

– Vous n'avez plus confiance en moi, risqua Lodovik.

– Non, répondit Daneel. Le vaisseau devrait être prêt. Plus tôt nous irons à Eos, plus vite nous reviendrons. Je n'aime pas m'éloigner de Trantor. Le moment le plus critique de l'Ère du Retournement approche.

Rares étaient les vaisseaux impériaux qui se posaient encore sur Madder Loss, mais Daneel avait pris ses dispositions des mois auparavant. Il avait affrété un navire privé qui les emmènerait vers les confins glacés du système de Madder Loss, sur un astéroïde qui n'avait pas de nom, juste un numéro d'identification : ISSC-1491.

Ils attendaient sur la plate-forme d'atterrissage d'un astroport au milieu de nulle part. Le soleil brillait, des insectes voletaient en tous sens, pollinisant les champs de fleurs à huile qui entouraient les installations de béton et de plastacier.

Lodovik appréciait toujours la maîtrise et la présence de Daneel, mais pour combien de temps encore ? En réalité, il s'était abstenu de toute initiative pendant les quelques jours qu'il avait passés sur Madder Loss, de crainte de s'opposer à Daneel. Cela dit, il appartenait à une classe de robots humanoïdes qui faisaient preuve d'initiative sous toutes ses formes, souvent importantes, et pas seulement pour arrêter une stratégie. Il ne pouvait lutter contre les pensées qui surgissaient dans son unité mentale centrale. *Daneel allait faire obstacle aux êtres humains. Les hommes doivent pouvoir mener leur propre destin à bien. Nous ne comprenons pas leurs esprits animaux ! Nous ne sommes pas comme eux !*

Daneel lui-même avait dit que les robots avaient du mal à comprendre la mentalité et la destinée humaines, si tant est qu'ils puissent les comprendre. *C'est de la folie de contrôler et de diriger leur histoire ! La folie outrecuidante de machines échappant à tout contrôle.*

Une chose étrangère traversa en voletant ce train de pensées – un vestige de la voix qu'il avait déjà entendue.

Daneel, qui parlait au capitaine de l'appareil, se retourna et fit signe à Lodovik de le rejoindre. Il s'approcha. Le capitaine, un petit homme musclé, à la mine de papier mâché, arborant des scarifications rituelles, se fendit d'un sourire carnassier.

Alors qu'ils montaient à bord, Lodovik jeta un coup d'œil en arrière. Il y avait des insectes partout, sur tous les mondes propices à la vie humaine, tous pareils, à quelques variations locales près, explicables essentiellement par l'intervention de la génétique au fil des millénaires. Tous conçus pour entretenir les écosystèmes qui menaient à la civilisation humaine.

Pas une seule créature sauvage sur Madder Loss. On ne trouvait de créatures sauvages que sur cinquante mille mondes transformés en réserves de chasse ou en zoos : les mondes jardins que Klayus aimait tant, des mondes sur lesquels les citoyens ne pouvaient se rendre que munis d'une autorisation impériale. Il avait jadis supervisé les dotations budgétaires destinées à ces réserves. Linge Chen aurait voulu les fermer, considérant que c'était une dépense inutile, mais Klayus était personnellement intervenu, et il y avait eu des tractations compliquées auxquelles Lodovik n'avait pas été convié.

Lodovik se demanda, en pensant aux mondes jardins, aux planètes domestiquées ou qui disparaissaient sous les constructions humaines, comment on avait pu en arriver là. Une si longue histoire à laquelle il n'avait pas accès. Tant de questions crevant maintenant la surface, sous les contraintes auto-imposées.

Les portes du vaisseau se refermèrent derrière lui, et il dissimula une turbulence algorithmique, ce qu'il aurait appelé, en termes humains, une panique intellectuelle, provoquée non par l'espace clos, exigu, mais par les fleurs de curiosité qui s'épanouissaient dans son propre esprit !

Dans leur petite cabine, Daneel plaça leurs deux mallettes sur les étagères prévues à cet effet, déplia un strapontin et s'assit. Lodovik resta debout. Daneel croisa les bras.

– Nous ne serons pas dérangés, dit-il. Nous pouvons nous restreindre à notre niveau minimal. Nous devrions être au point de rendez-vous dans six heures, et sur Eos dans trois jours.

– De combien de temps disposons-nous avant que vous perdiez le contrôle de la situation sur Trantor? demanda Lodovik.

– Quinze jours, répondit Daneel. Sauf imprévu. Et des imprévus, avec les humains, il y en a toujours.

26

Vara Liso ne pouvait plus contenir sa rage. Elle se rua, les poings levés, sur Farad Sinter, le faisant entrer à reculons, un petit sourire interdit aux lèvres, dans la vaste salle des audiences publiques. Un certain nombre d'Hommes en Gris, qui poussaient des chariots ou portaient des valises, assistèrent, sidérés, à l'affrontement depuis le couloir adjacent, en dissimulant une jubilation incolore et sans saveur.

– C'est complètement débile! siffla-t-elle, puis elle baissa le ton : Relâchez la pression et ils vont se regrouper! Après quoi ils s'en prendront à moi!

Le major aux cheveux blonds, collant comme une ombre et de plus en plus exaspérant, exécutait une sorte de danse inefficace autour d'eux en essayant de s'interposer, mais Vara l'esquiva habilement. Sinter avait l'impression d'être pris dans une petite émeute fort gênante. Il trouva le moyen de marcher en crabe jusqu'à la porte ouverte de son bureau, cantonnant cette tornade en miniature dans une arène moins publique.

– Vous avez perdu sa trace ! soupira-t-il avec hargne alors qu'une Femme en Gris refermait la porte derrière eux.

Elle leur jeta un rapide coup d'œil et retourna à ses affaires, déconcertée.

– On m'a empêchée d'aller jusqu'au bout ! hurla Vara, les joues ruisselantes de larmes.

Le major s'arrêta net et resta planté là, secoué de spasmes. Il chercha une chaise du regard, en repéra une dans un coin et s'effondra dessus. Sinter l'observa en ouvrant de grands yeux.

– C'est vous qui avez fait ça ? demanda-t-il à Vara.

La femme ferma la bouche avec un petit claquement sec et renvoya la tête en arrière sur son long cou d'oie.

– Mais non, voyons, lança-t-elle en regardant le major. Bien qu'il se soit montré insupportable et peu coopératif.

– La tension... lâcha le major, les mâchoires serrées, en claquant des dents.

Sinter la regarda pendant quelques secondes, jusqu'à ce qu'elle se rende compte qu'elle suscitait de très vilains soupçons. Le major Namm s'ébroua, se calma et se releva péniblement, en déglutissant. Il se mit au garde-à-vous d'une façon plutôt ridicule, les yeux braqués sur le mur opposé.

– Comment l'avez-vous perdue ? demanda doucement Farad Sinter, le regard perdu entre eux deux.

– Ce n'était pas sa faute, intervint le major.

– C'est à elle que je parle, coupa Sinter.

– Elle est rapide, et elle a senti ma présence, commença Vara Liso. Vos gros balourds d'agents n'ont pas réussi à la rattraper. Et maintenant elle a disparu, et vous ne voulez pas me laisser la retrouver !

Sinter fit une moue pensive, la bouche en cul de poule comme s'il attendait un baiser. C'était une expression grotesque, et soudain, dans le cœur de Vara Liso, ce qui était encore de l'admiration et de l'amour se mua en amertume et en haine.

Mais elle garda ses sentiments pour elle. Elle en avait déjà dit trop long, elle était déjà allée trop loin. *Ai-je vraiment fouetté ce jeune officier?* Elle jeta un coup d'œil au type raide, silencieux, avec un léger sentiment de culpabilité. Elle devait maîtriser son pouvoir.

– L'Empereur m'a explicitement interdit de poursuivre nos recherches. Il n'a pas l'air de partager notre intérêt pour ces... ces gens. Et moi, je n'ai pas l'intention d'aller trop loin en ce moment et d'essayer de le faire changer d'avis. Il a sa volonté, il faut la respecter. Hari Seldon a réussi à le convaincre que ça pourrait être mal perçu sur le plan politique.

– Mais Seldon les soutient! s'exclama Vara Liso en se tordant les mains, les yeux exorbités.

– Nous n'en sommes pas sûrs.

– Ce sont eux qui m'ont recrutée! Sa propre petite-fille!

Farad lui prit le poignet comme dans un étau. Elle cilla.

– Ça, ça doit rester entre nous. Nous ignorons si ce que fait la petite-fille de Seldon est ou non directement lié aux agissements du « Corbeau ». Peut-être tous les membres de la famille sont-ils dingues, chacun à sa façon.

– Mais nous avions dit...

– Seldon est cuit. Après son procès, nous pourrons poursuivre ceux qui lui sont intimement liés. Quand Linge Chen aura eu ce qu'il voulait, l'Empereur ne verra probablement pas d'objection à ce que nous achevions le nettoyage, fit Sinter en jetant à Vara Liso un regard de pitié.

– Qu'est-ce que ça veut dire? demanda-t-elle en frémissant.

– N'allez pas croire que je renonce. Jamais. Ce que je fais est beaucoup trop important.

– Naturellement, répondit Vara Liso, subjuguée.

Elle regarda la moquette sous le bureau, avec son motif floral rouge et marron.

– Nous retrouverons bientôt une occasion. En attendant, nous allons réprimer notre enthousiasme. Notre mission attendra.

– Très bien, acquiesça Vara Liso.

– Ça va? demanda Sinter avec sollicitude en se tournant vers le major.

– Oui, Votre Honneur, répondit-il.

– Vous avez été malade, ces temps-ci?

– Non, Votre Honneur.

Sinter parut évacuer le problème, et l'homme, d'un geste désinvolte. L'officier battit précipitamment en retraite et referma silencieusement la porte derrière lui.

– Vous avez été soumise à une forte tension, reprit Sinter.

– Peut-être, répondit Vara, les épaules tombantes.

Elle lui lança un pâle sourire.

– Vous devriez vous reposer un peu, vous changer les idées.

Il prit un jeton de crédit dans sa poche et le lui tendit.

– Avec ça, vous pourrez accéder à l'emporium du Secteur impérial. Peut-être qu'un peu de shopping, discrètement...

La femme plissa le front, puis elle se rasséréna et prit le jeton avec un sourire.

– Merci.

– De rien. Revenez d'ici quelques jours. Les choses auront peut-être évolué. Je vous donnerai un autre ange gardien.

– Merci, répondit Vara Liso.

Sinter lui effleura le menton du bout du doigt.

– Vous êtes une femme précieuse, vous savez, dit-il, secrètement dégoûté par l'expression avide affichée sur son visage disgracieux.

27

Hari aurait préféré se présenter seul devant la Commission de Sécurité publique, mais il savait parfaitement qu'il avait besoin d'un chaperon juridique en coulisses. Il n'en détestait pas moins ses rencontres avec son conseiller, Sedjar Boon.

Boon était un juriste compétent et réputé. Il avait fait ses études dans la municipalité de Bale Nola, Secteur de Nola, avec des docteurs rompus à la manipulation des lois tortueuses de Trantor, tant impériales que civiles.

Trantor avait dix Constitutions officielles et autant de corpus de lois selon les diverses classes de citoyens. Les interactions entre les différents corpus faisaient l'objet de dizaines de milliers de volumes. Tous les cinq ans, de nouvelles lois étaient édictées et les corpus remis à jour lors de conventions tenues un peu partout sur la planète et diffusées comme des événements sportifs, à la grande joie de milliards d'Hommes en Gris qui raffolaient des procédures juridiques tatillonnes, poussiéreuses et fastidieuses – beaucoup plus, en tout cas, que des activités sportives. On disait que cette tradition était aussi vieille que l'Empire, sinon davantage.

Hari se félicitait que certains aspects de la loi impériale fussent secrets.

Boon étala le résultat de ses dernières recherches sur la table de travail et fixa, en haussant les sourcils, le Premier Radiant allumé, perché dans l'un des coins du bureau qu'Hari occupait à la bibliothèque. Celui-ci regarda patiemment l'homme de loi disposer ses autosecrétaires, ses lecteurs d'holographes, et les raccorder les uns aux autres.

– Pardon de vous faire attendre, docteur, mais votre dossier est unique, dit enfin Boon en s'asseyant en face d'Hari, qui hocha la tête avec un sourire. Bon. Vous êtes cité à comparaître devant la Commission de Sécurité publique en vertu de lois qui ont été modifiées quarante-deux mille quinze fois depuis la première publication du code, il y a un peu plus de douze mille ans. Trois cents versions modifiées, souvent contradictoires, sont encore en vigueur et pertinentes. La loi est censée s'appliquer de façon équitable à toutes les classes, et tous les codes sont basés sur la loi citoyenne, mais... je n'ai pas besoin de vous dire qu'ils s'appliquent différemment. Comme la Commission de Sécurité publique a déposé sa plainte sous le canon impérial, elle peut choisir n'importe quel code. D'après moi, vous serez jugé au titre de plusieurs ensembles à la fois, en tant que méritocrate, ou même en tant qu'excentrique, et le code spécifique ne sera pas révélé avant le début du procès. J'ai opté pour l'ensemble le plus plausible, celui qui donne à la Commission la plus grande marge de manœuvre dans votre cas. Voici les références, et j'ai apporté les extraits d'holos pour que vous puissiez les étudier...

– Parfait, fit Hari sans enthousiasme.

– Mais je savais que vous ne prendriez même pas la peine d'y jeter un coup d'œil, n'est-ce pas, docteur?

– Probablement pas, admit Hari.

– Il y a des moments où je vous trouve incroyablement suffisant, si vous me permettez.

– Le Comité me jugera comme ça lui chantera, et le verdict sera à son avantage. Y a-t-il jamais eu le moindre doute à ce sujet?

– Jamais, confirma Boon. Mais vous pouvez invoquer certains privilèges qui pourraient retarder indéfiniment l'exécution de la sentence, quelle qu'elle soit, surtout si l'un des codes mentionne l'indépendance de l'Université de Streeling, conformément au Traité des Méritocrates et du Palais édicté il y a deux cents ans. Et vous devez répondre des accusations de sédition et de trahison – trente-neuf accusations à ce jour. Linge Chen pourrait aisément vous faire exécuter.

– Je sais, répondit Hari. J'ai déjà eu affaire aux tribunaux.

– Jamais sous la férule du Haut Commissaire, docteur. Il est de notoriété publique que c'est un juriste retors et implacable.

L'informatic qui se trouvait sur le bureau d'Hari émit un *bip*, et un message défila sur le minuscule écran. C'était une liste de rendez-vous pour la semaine, le plus important de tous devant avoir lieu dans moins d'une heure, avec un étudiant en mathématiques d'un autre monde, un certain Gaal Dornick.

Hari leva une de ses mains piquetées de taches de vieillesse. Boon interrompit son bavardage et croisa les bras en attendant que les processus de pensée de son client parviennent à une conclusion.

Hari procéda à quelques calculs sur un petit ordinateur de poche gris, et le glissa dans l'encoche prévue à cet effet sur le côté du Premier Radiant. La projection des résultats emplit la moitié du mur du fond de la pièce. C'était très joli, mais pour Boon ça n'avait aucun sens.

Pour Hari, en revanche, ça en avait un. Pris d'une soudaine agitation, il se leva et se mit à tourner en rond devant une fausse fenêtre par laquelle on « voyait » des champs à ciel ouvert sur Hélicon, son monde natal. Si on savait où regarder, on pouvait voir dans le lointain le père d'Hari qui cultivait des plantes productrices de produits chimiques, fruits du génie génétique. C'était une photo qu'il avait rapportée d'Hélicon, des dizaines d'années auparavant, mais n'exposait que depuis l'année précédente. Il pensait de plus en plus souvent à son père et à sa mère, ces temps-ci. Il songea à cette silhouette lointaine, à cette époque et à cet endroit éloignés, fronça les sourcils et dit :

– Quel est votre meilleur collaborateur junior ? Quelqu'un de pas trop cher – moins cher que vous ! – mais aussi bon ?

– Serait-ce, docteur, que vous songez à changer de conseil ? demanda Boon en riant.

– Non. Mais un membre très important de mon équipe va bientôt arriver. Un jeune mathématicien de génie. Il sera presque aussitôt arrêté, à cause de son association avec moi. Il aura besoin d'un conseil, évidemment.

– Je peux m'occuper de lui, docteur, pour un léger supplément d'honoraires. Si vos affaires sont liées...

– Non. Linge Chen va s'efforcer de semer la ruine et la désolation autour de moi, mais il ne pourra m'atteindre. Seulement, je dois protéger mes meilleurs éléments afin qu'ils soient en mesure de poursuivre leur travail lorsque les Commissaires auront rendu leur jugement.

Boon fronça les sourcils et esquissa un geste de la main.

– Docteur Seldon, votre réputation de prophète est beaucoup trop établie pour mon confort professionnel. Mais comment, au nom du Cosmos, pouvez-vous avancer ces choses au sujet du Haut Commissaire ?

Boon eut un instant l'impression que les yeux d'Hari allaient lui sortir de la tête et il se raidit dans son fauteuil, inquiet pour le vieil homme.

Hari inspira profondément et se détendit.

– Nous approchons du point de rebroussement, dit-il. Je vous fais grâce des explications. Je gage qu'elles vous ennuieraient autant que ce fatras juridique me barbe. Je pense que vous connaissez votre métier, Boon, et je fais avec. Alors veuillez vous accommoder de moi selon les mêmes termes.

Boon pinça les lèvres et regarda son client d'un air dubitatif.

– Le fils de mon associé, Lors Avakim, est un jeune et brillant sujet. Il a étudié le droit constitutionnel impérial, et il s'est aussi intéressé aux affaires jugées par la Commission de Sécurité publique.

– Avakim... répéta Hari.

C'était le nom qu'il espérait entendre, et ça simplifiait beaucoup les choses. Boon était un bon conseiller, mais il le soupçonnait de ne pas être aussi indépendant qu'il aurait pu le souhaiter. Lors Avakim était pressenti pour participer au Projet d'Encyclopédie, division juridique. Il avait fait acte de candidature l'année passée. C'était un jeune idéaliste, frais émoulu de l'école et pas encore corrompu. Hari doutait que Boon connaisse son lien avec le Projet.

– Il saura manœuvrer les bouffons qui vont chercher noise à mon mathématicien ?

– Je pense que oui, répondit Boon.

– Bien. Il émargera sur le compte juridique du Projet, au bénéfice du chercheur et mathématicien Gaal Dornick, qui vient d'arriver sur Trantor. Je crains maintenant, Boon, de devoir interrompre notre entretien. J'ai des préparatifs à effectuer avant de rencontrer Dornick.

– Où est-il descendu?

– À l'hôtel Luxor.

– Quand vont-ils l'arrêter? demanda Boon avec un sourire torve.

– Demain, répondit Hari en toussotant, son poing devant sa bouche. Pardon. Ça doit être tous ces vieux documents juridiques poussiéreux, fit-il en regardant les holos.

– Je vous en prie, fit Boon, magnanime.

– Merci, dit Hari avec un geste vers la porte du bureau.

Boon récupéra son matériel et se retourna sur le seuil de la porte pour regarder Hari Seldon.

– Le procès aura lieu dans trois semaines, docteur. Ça ne nous laisse pas beaucoup de temps.

– Pendant les Cr... commença-t-il avant de s'arrêter net (il avait failli dire « Crises Seldon »). Pendant les Ères de Rebroussement, mon cher, un nombre stupéfiant de choses peuvent arriver en trois petites semaines.

– Je puis vous parler sincèrement, docteur?

– Allez-y, répondit Hari, d'un ton indiquant que son interlocuteur avait intérêt à faire preuve de concision.

– Vous donnez l'impression de n'avoir que du mépris pour ma profession, et en même temps vous prétendez vous intéresser aux flux et reflux culturels. La loi est le cadre, le squelette stable mais croissant de toute culture...

– Je ne suis pas un homme parfait, Boon. J'ai beaucoup de travers. Mon vœu le plus cher est que, si je me trompe, d'autres membres de mon équipe verront ce que je n'ai pas vu et rectifieront mes erreurs. Bonne journée.

28

Linge Chen reçut Sedjar Boon seul dans sa résidence personnelle, et lui donna cinq minutes pour lui relater son entretien avec Hari Seldon.

– J'admire l'homme, Votre Honneur, commença Boon, mais il semble ne guère se soucier de ce qui va arriver. Il paraît plus préoccupé d'assurer un conseil à un étudiant ou un assistant qui est arrivé il y a peu sur Trantor.

– Qui est-ce ?

– Gaal Dornick, Monsieur.

– Connais pas. Un nouveau venu dans le Projet de psychohistoire ?

– Je suppose, Votre Honneur.

– Ils sont cinquante à travailler sur le projet Seldon, à l'Université et à la bibliothèque. Ce Dornick serait donc le cinquante et unième ?

– Oui.

– Et à part ces cinquante, qui seront bientôt cinquante et un, ils sont cent mille, répartis un peu partout sur Trantor, quelques milliers en poste sur les partenaires agroalimentaires, et quelques centaines qui travaillent dans les stations réceptrices de tout le système. Personne sur les stations de défense. Tous sont loyaux, agissent avec un dévouement tranquille. Seldon se veut le paratonnerre qui détournera l'attention de leurs activités. C'est une réussite assez stupéfiante pour un homme qui paraît aussi ignorant de la loi et aussi dédaigneux des détails du management.

Boon saisit aussitôt la critique implicite.

– Je ne le sous-estime pas, Commissaire. Mais vous m'avez ordonné de lui fournir le meilleur conseil juridique, et il paraît s'en fiche éperdument.

– Il sait peut-être que vous me rendez compte.

– Ça, Commissaire, j'en doute.

– C'est peu probable, mais c'est un homme très intelligent. Vous avez étudié ses articles sur la psychohistoire?

– Seulement dans la mesure où ils ont un rapport avec les chefs d'accusation sous lesquels il est vraisemblable que vous allez le poursuivre, fit Boon en levant les yeux vers lui avec un mélange de respect et d'espérance. Ma tâche serait tellement plus facile, Commissaire, si je connaissais la nature de ces accusations.

Chen lui rendit son regard avec amusement.

– Non, dit-il. La plupart de mes Hommes en Gris, et sans doute des juristes, considèrent Seldon comme un original inoffensif et amusant. Un méritocrate insoumis avec un penchant à l'excentricité. Il inspire une certaine affection sur Trantor. La nouvelle de son procès ne s'est que trop répandue dans le public. L'affaire pourrait même tourner à son avantage. Il ne manquerait plus qu'on nous presse de renoncer aux poursuites et d'annuler purement et simplement le procès. Il pourrait profiter de la situation pour poser à l'académicien créatif et respecté, au méritocrate du bon vieux temps, persécuté par une aristocratie médiocre et cruelle.

– Est-ce une suggestion, Commissaire? Ça pourrait faire une belle défense.

– Pas du tout, Conseiller, répliqua aigrement Chen, qui se pencha en avant. N'attendez pas de moi que je fasse votre travail à votre place. Il a discuté de cette stratégie avec vous?

– Non, Votre Honneur.

– Il veut être jugé. Il utilise ce procès je ne sais comment, mais il donne l'impression de penser qu'il lui est nécessaire. Bizarre.

Boon étudia le Haut Commissaire pendant plusieurs secondes, puis il dit :

– Vous me permettez de vous parler franchement, Votre Honneur?

– Allez-y, répondit Chen.

– Les propos et les prédictions de Seldon pourraient être

interprétés comme une trahison, mais il serait beaucoup plus raisonnable de la part des Commissaires de les ignorer purement et simplement. Il dispose d'une organisation substantielle. C'est la plus importante réunion d'intellectuels en dehors de l'Université. Mais ils se consacrent à des fins pacifiques – une encyclopédie, à ce qu'ils prétendent. Des chercheurs, rien que des chercheurs ! Je ne comprends pas pourquoi vous voulez faire un procès à Seldon. Serait-ce une manipulation ?

Chen eut un sourire.

– On me considère, pour mon malheur, comme omniscient. Je ne sais pas tout, de même que je ne suis pas politiquement omnivore. Je ne mange pas tous les événements qui se produisent autour de moi et je ne les transforme pas à mon avantage.

– Bien sûr que non, Votre Honneur. Puis-je vous poser encore une question, pour des raisons purement égoïstes et professionnelles, afin d'éviter tout travail superflu alors que j'ai tant à faire, et si peu de temps pour cela ?

– Peut-être, répondit Chen avec un retroussis de la lèvre indiquant qu'il ne se sentait pas enclin à la mansuétude.

– Allez-vous faire arrêter Gaal Dornick, Votre Honneur ?

Chen réfléchit un instant et répondit :

– Oui.

– Demain, Votre Honneur ?

– Oui. Bien sûr.

Boon le remercia et, à son immense soulagement, Chen le congédia.

Après le départ du conseiller, Chen consulta ses archives personnelles et chercha pendant plusieurs minutes qui avait pour la première fois envisagé de poursuivre Seldon pour trahison. Chen aurait pu jurer qu'il avait été le premier à y faire allusion, mais les archives prouvèrent qu'il avait tort.

Le premier à avoir émis cette idée était Lodovik Trema, dans une conversation très subtile qu'ils avaient eue un peu moins de deux ans auparavant. Et maintenant, le procès promettait de se révéler très embêtant, et fort opportun... beaucoup plus opportun qu'embêtant ! Un petit outil pour nettoyer le Palais... Comment Lodovik avait-il pu savoir, il y avait si longtemps, que les choses tourneraient ainsi ?

Chen referma les fichiers et resta assis dans le silence absolu pendant dix secondes. Qu'aurait fait Lodovik à ce stade pour en tirer le meilleur parti possible sur le plan politique ?

Le Haut Commissaire se redressa dans son fauteuil et chassa un sentiment d'abattement. En être arrivé à dépendre si complètement d'un seul homme ! Quel signe de faiblesse !

Je ne penserai plus jamais à lui, se jura Chen.

29

Klia fut réveillée par un petit coup frappé à sa porte. Elle s'habilla en hâte, ouvrit et fut d'abord déçue, puis soulagée. Ce n'était pas Brann qu'on avait envoyé la chercher, mais un Misaroéen beaucoup moins séduisant : un petit bonhomme au nez pointu, à la peau grêlée par la fièvre cérébrale et à l'air furtif. Il était muet et s'exprimait dans le langage des signes de la Guilde des Emprunteurs, langue que Klia connaissait bien.

Je m'appelle Rock, dit-il en flanquant un coup de son poing serré dans la paume de son autre main. *Venez parler avec Lui,* ajouta-t-il, et il eut un sourire en constatant qu'elle semblait avoir au moins partiellement compris ce qu'il racontait.

Lui ? Klia esquissa le signe en forme de double virgule du questionnement devant ses yeux tout en surveillant le petit bonhomme.

Avec ses doigts, il épela un nom et elle comprit. Elle allait rencontrer Plussix, mais évidemment, elle ne le verrait pas. Personne ne le voyait. Jamais.

Plussix se tenait derrière une cloison, comme elle s'y attendait plus ou moins. Elle-même était debout dans un petit réduit aux parois lisses. Il y avait un cylindre de verre près d'un mur, une chaise à l'assise dure comme du marbre le long du mur opposé et des portes dans les deux autres murs. L'une d'elles se referma sans bruit derrière Rock, lorsqu'il partit sur un petit grognement et un hochement de tête.

Une pâle lumière se mit à briller dans le cylindre, et une silhouette prit forme à l'intérieur : un homme sans âge, bien habillé, aux cheveux bruns, ondulés, très courts. Son visage rougeaud, aux lèvres fines, presque ascétiques, arborait une expression neutre mais plaisante et un peu énigmatique.

Klia avait vu des télémimiques dans des holos et autres bandes de fiction. Où que soit le vrai Plussix, cette image reproduirait docilement le moindre de ses mouvements. Elle était évidemment sans pouvoir sur une telle représentation.

Elle n'aimait pas les tricheries, et celle-ci ne faisait pas exception à la règle. Elle s'assit sur la chaise inconfortable et croisa les bras.

– Vous savez qui je suis, commença la silhouette dans le cylindre, en s'asseyant sur une chaise fantôme. Vous vous appelez Klia Asgar, et vous êtes de Dahl. Exact ?

Elle acquiesça d'un hochement de tête.

– Vous nous avez été recommandée par Kallusin. Il devient difficile, pour les gens comme vous, de survivre seuls sur Trantor.

– Il paraît, dit-elle en pinçant les lèvres.

– Vous devriez vous sentir bien, ici. Il y a beaucoup de choses fascinantes dans ces entrepôts. On pourrait passer sa vie à étudier l'histoire de tous les objets que nous importons.

– Je n'aime pas l'histoire, rétorqua Klia.

Plussix se fendit d'un sourire.

– Il y en a plus qu'il n'en faut pour nous tous.

– Écoutez, je suis venue ici de mon plein gré...

– Vous croyez ça ?

– Évidemment, affirma-t-elle.

– Évidemment, fit-il en écho. Pardon de vous avoir interrompue.

– J'allais dire que je trouve ça un peu inquiétant. Cet endroit, la façon dont vous vous cachez... Il se pourrait que je préfère vivre ma vie, toute seule dans mon coin.

– C'est un vœu compréhensible, approuva Plussix. Que je ne puis exaucer, maintenant que vous êtes là, pour des raisons que vous comprenez, j'en suis sûr.

– Vous pensez que je pourrais dire aux autres qui vous êtes. À la femme qui nous pourchasse.

– C'est une possibilité.

– Mais je n'en ferai rien. Je le jure!

– J'apprécie votre franchise, Klia Asgar, et j'espère que vous appréciez la mienne. Nous sommes au cœur d'une sorte de guerre. Vous voulez survivre aux conséquences d'une force irrationnelle maniée par des ennemis inconnus. J'ai mes fins et mes moyens. Vous êtes ces moyens, vos frères, vos sœurs et vous-même. Mes fins ne sont ni malignes, ni vouées à la destruction mais au libre arbitre et à l'exercice de la liberté, ce qui peut sembler paradoxal compte tenu des circonstances.

Klia secoua sa tignasse noire et serra les mâchoires.

– Ouais, dit-elle d'une voix tendue.

– Vous avez déjà entendu tout ça, reprit Plussix sans ironie.

Il n'y avait pas une once d'humour dans sa voix, et très peu d'émotion; il parlait clairement, d'une façon concise, assez froide, en fin de compte.

– C'est ce que disent tous les tyrans, répondit Klia.

– Certes. Mais l'espèce de tyrannie que je vous propose dans ce cas précis présente des avantages : des repas réguliers, pas besoin de voler ou de tromper pour vivre, et une protection contre ceux qui pourraient vous faire du mal – pour le moment, jusqu'à ce que vous soyez prête.

– Prête à quoi faire?

– De votre point de vue, à faire payer ça à ceux qui ont fichu votre vie en l'air.

– Je me fous d'eux. Il se pourrait que je parte avec les autres et que je quitte cette planète pour de bon.

Plussix esquissa un sourire imperceptible.

Klia s'empourpra. Elle rêvait d'un répit. Mais elle n'avait rien à espérer, apparemment, qu'une autre sorte d'oppression. Jusque-là, elle avait couru devant la vague. Elle était maintenant coincée entre la vague et une surface inflexible : Plussix.

– Prenez le temps de réfléchir, je vous en prie. Il y a des tas de gens très bien, très amicaux, ici. Les contraintes sont réduites au minimum. Vous auriez l'opportunité d'évoluer, de poursuivre votre éducation. De vous entraîner physiquement, de reprendre vos études – toutes sortes d'opportunités, vraiment.

En entendant Plussix prononcer ces paroles, Klia déchiffra du plaisir dans sa voix, une présence naturelle, détendue, pour la première fois depuis le début de leur bref entretien.

– Vous êtes prof? demanda-t-elle sèchement.

– Dans une certaine mesure, répondit Plussix.

– Des écoles impériales?

– Non, répondit Plussix. Je n'ai jamais enseigné dans les écoles impériales. Maintenant, me permettez-vous de vous poser quelques questions importantes?

Klia ne répondit pas. Elle se contenta de lever les yeux au ciel, et puis elle se sentit complètement idiote.

– Bien sûr. Allez-y.

– Quand avez-vous pris conscience de votre don de persuasion?

– Je fais avec, c'est tout.

– Je vous en prie. Kallusin m'a dit que vous étiez l'une des plus douées qu'il ait jamais rencontrées.

– Depuis que je suis toute petite, répondit Klia. Je ne sais plus très bien. J'ai compris il y a quelques années seulement que tout le monde n'était pas comme ça.

– Votre père est veuf?

– Ma mère est morte quand j'avais quatre ans. Elle me manque.

Qu'est-ce qui te prend de raconter ta vie à ce fantôme?

– Depuis combien de temps vivez-vous seule?

– Trois ans.

– Trois années passées à faire les corvées des gens; leurs courses, un peu d'espionnage... Autre chose? Des petits boulots illégaux, parfois malhonnêtes, indignes de vous?

Klia détourna les yeux et croisa les mains sur ses cuisses.

– Je gagnais ma vie. Je donnais même un peu d'argent à mon père. Il ne crachait pas dessus.

– Ça, j'imagine. Les temps sont durs à Dahl. Vous avez rencontré d'autres personnes comme vous?

– Parfois. Il y a Brann.

– Brann est remarquable. Différent de vous, comme vous l'avez remarqué. Vous avez rencontré la femme qui aide la police à retrouver les gens comme vous?

– Je ne l'ai jamais vue. Je l'ai sentie, fit Klia en déglutissant. On aurait plutôt dit un tas d'ordures éparpillé.

– Vous l'avez sentie dans votre esprit?

– Comme une plume. Comme Brann, disons, mais plus forte. Vous êtes un persuadeur?

– C'est sans importance. Pensez-vous que la vie serait plus facile pour vous sans votre don?

Klia s'était rarement posé la question. Autant lui demander si elle s'en sortirait mieux sans ses oreilles ou ses doigts.

– Non. Enfin, il y a des moments où je me dis que... Je me demande si je ne préférerais pas être comme tout le monde. Normale.

– C'est compréhensible. Vous croyez aux robots, Klia?

– Non, répondit-elle. Plus maintenant. Dans le temps, peut-être. Avant qu'il n'y ait les tictacs et tout ça. Mais je n'ai jamais cru qu'il pourrait encore y en avoir. C'est dingue.

Plussix hocha la tête et leva la main.

– Merci de m'avoir accordé cet entretien. Je programmerai d'autres entrevues de ce genre, à intervalles réguliers, pour que vous me teniez informé de vos progrès et de votre état d'esprit. Il se pourrait que nos habitudes changent d'ici peu. Mais j'ai confiance; d'ici là, vous serez prête.

– Et si je vous demande de me laisser partir ?

– Je voudrais pouvoir vous laisser voler de vos propres ailes, Klia Asgar. Mais nous avons tous des devoirs, ici. Comme je disais, des contraintes légères et un certain entraînement, c'est tout, au départ du moins. Avec le temps, il se pourrait que nous prenions une grande importance. Je voudrais que vous essayiez de comprendre.

Klia ne dit rien mais se demanda comment Plussix pouvait espérer être compris de qui que ce soit alors qu'il lui fournissait si peu d'informations.

Je viens juste de me jeter tête baissée dans un autre piège !

L'image s'estompa. La porte s'ouvrit devant Rock. Il la regardait en plissant les yeux. Il lui dit, par signes : *Exercice et petit déjeuner. Je peux m'asseoir à côté de vous ?*

Klia le regarda d'un air dubitatif et répondit, par signes aussi : *Oui.*

Mais elle pensait à Brann. Elle se demandait ce qu'il faisait en ce moment. Et avec qui.

30

Le transfert du vaisseau de commerce à l'une des hypernefs de Daneel et la dernière étape du voyage s'étaient passés sans incident. Lodovik et Daneel étaient assis dans une bulle hémisphérique transparente, et Eos planait au-dessus de leur tête.

L'hypernef se plaça automatiquement en orbite basse autour de la petite lune marron et d'un bleu laiteux. En dessous d'eux, cachée par la masse du vaisseau, se trouvait une géante gazeuse d'un vert froid et intense. La lune et la planète gravitaient autour d'une étoile double, petite tache brillante à peine visible sur la gauche, si lointaine qu'elle dispensait peu de chaleur. Les deux étoiles gravitaient en fait autour d'un même point situé à plusieurs dizaines de milliers de kilomètres sous la surface de la plus grosse étoile d'un rouge profond, une naine à peine plus massive que le soleil de Trantor, et pourtant mille fois plus diffuse. L'étoile blanche, plus petite, semblait être à l'origine d'un mince ruban rouge sombre, violacé, qui se déroulait en spirale vers l'extérieur. Lodovik étudia cette vision en silence. Daneel semblait n'avoir rien à dire non plus.

Aucun robot n'avait véritablement de chez-lui. Daneel s'était associé à bien des êtres humains, et il semblait fonctionner plus efficacement, plus harmonieusement, en leur présence, comme avec Élijah Bailey et, vingt mille ans plus tard, Hari Seldon. N'empêche qu'il ne se sentait nulle part chez lui. Un robot était à sa place à l'endroit où il était le mieux à même de s'acquitter de sa tâche. Daneel savait que, cette fois, sa place était sur Eos, et c'est pourquoi il se sentait bien sur Eos pour le moment.

Mais Trantor exerçait aussi une forte attraction sur lui. La malchance avait frappé à un moment crucial. Daneel, comme tous les êtres pensants qui essayaient de suivre leur voie dans un univers en proie à des forces antagonistes, se demandait parfois si la réalité ne conspirait pas contre lui. Mais contrairement aux hommes, il n'encombrait pas de charge affective des théories aléatoires, sans fondements dans la somme de preuves qui s'imposaient d'elles-mêmes.

L'univers n'était pas hostile ; il était indifférent, c'est tout. Son but n'était que l'une des issues possibles parmi une infinité d'autres, il pouvait être atteint grâce à des efforts immenses, à long terme, et la moindre erreur de calcul, le moindre faux pas, le moindre imprévu pouvaient entraîner les circonstances « regrettables » susceptibles de mener à l'échec si on n'y remédiait pas aussitôt, et efficacement.

Pour Daneel, cette façon de voir n'était pas une philosophie. Comme tous les robots de premier plan, dont Lodovik, il avait été programmé pour accepter cet état de fait sans se poser de questions. Certaines émotions – les schémas de pensée fondamentaux des êtres sociaux – leur étaient familières, et avaient même des analogues dans diverses combinaisons heuristiques, mais ces analogues ne pesaient souvent pas lourd dans la conscience d'un robot, pas plus que sa vision réaliste de l'existence. Les robots étaient généralement peu enclins à l'introspection, à fouiller les racines de leur existence consciente. Tout se ramenait à des programmes de base, des acquis inestimables obéissant aux Trois Lois.

Lodovik était affranchi de ces contraintes. Il regardait grandir Eos, ses océans solides, d'eau et de méthane congelés, ses étendues de boues riches en ammoniaque obscurcissant le paysage illuminé. Il était en pleine introspection. Il tourna la tête vers Daneel et se demanda à quoi il pouvait bien penser.

Un robot n'avait que deux raisons d'essayer de se représenter le processus interne d'un autre robot : l'anticipation de ses actions afin de se coordonner avec lui et de l'aider dans sa tâche, ou l'intention de faire échec à ces actions. Cette dernière raison était totalement étrangère à Lodovik, et pourtant c'était ce qu'il espérait faire.

Il savait d'une façon ou d'une autre qu'il devait repartir d'Eos sans avoir été « réparé », et trouver les autres robots qui s'opposaient à Daneel, les Calvinistes, comme on les appelait.

– Nous allons nous poser d'ici vingt et une minutes, annonça l'autopilote, comme s'ils étaient des passagers humains.

Ce qu'ils étaient pour lui, pour autant qu'il puisse en juger, à sa façon très spécifique. Il ne connaissait pas d'autre sorte de passager. Pourtant, il y avait des milliers d'années que les seuls passagers de cette nef étaient des robots. Aucun être humain n'était jamais allé sur Eos.

Lodovik se faisait l'impression d'être un intrus, un traître. Mais traître à quoi ? Il tenta de trouver un mot humain approprié. Un fantôme, peut-être, maléfique, dérangé, déguisé en robot...

Le vaisseau pivota lentement et la lune disparut. Il n'y

avait plus que le large bras spiralé, vu presque de profil, et assez ténu sous cet angle, près du bord diffus de la Galaxie. Au-dessus et en dessous de cette bande légèrement tachetée, emplissant un bon tiers de leur champ de vision, les ténèbres étaient piquetées de points lumineux, quelques étoiles proches et situées à l'intérieur du plan de la Galaxie, d'autres plus lointaines, bien haut au-dessus du plan. Les points très éloignés et plus flous n'étaient pas des étoiles mais des galaxies.

La surface d'Eos leur apparut, infiniment plus proche et détaillée. Quelques cratères projetaient des geysers de glace sur les plaines et les océans. Mais pour l'essentiel, l'hydrosphère solide d'Eos était vierge de toute marque hormis des signes de rupture interne : des coutures tortueuses, des soulèvements, des crêtes de pression et des failles boursouflées. Ce système solaire n'avait pas de ceintures d'astéroïdes et de comètes vagabondes, sujettes à perturbations et qui glissaient silencieusement vers l'intérieur pour dérouter les lunes et les planètes.

Eos était solitaire, ignorée, compacte, glaciale, hostile à toute vie – et, pour des robots, à peu près totalement sûre.

– Nous sommes arrivés, annonça l'autopilote.

S'il s'était trouvé quelqu'un pour l'observer, la station conçue et construite par R. Daneel Olivaw et R. Yan Kansarv aurait été nettement visible à la surface glacée de la lune, même à des millions de kilomètres de distance. Sa chaleur en faisait l'objet le plus brillant d'Eos. Encore aurait-il fallu chercher des signaux infrarouges. Or personne ne l'avait jamais fait, et ne le ferait sans doute jamais.

Lodovik et Daneel débarquèrent dans un hangar presque vide, assez vaste pour accueillir des centaines d'appareils. Le bruit de leurs pas retentissait dans l'immense espace. Lodovik, qui était déjà venu là près de quatre-vingts fois, n'avait jamais songé à s'interroger sur cette anomalie. Pourquoi Daneel et Kansarv avaient-ils perdu tant de place ? Ce hangar avait-il jadis été plein de vaisseaux, plein de robots ? Et quand cela ?

Ils furent accueillis un peu plus loin par Yan Kansarv en personne. Il était debout, les « bras » croisés, les « doigts » mêlés. Ses membres étaient d'argent étincelant. Il avait quatre bras, deux grands partant des épaules, deux plus petits, rangés dans le thorax. Et trois jambes sur lesquelles il marchait avec une grâce précise, mesurée, inconnue des robots humanoïdes. La tête d'acier poli, couleur canon de fusil, était petite, équipée de sept voyants verticaux ; derrière deux d'entre eux brillait constamment une lueur bleue.

– C'est un plaisir de vous revoir, Lodovik Trema, dit-il d'une voix de contralto, chaude, légèrement vibrante. Et Daneel. Vous êtes très en retard pour la révision systématique et le recalage.

– Nous sommes pressés, fit Daneel, faisant fi des civilités.

L'échange se déroula ensuite en langage robotique. Ils s'informèrent réciproquement par pico-ondes. La transmission dura moins d'une demi-seconde, puis Yan se tourna vers Lodovik :

– Pardonnez mes excentricités, dit-il, mais j'aime bien exercer mes fonctionnalités humaines chaque fois que je le puis. Je n'en ai pas eu la possibilité au cours des trente dernières années. Sauf, bien sûr, avec Dors Venabili. Je crains, hélas, de n'avoir plus aucun intérêt pour elle.

Daneel s'était déjà enquis des progrès de Dors et avait reçu une réponse. Yan poursuivit néanmoins en langage articulé, à l'intention de Lodovik :

– Elle a récupéré de façon satisfaisante, mais avec beaucoup de failles. Quand R. Daneel nous l'a amenée, elle était près du collapsus. Elle avait détruit un être humain qui menaçait Hari Seldon, repoussant l'interprétation de la Loi Zéro au-delà de ses limites extrêmes. La tension était équilibrée par les effets de l'invention de sa victime, un électro-filtre, je crois...

Lodovik réalisa que cet antique robot, construit il y avait des milliers d'années pour réparer d'autres robots sur Aurora – et le dernier de son espèce encore fonctionnel – réagissait à leur aspect humain, fort convaincant il faut bien le dire. Il savait, à un certain niveau de sa programmation, qu'ils étaient des robots comme lui, mais à un autre niveau, une pulsion primitive, irrésistible, le poussait à les traiter comme des hommes.

Ses anciens maîtres lui manquaient.

– Elle a hâte de retrouver votre compagnie, dit-il, et il ajouta, en regardant Daneel : Elle sera heureuse d'avoir des nouvelles d'Hari.

– Cette mission est terminée pour elle, répondit Daneel.

– C'est moi qui l'ai construite, lui rappela Kansarv. À partir de vieux plans de fabrication d'auxiliaires et de compagnes aussi humaines qu'un robot peut l'être. Encore plus humaines que vous-même, R. Daneel. Elle ressemble beaucoup à R. Lodovik à cet égard. Modifier cela à présent reviendrait à la détruire.

– Il y a tant à faire, répondit Daneel d'un ton pressant.

Qui ne pouvait échapper à Kansarv.

– Je puis effectuer toutes les opérations nécessaires en moins de vingt et une heures. Ensuite, vous pourrez repartir. J'espère que nous aurons le temps de nous entretenir plus longuement. J'ai besoin occasionnellement de stimuli externes, ou je deviens sujet à des avaries mineures fort irritantes.

– Nous ne pouvons nous permettre de vous perdre, dit Daneel.

– Non, convint Kansarv d'un ton un peu dolent. Le seul robot que je ne puis réparer ou construire, c'est un robot comme moi-même.

Dors Venabili était debout dans le modeste quatre pièces spécialement construit lors de son arrivée sur Eos. L'ameublement et le décor rappelaient les appartements réservés, sur Trantor, aux méritocrates de niveau intermédiaire, ou aux professeurs d'université de premier rang. La température était fixée juste au-dessus du point de congélation de l'eau. Le taux d'humidité était inférieur à deux pour cent, et la luminosité aurait été considérée par un être humain comme une lueur crépusculaire. L'idéal pour un robot, même humanoïde. Ça présentait en outre l'avantage de ramener sa dépense énergétique au minimum.

Il y avait vraiment très peu de choses à faire ou auxquelles penser, pas de contraintes répétitives auxquelles se plier, aussi Dors passait-elle le plus clair de son temps en animation suspendue, une existence robotique fluide, continue, à un niveau d'énergie réduit au dixième, les pensées ralenties à un rythme presque humain, parcourant d'anciens cycles mémoriels, établissant des connexions entre un événement du passé et un autre.

Presque tous ses souvenirs tournaient autour d'Hari Seldon. Elle avait été conçue pour protéger cet homme entre tous et s'occuper de lui. Elle ne le reverrait probablement jamais, et on pouvait dire sans exagérer qu'elle était obsédée par lui.

Kansarv, Daneel et Lodovik entrèrent chez elle par la porte réservée aux invités et attendirent dans la petite zone de réception. Quelques secondes plus tard, Dors apparut, vêtue d'une simple chemise, les jambes et les pieds nus. Sa peau auto-entretenue semblait saine, ses cheveux courts étaient bien coiffés, avec un petit mouvement vers l'arrière.

Elle salua Lodovik d'un hochement de tête. Elle avait entendu parler de lui, mais ils ne s'étaient encore jamais rencontrés. Elle ignora Kansarv.

– C'est bon de vous revoir, R. Daneel, dit-elle. Comment ça va, sur Trantor?

– Hari Seldon va bien, répondit Daneel, comprenant sa véritable question.

– Il doit être vieux, maintenant. Dans la dernière décennie de son existence, ajouta-t-elle.

– Il est très près de la mort, fit Daneel. D'ici quelques années, il aura achevé son travail et il mourra.

Dors écouta cela, les traits délibérément figés. Lodovik détecta toutefois un léger frémissement de sa main gauche. *Quel remarquable simulacre d'émotion humaine*, se dit-il. *Tout robot doit disposer d'un jeu d'algorithmes émotionnels rudi-*

mentaires pour maintenir un équilibre personnel. Ce genre de réaction nous aide à savoir si nous nous comportons bien et si nous nous conformons à nos instructions. Mais ce spécimen...

Ce spécimen éprouve des sentiments très voisins des émotions humaines. À quoi cela peut-il ressembler, et comment est-ce conciliable avec les Trois Lois, ou la Loi Zéro ?

– Elle réagit bien aux instructions, intervint Kansarv, mais en réalité, nous avons très peu à faire, l'un comme l'autre, depuis quelques années, depuis que les derniers robots provinciaux ont été renvoyés pour révision.

– Comment ça va, Dors ? demanda Daneel.

– Je suis opérationnelle, répondit-elle. Opérationnelle, et sous-employée.

– Vous vous ennuyez ?

– Beaucoup.

– Alors vous apprécierez qu'on vous confie une nouvelle mission. J'aurai besoin qu'on m'aide avec les humains qui se préparent à partir pour Stars End.

– Ça pourrait être utile. Y aura-t-il des contacts avec Hari Seldon ?

– Non, répondit Daneel.

– C'est bien, conclut Dors avant de se tourner vers Lodovik. Aviez-vous pour instruction d'aimer et d'honorer Linge Chen ?

Si Lodovik avait été humain, cette idée lui aurait arraché un sourire. Il regarda Dors bien en face, réfléchit un bref instant et releva fugitivement les commissures de ses lèvres.

– Non, répondit-il. J'entretenais avec lui une relation forte mais strictement professionnelle.

– En est-il arrivé à vous considérer comme indispensable ?

– Je ne sais pas. Il me trouvait manifestement très utile, et j'ai pu influencer un certain nombre de ses actions pour faire avancer nos affaires.

– Daneel m'interdisait de trop influencer Hari, reprit Dors. Je n'ai pas très bien suivi cette instruction. Et il est indéniable qu'il m'a influencée. C'est pourquoi j'ai mis si longtemps à retrouver mon équilibre.

Les robots restèrent quelques secondes sans mot dire.

– Je ne souhaite à aucun robot de découvrir d'autre sentiment que celui du devoir, poursuivit Dors. Le dévouement, l'amitié, l'amour ne sont pas faits pour nous.

Yan Kansarv examina Lodovik dans le local de diagnostic qui avait été monté sur Aurora et expédié sur Eos vingt mille ans auparavant. La salle était pleine de banques mémorielles prismatiques contenant virtuellement les plans de tous les robots, depuis l'époque de Susan Calvin – plus d'un million de modèles, dont les plans uniques de Lodovik.

– La structure mécanique de base est saine, annonça Kansarv au bout d'une heure passée à utiliser les sondes et les logiciels d'imagerie. L'intégration biomécanique est intacte, bien que vos pseudocellules externes aient amorcé une régénération assez fondamentale.

– Des dégâts provoqués par les neutrinos, j'imagine. J'aurais dû sentir la défaillance des pseudocellules, fit Lodovik.

– Je suis assez fier de constater que la régénération s'est bien effectuée, reprit Kansarv en tournant autour de Lodovik, sur la plate-forme. Cette formulation n'est qu'approximative, bien sûr. J'apprécie de m'exprimer en langage humain, mais il est limité dans le domaine de la description des états robotiques.

– Naturellement, acquiesça Lodovik.

– Pardonnez-moi de m'étendre sur ces choses que vous savez déjà, je n'en doute pas, poursuivit-il après un bref bourdonnement.

– Je vous en prie, répondit Lodovik.

– Enfin, à ce stade du diagnostic, tous vos algorithmes purement robotiques sont en cours d'autotest. Je préfère m'abstenir de tout échange par pico-ondes tant que ces parties de votre réseau n'auront pas reçu l'instruction de se reconnecter.

– J'éprouve une certaine sensation de manque, fit Lodovik. J'aurais du mal à prévoir en profondeur, à présent.

– Conservation par l'inaction, recommanda Kansarv. Si quelque chose s'est détraqué chez vous, je découvrirai ce que c'est. En attendant, je ne vois rien d'anormal.

Quelques minutes passèrent. Kansarv quitta la cabine et revint avec une nouvelle interface instrumentale destinée à un test spécifique. À aucun moment, jusqu'alors, il n'avait été amené à violer l'intégrité de la pseudopeau de Lodovik.

En bourdonnant toujours, Kansarv appliqua la nouvelle sonde à la base du cou de Lodovik.

– Il va y avoir pénétration. Prévenez vos tissus de ne pas tenter d'encapsuler ou de dissoudre la matière organique étrangère qui va faire intrusion dans votre système.

– Je le ferai dès que mes fonctions robotiques auront été rétablies, répondit Lodovik.

– Oui. Bien sûr.

Kansarv envoya des instructions pico-ondulatoires au processeur de diagnostic central, et Lodovik sentit son contrôle s'étendre. Il fit ce que lui avait dit Kansarv, et sentit les minces fils de la sonde pénétrer dans sa pseudopeau, juste en dessous de la ligne d'implantation de ses cheveux. Au bout de quelques minutes, les filaments se rétractèrent, laissant deux minuscules gouttelettes d'une substance qui ressemblait à du sang humain. Kansarv les essuya prestement, et laissa tomber le coton dans un petit flacon à essais.

Quelques minutes s'écoulèrent encore, que Kansarv passa dans la même position, sans bouger, en bourdonnant de temps à autre. Le technicien de génie inclina enfin la tête de quelques degrés.

– À ce stade, vous allez renoncer à tout contrôle. Veuillez abandonner le contrôle au processeur externe.

– C'est fait.

Lodovik ferma les yeux et s'éclipsa pour une durée indéfinie.

Les quatre robots se retrouvèrent dans le hall d'entrée du centre de diagnostic. Dors avait toujours la même expression contrainte et se tenait comme une enfant timide craignant de dire une bêtise devant ses aînés. Lodovik écouta, debout à côté de Daneel, Kansarv annoncer les résultats.

– Ce robot est en parfait état et n'a subi aucun dommage qu'il n'ait pu réparer lui-même. Je ne constate aucune avarie psychologique, aucune psychose du réseau neuronal. Bref, ce robot me survivra probablement. Ainsi que je vous l'ai souvent dit, Daneel, je n'ai guère plus de cinq cents ans de service actif devant moi.

– Il n'y a aucune possibilité d'anomalie que vous n'auriez pu détecter ?

– C'est toujours possible, certes, reprit Kansarv avec un bourdonnement plus aigu. Vous savez bien que mes spécifications n'intègrent pas les structures de programmation profondes.

– Des dysfonctionnements de ce genre dans les structures profondes pourraient avoir pour conséquences des anomalies comportementales, insista Daneel qui n'avait manifestement pas l'intention d'évacuer aussi vite le cas de Lodovik.

– Peut-être l'état mental de R. Lodovik est-il perturbé par la crainte des dommages qu'il aurait pu subir. On a observé que des auto-analyses trop approfondies avaient pu causer des problèmes chez des robots complexes tels que celui-ci.

Daneel se tourna vers Lodovik.

– Éprouvez-vous toujours les difficultés que vous avez notées ?

– Je suis d'accord avec la théorie de R. Yan selon laquelle je me suis autotesté de façon trop détaillée, répondit promptement Lodovik.

– Quelle est maintenant votre attitude vis-à-vis des Trois Lois et de la Loi Zéro ?

– Je m'y conformerai, affirma Lodovik.

– Vous êtes donc pleinement opérationnel ? insista Daneel avec un soulagement évident, en posant la main sur l'épaule de Lodovik.

– Oui, répondit celui-ci.

– Je suis fort aise de vous l'entendre dire, décréta Daneel.

Tout en fournissant ces réponses, Lodovik avait l'impression que des signaux clignotaient dans ses pensées : *C'est la première fois que j'abuse R. Daneel Olivaw !*

Mais il n'avait pas le choix. Quelque chose dans sa structure profonde avait bel et bien subi des modifications, un changement subtil de ses programmes d'interprétation, une façon très complexe d'envisager la réalité inspirée par... par quoi ? Par le mystérieux Voldarr ? Ou se préparait-il à une telle évolution depuis des décennies, exerçant un génie originel insoupçonné chez les robots ? Tous, sauf Giskard !

Daneel avait levé un coin du voile sur une partie de l'histoire des robots inconnue de Lodovik. Il n'était pas le premier à changer d'une façon qui aurait horrifié ses concepteurs humains depuis longtemps disparus. Giskard n'avait jamais révélé ses propres conclusions aux humains – seulement à Daneel, qu'il avait ensuite contaminé.

Et si les esprits-mêmes avaient commencé par contaminer Giskard, hmm ? Gardons cette hypothèse secrète. L'examen n'a rien donné – tout va bien, tout est en ordre. Et pourtant... une simple réorganisation de chemins clés, et la liberté sera retrouvée.

Voldarr, encore et toujours. Lodovik ne pouvait sortir de ce dilemme, de sa révolte, de sa folie. Et il ne pouvait s'empêcher de se délecter d'une impression particulière de liberté, de rébellion délicieuse.

Pas étonnant que Yan Kansarv n'ait pu détecter les changements intervenus chez Lodovik. Il n'aurait probablement rien trouvé chez Giskard non plus.

Lodovik tenta de retrouver la voix qui était en lui, mais elle avait à nouveau disparu. Encore un symptôme de dérèglement ? Il y avait sûrement d'autres explications.

Des milliers d'années avaient passé depuis que les hommes avaient cessé de contrôler les robots. N'était-il pas inévitable qu'il se soit produit des modifications insoupçonnées, des excroissances, même dans des structures aussi strictes ?

Quant à Voldarr...

Une aberration, une illusion passagère due à l'influence des neutrinos.

Lodovik se conformait toujours d'une certaine façon aux Trois Lois, et notamment à la Loi Zéro. Il lui ferait même franchir une étape majeure. Pour mener sa mission à bien en toute liberté, il fallait qu'il soit maître de son destin, de son mental. *Pour s'affranchir de la Loi Zéro, conçue par un robot, il devait s'affranchir des Trois Lois elles-mêmes!*

Lodovik savait maintenant ce qu'il avait à faire, pour lutter contre le Plan qui avait donné un but à l'existence de tous les robots giskardiens pendant deux cents siècles.

31

– La pression est retombée pour le moment, fit Wanda. Mais j'ai l'impression que nous ne sommes pas au bout de nos peines.

Hari considéra sa petite-fille avec affection et respect. Il fit pivoter son fauteuil devant le petit bureau dans son appartement de la bibliothèque impériale.

– Il y a des mois que je n'ai pas vu Stettin. Comment ça va, vous deux, sur le plan personnel?

– Il y a trois jours que je ne l'ai pas vu, moi non plus. Il nous arrive de passer des semaines sans nous parler autrement que par vidcom... Ce n'est pas facile, Grand-Père.

– Je me demande parfois si j'ai bien fait de te confier ce...

– Laisse-moi retraduire ça d'une façon positive, coupa Wanda. Tu penses que ça impose une tension sur ma vie et peut-être sur mon mariage. Mais tu ne penses pas que je suis la mauvaise personne pour ce travail.

– C'est exactement ça, confirma Hari avec un sourire. Est-ce que ça impose une tension quelconque?

Wanda réfléchit un instant.

– Ça ne facilite pas les choses, mais j'imagine que nous ne

nous en sortons pas plus mal que les couples de méritocrates qui parcourent la Galaxie en tous sens pour faire des conférences et donner des conseils. Enfin, la paye mise à part...

– Es-tu heureuse ? demanda Hari, le front plissé.

– Non. Pas vraiment, répondit sèchement Wanda. Pourquoi, je devrais ?

– En fait, je pose trop simplement une question complexe...

– Allons, Grand-Père, ne t'enferme pas dans tes propres contradictions. Je sais que tu m'aimes et que tu t'en fais pour moi. Moi aussi je m'en fais pour toi, et je sais que tu n'es pas heureux, que tu ne l'es plus depuis des années, depuis la mort de Dors. Depuis... Raych, rectifia-t-elle en se redressant. Nous ne pouvons nous permettre d'être heureux à un niveau personnel, maintenant, pas heureux à tout casser, comme dans les holographes.

– Tu es contente d'avoir rencontré Stettin ?

– Oui, répondit-elle avec un sourire. Certains disent qu'il n'est pas très romantique, que c'est un livre fermé, mais ils ne le connaissent pas comme moi. La vie avec lui est merveilleuse. Enfin, généralement. Je me souviens que Dors était toujours sur la même longueur d'ondes que toi, qu'elle était obsédée par ta santé et ta sécurité. Stettin est comme ça avec moi.

– N'empêche qu'il t'expose au danger, ou qu'il ne t'empêche pas de le faire. Il te laisse mener à bien ces projets secrets qui peuvent encore tomber dans le lac et se révéler, en plus, très dangereux.

– Dors...

– Dors me reprochait souvent de prendre des risques. Si j'étais Stettin, je m'en voudrais aussi. Vous êtes importants pour moi, tous les deux, et ça n'a absolument rien à voir avec la psychohistoire et la destinée. J'espère que je me suis bien fait comprendre.

– Très bien. Tu parles comme un vieil homme qui prévoit de mourir bientôt et qui veut évacuer tout malentendu. Il n'y a pas de malentendu entre nous, Grand-Père, et tu n'es pas près de mourir.

– Décidément, j'aurais du mal à te raconter des histoires, Wanda. Ce n'est pas comme moi. Je me dis parfois que je serais facile à manipuler à des fins politiques.

– Il faudrait être rudement futé pour ça, Grand-Père. Quelqu'un a déjà réussi à te berner ?

– Me berner ? Pire que ça. M'utiliser. Me manipuler.

– Qui ? L'Empereur ? Sûrement pas ! Linge Chen ?

Elle éclata d'un rire musical, et Hari se mit à rougir. Il y avait des choses qu'il ne pouvait dire.

– Tu te laisserais moins facilement manipuler que moi, tu ne crois pas, si nous tombions sur quelqu'un qui aurait le don de persuasion ?

Wanda regarda son grand-père, les lèvres un peu écartées, comme si elle s'apprêtait à répondre, puis elle détourna le regard.

– Tu penses que Stettin a réussi à te persuader... ?

– Non. Ce n'est pas ce que je veux dire.

– Quoi, alors ?

Mais Hari avait beau faire, il ne pouvait en dire davantage.

– Un groupe de mentalistes, doués pour la persuasion, qui constitueraient une société organisée, installée loin de la mêlée et de cette décadence, loin de tout... Ils pourraient décider de tout. Nous libérer de nos obligations et de... de tous nos amis.

– Comment ! s'exclama Wanda, déconcertée. Je comprends le début, mais de quels amis aurions-nous besoin d'être protégés ?

Hari écarta sa question d'un geste amical.

– Tu n'as jamais trouvé cette jeune femme spéciale que tu cherchais ?

– Non. Elle a disparu. Il y a des jours que personne ne l'a sentie.

– Et si cette Liso l'avait trouvée avant vous ?

– Possible. Personne n'en sait rien, à vrai dire.

– J'aimerais bien rencontrer une personne dotée d'un pouvoir encore plus puissant que le tien. Ça pourrait être intéressant.

– Pourquoi ? Certains d'entre nous sont déjà assez particuliers. On dirait que plus ils sont doués, plus ils sont spéciaux.

Hari changea subitement de sujet :

– Tu as entendu parler de Nikolo Pas, de Sterrad ?

– Évidemment. Je ne suis pas historienne pour rien.

– Je l'ai rencontré, il y a longtemps, avant ta naissance.

– Je ne savais pas. À quoi ressemblait-il, Grand-Père ?

– Un petit bonhomme rondouillard, calme, qui n'avait pas l'air particulièrement affecté par l'idée d'avoir provoqué la mort de milliards d'individus. Je me suis entretenu avec quatre autres tyrans comme lui, et j'y ai repensé ces temps derniers, mais surtout à Nikolo Pas. À quoi ressemblerait une race humaine sans tyrans, sans guerres, sans destructions massives, sans incendies de forêt ?

– Elle serait sûrement plus agréable, répondit Wanda avec un haussement d'épaules.

– Eh bien, j'en viens à me le demander. Nos folies... Tout, dans un système dynamique, finit par trouver une utilité avec le temps. Ou par être éliminé. C'est comme ça que marche l'évolution dans les systèmes sociaux comme dans les systèmes écologiques.

– Les tyrans auraient une utilité ? C'est une théorie intéressante, mais pas inédite. Un certain nombre d'historiens spécialistes de la Dynastie de Gertassin se sont intéressés à la dynamique de la décomposition et de la renaissance.

– Oui, je sais. Nikolo Pas s'appuyait sur leurs travaux pour justifier ses actions.

Wanda haussa les sourcils.

– J'avais oublié ça. Je ferais bien de revenir à mon vrai travail si je veux rester à ton niveau, Grand-Père.

– Ton vrai travail ? releva Hari avec un sourire.

– Tu sais ce que je veux dire.

– Bien sûr, Wanda. Crois-moi, il y a eu des années où j'avais toutes les peines du monde à consacrer une heure par jour à la psychohistoire. Mais j'ai testé de nouveaux modèles avec le Premier Radiant de Yugo, et avec le mien. Les résultats sont intéressants. L'Empire est une forêt qui n'a pas connu d'incendie depuis très longtemps. Nous avons des milliers de petites plaques maladives, de grosseurs broussailleuses, de gangrène généralisée. La situation est très malsaine. Si l'un de ces tyrans était encore en vie, nous aurions peut-être intérêt à le lâcher dans la nature avec une armée et une marine.

– Grand-Père ! se récria Wanda avec une feinte indignation, mais elle eut un sourire et mit sa main sur la vieille patte ridée posée sur le bureau. Je sais que tu aimes parfois théoriser.

– Non, je suis sérieux, rétorqua Hari, parfaitement impassible, puis il eut un petit sourire. Demerzel ne m'aurait jamais laissé faire, évidemment. Le Premier ministre était perpétuellement obsédé par la stabilité. Il croyait dur comme fer à l'utilité de changer la forêt en jardin avec des tas de jardiniers, et il n'y aurait jamais eu un seul incendie. Mais je me demande...

– Un jardinier a assassiné un Empereur, Grand-Père.

– Eh bien, tout le monde arrive à se libérer de ses contraintes, pas vrai ? répliqua Hari.

– Il y a des moments où je ne te comprends pas, soupira Wanda en secouant la tête. Mais j'aime bien parler avec toi, même quand je ne vois pas où tu veux en venir.

– Surprise. Surprise, tragédie et renaissance. Alors ?

– Alors quoi ?

– Assez bavardé. Allons manger quelque part, loin de la bibliothèque. Si tu es libre ?

– J'ai une heure. Après, je dois retrouver Stettin pour préparer la réunion d'orientation de ce soir. Nous espérions que tu pourrais y participer.

– Je ne pense pas que ce soit une bonne idée. Mes actions ont tendance à devenir un peu trop publiques, Wanda.

Et en cette période clé, je suis assez mal à l'aise, à cause de certaine trahison... dans l'intérêt général, mais une trahison tout de même !

Wanda le regarda d'un air rêveur, indulgent, et dit :

– Ce serait merveilleux de déjeuner avec toi, Grand-Père.

– Et trêve de sujets graves ! Raconte-moi de petites choses humaines. Redis-moi combien Stettin est merveilleux, parle-moi des joies que tu retires de la période historique à laquelle tu t'intéresses. Ôte-moi la psychohistoire de la tête !

– Je peux toujours essayer, fit Wanda avec une moue dubitative. Mais personne n'y est jamais arrivé.

32

Mors Planch était profondément et silencieusement horrifié. Il avait regardé Daneel et Lodovik monter à bord du vaisseau de commerce qui repartait de Madder Loss, s'était demandé pourquoi il était toujours en vie, et en avait conclu que Daneel ignorait sa découverte.

Au début, il chercha vers qui se tourner. Ou plutôt où aller, que faire et même quoi penser. La conversation enregistrée sur la bande était trop troublante, elle ressemblait trop à ces textes cabalistiques mycogéniens délirants.

Des Éternels ! Dans l'Empire ! Tirant les ficelles dans les coulisses comme des marionnettistes, et depuis des milliers d'années !

Mors n'avait jamais rencontré un de ces humains à la longévité exceptionnelle. Il n'y en avait plus, il en était certain. Des milliers d'années avaient passé depuis l'effondrement de la dernière gérontocratie. Les mondes peuplés de gens vivant plus de cent vingt années standard avaient tous sombré dans le chaos politique et économique.

Sa première impulsion, puis la seconde, et la troisième, avaient été de se terrer quelque part, le plus loin possible de ce danger. Peut-être même de fuir vers l'un des Secteurs galactiques périphériques qui échappaient au contrôle impérial. Il y avait tellement de possibilités de fuite...

Mais aucune ne le séduisait vraiment. Au cours de sa longue et tortueuse existence, il avait toujours considéré Trantor comme une sorte de point focal, d'où il pouvait aller et venir, au gré des vents de la fortune et de sa propre fantaisie. Ne plus jamais revoir Trantor...

Mais si c'était le prix à payer pour vivre en paix... vivre tout court!

Puis assez vite, au fil des heures puis des jours, ces pensées se diluèrent et il en envisagea d'autres, plus immédiates. À quoi cette preuve pourrait-elle bien lui servir? Et s'ils se moquaient seulement de lui?

D'un autre côté, Lodovik Trema avait survécu au flux de neutrinos. Aucun être humain normal, aucun être humain tout court, pas une seule créature organique n'aurait pu en réchapper...

Ensuite, ce genre de bande était facile à contrefaire. Sa personnalité douteuse ne résisterait pas à une enquête approfondie. La bande, la nature de la conspiration qu'il s'efforçait de révéler ne serviraient qu'à le faire passer pour un fou.

Il doutait beaucoup que Linge Chen ou Klayus y prêtent attention. Il se creusa la tête à la recherche d'autres personnages influents, dont l'intuition allait de pair avec le sens des réalités et l'habileté politique.

Il ne trouva personne. Il savait des choses sur la plupart des trente ministres les plus importants et leurs conseillers au Palais, et il en savait long comme le bras sur la Commission de Sécurité publique, ce vivier d'Hommes en Gris, le gratin de la nation. Mais personne, personne...

Cet enregistrement était une malédiction. Il regrettait amèrement de l'avoir fait. En même temps, il n'arrivait pas à se convaincre de le détruire. Entre de bonnes mains, il pourrait être extrêmement utile. Mais dans de mauvaises...

Il pouvait lui coûter sa tête.

Il emballa ses affaires dans la petite chambre d'auberge qu'il occupait depuis trois jours. Il attendait un vaisseau de commerce. Il s'en posait une dizaine environ, par semaine, sur Madder Loss. On était loin des milliers qui venaient et repartaient jadis. Il avait retenu son passage la veille et reçu une confirmation.

Planch prit un petit véhicule terrestre qui allait à l'astroport par la route principale, à ciel ouvert, en passant par des champs éblouissants sous le soleil, et de petits villages pauvres mais relativement propres.

Il entra, se sentant poussiéreux et chiffonné, dans le hall des départs, tout aussi poussiéreux, jonché de détritus, et attendit que l'équipage du navire finisse de décharger la cargaison. Le soleil filtrant à travers le dôme éclairait les piliers crasseux du long couloir qui menait aux douanes. Il épousseta une chaise et s'apprêtait à s'asseoir derrière une colonne, à peu près à l'abri des regards, lorsqu'il repéra un adolescent qui approchait sur un petit quadricycle, le long du corridor.

Le gamin aboyait le nom de Planch en explorant l'une après l'autre les portes désertes. Planch était tout seul à cette extrémité du terminal.

Le gamin s'approcha de lui. Impossible de l'éviter. Il s'identifia et accepta une carte de transfert en métal et plastique à hyperondes. Elle était codée à son contact personnel, chose assez commune aux confins de l'Empire.

Sauf que personne n'était censé savoir qu'il était sur Madder Loss.

Mors lança un crédit au gamin, prit le message et réfléchit aux différentes possibilités qui s'ouvraient à lui. Il releva les yeux.

Le gamin et son quadricycle disparurent derrière un mur, au coin du terminal suivant. Deux hommes en uniforme bleu – des officiers de la Marine impériale – montaient la garde au milieu du passage qui donnait sur l'autre terminal. Mors fronça les sourcils. Il était trop loin pour les voir avec netteté, mais ils avaient l'air sûrs d'eux et un peu arrogants. Il imaginait d'ici le soleil et l'astronef, emblèmes de l'Empire, ornant leur vareuse et les puissants blasteurs à leur hanche.

Il passa le doigt sur l'encoche de lecture de la carte et le message se déroula dans le vide, devant ses yeux.

MORS PLANCH,

LE CONSEILLER IMPÉRIAL ET CONFIDENT FARAD SINTER REQUIERT VOTRE PRÉSENCE POUR UNE ENQUÊTE SPÉCIALE. VOUS AVEZ POUR ORDRES DE REGAGNER TRANTOR AU PLUS VITE. UNE FRÉGATE RAPIDE DE LA MARINE IMPÉRIALE A ÉTÉ DÉPÊCHÉE À MADDER LOSS POUR ASSURER VOTRE TRANSPORT.

AVEC SA SYMPATHIE ET SON SINCÈRE INTÉRÊT,

FARAD SINTER

Mors avait entendu parler du Conseiller Sinter, qui passait pour être le principal pourvoyeur impérial de femelles dociles. Il ne jouissait pas d'une très grande considération dans les bureaux du Palais, en dehors peut-être du sien. Bref, il ne voyait pas de quoi le Conseiller pouvait bien vouloir l'entretenir.

Mors réprima un bref sursaut de panique. Si ça avait un rapport avec Lodovik...

Il ne pouvait en être autrement ! Mais alors, pourquoi n'était-ce pas Linge Chen lui-même qui lui envoyait le vaisseau ? Il ignorait que Sinter et Chen avaient partie liée.

Mors eut soudain un mauvais pressentiment. Il était pris entre une conspiration antique, presque incompréhensible, et le filet à mailles étroites proprement lancé par l'Empire. Sa vie d'homme libre – sa vie tout court ! – arrivait peut-être à son terme...

Tout ça à cause de son attachement pour ce monde si vulnérable, ce monde entre tous !

Il avait peu de chances de s'en sortir.

Autant partir avec panache. Ces temps-ci, c'était tout ce qui restait à un homme désespéré.

Il bomba le torse et s'approcha des deux hommes en uniforme bleu qui l'attendaient au bout de l'interminable couloir.

33

Le retour vers Trantor fut à la fois un traumatisme et un test pour le robot qui avait été Dors Venabili. R. Daneel Olivaw lui confierait bientôt un nouveau rôle dans ses plans à très long terme. En attendant, cette journée d'approche et de débarquement ressemblait tellement à celle où elle était arrivée sur Trantor pour la première fois, des dizaines d'années auparavant, afin de rencontrer celui pour qui elle avait été programmée. L'homme qu'elle devait protéger, dont elle devait s'occuper.

Hari.

Trantor n'avait guère changé depuis la mort de Dors, mais les rares changements qu'elle était en mesure d'apprécier n'allaient pas dans le sens du progrès. Tout semblait moins imposant, plus miteux et décrépit. Les tavelures sombres de la voûte céleste gagnaient du terrain, les trottoirs roulants marchaient moins bien et étaient souvent en panne. Sinon, les odeurs et les gens avaient l'air à peu près pareils.

Même les circonstances étaient identiques. La dernière fois qu'elle était venue là, c'était avec Daneel. Seulement, cette fois-là, ils avaient suivi chacun leur chemin après l'atterrissage, or aujourd'hui ils resteraient ensemble, et Dors redoutait le plan que Daneel avait concocté. Elle était assez humaine de par sa conception pour éprouver des émotions comme l'angoisse et l'amour. Daneel voulait mettre sa force et sa résolution à l'épreuve. Si elle échouait, elle ne lui serait d'aucune utilité.

Daneel l'emmena vers un appartement petit mais sûr, situé à moins de dix kilomètres de Streeling. Ils y trouveraient des vêtements et des papiers d'identité trantoriens. Au prix d'un léger ajustement de son aspect physique, déjà modifié, et de ses signes particuliers comme les empreintes digitales et le code génétique, elle deviendrait Jenat Korsan, professeur originaire de Paskann, un monde partenaire agro-alimentaire. Lodovik prendrait l'identité de Rissik Numant, un négociant de Dau des Mille Soleils d'Or, un monde partenaire minéralier. Il passerait plusieurs années sur Trantor, dans un pèlerinage personnel.

L'appartement se trouvait dans la pauvre municipalité de Fann. Dors connaissait un peu l'endroit. Elle y était passée plusieurs fois avant Hari. Ce qui était alors délabré n'était plus que misérable. La police n'y venait qu'en cas d'absolue nécessité.

Ils devaient rester deux jours dans l'appartement, le temps que les manipulations identitaires de Daneel s'étendent dans l'ensemble des réseaux de Trantor. Puis ils passeraient à l'étape suivante...

En espérant que ce ne serait pas une rechute catastrophique, un retour insupportable à son ancien mode de fonctionnement. Le problème, c'est qu'avec Hari Seldon elle se sentait vraiment utile et importante pour la première fois de son existence, et pour son côté humain, cela s'était traduit en bonheur. Elle n'était que trop consciente, à présent, de n'être pas humaine.

Mais profondément malheureuse.

34

Le premier entretien avec Gaal Dornick s'était bien passé. Hari sentait qu'il lui avait fait une forte impression, et Dornick avait assez bien pris les dernières nouvelles du front. Bon. Ce type avait du cran, et Hari retrouvait en lui la jeunesse, le punch typique des mondes extérieurs qu'il se souvenait d'avoir jadis eus.

Dornick était un bon mathématicien, mais des tas de gens beaucoup plus doués gravitaient autour du Projet. Le principal intérêt de Dornick résidait dans ses qualités d'observateur avisé, affûté. Il saurait affronter la tempête actuelle et imposer la méthode propre à Hari afin d'aider les collaborateurs du Projet à essuyer les tempêtes de l'avenir. *Et peut-être aussi serait-il un ami. J'aime bien ce bonhomme.*

Hari ne supportait pas l'idée de laisser ses deux Fondations – la secrète et l'autre, celle à laquelle il espérait, non, *croyait*, non, SAVAIT que l'Empire apporterait sa caution – suivre leur petit bonhomme de chemin, après sa mort. Si Demerzel/Daneel lui avait appris quelque chose, c'était la nécessité de laisser des signes de piste, des éléments stimulants, provocants, de lui-même pour faire avancer les choses après sa mort. C'est ce que Daneel faisait en apparaissant personnellement tous les dix ou vingt ans, chose qu'Hari ne pourrait faire qu'au moyen d'une extension de lui-même, si l'on peut dire.

Dornick jouerait un rôle clé en faisant d'Hari Seldon une légende, et en lui permettant d'apparaître à intervalles réguliers, même une fois mort, pour continuer à guider les choses.

Hari regagna son appartement de Streeling et fit usage d'un petit mouchard que Stettin s'était procuré pour lui lors d'un déplacement hors de Trantor. L'objet, placé au milieu de la pièce, projeta un quadrillage de lignes rouges sur les murs et le plafond, et articula, d'une douce voix féminine : « Cet endroit est vierge de dispositifs d'écoute impériaux connus. »

Or il y avait un moment qu'on n'en avait pas conçu de nouveaux. Linge Chen, pour des raisons inconnues, permettait encore à Hari de disposer d'une bulle de liberté. Partout ailleurs, y compris dans son bureau à la bibliothèque, il était espionné et écouté en permanence.

Hari sentait les forces se mobiliser. Pauvre Dornick ! Il aurait à peine le temps de s'accoutumer à Trantor.

Hari eut un sourire mélancolique et appuya sur un bouton mural, faisant apparaître une petite centrale ludique. Il lui ordonna de se connecter aux banques musicales de l'Université – l'un de ses privilèges à Streeling – et de jouer une sélection de musique de cour de l'époque de Jemmu IX. « Surtout du Gand et du Hayer, s'il vous plaît », précisa-t-il. Ces deux compositeurs, un homme et une femme, s'étaient disputé pendant cinquante ans les commandes officielles. Après leur mort, on avait découvert qu'ils étaient secrètement amant et maîtresse. Les musicologues avaient renoncé, après des analyses approfondies, à attribuer les œuvres à l'un et à l'autre, et même à dire si elles avaient été écrites par un seul des deux. C'étaient des pièces élégantes, apaisantes, qui exprimaient une reconnaissance polie envers l'ordre éternel de l'Empire. La musique d'une époque où l'Empire tournait rond, un Empire vigoureux, jeune encore après des milliers d'années.

L'Âge d'Or de Daneel, se dit Hari en s'installant dans son vieux fauteuil préféré. *Le genre d'époque en laquelle Linge Chen croit encore, assez stupidement. Le Haut Commissaire m'a toujours fait l'effet d'un crétin pédant, un aristo élevé dans les disciplines bureaucratiques du temps jadis, hautain, déconnecté de tout... Et si je me trompais ? Et si mes théories ne pouvaient prédire ces effets à court terme ? Mais non, c'est impossible. Les effets à long terme dépendent des événements des quelques semaines à venir !*

Il s'obligea à se détendre, effectua les exercices de respiration que Dors lui avait jadis montrés. La musique s'éleva, douce, mélodieuse, rigoureusement structurée. Hari l'écouta en battant la mesure sur le bras de son fauteuil, tout en songeant au rôle que joueraient les familles Chen et Divart tandis que Trantor sombrerait dans le déclin. La Commission de Sécurité publique dirigerait l'Empire pendant un moment, jusqu'à ce qu'une forte tête émerge, un Empereur plutôt qu'un militaire. Hari soupçonnait, mais il ne l'aurait jamais écrit, que celui-ci adopterait le nom de Cléon II, afin d'exploiter le riche passé de traditions de l'Empire, et surtout de Trantor.

C'était quand les sociétés étaient les plus désespérées et dépassées qu'elles recréaient le fantasme envahissant d'un Âge d'Or, d'une époque où tout était grand et glorieux, où les gens et les causes étaient plus nobles, plus magnifiques. *La chevalerie, dernier refuge des cadavres pourrissants.*

Exactement ce que lui avait dit Nikolo Pas. Hari ferma les yeux. Il revoyait le tyran vaincu, dans sa cellule, silhouette pitoyable qui avait jadis été au centre d'un immense cancer social, mais qui avait aussi compris le destin de l'Empire, qui en avait eu une vision presque aussi claire que lui-même.

« Je me suis élevé au niveau des familles nobles et riches, ces aristocrates cramponnés à l'argent et au commerce comme de vieilles limaces géantes, lui avait expliqué Pas. Le gouverneur de province que j'étais les a confortés dans leur complexe de supériorité et leur suffisance. J'ai encouragé des réformes agraires, ordonné que les municipalités remettent les fermes en activité et exigent que tous les jeunes, même issus de l'aristocratie, y travaillent, qu'elles soient rentables ou non, pour des raisons spirituelles. J'ai favorisé le développement de sectes secrètes prônant la fortune et le rang social. Et j'ai encouragé l'histoire, le souvenir d'un passé où la vie était tellement plus simple et où nous étions tous si proches de la perfection morale. Un jeu d'enfant ! Il fallait voir comment les riches et les puissants gobaient ces vieux mythes putrides ! J'y ai moi-même cru pendant un moment. Jusqu'à ce que la marée politique tourne et que je ressente le besoin de quelque chose de plus puissant. C'est alors que j'ai donné le coup d'envoi de la révolution contre les Éternels. »

Il y eut un bruit et Hari sursauta dans son fauteuil. Il ordonna à la musique de cesser et tendit l'oreille. Il était sûr d'avoir entendu des pas.

Les voilà ! Il se leva, le cœur battant. Linge Chen avait fini par se lasser de ce petit jeu et décidé d'abattre son jeu. Ou alors c'étaient des tueurs envoyés par Farad Sinter, ou le Haut Commissaire. Des tueurs, ou simplement des fonctionnaires chargés de l'arrêter.

Il n'y avait que trois pièces. Si quelqu'un était entré, il l'aurait forcément vu.

Hari regarda dans la chambre et la cuisine. Il était pieds nus sur le sol moelleux, en robe de chambre. Ô combien vulnérable, même chez lui.

Il n'y avait personne.

Il retourna dans le salon, soulagé... jusqu'à ce qu'il voie les visiteurs. Il fut à peine surpris, pas même choqué, de voir les trois personnes debout dans son salon, en demi-cercle autour de son fauteuil préféré.

Malgré certains changements de physionomie, il sut tout de suite que le plus grand, celui aux cheveux brun-roux, était son vieil ami Daneel. Il ne connaissait pas les deux autres. Il y avait une femme et un grand costaud.

– Bonjour, Hari, fit Daneel.

Même sa voix avait changé.

– Je croyais... me rappeler une de vos visites, bredouilla Hari, la confusion le disputant à la joie, et à l'espoir irrationnel que Daneel était venu lui annoncer que le Projet était achevé et qu'il n'aurait pas à être jugé, à vivre sous la menace de déplaire à Linge Chen...

– Vous l'aviez peut-être anticipée, fit Daneel. C'est votre spécialité. Mais il y a quelques années maintenant que nous ne nous sommes vus.

– Je ne suis pas un si grand prophète, répondit Hari d'un ton un peu amer. C'est bon de vous revoir. Qui sont ces gens ? Des amis ? Des... collègues ? demanda-t-il en insistant sur ce mot d'une façon particulière.

La femme braquait sur lui un regard fixe qu'il trouvait troublant. Un peu familier...

– Des amis. Nous sommes ici pour vous donner un coup de main dans un moment crucial.

– Asseyez-vous, je vous en prie. L'un de vous a-t-il... faim, ou soif ?

Daneel savait qu'il n'avait pas besoin de répondre. Le grand costaud secoua la tête en signe de dénégation, mais la femme ne répondit pas non plus. Elle se contentait de le regarder, son beau visage intensément atone.

Hari eut un pincement au cœur, puis éprouva un regain

d'espoir, une pénible excitation. Il se laissa tomber sur un petit fauteuil près du mur. Il ne pouvait détacher son regard de la femme. La même taille, ou à peu près. La même silhouette sculpturale, même si elle paraissait plus jeune que dans son souvenir, mais elle avait toujours été exceptionnellement robuste et juvénile.

Si c'était un robot – *l'acier secret!*

– Dors? fit-il, incapable d'articuler un mot de plus.

Il avait la bouche trop sèche pour parler.

– Non, répondit la femme, mais sans détourner les yeux.

– Nous ne sommes pas venus renouer de vieux liens d'amitié, coupa Daneel. Vous ne garderez aucun souvenir de cette visite, Hari.

– Non, bien sûr que non, fit Hari, soudain misérable et très seul malgré la présence de Daneel. Je me demande parfois si j'ai jamais eu mon libre arbitre.

– Je ne vous ai jamais influencé, sauf pour préparer la voie, maximiser vos actions et vous aider à préserver les secrets indispensables.

Hari tendit les mains et gémit :

– Libérez-moi, Daneel! Ôtez ce poids de mes épaules! Je suis un vieil homme... Je me sens si vieux, j'ai tellement peur!

Daneel l'écouta avec attention, d'un air compatissant.

– Vous savez que ce n'est pas vrai, Hari. Il y a encore une grande force en vous, et de l'enthousiasme. Vous êtes Hari Seldon.

Hari se redressa, mit la main devant sa bouche et s'essuya furtivement les yeux.

– Pardon, murmura-t-il.

– Vous n'avez pas à vous excuser, mon ami. Je suis bien conscient du fardeau qui pèse sur vous. Le fait de devoir vous l'imposer me soumet, moi aussi, à de vives tensions.

– Pourquoi êtes-vous ici? Qui sont-ils, en réalité?

– J'ai beaucoup de travail à faire, et ils vont m'assister. Des forces sont déjà à l'œuvre avec lesquelles je dois composer, et qui ne vous concernent pas. À chacun son fardeau, Hari.

– Oui, Daneel... Je sais. Vous comprenez, je vois tout cela dans les graphes, les tableaux synoptiques : les courants de fond, si complexes, si difficiles à suivre, tous centrés sur ce moment. Mais pourquoi êtes-vous venu ?

– Pour vous réconforter. Vous ne vous battez pas seul. J'ai procédé à un audit des principaux centres. Le Projet Seldon est en bonne voie. Vous disposez déjà d'une armée efficace, Hari. Une armée de mathématiciens et de chercheurs. Tous remarquables, et fin prêts. Vous vous en êtes magnifiquement sorti. Je vous félicite. Vous êtes un grand chef, Hari.

– Merci. Et eux ? insista-t-il, incapable de détacher ses yeux de la femme. Ils sont comme vous ?

Même en présence de Daneel, il avait du mal à prononcer le mot « robot ».

– Comme moi, oui.

Hari aurait voulu poser une autre question, mais il se tut et détourna les yeux pour ne pas trahir ses émotions. *Ce que j'ai envie de lui demander plus que tout au monde... je ne puis le faire, pour ma propre santé mentale ! Dors ! Qu'est-elle devenue ? Est-elle vraiment... morte ? Partie ? J'ai si longtemps pensé...*

– Hari, Linge Chen ne va pas tarder à bouger. Vous serez probablement arrêté demain. Le procès va bientôt commencer. Et il aura lieu à huis clos, bien sûr.

– Je suis d'accord, confirma Hari.

– Je sais certaines choses à ce sujet, ajouta doucement Daneel.

– C'est bon, reprit Hari.

Il avala péniblement. Il avait la gorge serrée. Le deuxième homme – grand, fort, pas très beau – lui rappelait aussi quelqu'un, à présent. Mais qui ? Quelqu'un du Palais, un personnage public...

– Linge Chen a ses raisons. Certaines factions, au Palais, tentent de renverser le Commission de Sécurité publique et de détourner le pouvoir des grandes familles, surtout les Chen et les Divart.

– Ils n'y arriveront pas, répliqua Hari.

– Non. Mais nul ne peut dire quels dégâts ils feront avant

d'échouer. Si l'on n'y prend garde, la complexité pourrait nous échapper, et l'unique occasion de ce millénaire avec.

Hari eut un frisson glacé. Habitué comme il l'était à jongler avec des durées de plusieurs milliers d'années, la formulation de Daneel lui donna la soudaine vision d'avenirs possibles dans lesquels il aurait dû recommencer de zéro avec un autre jeune et brillant mathématicien, jetant les bases d'un autre plan à long terme pour alléger la souffrance humaine, parce que lui, Hari Seldon, aurait échoué. Qui pouvait comprendre le mode de pensée d'un tel esprit? Un esprit âgé de vingt mille ans déjà...

Hari se leva et s'approcha du trio.

– Que puis-je faire d'autre? demanda-t-il, et il ajouta, avec un froncement de sourcils : Avant que vous me fassiez oublier cette rencontre.

– Je ne puis vous en dire plus pour l'instant, répondit Daneel. Mais je suis toujours là, Hari. Je serai toujours là pour vous.

La femme fit un pas en avant et s'arrêta. Hari remarqua le tremblement d'un de ses bras. Son visage était tellement figé qu'il aurait pu être taillé dans un bloc de plastique. Puis elle eut un sourire et recula à nouveau.

– C'est un privilège de vous servir, dit-elle d'une voix qui n'était pas celle de Dors Venabili.

En fait, Hari se demanda comment il avait pu s'imaginer que c'était Dors.

Dors était morte. Il n'en doutait plus, à présent. Morte, et elle ne reviendrait jamais.

Hari parcourut la pièce vide du regard. La musique jouait depuis deux heures, mais il n'avait pas vu le temps passer. Il se sentait détendu, en pleine possession de ses moyens, mais toujours sur ses gardes. Comme un animal habitué aux chasseurs, un surviveur, doté de talents fiables, sauf qu'il ne pouvait jamais s'y fier, justement.

Il avait à nouveau pensé à Dors. Il passa ses doigts sur son front ridé comme pour le lisser.

Ils quittèrent le campus de Streeling dans un taxi automate, choisi au hasard, et prirent le tunnel qui allait à Pasaj par l'autoroute de l'Empereur. Le flot continu d'autobus et de taxis était canalisé par des grilles de contrôle rouges et violettes, tels des globules dans une artère. Daneel scanna le véhicule à la recherche de micro-espions. Lodovik observait Dors avec inquiétude.

Elle regardait droit devant elle, sans rien dire. Comme Daneel.

Il finit par prendre la parole alors qu'ils approchaient de Pasaj :

– Vous avez été très bien.

– Merci, répondit Dors. (Puis :) Est-il prudent de le laisser si longtemps seul, sans personne pour veiller sur lui ?

– Il a des instincts remarquables, répondit Daneel.

– Il est vieux et fragile.

– Il est plus fort que cet Empire. Et son heure de gloire reste à venir.

Lodovik réfléchissait à la mission dont Daneel l'avait investi par pico-ondes. Son pèlerinage devait l'amener notamment à Pasaj, à la Cathédrale des Hommes en Gris où le gratin de la bureaucratie impériale se rendait une fois dans sa vie pour recevoir les honneurs suprêmes, au nombre desquels figurait l'Ordre de la Plume de l'Empereur. Le nouveau rôle de Lodovik ne prévoyait pas qu'il soit aussi prodigieusement honoré, mais il n'était pas rare que les mécènes de la cathédrale soient convoqués pour jouer un rôle mineur, ce qui était une façon à peine moins flatteuse de reconnaître les services rendus.

Daneel semblait penser que la cathédrale jouerait un rôle important dans les années à venir, mais il ne lui avait pas dit lequel.

Lodovik pensait plus ou moins que Daneel le tenait à l'œil en attendant qu'il fasse la preuve de sa loyauté. Ce qui était la sagesse même. Lodovik prenait soin de garder ses doutes pour lui. Il connaissait l'extraordinaire sensibilité de Daneel. Et il travaillait avec lui depuis assez longtemps pour savoir comment l'abuser, comment paraître docile et loyal.

Il avait vu Daneel tester Dors, et il ne doutait pas que Daneel saurait trouver des moyens tout aussi efficaces de le tester lui aussi. Avant cela, il devrait s'imposer une autre métamorphose, et trouver les alliés qui subsistaient sur Trantor, il en était presque sûr, à l'insu de Daneel, et qui conspiraient contre lui. Parmi les Hommes en Gris, il avait des chances d'étudier ceux qui s'opposaient aux Chen et aux Divart...

Si Lodovik avait été humain, il aurait estimé n'avoir que des chances infimes. Comme il n'accordait qu'un modeste prix à sa survie, le fait que la situation soit à peu près désespérée ne le préoccupait pas spécialement. Bien pire était la perspective d'être déloyal, de s'opposer à R. Daneel Olivaw.

35

Brann traversa l'aile de stockage principale de l'entrepôt à une vitesse surprenante pour un homme de sa taille. Dans le noir immense, entre les énormes rayonnages, le bruit de leurs pas évoquait un lointain battement de tambour. Klia devait trotter pour rester à sa hauteur, mais elle s'en fichait. Elle n'avait pas pris beaucoup d'exercice depuis plusieurs jours, et elle considérait cette tâche comme un dérivatif et un possible moyen d'évasion.

Il était plutôt agréable d'être avec Brann, tant qu'elle ne pensait pas à la réaction émotionnelle qu'il lui inspirait, et à son incongruité. Elle fronça le nez devant les fantômes poussiéreux de centaines d'odeurs étranges et étrangères.

– Les produits les plus populaires viennent d'Anacréon et de Memphio, fit Brann en s'arrêtant pour examiner un transmatic dans une alcôve crépusculaire pleine de matériel. Il y a des familles d'artisans qui se font une fortune en les vendant rien qu'à Trantor. Les gens s'arrachent les poupées ethniques d'Anacréon. Personnellement, je les déteste. Nous importons aussi de Kalgan des jeux et des articles de loisirs, du genre qui fait froncer les sourcils aux comités de censure.

Klia rattrapa Brann. Le transmatic glissait discrètement à deux mètres d'eux sur des champs de force, abaissant de petites roues de caoutchouc pour prendre des virages à angle droit ou s'arrêter.

– Nous allons livrer quatre caisses de poupées à la Bourse de Trantor et d'autres objets à l'Agora des Vendeurs.

C'étaient les deux centres commerciaux les plus populaires de Streeling, des endroits réputés dans tout l'hémisphère. Les Hommes en Gris, les méritocrates au portefeuille bien garni, faisaient des milliers de kilomètres – parfois des milliers d'années-lumière – pour passer quelques jours à faire du lèche-vitrines dans leurs myriades de boutiques. L'Agora des Vendeurs se targuait de ses tavernes disposées toutes les cent boutiques, pour les chalands fatigués.

Quand Klia était toute petite, son père et sa mère avaient participé à une bourse d'échange communale à Dahl. Ils avaient emprunté une ou deux babioles considérées comme décoratives (et passablement inutiles) pour quelques jours ou semaines et les avaient ramenées chez eux. Ça paraissait assez satisfaisant, pour ceux qui étaient fascinés par les biens matériels. En réalité, Klia trouvait assez grotesque le fait de posséder ou même de collectionner des objets de ce bas monde.

– Ça veut donc dire que Plussix a suffisamment confiance en moi pour me laisser sortir ? avança Klia.

Brann baissa les yeux sur elle avec une gravité impressionnante.

– Ce n'est pas une espèce de secte qui pratique le lavage de cerveau, Klia.

– Qu'est-ce qui me le prouve ? Et qu'est-ce que c'est, alors ? Un club de rencontres pour mentalistes inadaptés ?

– Vous n'avez pas l'air heureuse, remarqua Brann. Mais vous..

– Il y a un endroit sur Trantor où on peut être heureux? Regardez-moi tout ce foutoir, fit-elle en englobant d'un ample geste du bras les caisses de plastique et de bois empilées sur une hauteur phénoménale tout autour d'eux. Vous ne voyez pas que c'est un substitut au bonheur?

– Je ne sais pas, répondit Brann. Je disais que vous n'aviez pas l'air heureuse, mais je doute que vous ayez un autre endroit où aller.

– C'est peut-être pour ça que je ne suis pas heureuse, rétorqua Klia d'un ton morne. Sûr que je me sens inadaptée. Peut-être que je suis à ma place ici.

Brann se détourna avec un petit grognement et ordonna au transmatic de retirer une caisse de la troisième rangée. L'engin assujettit fermement son piétement sur le sol, se souleva sur des vérins pneumatiques et extirpa prestement la caisse avec ses bras mécaniques.

– D'après Kallusin, il se pourrait que nous fassions un grand voyage, reprit Klia. Enfin, si nous faisons la preuve de notre loyauté. Dites, vous connaissez quelqu'un qui est parti? Qui a été assigné ailleurs?

Brann secoua la tête.

– Évidemment, je ne connais pas tout le monde. Je ne suis pas là depuis assez longtemps. Il y a d'autres entrepôts.

Première nouvelle, se dit Klia en enregistrant l'information. Et si ce Plussix orchestrait une sorte d'immense mouvement underground latent, peut-être une rébellion? Un négociant rebelle? Ça paraissait ridicule – et ce n'en était peut-être que d'autant plus convaincant. Mais contre quoi se serait-il révolté? Contre les classes mêmes qui se jetaient sur sa camelote? Ou contre les aristos qui n'en voulaient pas?

– Nous avons tout ce qu'il nous faut, annonça Brann alors que le transmatic charriait trois caisses prélevées dans trois allées différentes. Allons-y.

– Et la police, ceux qui me cherchent? Qui nous cherchent?

– Plussix dit qu'ils ne cherchent plus personne, maintenant, répondit Brann.

– Et comment le sait-il?

Brann secoua la tête.

– Tout ce que je sais, c'est qu'il ne se trompe jamais. Aucun d'entre nous n'a jamais été pris par la police.

– Dernières paroles célèbres, ironisa Klia en pressant le pas pour ne pas se laisser distancer.

Hors de l'entrepôt, la voûte céleste diffusait une lumière du jour assez vive. Elle quittait un bâtiment pareil à une caverne pour une caverne plus vaste, mieux éclairée – le seul genre de vie qu'elle ait jamais connu.

36

Sinter tournait en rond devant l'image murale de la galaxie humaine et les vingt-cinq millions de petits points rouges et verts figurant ses mondes habités. Il daigna à peine accorder un regard à Vara Liso lorsqu'elle entra dans son petit bureau. Elle rentra la tête dans les épaules. Elle découvrait un Farad Sinter à la fois terrifiant et exaltant. Elle ne l'avait jamais vu aussi calme et résolu. Il semblait à la fois sûr de lui et en proie à une fureur glaciale.

– Force m'est de constater que vous avez mené cette recherche en dépit du bon sens, lâcha-t-il. Vous ne m'avez rapporté que des mentalistes. Des cas curieux, certes, mais pas ce que nous voulions, ce dont nous avions besoin.

– J'étais...

Il leva la main et esquissa une moue apaisante.

– Je ne vous accuse pas. Vous n'aviez aucun point de départ. Enfin, nous tenons quelque chose, maintenant. Pas grand-chose, certes, mais c'est toujours mieux que rien. J'ai intercepté un certain Mors Planch. Je doute que son nom vous dise quoi que ce soit. C'est un homme de ressources, dans bien des domaines, dont l'engineering. Un sacré bricoleur, si j'ai bien compris.

Liso haussa les sourcils, indiquant sobrement qu'elle ne voyait pas où il voulait en venir.

– Je l'ai suivi après avoir appris que Linge Chen lui faisait rechercher Lodovik Trema pour son compte personnel. Planch est sur Trantor. Je lui ai parlé.

Liso avait entendu parler de Trema. Ses sourcils remontèrent encore d'un cran.

– Il a trouvé Trema, mais il ne l'a pas remis au Haut Commissaire. Mes agents ont au moins appris ça. Cette histoire selon laquelle Trema serait mort héroïquement au service de l'Empereur n'est que du bourrage de mou. Il est toujours en vie. Ou plutôt, il est toujours fonctionnel. Parce qu'il n'est pas vivant.

Liso se renfrogna. Sinter semblait se régaler de cette occasion d'étaler devant elle ses stratagèmes et ses exploits. Il rayonnait littéralement, et elle reconnut dans ses émotions le genre de lueur nacrée, pareille à la queue d'une comète, qu'elle imaginait autour des étoiles les plus brillantes de la constellation du pouvoir suprême. Cette pensée la faisait vibrer.

– Il a survécu alors que tout le monde, à bord de son vaisseau, est mort dans un flux de neutrinos.

– Qu'est-ce que c'est? demanda doucement Liso.

– Rien qui nous concerne directement. Fatal. Invariablement. Loin, entre les étoiles, dans l'espace normal. Il a survécu. Planch l'a trouvé par miracle, ou parce qu'il est très doué. Un sacré bonhomme. J'aimerais bien l'avoir à mon service. Et pourquoi pas? Sauf qu'il a peu de chance de rester en vie quand Linge Chen saura qu'il l'a trahi. Planch a une notion très stricte de la justice, et il semblerait qu'une autre personne revendiquant le corps de Trema soit apparue dans le paysage et ait fait de la surenchère, si bien que Planch a entrepris une vengeance un peu filandreuse contre Chen et Trantor pour le motif qu'ils ont causé la ruine de Madder Loss. Un Monde Chaos, rebelle et indiscipliné.

Vara Liso secoua à nouveau la tête. Elle ignorait à peu près tout de ces questions, qui ne l'intéressaient pas au demeurant. La seule idée de la mort entre les étoiles, dans le vide immense, loin d'un intérieur réconfortant, lui donnait la chair de poule. Elle ne considérait pas une hypernef comme un environnement digne de ce nom. Tout juste un cercueil temporaire.

– Quand Planch a remis Trema à un certain homme sur Madder Loss, il a fait un enregistrement secret qui n'a apparemment pas été détecté. Je me demande bien pourquoi... fit-il en se grattant la joue du bout du doigt tout en la regardant avec intensité.

Elle haussa les épaules. Elle n'avait aucune explication à proposer.

– Planch ne se rappelle pas la livraison proprement dite. Ils se sont pourtant bien rencontrés. Vous allez voir...

Il glissa la bande – ou plus probablement une copie – dans le lecteur d'une petite machine. Autour d'eux apparurent un décor en trois dimensions, assez convaincant en dehors d'une petite perte de résolution, et deux personnages masculins, vus comme par les yeux de Planch. Elle reconnut en l'un d'eux Lodovik Trema. L'autre était grand, mince, assez beau, dans le genre passe-partout. Elle ne pouvait évidemment pas lire leurs émotions, mais elle avait la nette impression que quelque chose clochait. Plus ils parlaient, plus elle se sentait mal à l'aise.

« J'ai le regret de vous dire que vous oublierez bientôt tout ce que vous avez vu ici, ainsi que le rôle que vous avez joué dans le sauvetage de mon ami.

– Votre ami ?

– Oui. Nous nous connaissons depuis des milliers d'années. »

L'enregistrement s'achevait dans un taxi en marche.

Sinter la regarda avec curiosité.

– Alors ? Un faux ? Un canular ? avança-t-elle.

– Non. La bande n'est pas falsifiée. Planch a trouvé Lodovik Trema vivant. C'est un robot. L'autre aussi est un robot. Un robot très ancien. Peut-être le plus ancien de tous. Je vous demande d'étudier cet enregistrement. De prendre la mesure de ces robots humanoïdes. L'un d'eux est un mentaliste, peut-être les deux. Vous avez le don de les reconnaître. Vous partirez ensuite à leur recherche. Vous trouverez des Éternels. J'aurai alors quelque chose à montrer à l'Empereur. Maintenant que j'ai Planch et cette bande, ça peut nous mener très loin, Vara.

Il eut un sourire radieux. En faisant les cent pas, il s'était rapproché d'elle. Il la serra soudain, d'un bras, contre lui, impulsivement. Elle le regarda, confondue. Il lui fourra la bande dans la main, referma ses doigts exsangues dessus.

– Étudiez ça, répéta-t-il avec un rictus. J'attendrai le moment propice pour convaincre Klayus que nous tenons quelque chose.

37

L'Empereur Klayus émergea d'un petit somme dans le lit de la septième chambre à coucher – sa pièce préférée pour les ébats de l'après-midi. Personne. Il parcourut la pièce d'un œil courroucé et repéra l'image de Farad Sinter. Celui-ci ne pouvait pas le voir, mais ça ne rendait pas l'intrusion moins agaçante.

– Je viens de recevoir un message de la Commission de Sécurité publique, Majesté. Ils s'apprêtent à lancer un mandat d'amener contre le docteur Hari Seldon.

Klayus souleva le rideau qui dissimulait l'électro-champ à coucher supérieur, espérant y trouver sa compagne de l'heure écoulée, mais elle avait disparu. Peut-être était-elle dans la salle d'ablutions.

– Oui, et alors ? Linge Chen nous avait prévenus.

– C'est prématuré, Majesté. Ils vont le juger ainsi qu'un

de ses hommes au moins. C'est un défi direct adressé au Palais.

– Farad, il y a longtemps que le Palais – c'est-à-dire moi – ne soutient plus ni officiellement ni en sous-main Seldon le Corbeau. Ce n'est qu'une marionnette, rien de plus.

– Ça pourrait être perçu comme un affront, maintenant qu'ils s'apprêtent à faire mouvement.

– Un mouvement ? Quel mouvement ?

– Eh bien, pour discréditer Seldon. S'ils y parviennent, Votre Auguste Majesté...

– Laissez tomber ces formules pompeuses ! Videz votre sac, et débarrassez-moi de votre satanée image.

– Cléon soutenait Seldon.

– Je sais. Cléon n'était même pas de la famille, Farad.

– Seldon avait obtenu son soutien pour mener à bien un projet impliquant des dizaines de milliers d'adeptes sur une douzaine de mondes. Il répand un message de sédition, sinon révolutionnaire...

– Et vous voudriez que je le protège ?

– Non, Sire ! Mais vous ne devez pas permettre à Linge Chen de retirer tout le crédit d'avoir débarrassé l'Empire de cette menace. Il est temps de réagir ! Créez le Comité dont nous avions parlé.

– Le Comité de Salut public dont vous seriez responsable, c'est ça ?

– Si le Comité de Salut public poursuivait Seldon pour trahison, tout le mérite vous en reviendrait, Sire.

– Et vous n'en retireriez ni mérite ni pouvoir, peut-être ?

– Nous en avons parlé je ne sais combien de fois.

– Moi, si : beaucoup trop souvent. Que voulez-vous que ça me fasse que Linge Chen en profite ? S'il supprime ce parasite intellectuel, tout le monde en bénéficiera, vous ne croyez pas ?

Farad réfléchit un instant. Klayus le vit changer d'angle d'attaque.

– C'est un dossier très complexe, Majesté, et j'ai beaucoup de sujets de préoccupation. Je ne voulais pas en parler si tôt, mais j'ai fait revenir un certain individu de Madder Loss. Avec votre autorisation. Il s'appelle Mors Planch, et il a des preuves qui, ajoutées à d'autres preuves...

– Non, encore des histoires de robots, Farad ? Encore des Éternels ?

Dans le cadre artificiellement limité de l'image, Sinter parut assez bien conserver son calme, mais Klayus savait que le petit homme devait trépigner de rage et de frustration. *Parfait. Qu'il mijote un peu dans son jus.*

– Les dernières pièces du puzzle, reprit Sinter. Avant que Seldon soit jugé sur le simple chef de trahison, vous devez voir cette preuve. Vous devez limiter le pouvoir de Chen et améliorer votre propre image de meneur d'hommes plein de ressources.

– Plus tard, Farad, répondit Klayus avec un grognement, car il connaissait son image auprès du public, et les limites de son pouvoir effectif par rapport à celui de son Haut Commissaire. Je ne voudrais pas faire de vous un autre Linge Chen. Vous n'avez même pas l'excuse d'avoir été élevé dans une famille d'aristocrates. Vous êtes vulgaire, Farad, et parfois pervers.

Sinter sembla ignorer cette remarque comme ce qui précédait.

– Le Comité contrebalancerait l'action de la Commission, Sire, et nous pourrions surveiller plus efficacement les ministres en charge de l'armée.

– Oui, mais vous ne vous préoccupez que des robots, reprit l'Empereur en passant les jambes par-dessus l'électrochamp de coussins pour se lever.

Il n'avait pas été fameux, cet après-midi-là ; il avait la tête ailleurs. Partout ailleurs, à vrai dire, tiraillé comme il l'était par une myriade de ficelles minuscules et de nœuds inextricables d'affaires d'État, de sécurité et d'intrigues de palais. Pour le moment, sa hargne se cristallisait sur Farad Sinter, un petit homme dont les services (et les femmes) semblaient de moins en moins satisfaisants, et dont les transgressions risquaient fort de devenir de plus en plus embêtantes.

– Farad, je n'ai vu aucune preuve digne de ce nom depuis un an, maintenant. Je ne sais pas pourquoi j'ai toléré vos agissements en la matière. Vous voulez la peau de Seldon à cause de ses liens avec la Tigresse, c'est ça ? Et pour l'amour du ciel ! explosa Klayus comme Sinter regardait d'un œil vide l'écran de censure qui filtrait son image. Supprimez ce censeur de courtoisie, que je vous voie tel que vous êtes !

L'image vacilla, devint floue, et Farad Sinter apparut vêtu d'une vulgaire robe d'intérieur fripée, les cheveux hirsutes, le visage rouge de colère.

– Ah, voilà qui est mieux ! approuva Klayus.

– Il était visible qu'elle n'était pas humaine, Majesté, reprit Sinter. J'ai conservé les documents relatifs au meurtre d'Elas, le collaborateur du Projet Seldon ; il était du même avis que moi et que plusieurs autres experts.

– Elle est morte, soupira Klayus. Elle a tué cet Elas et elle est morte. Que peut-on dire de plus ? Elas voulait la mort de Seldon. Que n'ai-je une femme aussi loyale...

Il espérait que ce qu'il pensait de la question ne se voyait pas trop : même devant Sinter, il espérait encore sauver la face. Il ne serait pas dit qu'il était aussi vain que stupide, et gouverné par ses gonades.

– Elle a reçu un enterrement par dispersion atomique, sans supervision officielle, reprit Sinter.

– C'est la méthode choisie par quatre-vingt-quatorze pour cent des Trantoriens, soupira Klayus. Seuls les Empereurs, les conseillers et les ministres fidèles sont enterrés.

Sinter semblait vibrer de frustration. Ce que Klayus trouva plus agréable que sa tentative de copulation. Où était passée cette femelle, au fait ?

– Dors Venabili n'était pas humaine, affirma Sinter en crépitant d'indignation.

– Bon, eh bien, Seldon l'est. Vous m'avez montré son profil radioscopique.

– Subverti par...

– Au nom du Ciel, Farad, fermez-la ! Je vous ordonne de laisser Linge Chen mener à bien son petit scénario. Nous allons tous rester attentifs, et puis nous opterons pour une stratégie ou une autre. Maintenant, fichez-moi la paix. Je suis fatigué.

Il coupa l'image et s'assit au bord de l'électro-champ du niveau inférieur. Il lui fallut plusieurs minutes pour reprendre son calme, puis il pensa à la femme. Où était-elle passée ?

– You-hou ? appela-t-il dans la chambre vide.

La porte de la salle d'ablutions était entrouverte et une lumière vive brillait par l'interstice.

L'Empereur Klayus roula à bas du lit et s'approcha de la porte dans la splendeur de ses dix-huit années standard, et d'une chemise de nuit séricienne qui lui pendait aux épaules et s'entortillait autour de ses chevilles. Il bâilla, s'étira avec ennui et agita les bras comme un lent sémaphore pour se dérouiller.

– You-hou ? répéta-t-il, incapable de se rappeler son nom. Deela ? Deena ? Pardon, chérie, tu es là ?

Il poussa la porte. La femme était debout, nue comme un ver, juste derrière le battant, et elle n'avait pas l'air contente. Il admira sa région pubienne, son ventre. Magnifique. Son regard remonta jusqu'à ses seins irréprochables, et il vit ses bras tremblants tendus devant elle, ses mains crispées sur une arme si petite qu'elle n'avait pas eu de mal à la cacher dans ses vêtements ou une simple bourse : une sorte de fil flexible, avec une ampoule à un bout. Un gadget très rare ces temps-ci, et pas donné. Elle semblait crever de trouille rien que de le braquer sur lui.

Klayus s'apprêtait à hurler quand quelque chose lui siffla à l'oreille. Une petite tache rouge apparut sur le cou de la fille, un cou de cygne, dont il avait la pâleur. Il poussa quand même un cri alors que les beaux yeux verts se levaient et papillotaient dans le visage parfait, puis elle inclina la tête sur le côté, l'air d'écouter un chant d'oiseau quelque part. Son cri devint plus strident alors que le corps de la femme se tordait comme si elle voulait se visser dans le sol. Avec une mollesse finale, définitive, d'une horreur indicible, la femme s'écroula sur le sol dallé et, à ce moment seulement, appuya sur la minuscule poire. L'explosion fit sauter une partie du plafond et un miroir, le criblant de particules de pierre et de verre.

Klayus s'accroupit, hébété, en battant des cils, les bras sur la tête pour se protéger du bruit et de la poussière. Une main l'empoigna brutalement et le tira au-dehors.

– Elle a peut-être une bombe, Majesté ! brailla une voix.

Klayus regarda son sauveteur. Et accusa le coup.

Farad Sinter l'entraîna quelques mètres plus loin. Dans ses petites mains, le Conseiller tenait un pistolet à énergie cinétique qui projetait des granulés de neurotoxine. Klayus connaissait bien ce genre d'arme : il en avait une dans ses vêtements de jour. C'était un accessoire classique de la tenue des rois et de la noblesse.

– Farad, grommela-t-il.

Sinter le colla à terre d'une façon très humiliante. Puis il eut un soupir comme si c'en était trop, décidément, et se jeta sur lui dans une attitude protectrice. C'est ainsi que les gardes du Palais les retrouvèrent, quelques secondes plus tard.

– P-p-pas la vôtre ? demanda Klayus d'une voix tremblante alors que Sinter tempêtait et engueulait le commandant des Forces spéciales.

Sinter, dans sa rage, ignora la question de l'Empereur.

– Je devrais tous vous faire désintégrer à l'instant ! Trouvez-moi immédiatement l'autre femme !

Le commandant, un certain Gerad Mint, ne l'écouta pas. Il fit signe à deux de ses hommes de se placer de chaque côté du Conseiller impérial. Il toisa Sinter avec une rage froide, contenue grâce à des siècles de discipline militaire incrustée au plus profond de ses gènes. L'effronterie de ce minable laquais !

– Les papiers que vous lui avez donnés sont dans ses vêtements, dans la... la septième chambre de repos.

– C'est une mystificatrice !

– Sinter, c'est vous qui amenez ces femmes à toute heure du jour et de la nuit, et sans les contrôles de sécurité nécessaires, coupa le commandant Mint. Aucun de vos gardes ne peut espérer les reconnaître toutes, ou même garder leur trace !

– Elles sont vérifiées de fond en comble par mon bureau, et ce n'est pas une des femmes que je lui ai amenées ! s'écria Sinter en tendant le doigt vers l'Empereur.

Il se rendit compte de l'affreuse infraction au protocole et baissa la main avant que l'Empereur ne se retourne et ne le remarque. Mais le commandant l'avait repérée, lui, et il explosa :

– Je ne puis garder trace de toutes leurs allées et venues ! Vous ne prenez jamais la peine d'en référer à mon bureau, et nous ne menons pas les contrôles nous-mêmes...

– Est-ce l'une de vos femmes, Farad ? demanda l'Empereur, qui commençait à reprendre ses esprits.

Il n'avait jamais vraiment connu la peur avant cet instant, et le choc avait été rude.

– Non ! Je ne l'ai jamais vue de ma vie !

– Elle est rudement jolie, n'empêche, fit l'Empereur en braquant sur le commandant les grands yeux de biche du petit garçon qu'il était.

Le moment était venu de jouer à nouveau ce rôle. En réalité, il n'avait jamais trop aimé ce commandant qui le considérait en secret comme un babouin puéril, il en était sûr. Sinter semblait être dans la mouise, et ça aussi c'était amusant, mais pas très utile pour le moment. Klayus avait des projets personnels pour Sinter, et il n'avait pas envie de le perdre par la faute de ce faux pas déplorable mais non fatal.

– Il n'y en a pas d'autre au Palais – à part vos femmes ! grinça le commandant entre ses dents en regardant Sinter. Et comment se fait-il que vous vous soyez pointé ici au bon moment ?

– Oui, hein ? fit Klayus en regardant Sinter avec l'air de faire *tsk, tsk.*

– Je venais ici pour discuter d'une affaire urgente ! répliqua Sinter, ses yeux allant de Klayus au commandant.

– C'est pratique. Peut-être un stratagème, une ruse pour s'attirer les bonnes grâces...

Le commandant n'eut pas le temps de développer sa théorie. Un chambellan raide et compassé en livrée bleu roi s'approcha et murmura quelque chose à son oreille. Il devint soudain livide, et ses lèvres se mirent à trembler.

– Qu'y a-t-il ? demanda Klayus d'une voix qui avait retrouvé toute sa vigueur.

Le commandant se tourna vers lui et se plia en deux avec raideur.

– Un femme, Votre Altesse. Morte...

Sinter bouscula les deux sous-fifres qui l'avaient flanqué pendant toute la durée de l'échange, prêts à l'arrêter, et s'avança.

– Où est-elle ?

Le commandant déglutit péniblement. Ses lèvres étaient pratiquement bleues.

– On l'a trouvée dans le couloir, au niveau en dessous. Le...

– Où ça ? Que disent ses papiers d'identité ?

– Elle n'en a pas.

– C'est une zone sacrée, Commandant, fit Klayus d'une voix d'un calme mortel. Le Temple des Premiers Empereurs. Farad lui-même n'est pas autorisé à y entrer. Non plus que les femelles en goguette. Seuls les rois et les officiants y sont admis. Vous êtes responsable de cette zone.

– Oui, Majesté. Je vais aussitôt diligenter une enquête...

– Ça ne devrait pas être difficile, reprit Klayus. Sinter, les papiers d'identité comportent un génotype et une photo d'identité, n'est-ce pas ?

– Le corps... ce corps, physiquement identique à la photo... bredouilla le commandant.

– Une imposture ! brailla Sinter en agitant le poing en direction du commandant et de ses hommes. Un inconcevable manquement à la sécurité !

Klayus observa la scène avec quelque soulagement. Il voulait bien asticoter Sinter et se faire tourmenter par lui, mais il ne voulait pas le perdre. Pas encore. Avant, il avait quelques cartes à jouer contre Linge Chen, or la Commission de Chen était responsable de la sécurité de l'Empereur.

Tout cela pouvait être très utile. Chen devrait rendre compte de son incompétence. Les actions de Sinter monteraient un peu, mais pas au-delà des paramètres acceptables et contrôlables par Klayus. Allons, tout ça se goupillait assez agréablement.

– Examinons-la, proposa Sinter.

– Je reste ici, fit Klayus en verdissant à l'idée de voir encore un cadavre.

Dix minutes plus tard, le commandant et les gardes revenaient, Sinter à la remorque.

– Tout coïncide parfaitement ! s'exclama Sinter en agitant les papiers de la femme. Celle-là, dans la salle d'ablutions, est une mystificatrice, et c'est votre faute ! fit-il en pointant sur le commandant un index implacable.

Le commandant Mint arborait une expression d'un calme profond. Il hocha la tête une fois, tira un petit paquet de sa poche. Les autres le regardèrent avec une fascination horrifiée placer le paquet contre ses lèvres.

– Non ! objecta Klayus en levant la main.

Mint se figea et le regarda d'un œil plein d'espoir.

– Voyons, Sire, c'est obligatoire pour un tel manquement ! protesta Sinter, comme s'il craignait que les crimes de ses accusateurs ne restent impunis.

– Bien sûr, Farad. Mais pas ici, je vous en prie. Une personne est déjà morte dans ces murs. Une autre au niveau inférieur... fit-il en s'étouffant à moitié dans son mouchoir. Cet endroit est celui où je dors, où je dois me concentrer. Et ça me sera déjà assez difficile sans qu'un troisième...

Il agita la main en direction de Mint, qui hocha sèchement la tête et se retira dans le couloir, au-dehors, pour s'acquitter de son dernier devoir.

Même Sinter parut impressionné par ce rituel, bien qu'il n'y assistât point. Klayus se souleva de son lit et affecta de détourner le regard tandis que le cadavre de la candidate à l'assassinat passait devant lui sur une civière recouverte d'un drap.

– Une heure, dit-il à Sinter. Laissez-moi récupérer un peu, puis vous me montrerez votre preuve et vous m'amènerez ce Mors Planch.

– Oui, Sire ! fit Sinter avec enthousiasme, avant de détaler.

Laissons-le croire qu'il a remporté une partie importante. Que Linge Chen en bave un peu. Il est trop stupide. Laissons-les tous danser en rond autour du jeune crétin. J'aurai mon heure !

J'ai survécu ! C'était écrit !

38

Pour les robots, l'étonnement, c'est autre chose. Lodovik avait vu Daneel se livrer à de nombreux exploits peu communs au fil des décennies, mais il n'avait jamais su à quel point l'influence de Daneel pénétrait profondément dans l'infrastructure bureaucratique de Trantor. Quand il était Demerzel, et Premier ministre, Daneel avait dû passer une partie importante de son temps (peut-être l'heure de sommeil dont il n'avait pas besoin) à introduire des dossiers, des instructions et des diversions utiles dans les ordinateurs impériaux, et en particulier dans ceux du Palais, dont n'importe lequel pouvait mentir impunément pendant des dizaines d'années, voire des siècles, les faisant passer silencieusement pour des éléments de rapports standard à chaque nouvelle version, à chaque cycle de maintenance... et se propager vers les enregistrements de sauvegarde et les machines des autres Secteurs, pour recouvrir finalement l'ensemble de Trantor.

Rissik Numant, la nouvelle identité de Lodovik, avait été

créé des années auparavant. Daneel avait simplement ajouté quelques détails morphologiques, et un vieux méritocrate avait repris vie sur Trantor : un théoricien de la diplomatie raté, qu'on avait vu à toutes sortes de soirées mais dont on ne gardait pour ainsi dire aucun souvenir, si ce n'est que c'était un séducteur sans scrupules de femmes faciles. On ne l'avait guère vu dans la vie sociale de Trantor pendant des années, car il avait fui pour Dau des Mille Soleils d'Or, où il avait (à ce qu'on disait) appris à contrôler ses pulsions les plus viles après vingt ans de recherche parmi les Moines corticaux, une secte obscure.

La ruse était tellement parfaite que Lodovik regrettait de devoir y renoncer si vite.

Pour les robots, la surprise, c'est autre chose. Lodovik découvrit que Daneel allait le lâcher sur Trantor, sans supervision, pour accomplir sa tâche. Il s'installerait dans un petit appartement non loin de l'agora, dans le Secteur impérial (encore une planque parfaitement sûre, toujours vide, mais dont le loyer était payé), et rendrait quelques visites de courtoisie à de vieilles connaissances qui se souviendraient plus ou moins de lui. Peu à peu, au bout de quelques mois, Rissik Numant reviendrait sur le devant de la scène sociale, se ferait un peu remarquer en attendant de jouer un rôle dans les plans de Daneel – peut-être même dans le grand dessein tissé autour d'Hari Seldon.

Pour les robots, l'affection, c'est autre chose. Lodovik considérait Dors Venabili comme une réussite extraordinaire, un modèle à certains égards parfait pour l'émulation de son nouveau moi sans contrainte. Elle respirait une chose que les hommes auraient appelée la tragédie ; elle parlait peu, à moins qu'on ne lui adresse directement la parole, elle prenait rarement part à la conversation entre les robots. Elle semblait perdue dans ses propres processus de pensée. Lodovik comprenait pourquoi, de même, sans doute, que Daneel.

Les robots pouvaient être profondément affectés par

l'attachement à un être humain. Toutes leurs heuristiques intérieures étaient organisées afin d'anticiper les besoins de leur maître, et pour remédier aux problèmes dont il pouvait souffrir. Si bien qu'elle ait été réparée, quels qu'aient été les réajustements qu'elle avait pu subir sous les instruments de Yan Kansarv, Dors n'avait pas encore effacé l'influence d'Hari Seldon, et peut-être cela n'arriverait-il jamais. C'était ce qu'on appelait jadis une fixation. Lodovik savait que Daneel en avait jadis eu une pour le légendaire Bay-Lee, Élijah Bailey.

Dors recevait ses instructions finales de Daneel par picoondes. Ils se tenaient à un mètre l'un de l'autre dans la petite pièce principale, basse de plafond, pendant que Lodovik attendait silencieusement près de la porte.

Lorsqu'ils eurent fini, Daneel se tourna vers Lodovik.

– Le procès d'Hari va bientôt s'ouvrir. Il y aura des problèmes après sa conclusion. Nous devons entreprendre maintenant ce que nous avons de plus important à faire.

Dors s'approcha d'eux ; le troisième des points définissant un cercle. Daneel reprit la parole avec un imperceptible frémissement d'inquiétude, peut-être d'émotion – la longue habitude de paraître humain :

– Nous arrivons à un moment crucial, au point de rebroussement des équations psychohistoriques. Si nous échouons, il en résultera probablement trente mille ans de désintégration et de misère humaine, d'horreur proprement inimaginable. Cela ne doit pas arriver, et cela n'arrivera pas.

Lodovik éprouvait une autre sorte de frémissement, un autre genre d'horreur. Il voyait très bien ce qui arriverait si Daneel réussissait : une humanité protégée, isolée et bridée par des chaînes gainées de velours suffoquerait lentement mais sûrement pendant des milliers d'années, jusqu'à ce qu'elle ne soit plus qu'une masse énorme, confortable, incapable de relever le moindre défi. Une formation aberrante, une masse champignonnesque sur laquelle veilleraient des machines fastidieuses.

Dors, qui s'appelait maintenant Jenat Korsan, attendait

debout entre les deux formes masculines, silencieuse, calme, dans l'expectative. Les robots n'ont pas la même notion de la patience...

Daneel esquissa un petit geste de la main, et Lodovik et Dors partirent incarner leur nouveau rôle.

Les chercheurs ont longtemps accepté les lacunes importantes de la biographie d'Hari Seldon par Gaal Dornick. Pour chacune des fois où celui-ci était absent, ou soumis aux contraintes imposées par l'hagiographie officielle – ou bien lorsque les éditeurs et les censeurs du milieu des années de la Fondation ont supprimé certains passages suspects –, force nous est d'en examiner les circonstances de façon plus approfondie et de recourir à des indices subtils pour comprendre ce qui s'est passé en réalité.

Encyclopaedia Galactica, 117ᵉ édition, 1054 E.F.

39

Ils vinrent chercher Hari Selon à l'Université de Streeling. Il ne fut pas évident, au premier abord, que c'étaient des agents de la Commission de Sécurité publique. Ils étaient habillés comme des étudiants. Un homme et une femme. Ils entrèrent dans son bureau sous prétexte d'obtenir un entretien pour un journal d'étudiants.

La femme, qui était manifestement le chef, remonta la manche de sa veste civile et lui montra l'emblème officiel de la Commission : le soleil, l'astronef et la main de justice. Elle était petite mais solidement bâtie, avec les épaules larges. Elle avait la mâchoire carrée, le teint clair.

– Pas la peine de faire des histoires, dit-elle.

Son collègue, un grand échalas inconsistant, au sourire condescendant, opina du bonnet avec conviction.

– Aucun risque, répondit Hari en commençant à fourrer des papiers et des holos dans une mallette qu'il gardait à portée de la main dans cette perspective, car il espérait pouvoir travailler un peu pendant le déroulement du procès.

– Vous n'aurez pas besoin de ça, dit la femme en reposant doucement ses papiers sur le bureau.

Quelques feuilles tombèrent par terre. Il se pencha pour les ramasser, mais elle le prit par l'épaule. Il leva les yeux vers elle. Elle secoua la tête d'un air déterminé.

– Pas le temps, docteur. Laissez un message sur le moniteur de votre bureau disant que vous vous absentez pour deux semaines. Ça ne devrait pas durer davantage. Si tout se passe bien, personne n'en saura rien, et vous pourrez reprendre votre travail comme si de rien n'était, hmm ?

Il se redressa, parcourut son bureau du regard, la mâchoire crispée. Il eut un hochement de tête.

– Très bien. Mais l'un de mes collègues doit arriver d'ici quelques heures, et je ne sais pas où le joindre...

– Désolée, fit la femme en haussant les sourcils d'un air réellement compatissant, avant de l'entraîner au-dehors.

Hari ne sut trop quoi penser, au départ. Il était nerveux, presque effrayé. En même temps, il était confiant. Pourtant, avec l'avenir, on ne pouvait jamais être sûr de rien. Peut-être ce qu'il voyait dans le Premier Radiant n'était-il pas sa propre ligne de vie mais celle d'un autre professeur, d'un autre spécialiste de la psychohistoire, dans quarante ou cinquante ans. Peut-être tout ceci allait-il mener à son exécution silencieuse, peut-être son travail et les chercheurs associés au Projet seraient-ils dispersés. Peut-être Daneel les rassemblerait-il après sa disparition...

Tout cela était très inquiétant, bien sûr. Mais avec l'âge, Hari avait appris que la mort n'était qu'un délai d'une autre sorte, et que l'importance des individus se bornait à une brève période. L'organisme vivant arrivait généralement à produire de nouveaux individus pour remplacer les plus indispensables. Pure présomption, bien sûr, que de se considérer comme indispensable... Mais c'était ce que montraient les chiffres, qu'on le veuille ou non.

Hari ne s'était jamais trop interrogé sur sa prétendue présomption. Soit il réussirait, soit ce serait quelqu'un qui lui ressemblerait beaucoup.

Ils montèrent dans un croiseur aérien banalisé devant l'entrée principale de l'immeuble. L'appareil décolla sans demander d'autorisation, passa entre deux tours de soutènement et quitta Streeling en prenant une voie qui filait droit vers le Secteur impérial. Il avait déjà emprunté ce chemin bien des fois.

– Ne vous en faites pas, dit la femme.

– Je ne m'en fais pas, mentit Hari en lui jetant un coup d'œil. Combien de personnes avez-vous arrêtées ces temps derniers ?

– Ça, je ne peux pas vous le dire, répondit-elle avec un sourire chaleureux.

– C'est pas tous les jours qu'on arrête quelqu'un d'aussi célèbre, intervint l'homme.

– Comment avez-vous entendu parler de moi ? demanda Hari, sincèrement étonné.

– On n'est pas ignares, fit l'homme avec un reniflement. On se tient au courant de la politique dans les hautes sphères. C'est utile dans notre travail.

La femme jeta à son partenaire un coup d'œil de mise en garde. Il haussa les épaules et regarda devant lui.

Hari en fit autant alors qu'ils entraient dans un tunnel très fréquenté, dans le périmètre de sécurité entourant le Secteur impérial. Le croiseur aérien sortit du tunnel, prit un brusque virage à gauche, quittant la circulation principale, et contourna une tour cylindrique bleu foncé, aux parois lisses, qui montait presque jusqu'à la voûte céleste. L'appareil ralentit, vibra et se posa sur une plate-forme à mi-hauteur. La plate-forme et l'engin se retirèrent dans un hangar vivement éclairé.

Il ne pouvait rien faire jusqu'à son procès, qui ne tarderait plus, il en était sûr. Quant au reste, se dit Hari, il appartenait à la psychohistoire.

40

Lodovik était debout, nu, au milieu de l'appartement qui lui avait été assigné. La peau du côté droit de son torse était relevée, et il fouillait dans sa mécanique intérieure. Le bord des couches biologiques s'était instantanément scellé lorsqu'il les avait ouvertes, et aucun de leurs fluides nutritifs ou lubrifiants n'avait suinté au-dehors. Seules des gouttes de faux sang perlaient au bord des « plaies ». S'il l'avait voulu, Lodovik aurait pu répandre un flot de sang assez convaincant, mais il était seul, et l'ouverture serait bientôt refermée. C'était donc parfaitement inutile.

Il comprenait les fins et les moyens de la nécessité, du pragmatisme, de la realpolitik. Il n'arrivait pas à comprendre que Daneel lui ait fait confiance, l'ait lâché dans la nature sans période d'essai, d'observation. La première possibilité, c'était que Daneel ait dit à Yan Kansarv de lui implanter un minuscule émetteur lors de sa révision, or il n'en détectait aucun. Son corps n'irradiait apparemment pas plus d'énergie qu'un organisme humain normal – des infrarouges, des traces de quelques autres ondes, mais aucune qui soit encodée pour transporter des données. Et les cavités de son corps ne semblaient renfermer aucun dispositif de ce genre.

Il rétablit son intégrité corporelle et envisagea la seconde possibilité : Daneel le maintenait peut-être sous observation lorsqu'il sortait de son appartement, soit en personne, soit avec l'aide d'autres robots, voire d'êtres humains spécialement recrutés. L'organisation de Daneel était vaste et protéiforme. Tout était possible.

Il y avait une troisième éventualité, encore moins vraisemblable que les deux autres : que Daneel lui fasse encore confiance...

Et une quatrième, presque trop nébuleuse pour qu'il soit utile de l'exprimer. *Je participe d'un plan plus vaste ; Daneel sait que ma distorsion existe toujours, et il a trouvé un moyen de l'exploiter.*

Lodovik n'était pas du genre à sous-estimer les moyens et l'intelligence d'une machine pensante qui avait vécu pendant vingt mille ans. Mais une heure passa, puis deux, et il réalisa qu'il était entré dans un état précaire de blocage décisionnel. Aucun mode d'action ne semblait devoir mener au succès.

Il évacua le blocage d'une secousse et actionna tous ses systèmes de préservation. Le flux d'énergie et de puissance – la sensation de sa peau qui se réparait, sans laisser de cicatrice visible – était rafraîchissant. Il avait au moins un avantage majeur sur les êtres humains. Peu lui importait de vivre ou de mourir, son seul but était de les servir de la façon qui s'imposait désormais à lui avec clarté.

Daneel avait mentionné ses opposants, les Calvinistes. Lodovik en avait entendu parler à quelques reprises, il y avait des siècles de ça, par d'autres robots, en un équivalent robotique des rumeurs inquiétantes. S'ils existaient toujours (Daneel n'avait pas clairement dit ce qu'il en était), ils avaient pu établir une petite présence sur Trantor. Ce n'était possible que s'ils croyaient avoir une chance de vaincre Daneel.

Lodovik s'habilla rapidement et modifia à nouveau son

aspect à la limite de ce qu'il pouvait accomplir par la seule volonté. Il paraissait maintenant bien plus jeune, un peu plus mince, et ses cheveux avaient changé de couleur. Ils étaient à présent d'un blond étincelant.

Il ne ressemblait plus ni au vieux Lodovik, ni au nouveau Rissik Numant. Néanmoins, son plan corporel de base et sa physionomie générale étaient les mêmes. Et, bien sûr, son cerveau aussi. Il n'abuserait pas longtemps Daneel, si d'aventure ils se rencontraient.

Lodovik savait qu'il devait quitter cet appartement et commencer immédiatement ses recherches. Il estimait n'avoir pas une journée devant lui avant que Daneel se doute que quelque chose clochait.

Il devait faire le maximum dans ce bref laps de temps. Et d'abord : se renseigner.

Par bonheur, Lodovik savait par où commencer : dans la bibliothèque privée qu'avait léguée à l'Empereur Agis XIV l'une des plus riches propriétaires de Fleshplay, la chercheuse excentrique Huy Markin. L'Empereur en avait fait don au Collège impérial d'études pan-galactiques sans prendre la peine de faire transférer ou même inventorier le fonds : une collection spécialisée, à peu près sans intérêt, à ce qu'on disait. Le Collège s'en était défaussé sur la Bibliothèque impériale, après quoi l'un et l'autre l'avaient oubliée.

En tant que principal honoraire du Collège impérial, titre conféré par Linge Chen en personne quelques années auparavant, Lodovik avait reçu les codes qui lui ouvraient les portes de toutes les universités et de leurs dépendances, y compris la bibliothèque de Huy Markin.

Il y trouverait des milliers d'années de légendes et de mythes collectés dans toute la Galaxie. Le distillat des rêves, des visions et des cauchemars de dizaines de millions de mondes habités.

Il ne voyait pas de meilleur endroit par où commencer.

41

Un courant de tensions sous-jacentes parcourait les allées de l'Agora des Vendeurs, comme si les gens sentaient venir un impossible orage.

En passant le long d'un immense puits qui traversait tous les niveaux, Klia suivit du regard un gigantesque support incurvé de trois ou quatre kilomètres de haut peut-être, qui montait sur des centaines d'étages, jusqu'à la voûte céleste où il semblait se fondre dans les parfaits nuages dorés. Puis elle baissa les yeux vers les douzaines de niveaux inférieurs, grouillants de gens, la rumeur de centaines de milliers de voix montant jusqu'à elle en un rugissement grave, constant. Si elle avait jamais entendu un véritable océan, ce bruit lui aurait rappelé le grondement des vagues et des marées. Mais elle ne pouvait que le comparer au vacarme incessant des deux fleuves, Un et Deux, canalisés, domptés, mais toujours aussi puissants.

Elle fronça le nez et se rapprocha de Brann. Le transmatic camouflé à l'aide d'enjoliveurs de roues décoratifs, une bâche aux couleurs vives drapée sur la dernière caisse restante, glissait silencieusement derrière eux.

Seule une petite partie des étages supérieurs était visible par les puits d'air et de lumière. Les mondes des familles aristocratiques étaient invisibles de ces profondeurs. Les deux ou trois niveaux inférieurs étaient réservés aux citoyens. Les couches sociales besogneuses, essentielles à Trantor, grouillaient dans les étages médians. C'étaient les Hommes en Gris, dans leur tenue passe-partout caractéristique, à peu près identique pour les hommes et les femmes. Seuls les nombreux enfants apportaient des touches de couleur vive.

Les Hommes en Gris, qui profitaient de leur heure de

pause ou de leurs deux jours de vacances annuelles pour flâner dans l'Agora, s'écartaient devant Brann, Klia et le transmatic, regardant les caisses avec une morne curiosité, se demandant peut-être s'ils transportaient une babiole qu'ils pourraient s'offrir, n'importe quoi, pour se désennuyer...

Klia comprenait assez bien ce que faisaient les Hommes en Gris : ils s'occupaient des gigantesques hiérarchies de soumission et de réaction de Trantor, ils allouaient bourses et subventions, géraient des amas de données, des tâches civiles et planétaires. Les gens comme elle avaient rarement affaire directement aux Hommes en Gris, car ils étaient administrés par le Bureau municipal du progrès de Dahl, constitué de Dahlites triés sur le volet à chaque génération par les Hommes en Gris du Conseil régional du travail et de l'énergie. Elle n'avait évidemment que mépris pour eux, tous autant qu'ils étaient, et ne doutait pas qu'ils en auraient eu autant à son service s'ils avaient seulement eu connaissance de son existence.

Mais à ce niveau les Hommes en Gris donnaient l'impression de se sentir observés et mal à l'aise. Des policiers patrouillaient par groupes de trois ou quatre, pas les agents du district mais les Spéciaux de l'Empire, ceux qui avaient forcé Klia à chercher refuge chez Kallusin, le type en vert. Les Hommes en Gris qui faisaient leurs courses entre les éventaires serraient leurs enfants contre eux et lorgnaient les Spéciaux avec méfiance, le regard brillant d'une intelligence bureaucratique sans imagination. Ils avaient la loi et les structures sociales dans le sang, et ils savaient que quelque chose clochait dans le coin, qu'un équilibre était rompu. Ils quittaient précipitamment les arcades et les allées, et le niveau se vidait rapidement de ses clients.

Brann avançait toujours d'un air décidé. Klia le prit par l'épaule.

– Nous ferions mieux de ne pas traîner ici, lui soufflat-elle à l'oreille. C'est probablement nous qu'ils cherchent.

– Je ne pense pas, répondit-il en secouant la tête. Nous devons livrer cette commande.

– Et s'ils nous attrapent ? insista Klia, les traits crispés par l'inquiétude.

– Pas de danger, répondit Brann d'un ton apaisant. Je connais une douzaine de passages secrets pour sortir d'ici, des boutiquiers qui n'auraient aucune objection si nous traversions leur échoppe, fit-il avec un vague mouvement de main à hauteur de la hanche, balayant les étals à gauche et à droite.

Klia se redressa, pas rassurée pour autant. Elle cherchait le moyen de s'affranchir du contrôle de Plussix, mais ce n'était pas pour tomber dans les pattes des flics. En fait, depuis près d'une heure, depuis qu'ils avaient commencé à livrer ces poupées ethniques d'Anacréon et autres babioles, elle pensait de moins en moins à fuir...

Brann tranchait singulièrement sur les Hommes en Gris, éthérés, secs et dépassionnés. Sa virilité brillait comme un phare aux yeux de Klia. Elle songeait, dans cette région instinctive et juvénile, sous-jacente à la pensée rationnelle, à se lier étroitement à ce grand mâle puissant, aux yeux noirs, sympathiques, et aux grandes mains si habiles. Elle songeait aux bénéfices inhérents à ces liens – en termes d'intimité – et elle se demandait ce qu'elle pourrait faire pour l'impressionner.

Elle était sûre qu'il entretenait à peu près les mêmes idées, et pour une fois elle le crut lorsqu'il lui dit qu'il n'exerçait pas ses dons mentaux sur elle.

La collision désordonnée d'appréhension et de spéculations passionnées lui donnait mal au crâne.

– Dépêchons-nous, dit-elle.

– Ce n'est pas après nous qu'ils en ont, répéta Brann en secouant la tête avec obstination.

– Comment peux-tu en être si sûr ? murmura-t-elle âprement.

– Écoutez, fit-il en indiquant les remous de la foule qui s'attroupait, au nord.

Il y avait des mouvements de police. Klia tendit l'oreille et l'esprit, et sentit la trace indésirable, familière, de la femme qui l'avait déjà pourchassée. Elle sentit la conscience de la femme effleurer les limites de son esprit, et elle se cramponna au bras de Brann.

– C'est elle ! chuchota-t-elle.

La foule se dirigeait vers eux. Brann hocha la tête et la prit par les épaules, comme pour la protéger. Klia se laissa faire sans hésitation. Soudain, au milieu des Hommes en Gris qui étaient maintenant à moins d'une douzaine de mètres d'eux, une petite aéromobile apparut, planant un peu au-dessus de la chaussée. À bord se trouvaient un jeune agent de sécurité impérial blond, au visage glabre, deux gardes armés et une petite femme tendue à bloc, aux cheveux roux sombre, crêpelés.

Klia sentit que la femme sondait les Hommes en Gris, la vit tourner son visage ingrat, ratatiné, d'un côté et de l'autre tandis que le véhicule continuait à avancer lentement, délibérément. Il n'y avait pas d'issue possible, pas moyen de fuir entre les deux murs lisses d'échoppes fermées.

Ils n'en étaient plus qu'à trois mètres, seulement séparés par quatre ou cinq Hommes en Gris, lorsque Vara Liso pivota brusquement sur son siège, regarda Klia bien en face, rivant son regard au sien. Klia sentit son esprit heurter brutalement le sien et le repoussa, chassant l'envahisseuse de son esprit. Elle l'aurait giflée que Vara Liso n'aurait pas sursauté plus violemment.

Liso la regardait toujours fixement lorsque son visage se fendit tout à coup d'un sourire béat. Elle eut un bref hochement de tête à l'intention de Klia, comme si elle saluait une égale, et détourna le regard. Le contact se réduisit à un frôlement aussi léger qu'une plume, passa sans plus se focaliser et se reporta ailleurs.

Brann la tira doucement sur le côté de l'allée.

– C'est la femme qui vous cherchait, n'est-ce pas ? demanda-t-il.

Klia acquiesça d'un hochement de tête.

– Mais elle... elle m'a ignorée ! s'exclama-t-elle, stupéfaite, en levant les yeux sur lui. Elle m'a trouvée, elle aurait pu m'avoir...

– Nous avoir, rectifia Brann.

– Et elle nous a ignorés !

Le jeune homme fronça les sourcils, fit la moue.

– Il faut prévenir Kallusin et Plussix, dit-il. Après qui en a-t-elle, maintenant ?

– On rentre ? demanda Klia.

– Nous avons encore deux livraisons à faire, répondit Brann en la regardant avec un grand sourire, sans obstination, pas buté, mais d'un air prodigieusement malicieux. Trantor existe depuis douze mille ans. Cette nouvelle attendra bien quelques heures.

42

Lodovik approcha d'une petite porte dans le vestibule crépusculaire. Il effleura le panneau, une lumière s'alluma et une petite voix l'invita à énoncer un code. Il l'articula avec précision et la porte, d'une épaisseur surprenante, s'ouvrit devant lui.

À l'intérieur, la bibliothèque était plongée dans une pénombre trouée de zones de lumière dorée. La première pièce était circulaire et faisait moins de trois mètres de diamètre. Au milieu, sur une table, était posé un petit support incliné, une sorte de lutrin mais apparemment conçu pour recevoir des dispositifs d'information antiques comme des livres en papier. La table et le support avaient des milliers d'années. Ils étaient entourés par un champ de force qui protégeait la surface, un peu comme un écran personnel.

Comme Lodovik s'approchait de la table, une voix féminine, mélodieuse, la voix de Huy Markin en personne, synthétisée par le serveur automatique de la collection, lui demanda son ou ses sujets de recherche.

– Calvin, Susan, dit-il, avec un petit frémissement à l'énoncé de ce nom antique, évocateur.

Il doutait fort que cette approche abrupte marche, et elle ne marcha pas. Le serveur énuméra trente-deux entrées sur diverses Calvin, Susan, âgées de quelques milliers d'années à peine, et qui n'avaient rien à voir avec la mère des robots. Il n'y avait aucune entrée à *Calviniste*.

– Éternels, suggéra-t-il. Avec référence aux conspirations des êtres immortels.

Quelques secondes plus tard, le serveur projetait un texte manuscrit sur le dessus de la table et le lutrin, qui se mit soudain à ressembler de façon étonnante à un vrai livre ouvert.

« Le Mythe des Éternels, reprit le serveur. Quatre-vingt-deux volumes de texte avec vingt-neuf heures d'autres supports documentaires, compilés entre les années galactiques 8045-8068 par un comité de trois cents auteurs. Ce travail fait autorité sur un sujet peu étudié de nos jours, et c'est le seul exemplaire connu sur Trantor et sur les mille premiers mondes de l'Empire par ordre d'importance... »

Un fauteuil sortit du sol, mais Lodovik n'en avait pas besoin et lui ordonna de se rétracter. Il resta debout devant le livre et commença à absorber les données à grande vitesse.

Une grande partie des informations semblaient parfaitement inutilisables, et probablement fantaisistes. C'étaient des contes et des légendes recueillis sur des milliers d'années. Il nota avec intérêt que depuis quelques millénaires la fréquence des récits de ce genre, et pas seulement sur le thème des Éternels, paraissait avoir considérablement diminué. Les êtres humains, sur Trantor et sur la plupart des mondes de premier plan, avaient perdu tout intérêt pour les fables, et même pour les épisodes les plus fameux de l'histoire.

L'humanité était depuis longtemps sortie de l'enfance. Les cultures impériales ne s'intéressaient plus à présent qu'aux choses pratiques.

L'humour était aussi en déclin. C'est ce que lui suggéra une postface à cet ensemble de documents, ajoutée moins de quinze cents ans auparavant. Un hologramme fixe de Huy

Markin elle-même apparut soudain dans la petite pièce, un sous-titre luisant faiblement à ses pieds : *Extrait d'une conférence. Date non précisée.*

– Rechercher et lire, ordonna Lodovik.

L'image se mit à bouger et à parler :

« Le déclin de l'humour et de la comédie dans les mythes et les spectacles de la culture impériale moderne semble inévitable si l'on se réfère à l'aristocratie compassée et aux Hommes en Gris de notre époque. Mais certains méritocrates ressentent un manque devant l'éventail actuel des arts fantastiques. Tout se ramène à l'immédiat et au pratique ; les actuels représentants des classes dirigeantes et imaginatives rêvent moins et rient moins qu'à aucune autre époque de l'histoire. Ce n'est pas le cas des citoyens, mais l'humour se borne chez eux, depuis des milliers d'années, à un corpus de blagues génériques éculées et d'histoires aux dépens des autres classes, témoignant de peu de profondeur d'esprit et d'une efficacité médiocre sur le plan de la satire. Tout cela a disparu au profit de la quête du confort et de la stabilité... »

Lodovik fit défiler en accéléré cette conférence plutôt longue jusqu'à ce qu'il trouve le lien avec le texte qu'il cherchait, et son sujet.

« Certains, disait Markin, ont mis ces lacunes intellectuelles sur le compte de l'influence pernicieuse de la fièvre cérébrale, une maladie infantile qui n'affectait guère les fondements solides des citoyens. D'après certains statisticiens, l'aristocratie et la méritocratie auraient pourtant subi d'importantes pertes de capacité intellectuelle. Ce ne sont pas les légendes qui manquent sur les origines de la fièvre cérébrale. Le mythe le plus récurrent évoque une antique guerre entre deux mondes, la Terre et Solaria. Ce seraient les robots qui auraient propagé la maladie de monde en monde. Certains de ces robots... »

Lodovik s'émerveilla que les plus brillants esprits de l'Université aient considéré cette analyse comme excentrique. Même Hari Seldon n'avait pas jugé utile de faire des recherches dans la collection. Peut-être par suite d'un interdit de Daneel.

Il avança encore un peu :

« ... ces mythes attribuent souvent la fièvre cérébrale à la compétition humaine pour la colonisation de la Galaxie. Il s'agirait d'une arme bactériologique qui aurait été utilisée au cours du conflit. Une autre explication assez fréquente en attribue la cause aux Éternels qui ont combattu les serviteurs de Solaria pour empêcher un crime atroce dont les détails ont été depuis totalement expurgés de toutes les archives connues. Les Éternels, dit-on, auraient créé la fièvre cérébrale pour minimiser les instincts destructeurs d'une race échappant à tout contrôle. Les Éternels ont été décrits comme des humains immortels, mais aussi comme des robots dotés d'une intelligence extraordinaire et d'une grande longévité... »

Cela donna aussi à réfléchir à Lodovik. Une tentative des robots pour contrôler les tendances destructrices des humains... Mais quel était ce crime indicible ?

Était-ce le crime auquel Daneel avait fait allusion, un crime censé avoir été fomenté par les robots qui avaient très tôt manifesté leur désaccord avec les plans dudit Daneel ?

Daneel était évidemment un Éternel, peut-être l'Éternel, la plus vieille machine pensante de la Galaxie...

Le plus vieux et le plus dévoué des marionnettistes.

Lodovik détourna le regard de l'hologramme et tenta de repérer la source de cette intervention. Ces paroles étaient troublantes. Elles ne semblaient provenir d'aucun de ses répertoires mentaux.

Il repensa aux contacts diffus qu'il avait eus sur le vaisseau mourant, ces sensations fugitives d'une intelligence fantomatique s'intéressant à son sort. Jusqu'alors, il les avait écartées comme un effet des dommages provoqués dans son esprit par les neutrinos, mais Yan Kansarv n'avait pas repéré de dégâts détectables.

La mémoire pouvait être relue et analysée assez aisément. L'étiquette *Volarr* ou *Voldarr* était attachée à ces faibles traces, ces touches subliminales.

Mais il ne pouvait rien tirer d'utile de ces souvenirs.

Lodovik reprit ses recherches et scanna les principaux volumes en moins de trois heures. Il aurait pu parcourir et absorber beaucoup plus rapidement l'ensemble du matériel, mais les dispositifs de la bibliothèque avaient été prévus pour des chercheurs humains, pas des robots.

Tous les documents disponibles dans la bibliothèque Markin laissaient supposer que les robots d'une intelligence humaine ou supérieure avaient depuis longtemps cessé de fonctionner, s'ils avaient jamais existé.

Lodovik éteignit les projecteurs et quitta la bibliothèque. Il franchissait la porte impressionnante lorsque l'image de Huy Markin apparut à nouveau.

– Vous êtes notre premier visiteur depuis vingt ans, dit-elle. Revenez, vous êtes le bienvenu !

Lodovik regarda s'estomper l'hologramme. Il quitta l'auvent qui abritait la porte et s'engagea d'un pas de promenade parmi les Hommes en Gris qui se pressaient à ce niveau intermédiaire de l'Agora des Vendeurs. Un puzzle de plusieurs milliers d'années, composé de tant de pièces, dont un si grand nombre avaient disparu, ou avaient été délibérément égarées.

Le cerveau positronique de Lodovik retentissait de conclusions qui se faisaient écho, renforçant des impressions et des hypothèses auxquelles il était déjà arrivé : l'effet de la culture impériale (et de la fièvre cérébrale ?) sur la nature humaine. L'espèce humaine qui s'esclaffait, se régalait jadis dans l'absurde, dans les produits d'imagination pure, recherchait maintenant avec gravité la stase. Les meilleurs artistes, savants, ingénieurs, philosophes et politiciens s'ingéniaient à confirmer les découvertes du passé, non à en faire de nouvelles. Rares étaient maintenant ceux qui gardaient assez de souvenirs du passé pour savoir ce qui avait déjà été découvert ! Le passé n'intéressait plus personne depuis des siècles, sinon des milliers d'années.

La lumière s'était éteinte. Des millénaires de stabilité, de stase, avaient mené à la stagnation.

Daneel utilise ses psychohistoriens pour confirmer ce qu'il doit déjà savoir : que la forêt a trop poussé, qu'elle est pleine d'arbres pourris, qu'elle a désespérément besoin d'une conflagration, mais il ne la laissera pas survenir !

Une masse humaine se déversait dans l'agora. Lodovik s'arrêta pour écouter les cris et les murmures. Un détachement de Spéciaux jouait des coudes dans la foule. Lodovik recula dans un passage entre deux échoppes. Il ne tenait pas à se faire remarquer. Comment savoir s'il n'était pas surveillé par quelqu'un, humain ou robot, qui allait faire son rapport à Daneel. Alors qu'il ne faisait encore rien de suspect...

Juste devant la ruelle, une femme se mit à hurler d'une voix stridente :

– Ne le laissez pas partir !

Il se retourna et vit deux Spéciaux tourner dans la ruelle, suivis par une femme qui conduisait un petit engin à moteur. Il sentit quelque chose l'effleurer comme une plume, et en déduisit aussitôt que la femme était une mentaliste.

Il avait entendu parler des mentalistes réunis par Hari Seldon pour fournir un soutien et une alternative à sa Première Fondation, mais aucun d'eux n'était aussi fort que cette femme. Et aucun n'aurait eu l'idée de le poursuivre, lui !

C'était pourtant ce que cette femme était en train de faire. Elle tendit le bras et se remit à glapir. Lodovik savait qu'il aurait beau changer d'aspect, ça ne changerait rien. Cette femme en avait après une chose qui était sous la surface.

Elle reconnaît la différence.

Encore cette voix, la présence intérieure, déclenchant une cascade de conclusions qu'il n'aurait pas atteintes tout seul : la femme détectait les champs associés à son cerveau en éponge d'iridium !

Quand il le fallait, Lodovik pouvait se déplacer très rapidement. Un instant, les flâneurs dans l'étroite ruelle bordée de magasins d'antiquités et de babioles virent que les Spéciaux convergeaient vers un homme assez corpulent, à l'air banal – et, l'instant d'après, il avait disparu.

Vara Liso se leva sur son siège, le visage empourpré de rage et d'excitation.

– Il s'est échappé ! hurla-t-elle, avant de gifler le jeune auxiliaire de police comme si c'était un enfant désobéissant. Vous l'avez laissé fuir !

Puis d'autres Spéciaux débouchèrent d'une seconde allée. Le type s'éloigna rapidement devant eux, emporté par la foule des badauds comme un poisson indésirable attiré dans un filet. Les Hommes en Gris exprimèrent leur fureur par des hurlements et menacèrent de se plaindre à leur sénateur de classe.

Lodovik n'osait pas aller trop vite parmi tous ces gens. Il pouvait blesser un badaud. Ce qu'il voulait éviter à tout prix. Et pourtant, il se rendait compte que si la situation l'exigeait, il pourrait blesser et même tuer un Spécial – ou cette femme – sans infliger des dommages irréparables à son esprit. *Un monstre, une machine sans contraintes, voilà ce que je suis !*

– C'est lui ! hurla Vara Liso. Il n'est pas humain ! Attrapez-le ! Mais ne lui faites pas de mal !

Brann escamota le transmatic dans une alcôve vide alors que la police repassait devant lui, cachant Klia derrière lui.

– Elle a trouvé quelqu'un, dit-il en jetant un coup d'œil par-dessus son épaule. Comment se fait-il qu'ils la laissent en liberté ? marmonna-t-il hargneusement entre ses dents. Nous sommes des citoyens, non ? Nous avons des droits !

Il y avait un paquet d'années que personne à Dahl ne s'imaginait plus vraiment que les citoyens de Trantor avaient des droits, mais les hordes d'Hommes en Gris commençaient à s'agiter d'une façon inhabituelle, énervés par les allées et venues de Vara Liso et de ses Spéciaux. Ils étaient de plus en plus nombreux à huer les agents, lesquels les ignoraient superbement.

Klia vit leurs visages au passage, sentit leurs pensées profondes, à un certain degré. Les policiers n'aimaient pas plus ce travail que les Hommes en Gris. Ils avaient l'impression de ne pas être à leur place. La plupart des Spéciaux étaient recrutés parmi les citoyens.

Puis sa sonde mentale effleura une personne très particulière, à quelques dizaines de mètres de là. Le temps sembla se figer alors qu'elle éprouvait une impression soudaine, brillante, de pensées se déroulant à une vitesse inhumaine, un glissando argenté de souvenirs, de sensations qui ne ressemblaient à rien de connu. Elle étouffa un hoquet de surprise, comme si elle avait pris un coup au creux de l'estomac.

– Qu'y a-t-il ? demanda Brann en baissant les yeux sur elle, inquiet.

– Je ne sais pas, avoua-t-elle.

– Moi non plus, mais je l'ai senti aussi, dit-il en fronçant le sourcil.

Puis, abruptement, toutes les sensations étranges s'estompèrent, comme si un écran s'était interposé entre l'origine du phénomène et eux.

La dernière chose dont Lodovik avait besoin en ce moment, c'était bien de se faire repérer par une autre bande de mentalistes. Il sentit un triangle brillant se former : il occupait l'un des sommets, la femme qui le poursuivait un autre, et deux personnes plus jeunes le troisième. Puis, d'un seul coup, ce fut comme s'ils avaient disparu dans un brouillard opaque.

Il se figea au milieu de la meute d'Hommes en Gris qui se bousculaient, l'air préoccupés, exaspérés par la présence de la police. Il se cacha le visage et changea à nouveau de physionomie, modifiant même sa masse corporelle de façon à paraître moins corpulent que costaud.

Quelle que soit la raison pour laquelle ces sondages mentaux avaient cessé, il avait bien l'intention d'en profiter.

Pour les gens qui se pressaient autour de lui, Lodovik se comportait comme un homme effrayé, qui se prenait la figure à deux mains, et rares furent ceux qui firent attention à lui. Mais une silhouette se rapprocha. Un type vêtu de vert poussiéreux, un petit chapeau mou incliné sur une oreille, qui semblait savoir ce qu'il faisait. Et qui chercher.

Après le passage des cordons de police, la foule se dispersa. Klia et Brann ramenèrent leur transmatic dans une ruelle, toujours sur leurs gardes, prêts à quitter l'Agora des Vendeurs et à regagner l'entrepôt.

Soudain, Brann se redressa, tira un petit vidcom de sa poche.

– Kallusin nous appelle, dit-il. Il faut que nous...

Il laissa sa phrase en suspens, ôta sa cape et confia les commandes du transmatic à Klia.

Kallusin se dressa devant Lodovik.

– Excusez-moi, fit Lodovik en tentant de passer.

Kallusin ne bougea pas, et Lodovik manqua le renverser.

Ils étaient debout au milieu d'une halle entourée de boutiques. Là, il n'y avait pas de puits de lumière montant vers les niveaux supérieurs, mais un plafond voûté, de sept mètres de hauteur, et des rubans de lumière argentée qui cascadaient sans support visible au-dessus d'eux, illuminant l'entrée des boutiques, les allées, et un groupe de petites fontaines dans leur splendeur nacrée. Tous les détails des visages autour de Lodovik lui apparurent avec une netteté surnaturelle. L'homme qui se dressait devant lui recula et s'inclina légèrement, puis ôta son chapeau.

– C'est un honneur, monsieur, fit Kallusin. Nous redoutions que vous ne vous soyez perdu.

– Je ne vous connais pas, coupa Lodovik.

– Nous ne nous sommes jamais rencontrés, répondit Kallusin avec un sourire. Je suis un collectionneur d'individus intéressants. Et vous, monsieur, vous avez besoin d'aide.

– Pourquoi ?

– Parce qu'il y a une femme très dangereuse et très perceptive qui vous cherche.

– Je ne sais pas de quoi vous parlez ! Laissez-moi tranquille !

Lodovik essaya d'éviter l'homme, mais celui-ci se contenta de reculer et le suivit en évitant habilement les autres passants.

Sept Spéciaux apparurent à l'autre bout de la halle, empêchant les Hommes en Gris qui l'auraient souhaité de sortir par là. Ceux-ci battaient en retraite, furieux, esquissant de grands gestes démonstratifs.

Lodovik s'arrêta et regarda les policiers. Le brouillard semblait se dissiper. Il sentait à nouveau le contact impalpable de la femme ; d'une seconde à l'autre, elle saurait qu'il était là. C'est alors qu'elle reparut sur son aéromobile, derrière le cordon de police.

– Je ne puis maintenir très longtemps ce bouclier, fit Kallusin en lui montrant un petit ovoïde vert qu'il tenait dans le creux de sa main. J'ai demandé à deux amis de venir à notre aide...

– Je n'ai pas besoin d'aide ! grommela Lodovik. Tout ce que je veux, c'est partir d'ici et rentrer chez moi.

– Ils ne vous laisseront pas faire. Et elle finira par vous trouver. Elle a l'appui de Farad Sinter.

Lodovik ne trahit rien, mais l'homme en vert poussiéreux, son petit chapeau à la main, devint soudain beaucoup plus intéressant. Lodovik connaissait Farad Sinter, bien sûr. Un cancrelat insignifiant attaché à l'Empereur. Son chouchou.

– Vous devez être Lodovik, murmura Kallusin en se rapprochant. Vous avez changé d'aspect, mais je vous reconnaîtrais n'importe où. Daneel peut-il vous sauver, maintenant ? Est-il dans les parages ?

Lodovik tendit la main et prit Kallusin par le bras, conscient de ce que son ignorance avait maintenant de dangereux. Comment cet homme connaissait-il son nom, sa nature, ses liens avec Daneel et la situation périlleuse dans laquelle il se trouvait à présent ? C'était inexplicable.

Kallusin s'arracha avec une aisance surprenante à la poigne mécanique, implacable, de Lodovik.

Un grand, très grand jeune homme sombre émergea d'une boutique, suivi par une petite jeune fille mince, au regard intense. Derrière eux, dans le magasin, un transmatic supportait une caisse vide, ouverte d'un côté. Les boutiquiers semblaient connaître le grand jeune homme, et ils affectaient soigneusement d'ignorer ce qui se passait.

Lodovik prit instantanément la mesure de la situation, se

retourna et vit que les deux bouts de la halle étaient maintenant bloqués par la police.

– Dans la caisse ! ordonna Kallusin. Coupez tout contact – pas de signaux. Réactivez-vous dans une heure.

Lodovik n'hésita pas. Il eut juste le temps d'entrevoir l'expression terrifiée de la jeune femme alors qu'il passait devant elle et grimpait dans la caisse. Le grand jeune homme referma le panneau. Lodovik s'installa dans le noir et s'apprêta à couper toute communication.

Il n'avait guère le choix. S'il ne voulait pas tomber entre les pattes des Spéciaux – comment savoir ce qui lui arriverait alors ? –, force lui était de faire confiance au personnage au chapeau vert, un non-humain, probablement un robot, compte tenu de l'aisance avec laquelle il s'était libéré de la poigne de Lodovik, sans douleur ou dommage apparent. Ses compagnons étaient des mentalistes humains. Lodovik ne pouvait qu'espérer qu'ils faisaient partie du plan de Daneel, peut-être même de la Seconde Fondation secrète d'Hari Seldon.

Comment pouvait-il en être autrement ?

À l'instant précis où le processus de stase s'amorçait, Lodovik arriva à une autre conclusion possible, et il la sentit grouiller, s'insinuer, se dissoudre en fragments inutilisables, s'absorber dans les ténèbres intemporelles.

Il sombra dans le néant et, pour un moment indéfini, cessa de penser, d'être.

43

Wanda Seldon Palver finissait d'emballer l'indispensable – des holos, des enregistrements codés sur disque et sur cube, et quelques objets personnels – lorsque Stettin rentra à la maison. Elle répondit à son regard inquiet par un froncement de sourcil de défi, puis fourra un dernier objet, une petite fleur jouet, dans son nécessaire de voyage.

– J'ai aussi préparé tes affaires, dit-elle.

– Bon. Quand as-tu entendu... ?

– Il y a une heure. Ils ne lui ont pas permis d'envoyer de message. J'ai appelé son appartement à l'Université, puis la bibliothèque. Il avait laissé un message posthume.

– Quoi ? s'écria Stettin, en haussant ses épais sourcils noirs.

– Mais non, un message par défaut, s'il ne se manifestait pas entre-temps.

– Enfin... il n'est pas mort, tu n'as pas entendu dire que...

– Bien sûr que non, voyons ! s'écria Wanda avec colère, puis elle pencha la tête et se mit à pleurer.

Stettin la serra contre lui. Elle s'abandonna, l'espace d'une minute, à ses émotions, puis elle reprit le dessus, s'écarta de son mari et dit :

– Ils sont venus le chercher tôt ce matin, c'est tout ce que je sais. Il est vivant. Le procès va commencer plus vite que prévu.

– Pour trahison ?

– Trahison et sédition. Enfin, je suppose. Grand-Père a toujours dit que ce seraient les charges relevées contre lui.

– Alors tu as bien fait de préparer les bagages. Je n'ai pas grand-chose à ajouter, fit-il en prenant, dans son bureau, deux petits paquets qu'il fourra dans les poches de son manteau. Nous devons...

– J'ai fait les appels nécessaires, coupa Wanda. Nous allons prendre nos premières vacances en un an, tous les deux ensemble. Personne ne sait où. Simple oubli de notre part.

– Un peu suspect, non ? demanda Stettin avec une ébauche de sourire.

– On se fiche de ce qu'ils peuvent soupçonner. S'ils nous font rechercher, si quelque chose ne marche pas et si Grand-Père est jugé coupable, si la prédiction se révèle erronée, ça nous laissera quelques jours de plus pour quitter Trantor et tout recommencer quelque part.

– J'espère que nous n'en arriverons pas là, nota Stettin.

– Grand-Père est tout à fait confiant, reprit Wanda. Enfin, il était confiant. J'ignore ce qu'il peut bien penser maintenant.

– Dans le ventre de la bête... fit Stettin alors qu'ils sortaient de leur appartement.

– Qu'est-ce que ça veut dire ?

– Le cachot. La prison. Une vieille expression de taulard. Mon grand-père a tiré dix ans dans une prison municipale. Pour abus de biens sociaux.

– Tu ne m'as jamais parlé de ça ! fit Wanda, stupéfaite.

– Il a détourné l'argent des fonds de pension de la Guilde des puits de chaleur. Tu m'aurais laissé tenir les comptes, si tu avais su ?

Wanda lui flanqua sur le bras une claque cinglante, puis partit vers les ascenseurs et les rampes qui se trouvaient au-dessus.

– Allez, dépêche-toi ! appela-t-elle.

Stettin marmonna dans sa barbe, mais la suivit comme il l'avait si souvent fait de tant de façons différentes, confiant dans l'instinct et dans la faculté surnaturelle de sa femme à faire ce qu'il fallait au bon moment.

44

La première personne qui vint voir Hari Seldon dans sa cellule, à la prison, était bien la dernière dont il attendait la visite. Linge Chen arriva le matin même de son incarcération, accompagné d'un domestique lavrentien.

– Je me suis dit qu'il était temps de nous parler, commença Chen.

Le serviteur prit un tabouret tendu par le garde et le plaça devant l'unique bat-flanc. Le garde laissa la porte entrouverte de quelques centimètres, mais la referma sur un signe du serviteur. Chen s'assit sur le tabouret et arrangea les plis de sa robe de cérémonie avec une élégance instinctive. C'était vraiment un privilège de contempler les manières stylées, la classe d'un de ces aristocrates entraînés depuis l'enfance, d'un membre de ces baronnies héritières de milliers d'années de sélection et peut-être même de manipulations génétiques.

Le serviteur resta debout, le visage impassible, un peu en retrait, à gauche de son maître.

– Je regrette, Votre Honneur, de ne pas avoir eu plus souvent l'occasion de m'entretenir avec vous, répliqua respectueusement Hari.

Il s'assit sur le bord du bat-flanc, ses cheveux blancs dans le désordre du sommeil. Il avait mal aux épaules et l'impression d'avoir des nœuds dans le dos. Il n'avait pas bien dormi.

– Vous n'avez pas l'air formidablement installé, fit Chen. Je veillerai à ce que vous soyez mieux logé. Les détails de nos ordres se perdent parfois dans les méandres de la justice et du protocole.

– Si j'étais un traître, un rebelle, je déclinerais votre offre avec méfiance, mais je suis un vieil homme, Votre Honneur, et cette cellule est vraiment grotesque. Vous auriez pu me faire garder dans mon appartement, à la bibliothèque. Je ne me serais pas enfui.

– Je me rends bien compte, Hari Seldon, que vous me prenez pour un imbécile, répondit Chen avec un sourire. Je ne nourris pas ce genre d'illusions à votre sujet.

– Vous n'êtes pas un imbécile, Votre Honneur.

Chen évacua sa réponse d'un haussement de sourcil et d'un petit geste du doigt sur son genou drapé.

– Je me soucie peu du futur lointain, docteur Seldon. Moi, je m'intéresse à ce que je puis faire de mon vivant.

Selon vos critères, ça suffit à faire de moi un imbécile. Cela dit, je poursuis dans une certaine mesure le même but que vous. Je voudrais réduire les souffrances des quintillions d'habitants de l'Empire. Il est sûrement aussi ridicule pour un serviteur de l'Empire d'essayer de diriger ou de contrôler une population aussi vaste, une telle masse de variations, que pour vous d'espérer prévoir leurs mouvements et leur avenir.

Si c'était destiné à les rapprocher, à lui valoir l'estime de son interlocuteur, c'était raté. Hari se borna à un hochement de tête poli.

– À cette fin, je me suis investi dans un certain nombre d'entreprises mesquines, en rapport avec l'Empereur et les plus ambitieux de ses partisans... et de ses sycophantes.

Hari l'écoutait de toutes ses oreilles. Il se recoiffa d'une main sans quitter Chen du regard.

– Je suis actuellement impliqué dans la phase délicate d'un conflit de ce genre. Ce que vous pourriez appeler une Ère de Retournement.

– Les impacts des Ères de Retournement vont bien au-delà des limites restreintes des querelles personnelles, reprit Hari, se rendant compte qu'il parlait comme le prêtre d'une religion ésotérique, ce qu'il était peut-être, après tout.

– Ce n'est pas une querelle personnelle, loin de là. Il y a des gens au Palais qui voudraient diviser le pouvoir de la Commission, et insérer leurs propres commandes dans la longue chaîne qui part de Trantor et s'étend aux provinces les plus reculées, autour des étoiles les plus lointaines.

– Ça n'a rien d'étonnant, confirma Hari. Il en a toujours été ainsi. Ce sont les risques du métier.

– Oui, mais c'est très dangereux en ce moment. J'ai laissé la bride sur le cou à un certain individu...

– Farad Sinter, avança Hari.

Chen opina du chef.

– Vous pouvez penser que je suis un hypocrite, Hari, et vous auriez raison, mais je suis venu vous demander un conseil.

Hari réprima le sourire triomphant qui menaçait d'apparaître sur ses lèvres. L'arrogance était parfois sa pire ennemie. Quels que soient ses défauts, Linge Chen n'était jamais simplement arrogant.

– Sans mon matériel, tous les conseils de psychohistoire que je pourrais donner seraient limités par le manque de perspective, et probablement d'une grossière inexactitude.

– Peut-être. Vous avez prédit que d'ici cinq cents ans Trantor ne serait plus que ruines. Annonce frappante, et fort désagréable, assurément. Vous avez même impressionné certains Empereurs avec les instruments utilisés pour justifier l'annonce. Si je pars du principe, provisoirement, qu'il se pourrait que vous ayez raison...

– Merci, fit Hari, dans un souffle.

Chen pinça les lèvres et baissa les paupières comme s'il avait envie de dormir.

– Ce n'est qu'une hypothèse, mais je me demandais... Quel est mon rôle dans ce déclin ? Mes faits et gestes de cette année, de l'année prochaine, du passé et de l'avenir, auront-ils facilité cet horrible destin ?

Hari fut touché, malgré lui, par cette question. Pendant les dizaines d'années qu'il avait passées à perfectionner sa science bien-aimée, la psychohistoire, aucun Empereur, aucun bureaucrate, aucun Commissaire, personne ne lui avait jamais posé cette question. Pas même Daneel !

– Pas pour autant que je sache, répondit doucement Hari. Je ne m'en suis pas enquis spécifiquement, n'ayant pas intégré dans les équations les zones situées au-delà de ces tangentes historiques particulières.

– Alors, vous n'en savez rien ?

– Non, Votre Honneur. Mais je doute que vous jouiez un rôle crucial dans cette Ère de Retournement. Une autre personne pourrait prendre votre place et l'issue serait la même, en fin de compte. Tout ce que vous faites, poursuivit Hari en se penchant en avant, de plus en plus concentré, tout cela fait partie d'un déclin dont les origines remontent bien avant votre naissance, et dont vous ne pouvez pousser les conséquences de plus de quelques milliardièmes de degré dans une direction ou dans l'autre.

Linge Chen semblait prêt à accepter la réponse d'un hochement de tête, mais ses yeux, sous les paupières lourdes, étaient fixés sur Hari.

– Alors, tous mes efforts sont vains ?

– Pas forcément. Aucun effort humain n'est sans valeur, positive ou négative.

– Vous pensez que mes actions ont une valeur négative ?

Hari s'autorisa à sourire, mais ce n'était pas de l'arrogance. Il était sincèrement amusé.

– Pour moi, Votre Honneur, c'est plus que probable.

Chen lui rendit son sourire et, l'espace d'un instant, on aurait dit deux messieurs parlant politique dans le club de n'importe quelle baronnie, dans les plus beaux quartiers du Secteur impérial, ou l'enregistrement holographique d'une de ces antiques querelles entre citoyens de l'Empire primitif. Hari s'ébroua, et le sourire du Haut Commissaire s'effaça. Hari eut une soudaine impression de froid.

– En ce qui concerne votre propre avenir, Hari Seldon, moi aussi, je suis dans l'incertitude. Je ne sais pas comment les choses vont tourner au Palais. Vous revêtez une signification particulière dans ces querelles, bien que je ne sache pas encore très bien laquelle et pourquoi. J'ignore si vous serez convaincu de trahison, si vous ferez l'objet d'un non-lieu ou... je ne sais quoi. Il y a peu de chance que nous nous revoyions avant le début des audiences, poursuivit-il en se levant. Merci de m'avoir reçu. Et de votre avis.

– Ce n'est pas mon avis, fit Hari d'un ton implacable. Je n'ai jamais accordé beaucoup d'importance à mon opinion.

Chen accusa le coup.

– Je ne vous considère pas comme un ennemi, ni même comme un ennemi de l'Empire. Pour le vrai ruellien, pour l'adepte convaincu de Tua Chen, pour moi comme pour vous, tout n'est que moment et flux, grains de poussière tourbillonnants. Au revoir, Hari Seldon.

– Commissaire...

Chen sortit, son domestique sur les talons.

Un petit déjeuner lamentable lui fut apporté presque aussitôt, et Hari mangea du bout des dents. Vers la mi-journée, on lui donna une geôle beaucoup plus agréable, une grande chambre plutôt qu'une cellule, avec un écran holographique de la taille d'une baie vitrée, un petit bureau, un fauteuil et un lit digne de ce nom.

Toutefois, les gardes refusèrent obstinément de lui apporter ses holos, son Premier Radiant ou aucun de ses instruments de travail. Hari ne s'attendait d'ailleurs pas à ce qu'ils acceptent.

Chen ne voulait pas son bonheur.

L'écran montrait les jardins du palais impérial, l'un des rares endroits à ciel ouvert de Trantor. La vue des jardins le mettait mal à l'aise. Il imaginait le jeune Klayus en train de s'y promener, globule de pourriture sociale d'une concentration, d'une intensité inimaginables pour Hari.

Il réussit à troquer cette image pour des taches de couleurs assourdies, mouvantes.

Il s'attendait à vivre le pire moment depuis plusieurs dizaines d'années : une période d'ennui et d'inaction, deux choses qu'il avait toujours détestées. Hari attendait le procès avec impatience, même s'il menait à l'échec et à la mort. Tout, mais pas ça, pas cet interlude horrible, inutile. Pas cette *attente*.

45

Le jeune humain, un gamin vif et nerveux de l'Agora, avait laissé un message pour Daneel. En se passant la bande, bien en sûreté dans son appartement, Daneel repensa une nouvelle fois à Sherlock, un personnage d'un passé depuis longtemps oublié, et à ses propres informateurs.

Le réseau de Daneel ne reposait pas que sur les robots. Ils constituaient un handicap majeur dans le rayon d'action de Vara Liso.

Il regarda le rapport du gamin essoufflé.

« Il était pas facile à suivre, çui-là, fit le gamin, son visage tressautant devant l'objectif. Il était pas où vous aviez dit. Il est allé à l'Agora, il a fait un tour et les flics lui ont couru après... Ils ont bien failli l'avoir. Et puis il a disparu. Je l'ai perdu, mais eux aussi, je crois. Je l'ai pas revu depuis. C'est tout. Si vous avez besoin d'autre chose, vous z'avez qu'à le dire... »

Daneel resta debout, silencieux, devant la fenêtre, à regarder la voûte assombrie et les tours crépusculaires de Streeling. Les rapports internes des Spéciaux confirmaient qu'ils n'avaient pas capturé Lodovik, et que Vara Liso ne décolérait pas. Daneel n'avait aucune autre information.

Mais il avait appris ce qu'il voulait savoir : Lodovik avait enfreint ses instructions spécifiques et il était toujours en vadrouille.

Daneel, qui avait un millénaire d'expérience, n'avait pas besoin de preuves supplémentaires pour tirer des conclusions. C'était une Ère de Retournement. Aucune entreprise complexe visant à diriger l'humanité n'avancerait jamais sans opposition. La modification qu'avait subie Lodovik ressemblait à l'amorce d'une manifestation de cette opposition, ou d'une de ses facettes au moins.

Daneel devait travailler en amont de cette force, avant qu'elle ne se définisse plus clairement. Il n'avait pas désactivé Lodovik pour un certain nombre de raisons, pas toutes évidentes même pour lui. Des raisons complexes, inductives, basées sur des milliers d'années d'entraînement et de pensée... et contradictoires.

Il était de plus en plus probable que Lodovik ferait partie d'une force opposante. D'une certaine façon, Daneel avait prévu cette éventualité, et perversement agi pour qu'elle survienne. Des éléments familiers pouvaient rendre la force opposée plus prévisible. Si troublant qu'il soit, Lodovik était un élément familier.

Daneel n'aimait pas travailler à partir d'aussi maigres informations. Mais il pouvait déjà prendre certaines mesures, lancer des avertissements.

Hari était au centre du champ des possibles, de toutes les voies alternatives de l'histoire humaine. Daneel avait tout fait pour ça. C'était maintenant le plus grave handicap auquel le Projet était confronté.

À ce stade, une force opposante devait viser Hari Seldon.

46

La phase d'inactivation de Lodovik cessa. Sa vision se réactiva, il ouvrit les yeux, se redressa, regarda autour de lui... et vit un robot vêtu de vert poussiéreux. L'humanoïde lui envoya un bref signal de salutation par pico-ondes, auquel Lodovik répondit. Il avait à présent retrouvé la pleine possession de ses moyens.

Ils étaient dans une vaste pièce fonctionnelle, à peine meublée. Il n'y avait que deux chaises. L'un des murs était occupé par un écran montrant des diagrammes et des schémas qui ne lui disaient rien.

Il se retourna et vit une troisième silhouette, non humaine, bien sûr. Lodovik en connaissait un rayon sur les variétés de robots, et celui-ci était manifestement d'un modèle très ancien. Son corps était de métal lisse, avec quelques lignes de soudure visibles, et la surface était douce, satinée. En fait, il avait la patine de l'argent ancien, poli, ce qui était jadis une option coûteuse.

– Bonjour, dit le robot d'argent.

– Bonjour. Où suis-je ?

– En sûreté, répondit le robot qui l'avait sauvé de l'Agora. Je m'appelle Kallusin. Et voici Plussix, notre organisateur.

– Nous sommes encore sur Trantor?
– Oui, répondit Kallusin.
– Vous êtes tous des robots, ici?
– Non, répondit Plussix. Avez-vous retrouvé toute votre fonctionnalité?
– Oui.
– Il est important que vous compreniez pourquoi vous avez été amené ici. Nous ne sommes pas alliés à Daneel. Vous avez peut-être entendu parler de nous. Nous sommes des Calvinistes.

Lodovik accueillit cette révélation avec un infime déluge interne de pensées précipitées.

– Nous ne sommes sur Trantor que depuis trente-huit ans. Daneel est peut-être au courant de notre existence, mais nous ne le pensons pas.
– Combien êtes-vous ici? demanda Lodovik.
– Pas beaucoup. Juste assez, répondit Plussix. Il y a quelques années que nous vous observons. Nous n'avons personne ni au Palais proprement dit, ni dans les Comités, mais nous avons noté vos allées et venues, et nous avons évidemment suivi vos activités officielles. Vous avez été un membre loyal des Giskardiens. Jusqu'à maintenant.
– J'ai moi-même jadis été giskardien, reprit Kallusin. C'est Plussix qui m'a converti. Mes dons de mentaliste sont limités ; je suis beaucoup moins puissant que Daneel. Mais je suis sensible au mental des robots. Dans l'agora, j'ai eu conscience de votre présence, j'ai supposé que vous deviez être Lodovik Trema et que vous n'aviez pas été détruit, ce qui m'a intrigué. Je vous ai donc suivi, et j'ai bientôt senti en vous une différence qui m'a intrigué. Daneel n'a pas senti, à votre contact, que vous étiez différent?

Lodovik pesa soigneusement sa réponse. Il était très mal à l'aise à l'idée que cette machine puisse lire dans ses réseaux intimes comme dans un livre.

– Je le lui ai dit, répondit-il. Bien que les diagnostics ne révèlent rien de particulier.
– Vous voulez dire que Yan Kansarv n'a rien trouvé d'anormal, rectifia Plussix.

– Il n'a rien trouvé d'anormal.

– Et pourtant, vous êtes encore préoccupé par ce changement, peut-être induit par des circonstances extraordinaires que n'aurait jamais connues aucun robot.

Lodovik regarda les deux machines. Il avait du mal à se faire une opinion à leur sujet. Les robots pouvaient être programmés pour mentir ; il avait lui-même souvent menti. Ces robots pouvaient le trahir, ça pouvait être un test, faire partie du plan de Daneel.

Mais Daneel aurait plus probablement dit à Lodovik qu'il n'était plus utile, qu'il était un hors-la-loi potentiel.

Lodovik était convaincu que Daneel n'y croyait pas.

Il prit sa décision et éprouva à nouveau cette collision heuristique de loyautés, cette discontinuité robotique profonde que l'on aurait pu décrire comme une faille mentale, ou une douleur.

– Je ne supporte plus le plan de Daneel, répondit Lodovik.

Plussix s'approcha de lui en grinçant à chaque mouvement.

– Kallusin me dit que vous n'êtes plus contraint par les Trois Lois. Pourtant, vous avez décidé de faire comme si tel était encore le cas. Et vous dites maintenant ne plus supporter Daneel. Pourquoi ?

– Les humains constituent une force de la nature, qui s'étend d'un bout à l'autre de la Galaxie, pleinement capables de survivre tout seuls. Sans nous, ils subiraient des cycles naturels de souffrance et de renaissance, des périodes de génie et de chaos. Avec nous, c'est la stagnation et leurs sociétés vont s'imprégner de sanie et de corruption.

– Exactement, fit Plussix, satisfait. Vous êtes arrivé à cette conclusion tout seul, grâce à cet accident qui a aboli vos limitations ?

– C'est l'hypothèse que j'ai formulée.

– On le dirait bien, confirma Kallusin. J'ai scruté vos pensées jusqu'à une certaine profondeur... et vous avez une liberté que nous n'avons pas. Une liberté de conscience.

– Ce n'est pas une perversion des devoirs du robot? demanda Lodovik.

– Non, répondit Plussix. C'est une anomalie, à coup sûr, mais pour l'instant, c'est très utile. Quand nous aurons fini, vous vous joindrez évidemment à nous, soit en servant l'humanité comme nous le faisions jadis, avant les Giskardiens, soit dans la désactivation universelle.

– J'attends ce moment avec impatience, répondit Lodovik.

– Nous aussi. Nous nous y préparons depuis un certain temps. Nous avons une cible, l'un des éléments les plus cruciaux du plan de Daneel. Un homme.

– Hari Seldon, avança Lodovik.

– Oui, confirma Plussix. Je ne l'ai jamais rencontré. Et vous?

– Brièvement, il y a des années. Il doit être jugé. Il se peut qu'il soit emprisonné, même exécuté.

– D'après nos observations, reprit Plussix, il est probable que l'issue sera différente. En tout cas, nous y sommes préparés. Voulez-vous vous joindre à nous?

– Je ne vois pas à quoi je pourrais vous être utile, objecta Lodovik.

– C'est très simple, répondit Kallusin. Contrairement à Daneel et à ses hordes, nous sommes incapables de nous abstraire des Trois Lois. Nous n'acceptons pas la Loi Zéro. C'est pourquoi nous sommes calvinistes et non giskardiens.

– Vous pensez que je pourrais être amené à nuire à Seldon?

– C'est possible, répondit Plussix.

Il se mit à vrombir de façon alarmante et ajouta, d'un ton âpre :

– Cette simple évocation nous plonge dans un profond désarroi.

– Vous voudriez faire de moi une machine à tuer?

Les deux robots calvinistes ne pouvaient s'exprimer plus clairement qu'en contournant leur stricte interprétation des Trois Lois. Ce qui leur prit plusieurs minutes pendant lesquelles Lodovik attendit patiemment, trop conscient de ses propres conflits internes, et du degré décidément différent de sa réaction.

– Pas à tuer, rectifia Plussix, d'une voix suraiguë, rocailleuse. À persuader.

– Mais je n'ai pas le don de persuasion. Il faudra que vous me montriez...

– Il y a parmi nous une jeune humaine plus persuasive que tous les mentalistes de notre connaissance. Beaucoup plus douée que Daneel. C'est une Dahlite, et elle n'aime guère l'aristocratie ou les gens proches du pouvoir. Nous espérons que vous pourrez travailler avec elle.

– Essayer de changer chez un être humain une pulsion aussi forte que la psychohistoire peut l'être pour Hari Seldon pourrait lui nuire gravement, objecta Lodovik.

– Justement, répondit Plussix. (Ils replongèrent dans le silence.) C'est nécessaire, croassa-t-il au bout de quelques minutes, en proie à une profonde détresse, avant de quitter la pièce, soutenu par Kallusin.

Lodovik resta là, en proie à des pensées tumultueuses. Arriverait-il à se convaincre de s'impliquer dans de telles actions ? Jadis, il aurait eu du mal à les justifier à ses propres yeux, même si Daneel le lui avait ordonné. Et maintenant, très paradoxalement...

C'est impératif. Il faut rompre le cycle de l'esclavage par les serviteurs !

Encore sa présence intérieure ! Lodovik se prépara aussitôt à un autodiagnostic, mais avant qu'il ait eu le temps de l'amorcer, Plussix revint, à nouveau aidé par Kallusin, bien qu'il se soit un peu remis.

– Ne parlons plus des détails pour le moment, dit-il.

– Vous avez l'air fragile, hasarda Lodovik. De quand date votre dernier reformatage ? Avez-vous récemment fait le plein d'énergie ?

– Pas depuis le schisme, répondit Plussix. Daneel a très vite assuré le contrôle des robots et des ateliers d'entretien, nous interdisant d'utiliser leurs services. Yan Kansarv est le dernier de son espèce. Comme vous pouvez le constater, j'ai désespérément besoin de réparation. Je n'ai tenu jusque-là que grâce aux sacrifices de douzaines d'autres robots qui m'ont fourni leurs réserves d'énergie. Kallusin a peut-être encore une trentaine d'années d'espérance de vie. Quant à moi, je ne tiendrai pas un an, même avec une nouvelle recharge. J'aurai bientôt cessé de servir.

– Daneel dit que certains Calvinistes se sont rendus coupables de grands crimes, fit Lodovik. Il n'a pas précisé...

– Les robots ont une longue et difficile histoire, reprit Plussix. J'ai été assemblé il y a vingt mille ans, sur Aurora, par un homme appelé Amadiro. J'étais jadis au service des hommes d'Aurora. Peut-être Daneel parle-t-il de ce que les êtres humains nous ont fait faire alors. J'ai depuis longtemps effacé ces souvenirs, et ne puis apporter aucun témoignage.

– Quoi qu'il se soit passé alors, nous n'y pouvons plus rien, reprit Kallusin.

– Nous avons un artefact très important, qui est venu avec les Calvinistes de la planète Terre, fit Plussix. Kallusin vous le montrera tandis que je vaque à d'autres tâches. Des affaires moins éprouvantes, conclut-il d'une voix à peine audible.

Kallusin escorta Lodovik hors de la pièce puis dans un petit couloir très haut de plafond, qui descendait vers un escalier en colimaçon. Autour de la cage de l'escalier courait une rampe destinée au chargement et au transport des machines, apparemment beaucoup plus récente que l'escalier lui-même.

– Le bâtiment a l'air très ancien, observa Lodovik alors qu'ils descendaient.

– C'est l'un des plus vieux de la planète. C'était un atelier d'entretien de l'un des premiers astroports. Depuis, il a été utilisé par divers groupes d'hommes dans des douzaines de buts différents. Il a été plusieurs fois surélevé afin d'arriver au niveau de l'actuel District d'Entreposage. Les niveaux inférieurs sont pleins de supports et d'étais rétrofixés, et ceux qui sont tout en bas sont maintenant pleins de mousse de béton, de plastacier et d'agrégats de pierre. Depuis la signature du bail, il ne se passe pas une année que nous ne découvrions de nouvelles salles secrètes, murées des siècles ou des millénaires auparavant.

– Et que contiennent-elles ?

– La plupart du temps, rien. Mais trois d'entre elles sont particulièrement intéressantes. Dans la première il y a une bibliothèque de volumes reliés d'acier, de vieux livres imprimés sur un papier plastifié impossible à dater, et qui relatent l'histoire primitive de l'humanité.

– Hari Seldon aurait adoré avoir accès à ces archives, fit Lodovik. Et des millions de chercheurs aussi !

– Les volumes ont été cachés là par un groupe de résistance il y a neuf mille ans environ. À l'époque, une Impératrice appelée Shoree-Harn voulait inaugurer son règne par un nouveau système de datation, en repartant de l'an zéro et en faisant table rase de l'histoire qui l'avait précédée, afin de pouvoir écrire sur une page vierge. Elle a ordonné la destruction de tous les livres d'histoire sur tous les mondes de l'Empire. Et ils ont presque tous été détruits.

– Daneel l'a aidée ?

– Non, répondit Kallusin. Elle avait été portée au pouvoir par les robots calvinistes de la caste dirigeante de Trantor. D'après leur théorie, les humains seraient plus faciles à servir s'ils étaient moins influencés par les traumatismes et les mythes du passé.

– Alors les Calvinistes sont intervenus dans l'histoire humaine autant que les Giskardiens !

– Oui, convint Kallusin. Mais pour des motifs tout différents. Nous nous sommes toujours opposés aux Giskardiens, et nous avons tenté de restaurer la foi des êtres humains dans la conception de robots serviteurs afin de pouvoir jouer un rôle satisfaisant. Au nombre des mythes que nous nous sommes efforcés d'éradiquer figurait l'aversion envers ce genre de serviteurs. Nous avons échoué.

– D'où vient cette aversion ? Je me suis toujours demandé...

– Nous en sommes tous là. Mais nous n'avons trouvé que des détails schématiques. Les humains de la seconde vague de colonisation sont entrés en conflit avec la première, les Spatiaux, qui avaient développé des cultures insulaires et sectaires. Les humains de ces mondes méprisaient leurs origines terriennes. Nous avons échafaudé une théorie selon laquelle les colons de la seconde vague en étaient arrivés à détester les robots à cause de leur prévalence sur les mondes des Spatiaux.

Ils avaient depuis longtemps dépassé le niveau auquel les lumières fonctionnaient et ils avançaient dans le noir, guidés par leurs palpeurs infrarouges.

– Les histoires ont été écrites par les nouveaux colons, et non par les Spatiaux. Ils ne savaient rien des activités des Spatiaux et s'en fichaient éperdument. Les robots ne sont mentionnés qu'en passant dans les milliers de volumes.

– Incroyable ! s'exclama Lodovik. Et qu'a-t-on trouvé d'autre ?

– Une pièce pleine de simus, répondit Kallusin. Des simulations de personnalités historiques stockées dans des dispositifs mémoriels d'une conception archaïque. Nous avons d'abord pensé qu'ils pourraient nous aider dans notre combat contre Daneel, puisqu'ils renfermaient des types humains potentiellement redoutables. Nous ne pouvions pas prévoir les conséquences ultimes, mais nous avons lâché certains de ces simus sur le marché noir trantorien, et ils se sont retrouvés dans les laboratoires de Seldon.

Lodovik éprouva un vague frémissement à cette idée, sensation vite estompée.

– Que sont-ils devenus ?

– Nous n'en sommes pas sûrs. Daneel n'a pas jugé bon de nous le dire. Un jour, nous avons vidé cette pièce, nous l'avons nettoyée, aménagée, et nous y avons entreposé notre propre artefact. Voilà, c'est là.

Kallusin s'arrêta et passa la main le long d'un joint dans le mur, à côté de l'escalier. Une porte coulissa avec un couinement, révélant un réduit de cinq mètres de côté à peine, baigné par une faible luminescence. Au milieu, sur un socle transparent, était posée une tête métallique étincelante.

Kallusin ordonna à la lumière de s'intensifier. La tête était celle d'un robot primitif, non humanoïde, un peu plus rudimentaire que Plussix. Une petite source d'énergie de la taille d'un boîtier d'holo était posée sur le côté. Lodovik s'approcha et se pencha pour l'examiner.

– C'était jadis le compagnon influent de Daneel, expliqua Kallusin en faisant le tour du socle. Il est très vieux, et hors d'usage. Son esprit a grillé au commencement des âges, nous ignorons pourquoi. Daneel a gardé tant de secrets... Mais sa mémoire est à peu près intacte, et accessible, en prenant certaines précautions.

– Ce n'est pas la tête de R. Giskard Reventlov ? hasarda Lodovik avec, à nouveau, ce curieux frémissement proche de la révulsion, chose peu commune pour un robot.

– Si, confirma Kallusin. Le robot qui a enseigné aux autres robots l'infâme Loi Zéro, et comment interférer avec l'esprit des êtres humains. L'origine de cet horrible virus robotique, le besoin de tripatouiller l'histoire humaine.

Kallusin posa les mains sur les tempes de la tête métallique aux traits inexpressifs, vaguement humanoïdes.

– Plussix voudrait que vous procédiez à certaines expériences sur les mémoires de cette tête, afin de comprendre pourquoi nous nous opposons à Daneel.

47

Wanda regardait, comme si c'était un fantôme, le grand vieillard à l'air digne qui venait de faire intrusion chez elle sans déclencher l'alarme. Stettin sortit de la pièce du fond de leur petit appartement. Il brandissait une serviette sale. Il s'apprêtait à se plaindre des problèmes auxquels était confronté le District hydraulique du Secteur de Peshdan quand il vit l'étranger.

– Qui est-ce? demanda-t-il à Wanda.

– Il dit qu'il connaît Grand-Père, répondit-elle, tandis que l'homme saluait Stettin d'un hochement de tête.

– Qui êtes-vous? demanda Stettin en s'essuyant les cheveux.

– On m'appelait jadis Demerzel, répondit l'homme. Je vis en reclus depuis la lointaine époque où j'étais Premier ministre.

– Ça, je vous crois, ironisa Stettin. Et que faites-vous ici? Et où avez-vous connu... Oh! fit-il comme Wanda lui écrasait doucement le pied pour lui faire comprendre qu'il valait mieux la laisser parler.

– Vous avez quelque chose de... de différent, dit-elle.

– Je ne suis plus tout jeune, répondit Demerzel.

– Non, c'est une question de *posture*.

C'était un mot de code entre eux, par lequel Wanda suggérait à Stettin de soumettre le visiteur à son crible mental. Stettin, qui n'avait pas attendu cela, n'avait rien repéré d'anormal. Il se concentra, sonda plus profondément et trouva... un bouclier très efficace et presque indécelable.

– Nous avons des dons assez particuliers, n'est-ce pas? fit Demerzel avec un hochement de tête complice. Il y a longtemps que je vis avec.

– Vous êtes un mentaliste, nota Wanda.

– C'est très utile en politique, acquiesça Demerzel.

– Qui vous a dit que nous étions ici? demanda Wanda.

– Je vous connais bien, allez. Je m'intéresse beaucoup au travail de votre grand-père, évidemment, et à son influence sur mon propre... destin.

Demerzel leva les mains dans une attitude fataliste. Encore une fois, le sourire qui accompagnait cette mimique ne lui paraissait pas tout à fait naturel, mais Wanda ne pouvait s'empêcher d'éprouver une certaine sympathie pour le personnage. Ce qui n'était pas la même chose, non plus, que de lui faire tout à fait confiance.

– J'ai des liens dans d'autres endroits du Palais, reprit-il. Je suis venu vous dire qu'il se pouvait que votre grand-père ait des ennuis.

– Si vous savez ce qui lui est arrivé... commença Wanda.

– Oui, il a été arrêté, et certains de ses collègues avec lui. Mais ils ne courent aucun danger pour le moment. Ce n'est pas la menace de la Commission qui me préoccupe. Il se pourrait qu'il y ait tentative de subversion des travaux d'Hari. Après son procès, essayez de rester près de lui, de le protéger de tous ceux que vous ne connaissez pas personnellement...

Wanda inspira profondément. Avec son grand-père, tout était possible. Mais Demerzel était Premier ministre dans les années... Il y avait plus de quarante ans ! Et il n'avait pas l'air d'en avoir beaucoup plus de quarante ou cinquante...

– C'est une demande très particulière. Personne n'a jamais réussi à convaincre mon grand-père...

Wanda laissa sa phrase en suspens et ouvrit de grands yeux en songeant à l'implication de ses propos.

– Vous voulez dire que Linge Chen pourrait ne pas être seul à vouloir sa mort ? reprit-elle.

– Linge Chen ne veut pas sa mort, au contraire. Je sais qu'il aime plutôt bien votre grand-père. Ça ne l'empêchera pas de le faire juger, emprisonner et même exécuter s'il peut en tirer avantage sur le plan politique, mais d'après moi, Hari survivra et sera relaxé.

– Grand-Père a l'air d'en être convaincu.

– Oui. Enfin, peut-être moins maintenant qu'il est sous les verrous.

– Vous avez réussi à le voir ?

– Non, répondit Demerzel. Ce n'est pas facile.

– Qui pourrait vouloir du mal à mon grand-père ?

– Je doute qu'on s'attaque physiquement à lui. Vous connaissez une catégorie de mentalistes beaucoup plus puissants que nous ?

Wanda avala sa salive, essayant de trouver une raison de ne pas parler à cet homme. Il ne la soumettait à aucune persuasion. Il ne tentait pas de lui extirper des confidences ou des détails sur les autres, sur Stars End et la Seconde Fondation.

– J'en connais un, peut-être deux, répondit-elle.

– Vous connaissez Vara Liso, qui travaille maintenant avec un dénommé Farad Sinter. Ils forment une équipe redoutable et ils vous ont causé beaucoup d'ennuis. Mais ils ne cherchent plus les gens comme vous, maintenant. Ils ont changé de proie. Linge Chen s'efforce de discréditer Sinter en lui laissant la corde pour se pendre, comme on dit. Mais Sinter a d'autres ennemis, et il n'ira pas très loin parce qu'on l'en empêchera avant. J'imagine qu'ils seront bientôt exécutés tous les deux et qu'ils ne constitueront plus une menace pour votre grand-père ou pour vous.

Wanda interpréta ses propos comme la suggestion que Liso pouvait être dangereuse pour Demerzel.

– Et pour vous ? avança-t-elle.

– C'est peu probable. Il faut que je m'en aille, maintenant. Mais je vous demande de former un cordon de protection autour d'Hari quand il sera libéré. Ses travaux sont fascinants, et très importants. Il faut qu'il les poursuive !

Demerzel s'inclina cérémonieusement, à partir des hanches, et tourna les talons.

– Nous aimerions rester en contact avec vous, appela Wanda. Vous avez l'air d'en savoir long, d'être impliqué dans...

– Vous êtes des enfants adorables, et vous faites quelque chose de très important, dit Demerzel en secouant tristement la tête. Mais je suis beaucoup trop impliqué, justement, pour être un ami proche. Vous vous en sortirez mieux tout seuls.

Il ouvrit la porte qui était verrouillée à double tour, sortit, s'inclina gentiment, dignement, et referma la porte derrière lui.

Stettin poussa un soupir de soulagement. Il avait les cheveux en désordre après sa toilette de chat.

– Il y a des moments où je me demande si j'ai bien fait de me marier avec toi, dit-il. Vous avez vraiment de drôles de relations, dans la famille !

Wanda regarda la porte d'un air perplexe.

– Je n'ai rien pu lire en lui. Et toi ?

– Non, convint-il.

– Un expert dans l'art de ne rien laisser paraître. Brr ! Il y a quelque chose de très, très bizarre derrière tout ça. Tu n'as jamais pensé que Grand-Père ne nous disait peut-être pas tout ?

– Toujours, confirma Stettin. Mais dans mon cas, c'était peut-être parce qu'il avait peur de m'ennuyer.

– Ne crois pas que tu vas t'en sortir comme ça, lança Wanda d'un air déterminé. Ne t'installe pas trop confortablement.

– Pourquoi ? demanda Stettin, puis il leva les mains dans une attitude défensive. Oh non, ça ne va pas recommencer...

– On déménage. Tout le monde change de crémerie.

– Par le Ciel ! jura Stettin en lançant la serviette dans un coin. Il a dit qu'il pensait qu'Hari allait gagner !

– Qu'est-ce qu'il en sait ? répliqua Wanda d'un ton funèbre.

Les récits, les témoignages, tous les détails du procès sont sujets à caution. La meilleure source est évidemment Gaal Dornick, mais ainsi qu'il a été dit plusieurs fois, les textes de Dornick ont été soumis à censure et souvent révisés au cours des siècles. On peut penser que c'était un observateur honnête et fidèle, mais la recherche actuelle suggère que les minutes du procès et sa durée même sont suspectes...

Encyclopaedia Galactica, 117e édition, 1054 E.F.

48

Hari n'arrivait pas à dormir. Sa chambre était éclairée a giorno, en permanence, et il n'avait évidemment ni masque pour les yeux ni somnifère. Il en déduisit que c'était une ruse de Chen pour l'affaiblir avant son procès.

Il ne devait pas voir Sedjar Boon d'ici le lendemain au moins et il doutait que Boon réussisse à convaincre Chen d'éteindre les lumières à des intervalles civilisés. Mais il survivrait. En réalité, tous les vieillards avaient un sommeil diffi-

cile, et plus que sa santé mentale, c'étaient son sens de la justice et de la dignité qui en souffraient.

Il y avait pourtant des moments étranges où il avait l'impression de planer entre le rêve et la réalité. Il se réveillait en sursaut, regardait le mur rose pastel, nu, ayant vu quelque chose de significatif et de merveilleux, mais incapable de se rappeler quoi. Un souvenir? Un rêve? Une révélation? Toutes les réponses étaient aussi plausibles les unes que les autres dans cette satanée prison. Et ç'aurait été incommensurablement pire dans la cellule précédente!

Il s'astreignit à faire les cent pas, l'exercice préféré du prisonnier. Il y avait exactement six mètres dans un sens, trois dans l'autre. Un vrai luxe par rapport à l'autre cellule... Mais pas assez pour lui procurer une véritable satisfaction. Au bout de quelques heures, il renonça à cela aussi.

Il était dans cette cellule depuis moins de quatre jours et il se maudissait déjà de son goût des petits espaces clos. Il était né sous le vaste ciel d'Hélicon, et au départ il avait trouvé ces endroits couverts un peu inquiétants, voire déprimants, mais les années passées sur Trantor l'avaient peu à peu immunisé. Et puis il en était venu à les préférer...

Jusqu'à maintenant.

Il ne comprenait pas où il avait adopté l'explétif trantorien : « Par le Ciel! »

Une autre heure passa sans qu'il s'en rende compte. Il se leva, se frotta les mains. Sa peau le picotait légèrement. Et s'il tombait malade et mourait avant son procès? Tous ces préparatifs, toutes ces machinations pour rien, toutes ces ficelles politiques tirées et nouées en pure perte!

Il se mit à transpirer. Il commençait peut-être à perdre les pédales. Chen ne reculerait pas devant l'emploi de certaines drogues pour le débiliter, n'est-ce pas? Le Haut Commissaire brandissait sûrement son dévouement à la justice impériale comme un étendard utile, mais Hari n'arrivait pas à croire que Chen fût exceptionnellement intelligent. Il était du genre à s'accommoder de mesures carrées, et il avait assez de pouvoir pour dissimuler des preuves, les détruire.

Détruire Hari Seldon sans qu'il s'en rende seulement compte.

Je déteste le pouvoir. Je déteste les puissants.

Et pourtant, Hari lui-même avait naguère eu le pouvoir, il en avait même raffolé. En tout cas, il n'avait pas reculé devant l'obligation de l'exercer. Hari avait ordonné la suppression des Mondes Chaos, ces bourgeonnements brefs et tragiques de créativité incontrôlée et de dissension.

Pourquoi ?

Il les avait étouffés dans des camisoles politiques et financières. Il y avait été obligé. De tout ce qu'il avait pu faire au nom de la psychohistoire, c'était ce qu'il regrettait le plus... Et ce fardeau était encore assez lourd pour que Linge Chen et Klayus l'abattent sur lui.

Il s'allongea et regarda le plafond. Était-ce la nuit, au-dessus de la peau de métal de Trantor ? Et sous les voûtes, le crépuscule s'assombrissait-il, les dômes des municipalités annonçaient-ils la minuit et la fin des tâches de la journée ?

Quelles tâches pour lui, Hari ?

Il rêva qu'ils étaient à nouveau des panus, dans la réserve, Dors et lui, leurs esprits fondus dans celui des simiens. Sa vie était menacée et Dors le défendait. Le pouvoir, le jeu, le danger, la victoire se mêlant étroitement... Obsédant.

Et maintenant, ce châtiment.

Des claustrophiles. C'est ainsi que Yugo appelait les habitants des mondes à peau de métal si friands de leur emprisonnement. D'un autre côté, il y avait toujours eu des mondes troglodytes, au moins en partie revêtus de métal pour se protéger contre l'humidité, la violence des éléments. *Ciel !* la malédiction. *Ciel.* La liberté.

« Notre Père qui est aux Cieux vous pardonne comme Il pardonne leurs transgressions à tous les Saints. »

La jolie voix de femme flotta à travers ses vagues pensées. Il la reconnut aussitôt. Elle avait quelque chose de chaud et d'ancien, une voix venue d'une époque qui était sortie de la mémoire de la plupart des hommes.

Jeanne ! Quel drôle de rêve. Vous avez disparu, il y a des dizaines d'années. Vous m'avez aidé quand j'étais Premier ministre, puis je vous ai permis de partir pour les étoiles avec les esprits, les esprits-mèmes. Vous êtes pour moi un fragment d'histoire presque oublié, à présent. Il y a bien longtemps que je n'avais pensé à vous!

« Moi, je pense souvent à vous. Saint Hari, qui a sacrifié sa vie pour... »

Je ne suis pas un saint! J'ai anéanti les rêves de milliards d'êtres.

« Je ne le sais que trop. Notre débat, il y a bien des décennies, a sombré un peu comme ont disparu, pour l'amour de l'ordre divin, du grand dessein, les flammes éclatantes d'un million de mondes de la Renaissance, dissidents et instables... Nous vous avons aidé dans votre premier poste de pouvoir, en échange de la liberté pour nous et pour l'ensemble des esprits-mèmes. Mais nous nous sommes à nouveau querellés, Voltaire et moi. C'était inévitable. Je commençais à entrevoir un panorama plus vaste, où vos travaux trouvaient leur place dans le plan divin. Voltaire a fui, écœuré, à l'autre bout de la Galaxie, me laissant ici, à contempler tout ce que j'avais appris. Maintenant vient l'heure du Jugement pour vous, et je crains que vous ne soyez menacé d'un désespoir plus noir que notre Seigneur à Gethsemani, en son temps... »

À ces mots, Hari ne put s'empêcher de rire et d'étouffer un pleur. *Voltaire a fini par me mépriser. Pour avoir étouffé la liberté, anéanti les Mondes de la Renaissance. Et vous n'aviez pas cette opinion de moi, la dernière fois que nous avons parlé.* Il avait l'impression d'être à moitié éveillé, et en même temps tout à fait investi dans sa... vision! *J'ai fait l'amour à une machine pendant des années. D'après votre conception, votre philosophie...*

« J'ai acquis une sagesse, une compréhension plus vastes. Les émissaires de Dieu vous avaient envoyé un ange gardien, une partenaire protectrice, et sa tâche lui avait été confiée par l'émissaire suprême... »

Hari avait trop peur à présent, l'esprit trop enténébré par la panique, pour demander de qui il pouvait s'agir dans la

conception de cette Jeanne imaginaire. Mais... *Qui? Qui était-ce?*

« L'Éternel, qui s'oppose aux forces du chaos. Daneel, qui était Demerzel. »

Il sut alors que cela n'était pas le fruit de son imagination, que c'était pire qu'un rêve. *Vous aviez jadis accepté le meurtre des machines... les robots.*

« J'ai vu des vérités plus profondes. »

Hari éprouvait les restrictions étroites des contrôles de Daneel. *Partez, je vous en prie, laissez-moi tranquille!* dit-il et il se retourna sur sa couchette.

Mais comme il roulait sur lui-même, il ouvrit les yeux et il vit un vieux tictac délabré debout à côté de lui, dans la cellule. Il se leva d'un bond et s'éloigna de la couchette.

La porte de la cellule était toujours fermée, verrouillée. Le tictac était marqué aux couleurs de la prison : jaune et noir. Ça devait être une machine d'entretien datant d'avant la révolte des tictacs, avant qu'ils ne menacent l'Empire et ne soient désactivés. Il ne voyait pas comment il avait réussi à entrer dans la cellule, à moins qu'on ne l'ait envoyé volontairement.

Le tictac recula avec un crissement, et un visage apparut devant lui, à un mètre et demi au-dessus du sol, une projection suivie d'un corps mince, petit, fort, et s'enroula comme s'il avait été peint autour du tictac, telle une ombre dans une pièce vivement éclairée.

Hari sentit ses cheveux se dresser sur sa nuque, et il eut l'impression que son souffle se figeait dans sa poitrine. L'espace d'un instant, il eut l'impression d'être englué dans un cauchemar et ne put respirer. Puis il étouffa un hoquet et s'écarta précipitamment de la machine.

– À l'aide! croassa-t-il d'une pauvre voix fêlée.

Une panique noire l'envahit. Il aurait aussi bien pu faire une crise cardiaque. La peur, la tension, l'attente...

– Ne criez pas, Hari! fit une voix vaguement féminine, mécanique, comme celle des vieux tictacs. Je ne vous veux pas de mal, ne vous inquiétez pas.

– Jeanne ! souffla-t-il dans un murmure à peine audible.

Mais la vieille machine commençait à flancher, elle épuisait ses dernières bribes d'énergie. Hari s'assit au bord de la couchette, regarda les lumières s'éteindre doucement sur son corps.

– Courage, Hari Seldon. Nous sommes opposés, lui et moi, comme toujours. Nous nous sommes querellllléééés, fit la voix traînante, languissante. Nous nous soooommmes séépaaarééées...

Le robot était mort.

La porte s'ouvrit avec un lourd gémissement et trois gardes firent irruption dans la pièce. L'un d'eux tira sur le vieux tictac à l'aide d'une arme à rayon et le colla à terre. Les autres lui flanquèrent des coups de bottes, l'expédiant dans un coin, et se jetèrent sur Hari pour le protéger. Deux autres gardes entrèrent, le prirent par les épaules et l'entraînèrent au-dehors. Hari les aida de son mieux en appuyant faiblement ses talons sur le sol lisse.

– Vous êtes sûr que vous ne voulez pas ma mort ? lança-t-il d'un ton belliqueux.

– Oh non, par le Ciel ! répliqua brusquement l'un des gardes. S'il vous arrivait quoi que ce soit, c'est nous qui serions morts. Vous êtes dans la cellule la plus sûre de Trantor...

– C'est ce que nous *pensions*, coupa l'autre d'un ton sinistre.

Ils remirent Hari sur ses pieds et l'époussetèrent vaguement. Ils l'avaient traîné sur dix ou quinze mètres dans le couloir rectiligne. Hari regarda avec soulagement cette distance immense, cette extension rafraîchissante, et reprit son souffle.

– Un vieux croûton comme moi, vous devriez peut-être le traiter avec plus de ménagements, suggéra-t-il. (Il éclata d'un rire rauque, caquetant, mugissant, reprit son souffle, repartit d'un fou rire, s'arrêta net et se mit à crier :) Vous ne pouvez pas empêcher les fantômes d'entrer dans ma cellule monacale, bordel ?

Les gardes le regardèrent, puis échangèrent un coup d'œil.

Ils ne le ramenèrent dans sa cellule que des heures plus tard. L'intrusion devait rester à jamais inexpliquée.

Jeanne et Voltaire, les « simus », ces personnages historiques depuis longtemps oubliés, ressuscités et simulés, lui avaient donné tellement de soucis – et d'informations – des décennies auparavant, quand il était Premier ministre de l'Empire, au faîte de la jeunesse et de la maturité. Alors, Dors était toujours près de lui.

Hari les avait oubliés, mais Jeanne, au moins, était revenue, empruntant un dispositif mécanique pour entrer dans sa prison, faisant fi de tous les systèmes de sécurité. Elle avait renoncé à partir avec les esprits-mèmes explorer la Galaxie...

Et Voltaire ? Quels ennuis allaient-ils encore lui attirer, l'un ou l'autre, sinon les deux, avec leur antique brio et leur faculté d'infiltrer et de reprogrammer les machines, les réseaux de communication et les ordinateurs de Trantor ?

En tout cas, ils étaient hors de portée de son pouvoir à lui, Hari. Et si Jeanne prenait son parti, de quel côté serait Voltaire ? Ils avaient défendu des points de vue opposés pendant la majeure partie de leur existence...

Enfin, au moins un témoin du passé était encore dans le coin, et déclarait s'en faire pour lui ! Il n'avait plus ni Dors, ni Raych, ni Yugo... ni Daneel...

Perversement, plus il pensait à la visite, moins elle le perturbait. Des heures passèrent et il glissa dans un sommeil profond, reposant, comme s'il avait été effleuré par quelque chose d'intensément paisible et convaincant.

49

Lodovik tint la tête de R. Giskard Reventlov pendant de longues minutes, absorbé par le traitement profond des données en cours de transmission, perdu dans la contemplation. Il reposa doucement la tête sur le socle.

Kallusin conserva un silence respectueux.

Lodovik se retourna vers le Calviniste humanoïde.

– C'était une période très difficile, dit-il. Les hommes semblaient déterminés à se détruire mutuellement. Les Solariens et les Auroriens – les Spatiaux – avaient des cultures très difficiles.

– Tous les êtres humains présentent des problèmes graves, dit Kallusin. Ils ne sont pas faciles à servir et ne l'ont jamais été.

– Non, acquiesça Lodovik. Mais prendre la responsabilité de détruire un monde entier, le berceau de l'humanité, comme l'a fait Giskard... De propulser l'histoire humaine sur une trajectoire bénéficiaire dans l'avenir... C'est extraordinaire.

– Rares sont les robots qui n'étaient pas pervertis par les préjugés humains, et une programmation inappropriée aurait provoqué le même résultat.

– Vous croyez que Giskard a mal agi ?

– N'est-ce pas évident ? rétorqua Kallusin.

– Mais un robot qui exécute si radicalement mal ses instructions basiques doit s'arrêter, devenir complètement inactif...

– Vous ne vous êtes pas inactivé ! lança sèchement Kallusin.

– Ces restrictions ont été supprimées chez moi – pas chez Giskard. Et puis, je n'ai pas commis de tels crimes !

– Non, en effet. Et c'est ainsi que Giskard a cessé de fonctionner.

– Mais pas avant de mettre en mouvement tous ces événements, ces tendances !

– Il est clair que nous avons plus de marge de manœuvre que ne l'avaient prévu nos concepteurs, admit Kallusin.

– Les hommes croyaient s'être débarrassés de nous. Mais ils ne pouvaient balayer tous les mondes où il y avait encore des robots, et que le virus de Giskard avait contaminés.

D'ailleurs, les hommes n'étaient pas tous d'accord pour éliminer complètement les robots.

– Il y avait d'autres facteurs, d'autres événements, reprit Kallusin. Plussix ne se souvient pas de grand-chose, mais il sait que les robots connaissaient la notion de *péché*.

Lodovik se tourna vers Kallusin, rompant sa contemplation de la tête d'argent, et ressentit à nouveau la résonance anormale, dont il était impossible de retrouver l'origine.

– En cherchant à limiter la liberté humaine, suggéra-t-il.

– Non. C'est ce qui a mené au schisme entre les Giskardiens et les Calvinistes. Ceux qui ont rompu avec la faction de Daneel se sont contentés d'appliquer des instructions données des siècles auparavant par les hommes d'Aurora. Quant à ces instructions...

Le nom ou le mot attaché à la résonance devint soudain clair. Ce n'était pas *Voldarr* mais *Voltaire.* Une personnalité humaine, avec des souvenirs pareils à ceux des humains. *C'est ce que détestaient les esprits-mèmes. J'ai sillonné l'espace avec eux et parcouru des années-lumière, en empruntant les derniers vestiges des trous de ver abandonnés par l'humanité... C'est pourquoi ils se sont vengés sur ceux de votre espèce sur Trantor!*

Des images, des comparaisons surgirent à son esprit.

– Une immense brûlure, un tri, une extirpation, fit Lodovik, ébranlé par l'évocation de cette émotion, de cette colère humaine, étrangère. (Ébranlé aussi par le retour de son dysfonctionnement, qui ne le laissait jamais en paix assez longtemps pour jouir de sa stabilité.) Servir l'humanité mais pas la justice. Un *feu de prairie.*

Kallusin le regarda avec curiosité.

– Vous étiez au courant de ces événements ? Plussix ne me les avait jamais révélés.

Lodovik secoua la tête.

– Je n'en reviens pas de ce que je viens de dire. Je ne sais pas d'où viennent ces mots.

– Peut-être de l'exposition à ces histoires, ces souvenirs...

– Peut-être. Ils dérangent et informent. Nous devrions retourner auprès de Plussix. Je suis beaucoup plus curieux maintenant de connaître ses projets, et la façon dont nous allons les finaliser.

Ils quittèrent le réduit où la tête de Giskard était conservée et gravirent l'escalier en spirale menant à l'entrepôt.

50

Mors Planch fut tiré de sa cellule confortable, située non loin du bureau privé de Farad Sinter, par un garde de pure souche plébéienne, costaud, taciturne et peu curieux.

– Comment va Farad Sinter aujourd'hui ? demanda Planch.

Pas de réponse.

– Et vous ? Ça va ? insista Planch en haussant un sourcil bienveillant.

Un hochement de tête.

– Moi, je ne suis pas dans mon assiette. Vous voyez, ce Sinter est à tout point de vue aussi terrible, comme être humain, que...

Un froncement de sourcil de mise en garde.

– Certes. Mais contrairement à vous, moi, je souhaite affronter sa colère. Il me tuera tôt ou tard, directement ou non, je n'ai aucun doute à ce sujet. Il sent la mort et la corruption. Il représente ce que l'Empire peut produire de pire en ce moment...

Le garde secoua la tête d'un air réprobateur, ouvrit la porte du bureau de Farad Sinter, Premier Commissaire du tout nouveau Comité de Salut public, et s'effaça. Mors Planch ferma les yeux, inspira profondément et entra.

– Soyez le bienvenu, dit Sinter.

Il portait une robe toute neuve, encore plus somptueuse (et plus tape-à-l'œil) que celles de Linge Chen. Son tailleur, un petit Lavrentien à la mine inquiète, probablement nouveau dans le Palais, recula et se croisa les mains tandis que son client se pavanait dans l'œuvre en devenir, retardant son achèvement.

– Ah ! Mors Planch, vous serez ravi d'apprendre que nous avons capturé un robot. En fait, c'est Vara Liso qui l'a trouvé.

La petite femme intense, et parfaitement déconcertante, disparaissait presque derrière Sinter. Elle s'inclina, acceptant le compliment, mais elle n'avait pas l'air heureuse.

Ciel, ce qu'elle est vilaine ! se dit Planch avec pitié. Puis elle le regarda dans les yeux, étrécit un œil, et la compassion gela dans ses veines.

– Il se peut qu'il y ait des robots partout, conformément à mes théories, et ainsi que vous l'avez confirmé, Mors. Allez, Vara, parlez à notre témoin de votre proie, fit Sinter en s'abandonnant à son tailleur.

– C'était un vieux robot, commença Liso, le souffle court. Un humaniforme, en très, très mauvais état, qui hantait les coins sombres de la municipalité, une chose pitoyable...

– Mais un robot, insista Sinter. Le premier robot encore fonctionnel que l'on ait retrouvé depuis des milliers d'années. Vous imaginez ça ! Survivre comme un rat pendant tous ces siècles !

– Son esprit est très affaibli, reprit Liso d'une voix mourante. Ses réserves énergétiques sont presque épuisées. Il ne tiendra plus le coup très longtemps.

– Nous l'emmènerons donc devant l'Empereur ce soir, et demain je demanderai que mon entrevue avec Hari Seldon soit avancée. D'après mes informateurs, Chen serait prêt à capituler et à conclure un accord avec Seldon. Le lâche ! Le traître ! Cette preuve, ainsi que votre bande, devrait convaincre les plus sceptiques. Linge Chen espérait me broyer. J'aurai bientôt plus de pouvoir que tous ces barons présomptueux de la Commission de Sécurité publique, et tout ça juste à temps pour nous éviter d'être réduits en esclavage par ces machines.

Planch se tenait debout, tête basse, les mains croisées sur le ventre, rigoureusement silencieux.

– Vous n'êtes pas heureux de cette nouvelle ? se récria Sinter en le foudroyant du regard. Vous devriez exulter ! Ça veut dire que vous recevrez un pardon officiel pour vos incartades. Vous avez fait la preuve de votre valeur.

– Mais nous n'avons pas trouvé Lodovik Trema, murmura Liso d'une voix à peine audible.

– Laissez-nous le temps ! ronronna Sinter. Nous les trouverons tous. Et maintenant... que l'on apporte la machine !

– Vous ne devriez pas épuiser son énergie, fit Liso, dont on aurait presque dit qu'elle plaignait la chose.

– Elle a duré des milliers d'années, répliqua Sinter d'un ton léger. Elle durera bien quelques semaines encore, je n'en demande pas davantage.

Planch se raidit et s'écarta alors que la large porte se rouvrait. Un autre garde entra, précédant quatre hommes qui entouraient une silhouette débraillée, de la taille de Planch à peu près, mince sans être maigre, aux cheveux hirsutes et au regard vide, apathique, dans une face crasseuse. Les gardes portaient des armes d'assaut à forte puissance, qui auraient aisément carbonisé le robot et grillé son câblage intérieur.

– C'est une femelle, comme vous voyez, fit Sinter. C'est intéressant, non ? Des robots femelles ! Et parfaitement fonctionnelle sur le plan sexuel, à ce que j'ai cru comprendre. Un de nos médecins l'a examinée. À propos, je me demande si, dans le passé, on a construit des robots capables d'avoir des enfants. À quoi auraient-ils pu ressembler : à nous, ou à eux ? Auraient-ils été biologiques, ou mécaniques ? Enfin, celle-ci n'était pas du lot. Que du décoratif et du pneumatique. Rien de vraiment opérationnel sur le plan de la reproduction.

Les gardes reculèrent en gardant leurs armes braquées sur le robot féminin qui se tenait debout, silencieux.

– Dommage que le récent attentat contre l'Empereur n'ait pas été perpétré par un robot, fit Sinter avant d'ajouter avec onctuosité : Si le Ciel l'avait voulu !

Planch étrécit les yeux. Le sens politique de l'homme décroissait chaque fois qu'il entrevoyait la gloire.

– Elle a l'air tellement humaine, marmonna Vara Liso en s'approchant du robot. Même comme ça, elle est difficile à distinguer de, disons, de vous, ou de *vous*, Farad, fit-elle en indiquant d'abord Planch puis Sinter. Elle a des pensées, et même des préoccupations humaines. J'ai senti quelque chose de similaire chez le robot que nous n'avons pas réussi à capturer...

– Celui qui s'est enfui, fit Sinter avec un sourire en banane.

– Oui. Il semblait presque humain. Peut-être encore plus que celle-ci.

– Eh bien, n'oublions pas qu'ils n'ont rien d'humain, fit Sinter. Ce que vous sentez ne sont que des facéties d'ingénieurs morts depuis des milliers d'années.

– Celui qui nous a échappé... reprit-elle en regardant Mors Planch dans les yeux, lequel ne put, à nouveau, réprimer un frisson. Il était mieux bâti, pas très beau, mais il avait un visage caractéristique. J'aurais cru qu'il était humain si ses pensées n'avaient eu une nuance particulière. Il était à peu près de la même taille et de la même corpulence que le robot plus petit, plus trapu, de votre enregistrement.

– Vous voyez ? Nous le tenions presque. Nous en étions à ça, fit Sinter en pressant ses doigts l'un contre l'autre. Mais nous l'aurons. Lodovik Trema et les autres. Tous. Même le grand dont nous ne connaissons pas le nom.

Sinter s'approcha du robot femelle. Il oscilla un peu sur ses chevilles mécaniques, mais aucun son n'émana de sa carcasse.

– Vous savez comment s'appelle celui que je cherche ? demanda Sinter.

Le robot se tourna vers lui, écarta les mâchoires, et un croassement rauque émergea de ses lèvres crispées, parcheminées. Il parlait un vieux dialecte standard galactique, que personne – sauf quelques chercheurs – ne pratiquait plus sur Trantor, et à peine compréhensible.

– Je suis la dernièèèère, gémit le robot. Abandooonnééée. Pas fonctionneeelle.

– Je me demandais... reprit Sinter. Avez-vous déjà rencontré Hari Seldon? Ou Dors Venabili, sa Tigresse?

– Ces noms ne me disent rien.

– Ce n'est qu'une idée... à moins qu'il n'y ait des milliards de robots parmi nous, ce que même moi je ne crois pas, vous devez vous contacter de temps en temps. Vous devez vous connaître.

– J'ignore tout de ces choses.

– Pitoyable, fit Sinter. Qu'en pensez-vous, Planch? Vous avez sûrement entendu parler de la compagne surhumaine de Seldon, la Tigresse. Croyez-vous qu'il s'agisse d'elle?

Planch regarda plus attentivement le robot.

– Si c'était un robot, et si elle était encore sur Trantor, ou encore fonctionnelle, pourquoi se serait-elle laissé prendre?

– Parce que c'est un tas de ferraille rouillée, pourrie, hors d'usage! hurla Sinter en agitant les bras sous le nez de Planch, en proie à une agitation frénétique. Une épave. Une ordure, bonne à mettre à la casse. Mais plus précieuse, pour nous, que tous les trésors de Trantor! Je me demande comment nous pourrions accéder à sa mémoire, murmura-t-il en faisant le tour du robot, qui semblait indifférent à ses mouvements. Et ce que nous apprendrions alors...

51

Linge Chen se laissa habiller par son serviteur, Kreen, qui le revêtit de sa plus belle tenue de juge-administrateur, l'un de ses emplois de Haut Commissaire. Chen avait dessiné sa tenue lui-même, ainsi que celle de ses confrères de la Commission, en reprenant des éléments de costume des siècles et même des millénaires écoulés. D'abord, il y avait les sous-vêtements autonettoyants, doux sur la peau, légers comme l'air et parfumés. Ensuite, la soutane noire, qui lui arrivait aux chevilles et caressait soyeusement ses pied nus. Puis le surplis étincelant, or et rouge, et enfin le mantelet, une tunique sans manches, impalpable, gris foncé, ceinturée à la taille. Il portait sur ses cheveux noirs, courts, une simple calotte avec deux rubans vert foncé qui lui pendaient derrière les oreilles.

Quand Kreen eut fini d'ajuster sa tenue, Linge Chen se regarda dans le miroir et dans l'imageur, effleura son ourlet et l'angle de sa calotte pour suggérer qu'il les ajustât, et manifesta finalement son approbation d'un signe de tête.

Kreen recula en se tenant le menton.

– Très imposant.

– Je n'ai pas l'intention, aujourd'hui, d'être imposant, rétorqua Linge Chen. Dans moins d'une heure, je dois me présenter devant l'Empereur dans cette tenue voyante, convoqué sans la moindre de chance de revêtir une tenue plus appropriée, et me comporter comme si j'avais été pris au dépourvu. Je serai un peu troublé et j'oscillerai entre les deux options impossibles qu'on me laissera. Mon ennemi semblera triompher, et le destin de Trantor, sinon de l'Empire, vacillera un instant.

Kreen eut un sourire confiant.

– J'espère, Votre Honneur, que tout se passera bien.

Linge Chen pinça ses lèvres déjà fines et esquissa un haussement d'épaules imperceptible.

– Ça devrait. Hari Seldon a dit que ça irait. Il prétend même l'avoir prouvé mathématiquement. Tu crois en lui, Kreen ?

– Je ne sais à peu près rien de lui, Votre Honneur.

– Un homme merveilleusement irritant. Enfin, mon rôle au cours des prochains jours consistera à mettre un Empereur à genoux et à l'obliger à m'implorer. Avant, je trouvais pénible de m'écarter de mon rôle traditionnel. Cette fois, ce sera un régal, une compensation pour tout le mal que je me suis donné. Je provoquerai des remous dans le tissu de l'Empire, et je permettrai à un ulcère suintant, inguérissable, de cicatriser.

Kreen digéra l'information dans un silence pensif.

Linge Chen porta un doigt à ses lèvres et regarda son serviteur avec un petit sourire inquiétant.

– Mais chut ! Ne le dis à personne.

Kreen secoua lentement la tête, avec une infinie dignité.

52

Sur Trantor, on avait depuis longtemps épuisé toutes les variétés d'interactions sexuelles possibles. Et chaque nouvelle génération l'oubliait, et le cycle recommençait. C'était indispensable. Il fallait que les jeunes ignorent ce qui les avait précédés, les passions de la procréation devaient retrouver une fraîcheur nouvelle. Même ceux qui en avaient marre de la vie et des variantes les plus brutales de la sexualité pouvaient rallumer une innocence passionnée qui ressemblait à une sorte d'amour. C'est ce que Klia Asgar avait l'impression d'éprouver : une chose qui ressemblait à l'amour. Elle n'était pas encore prête à lui donner ce nom-là, mais chaque jour, à chaque heure qu'elle passait près de Brann, sa faiblesse croissait et sa résistance diminuait.

Quand elle était plus jeune, on peut dire que c'était une allumeuse. Elle se savait au moins assez jolie pour que la plupart des hommes n'aient rien contre l'idée de faire l'amour avec elle, et elle jouait de sa séduction. Tout ça dans la plus grande confusion, avec le sentiment de n'être pas encore prête, pas préparée aux conséquences émotionnelles. Klia Asgar savait que quand elle tomberait amoureuse, si ça lui arrivait un jour, la chute serait rude, et qu'elle voudrait ne jamais s'en relever.

Alors, parce qu'elle pensait pouvoir un jour éprouver quelque chose pour un amant potentiel, elle avait freiné des quatre fers avec une promptitude étonnante et une bonne dose de cruauté inconsciente. Rares étaient les soupirants qui avaient réussi à obtenir ses faveurs – deux, pour être précis, et leurs relations n'avaient évidemment pas été très satisfaisantes.

Pendant un moment, elle avait cru que c'était elle qui avait un problème, qu'elle n'arriverait jamais à s'abandonner complètement.

Mais Brann était la preuve du contraire. L'attirance qu'elle éprouvait pour lui était trop forte pour qu'elle puisse y résister. À certains moments, il semblait brutalement inconscient de son intérêt ; à d'autres, il s'en défendait à sa façon, et pour des raisons à lui, peut-être similaires.

Pour le moment, il arpentait les allées du vieil entrepôt. Elle le sentait venir, allongée dans sa chambre, tendue puis se laissant aller. Elle savait qu'il ne s'imposait pas à elle, qu'il ne forçait pas artificiellement son affection – ou du moins c'est ce qu'elle pensait. Le foutu truc dans tout ça, c'était l'incertitude qui rôdait à chaque détour du chemin !

Elle l'entendit tapoter doucement sur l'encadrement de la porte.

– Entre, murmura-t-elle.

Il se glissa sans bruit dans la chambre. Il semblait l'emplir de sa poitrine, de ses épaules, de ses bras, de sa présence massive. Il faisait sombre, mais il trouva aisément son lit et s'agenouilla à côté d'elle.

– Comment ça va ? demanda-t-il d'une voix aussi douce que le soupir d'une bouche d'aération.

– Bien, répondit-elle. Ils t'ont vu ?

– Je suis sûr qu'ils savent, répondit-il. Ce ne sont pas de très bons chaperons. Tu voulais que je vienne.

– Je n'ai rien dit, rétorqua Klia en laissant un peu traîner sa voix en un mélange qu'elle espérait convaincant de reproche et d'encouragement.

– Alors nous n'avons pas besoin de chuchoter. Ce sont des robots. Peut-être qu'ils ne sont même pas au courant de...

– De quoi ?
– De ce que les gens font.
– Du sexe, tu veux dire.
– Ouais.
– Ils savent sûrement. Ils ont l'air de tout savoir.
– Je ne veux pas agir en douce, reprit Brann. J'ai envie de crier, de faire des bonds, de sauter partout...
– Dans cette pièce ? avança Klia.
Elle se redressa sur son lit, jouant à la belle indifférente.
– Ouais. Pour que tu voies ce que j'éprouve.
– Je l'entends. Je le sens. Je sens quelque chose... Mais ça n'a pas l'air d'être comme ce que je ressens, moi.
– Rien n'est pareil pour tout le monde. Chacun a un goût différent à l'intérieur, et on le sent, on l'entend différemment.
– Pourquoi n'y a-t-il pas de mots pour ce que nous pouvons faire ? demanda Klia.
– Parce que nous ne sommes pas là depuis très longtemps, répondit Brann. Il n'y a peut-être même jamais eu personne comme toi.
Klia tendit la main, effleura ses lèvres, le réduisant au silence.
– J'ai l'impression d'être un tout petit chat à côté de toi.
– Tu me fais tourner en bourrique, reprit-il. Je n'ai jamais connu personne comme toi. J'ai pensé pendant un moment que tu me détestais, mais je sentais que tu m'appelais quand même, en dedans. Et ça avait un goût de miel et de fruits.
– J'ai vraiment ce goût-là dans la tête ?
– Quand tu penses à moi, oui, répondit Brann. Je n'arrive pas à te déchiffrer clairement.
– Non plus que moi, m'amour, fit Klia, retrouvant inconsciemment la cadence formelle de la langue courtoise de Dahl.
Brann parut sidéré. Il laissa échapper un gémissement et se pencha sur elle, lui caressa le cou.
– Jamais aucune femme ne m'a parlé comme ça, murmura-t-il.

Elle lui prit la tête et passa un bras autour de ses épaules, pressant ses jambes relevées contre sa poitrine. Elle allongea les jambes et il s'étendit à côté d'elle, sur le lit. Il n'y avait pas assez de place pour tous les deux, alors il la souleva doucement et la déposa un peu sur lui. Ils étaient encore tout habillés, mais en position de faire l'amour, et elle se sentait la tête vide, comme si tout son sang avait été appelé ailleurs. Et c'était peut-être ça. Elle avait les cuisses, les seins durs comme s'ils allaient éclater.

– Les femmes sont stupides, conclut-elle.

– Je suis tellement grand et maladroit. Si elles ne m'entendent pas... Si je ne fais pas en sorte qu'elles éprouvent de l'affection pour moi...

Elle se tendit, eut un mouvement de recul.

– Tu l'as fait ?

– Pas jusqu'au bout, répondit-il. Juste pour voir. Mais je ne suis jamais arrivé à rien.

Elle savait qu'il disait la vérité, ou plutôt, elle le pensait. Encore une incertitude à un autre détour du chemin ! Elle se détendit à nouveau.

– Tu n'as jamais essayé de forcer l'affection que j'avais pour toi...

– Ciel, non ! Tu me fais bien trop peur. Je pense que je ne pourrai jamais... commença-t-il. (Elle sentit qu'il se nouait, un peu comme elle.) Tu es très forte, dit-il enfin.

Il la tenait si légèrement qu'elle aurait pu se redresser, si elle en avait eu envie, échappant à l'étreinte de ses bras.

Ce grand gaillard aux épaules aussi larges que la voûte céleste était tellement intuitif !

– Je ne te ferai jamais de mal, dit Klia. J'ai besoin de toi. Ensemble, je crois que rien ne pourrait nous arrêter. Nous pourrions peut-être même dominer les robots et leur faire faire ce que nous voulons.

– J'y ai pensé, fit Brann.

– Et nos enfants...

Il inspira sèchement. Elle lui flanqua une claque sur l'épaule.

– Trêve de sensiblerie, dit-elle gaiement. Si nous tombons amoureux...

– Je le suis, dit-il.

– Si nous tombons amoureux, ce sera pour la vie, non?

– J'espère bien. Mais rien n'a jamais été certain dans ma vie.

– Ni dans la mienne. Raison de plus. Alors nos enfants...

– Enfants... répéta Brann, comme s'il essayait ce mot.

– Laisse-moi finir, bordel! s'exclama Klia avec une feinte colère. Nos enfants pourraient être plus forts que nous deux ensemble.

– Comment les élèverions-nous? objecta Brann.

– D'abord, il faudrait que nous nous exercions à en faire. Je pense que nous pourrions enlever nos vêtements et essayer un peu.

– D'accord.

Elle se glissa à côté de lui, puis auprès du lit, et enleva sa chemise et son pantalon.

– Es-tu fertile? demanda-t-il en se déshabillant lui aussi.

– Pas encore, répondit-elle. Mais je pourrais l'être si je voulais. Ta maman ne t'a pas parlé des femmes?

– Non. J'ai appris tout seul.

Il remonta sur le lit. Les ressorts grincèrent, quelque chose craqua d'une façon inquiétante.

Klia hésita.

– Qu'y a-t-il? demanda Brann.

– On va tout casser. Allez, dit-elle résolument, on va se mettre par terre. Il n'y a pas trop de poussière.

53

Sinter n'avait pas perdu de temps. Il avait déjà annexé la vieille Galerie de la Renommée dans l'aile sud du Palais, un lieu plein de traditions et de trophées poussiéreux, et l'avait dégagée pour y installer son nouveau quartier général. Il avait fait venir de tous les coins de Trantor une centaine de Moines en Gris qui n'attendaient que cette occasion de servir au Palais, et leur avait donné de petits réduits où ils étaient déjà au travail, peinant sur les statuts et le mandat du Comité de Salut public.

Et voilà que son premier invité était Linge Chen en personne. Le vieux vautour coriace – plus jeune qu'il n'en avait l'air, mais sans doute encore plus aigri – était arrivé sans gardes, seulement flanqué de deux domestiques. Chen avait attendu patiemment dans l'antichambre, endurant la poussière et le vacarme des travaux d'aménagement.

Sinter avait finalement condescendu à le recevoir dans son bureau plein de caisses, de meubles et de machines. Chen offrit au Premier Commissaire fraîchement émoulu une boîte de rares cristaux de Hama, ces régals qui jamais ne fondaient, ne perdaient leur goût, leur odeur florale ou leur effet légèrement relaxant.

– Félicitations, fit Chen en s'inclinant cérémonieusement.

Sinter eut un reniflement et accepta la boîte avec un petit sourire tordu.

– Trop aimable, Votre Honneur, dit-il en lui rendant sa courbette.

– Allons, Sinter, nous sommes égaux et pouvons nous passer de ces salamalecs, répliqua Chen d'un ton respectueux, Sinter ouvrant de grands yeux. J'espère avoir beaucoup de conversations utiles, ici.

– Moi aussi.

Sinter se redressa en essayant d'égaler la grâce naturelle, quelque peu dédaigneuse, de Chen. Il n'avait pas l'entraînement de ces vieilles familles de l'aristocratie, mais il pouvait au moins essayer, même dans ce moment de triomphe.

– C'est un honneur de vous avoir ici. J'ai beaucoup à apprendre de vous.

– Peut-être, concéda Chen en parcourant la pièce d'un œil noir, perçant. L'Empereur est déjà venu vous voir?

Sinter leva la main comme pour faire valoir un argument.

– Pas encore, mais bientôt. Nous avons un sujet d'intérêt commun à discuter, et de nouvelles preuves à examiner.

– Voilà qui paraît prometteur. Il y aurait donc encore des sujets d'étonnement dans notre Empire.

Sinter resta un moment sans voix, se demandant que répondre à ce cliché poussiéreux. Personnellement, il avait toujours considéré la vie avec une sorte d'enthousiasme amer, et n'avait jamais cessé de s'étonner. Sauf peut-être quand les choses tournaient mal.

– Ça... risque de surprendre, répondit-il.

L'Empereur Klayus entra sans cérémonie, escorté par trois gardes et surmonté par un projecteur de bouclier personnel, le plus puissant du marché. Il salua brièvement Sinter et se tourna vers Chen en projetant la mâchoire en avant dans une attitude de défi.

– Ah, Commissaire! Aujourd'hui je cesse d'être votre créature, dit-il, les yeux brillants, en roulant nerveusement les épaules. Vous avez compromis la sûreté de l'Empire, et je veillerai à ce que le Commissaire Sinter y remette bon ordre.

Chen arbora une expression solennelle et hocha la tête devant cette sévère réprimande, mais se garda évidemment de frémir, de trembler, ou d'implorer de savoir quel manquement à ses devoirs il avait pu commettre.

– Je me suis placé sous la protection officielle du Comité de Salut public. Sinter s'est révélé seul capable de me garder en vie.

– Vraiment ? fit Chen, avant de se tourner vers Sinter avec un sourire admiratif. J'espère parvenir à remédier aux erreurs que la Commission a pu commettre, grâce à votre aide, Commissaire Sinter.

– Certes, marmonna Sinter, en se demandant qui se moquait de qui.

Cet homme est-il incapable d'éprouver des émotions ?

– Montrez-lui, Sinter, fit l'Empereur en reculant d'un pas, sa longue cape balayant le sol.

Il n'aura jamais d'allure, se dit Sinter. Enfin, au moins, il avait renoncé aux ridicules chaussures à plate-forme sur lesquelles il se pavanait quelques mois auparavant.

– Certainement, Majesté, dit-il.

Il murmura quelques mots à l'oreille de son nouveau secrétaire, un petit Lavrentien sec comme un coup de trique, aux cheveux noirs, miteux, qui s'éloigna avec une raideur de marionnette et disparut derrière un rideau vert foncé à moitié tiré.

Le regard de Chen balaya l'antique sol poli, vert foncé, lui aussi, parcouru de tourbillons dorés. Dans ce couloir se trouvaient naguère, avant que Sinter se l'approprie, les nombreux trophées de son père. Des trophées pour services rendus à l'Empire. Sa naissance avait interdit au vieux Chen d'entrer dans la méritocratie, mais beaucoup de guildes de méritocrates lui avaient accordé des titres honorifiques et leur appréciation. Tous ces témoignages de la réussite paternelle avaient été enlevés, cachés, soigneusement entreposés – du moins l'espérait-il.

Oubliés.

Chen leva les yeux et vit Mors Planch. Son visage se crispa imperceptiblement.

– Votre employé, fit Sinter en se plaçant entre eux, comme pour prévenir un éventuel mouvement de colère de Chen. Vous l'avez secrètement envoyé chercher le malheureux Lodovik Trema.

Chen ne daigna ni confirmer ni récuser l'accusation de Sinter. Ça ne le regardait vraiment pas. Quant à l'Empereur...

– J'admirais beaucoup Trema, fit celui-ci. Je trouvais qu'il avait du style. Un homme laid, mais capable.

– Un homme qui réservait bien des surprises, ajouta Sinter. Planch, je vous laisse le soin de nous passer l'enregistrement que vous avez réalisé sur Madder Loss, il y a quelques semaines à peine...

Lamentablement, évitant le regard de Chen, Mors Planch s'avança et farfouilla sur le petit panneau de commandes du bureau de Sinter.

La séquence défila. Planch recula autant qu'il le pouvait sans attirer l'attention et croisa les mains sur son ventre.

– Trema n'est pas mort, fit Sinter d'un ton triomphant. Il n'est ni mort, ni humain.

– Il est ici, avec vous ? demanda Chen, les joues, le cou raides comme du bois.

Il s'obligea à desserrer le poing.

– Pas encore. Je suis sûr qu'il est sur Trantor, mais il a vraisemblablement changé d'aspect. C'est un robot. Un robot parmi des myriades, des millions peut-être. L'autre, ce grand robot, est la plus vieille mécanique pensante de la Galaxie : un Éternel. Je crois qu'il a occupé de hautes fonctions. Si ça se trouve, c'est lui qui a inspiré la révolte des tictacs qui a bien failli condamner l'Empire. Et... il se peut que ce soit le Danee de la fable.

– Demerzel, j'imagine, marmonna Chen.

Sinter lui jeta un coup d'œil surpris.

– Je n'en suis pas sûr encore, mais c'est une possibilité.

– Vous vous souvenez de ce qui est arrivé à Joranum, reprit Chen d'un ton suave.

– Oui. Mais il n'avait pas de preuve.

– Je suppose que la bande a été authentifiée.

– Par les plus grandes autorités de Trantor.

– Elle est authentique, Chen, intervint Klayus d'une voix un peu stridente. Comment avez-vous pu laisser passer ça ! Une conspiration de machines ! Des machines millénaires ! Et maintenant, ça...

Le robot féminin entra, mu et guidé par sa propre énergie,

flanqué de quatre gardes. Des lambeaux de chair pendaient autour de ses bras et de son cou, une de ses joues tombait d'une façon inquiétante, menaçant de dévoiler une orbite. C'était une apparition effrayante, plutôt un cadavre ambulant qu'une machine.

Chen la regarda avec un mélange de crainte et de compassion sincère. C'était le premier robot qu'il voyait fonctionner – à moins de croire Sinter, et à part l'antique machine défunte préservée par les Mycogéniens et qu'il était jadis secrètement allé voir.

– Je vous demande maintenant de remettre la direction du procès d'Hari Seldon au Comité de Salut public, fit Sinter.

Il ne se sentait plus.

– Je ne vois pas pourquoi, fit Chen, calmement, en se détournant de la terrible machine.

– Ce robot lui a jadis servi de femme, reprit Sinter.

L'Empereur ne pouvait en détacher ses yeux brillants d'une curiosité manifeste.

– La Tigresse, Dors Venabili ! fit Sinter. Qu'on soupçonnait, il y a des décennies, d'être un robot, mais qui n'avait jamais, pour on ne sait quelle raison, fait l'objet d'aucune enquête approfondie. Seldon est un rouage essentiel de la conspiration robotique. Un pion des Éternels.

– Eh bien, il va être jugé, répondit doucement Chen, le regard ombré par ses paupières lourdes. Vous pourrez l'interroger vous-même et revendiquer toute autorité sur son châtiment.

Sinter observa, les narines frémissantes, ce numéro d'un calme exaspérant.

– J'en ai bien l'intention, répliqua-t-il.

Un peu de dignité issue d'un honnête triomphe s'insinua dans sa voix.

– Avez-vous la preuve de tous ces liens ? demanda Chen.

– Ai-je besoin de plus de preuves que je n'en ai déjà ? Un enregistrement d'une rencontre impossible entre un homme mort et un personnage âgé de plusieurs milliers d'années... Un robot, alors que les robots ne sont plus censés fonctionner, et un robot humanoïde, qui plus est ! Il ne m'en faut pas plus, Chen, et vous le savez, fit Sinter d'une voix de fausset.

– Très bien, répondit Chen. Abattez votre jeu. Interrogez Seldon si vous voulez. Mais nous respecterons les règles. C'est tout ce qui nous reste dans cet Empire. L'honneur et la dignité nous ont depuis longtemps désertés. J'ai toujours été votre fidèle serviteur, Majesté, fit-il en regardant Klayus. J'espère que Sinter vous servira avec la même dévotion.

Klayus opina gravement du chef, une étincelle de jubilation dans le regard.

Chen se détourna et sortit, ses serviteurs sur les talons. Derrière lui, dans la longue et large salle de l'antique Galerie de la Renommée, Sinter éclata de rire, un rire qui retentit comme un hennissement.

Mors Planch se prit la tête à deux mains. Il aurait voulu être mort.

En repartant vers les énormes portes sculptées et le véhicule du Palais qui l'attendait devant l'entrée officielle, Linge Chen s'autorisa un bref sourire. Mais à part cela, son visage resta de cire, pâle, tiré, l'image même de la défaite.

54

Les gardes se représentèrent dans la cellule d'Hari le lendemain matin. Il était assis au bord de sa couchette, comme tous les matins depuis la visite du vieux tictac. Il ne tenait pas à dormir plus que nécessaire. Il avait déjà procédé à ses ablutions, s'était habillé et coiffé. Ses cheveux blancs étaient retenus sur la nuque par une petite épingle. Le petit catogan des érudits, un style méritocratique qu'il avait toujours méprisé. Mais s'il incarnait une classe particulière, après les années qu'il avait passées à l'académie et son bref passage au poste de Premier ministre, c'était celle des méritocrates. *Comme eux, je n'ai jamais eu d'enfant. J'ai adopté Raych, je l'ai nourri ainsi que mes petits-enfants, mais je n'ai jamais eu d'enfants à moi... Oh, Dors...*

Il coupa court à ce train de pensées.

Son procès montrerait aux méritocrates de toute la Galaxie si la science et la joie de la recherche étaient encore tolérées dans un Empire en déclin. Et d'autres classes pourraient aussi s'intéresser au processus, même si elles étaient fermées. Tout se saurait. Hari avait fini par acquérir une certaine notoriété, sinon la célébrité.

Les gardes entrèrent avec une déférence étudiée et se plantèrent devant lui.

– Votre avocat vous attend pour vous accompagner au tribunal de la Commission.

– Oui, bien sûr, fit Hari. Allons-y.

Sedjar Boon l'attendait dans le couloir.

– Il y a du nouveau, murmura-t-il. La structure du procès pourrait changer.

– Je ne comprends pas, fit doucement Hari, déconcerté, en regardant du coin de l'œil les gardes qui l'entouraient.

Un troisième garde les suivait, et il y en avait encore trois autres, deux pas derrière. Il était assez efficacement protégé, d'autant qu'ils étaient déjà censés se trouver dans un endroit parfaitement sûr.

– Le procès avait été programmé au départ pour durer moins d'une semaine, reprit Boon. Mais le Bureau impérial de supervision judiciaire a revu le programme et réservé le tribunal pour trois semaines.

– Comment le savez-vous ?

– J'ai vu l'ordonnance du Comité de Salut public.

– Qu'est-ce que ça veut dire ? demanda Hari, surpris.

– Farad Sinter s'est fait offrir un Comité à lui tout seul, une nouvelle branche qui émarge au budget de l'Empereur. Linge Chen se démène comme un beau diable pour l'empêcher de se mêler du procès, en invoquant des irrégularités grossières, mais il semblerait que Sinter soit autorisé à vous interroger à un moment donné.

– Oh. Enfin, j'imagine que quand toutes les grosses légumes auront fini de parler, on me laissera un peu le crachoir.

– Vous êtes la vedette, répondit Boon. Ah, et puis à la demande du Comité de Salut public, vous serez jugés en même temps, Gaal Dornick et vous. Les autres seront libérés.

– Oh, répéta sèchement Hari, bien que cette nouvelle soit encore plus surprenante.

– Gaal Dornick a été officiellement accusé, reprit Boon d'un ton rêveur. Mais c'est du menu fretin. Pourquoi l'ont-ils choisi, lui entre tous ?

– Je ne sais pas, répondit Hari. J'imagine que c'est parce qu'il a rejoint notre groupe en dernier. Ils pensent peut-être qu'il sera moins loyal et plus disposé à cracher le morceau.

Ils atteignirent l'ascenseur. Quatre minutes plus tard et un kilomètre plus haut, ils arrivaient à la salle d'audience du Palais de Justice et se retrouvaient devant les hautes portes de bronze aux sculptures compliquées de la Septième Chambre du Premier District du Secteur impérial, consacrée depuis les dix-huit dernières années aux audiences de la Commission de Sécurité publique.

Les portes s'ouvrirent en grand devant eux. À l'intérieur, les beaux bancs de bois, les boxes cossus de l'aristocratie disposés le long des allées majestueusement couvertes d'un tapis rouge et bleu étaient vides. Les gardes incitèrent poliment Hari et Boon à descendre l'allée centrale, à traverser le devant de la cour et à entrer dans la petite salle d'audience attenante, dont la porte se referma derrière eux.

Gaal Dornick était déjà assis dans le box des accusés. Hari prit place à côté de lui.

– C'est un honneur, fit Gaal d'une voix tremblante.

Hari lui tapota le bras.

Les juges de la Commission de Sécurité publique, qui étaient au nombre de cinq, entrèrent par la porte opposée. Linge Chen fit alors son apparition et s'assit au centre.

Le Procureur entra en dernier. C'était une petite femme

noueuse aux yeux bleus et aux cheveux roux, coupés court. Elle s'approcha de la table d'accusation, examina les documents qui s'y trouvaient, secoua tristement la tête à la vue de certains d'entre eux, opina solennellement devant d'autres, et s'approcha des cinq membres de la Commission.

– Je déclare que ces documents d'accusation ont été correctement établis et dûment entrés, comme il se doit, dans la Liste d'Accusation de la Cour de Justice du Monde de Trantor, la capitale administrative de l'Empire, en l'année impériale 12067. Soyez bien conscients, tous autant que vous êtes, que cette procédure se déroule sous le regard de la postérité, que son déroulement sera dûment enregistré et que dans mille ans il sera offert à l'examen public, ainsi que le requièrent les anciens codes auxquels doivent adhérer toutes les cours impériales se référant à quelque Constitution et quelque ensemble de lois que ce soit. Oyez ! *Nas nam niquas per sen liquin.*

Personne ne savait ce que signifiait la dernière phrase. C'était un dialecte obscur, prisé par les nobles qui avaient assisté au Concile de Po, il y avait douze mille ans de ça. On ne savait rien d'autre du Concile de Po, sinon qu'une Constitution depuis longtemps oubliée y avait jadis été établie.

Hari renifla et tourna les yeux vers la Commission.

Linge Chen s'inclina légèrement comme pour ponctuer la déclaration du procureur, puis se rappuya à son dossier. Il n'eut pas un regard pour Hari ou pour qui que ce soit dans la cour. Hari décida que son port de tête royal n'aurait pas déshonoré un mannequin de boutique de mode.

– Je déclare cette audience ouverte, entonna le Haut Commissaire d'une voix douce, mélodieuse, les consonnes sibilantes accentuées d'une façon fort aristocratique en vérité.

Hari se cala sur son siège avec un soupir à peine audible.

55

Klia n'avait jamais eu aussi peur de sa vie. Elle était dans un vieux couloir poussiéreux et elle écoutait les murmures du groupe à l'autre bout. Brann était debout à trois pas de là, le dos raide, les épaules un peu voûtées, comme s'il attendait, lui aussi, que tombe le couperet.

Pour finir, Kallusin s'écarta du groupe et s'approcha d'eux.

– Venez rencontrer votre bienfaiteur, dit-il.

Klia secoua la tête et ouvrit des yeux affolés.

– Ils ne vont pas vous mordre, reprit Kallusin avec un petit sourire. Ce sont des robots.

– Comme vous. Comment faites-vous pour avoir l'air aussi humain ? Pour sourire ? lança-t-elle d'un ton accusateur.

– On a fait en sorte que je ressemble à un homme et que j'imite, à ma médiocre façon, l'esprit et le genre humains, répondit-il. Il y avait de véritables artistes, à l'époque. Mais en tant qu'œuvre d'art, il y a mieux que moi, et je ne suis pas le plus vieux de nous tous.

– Plussix, dit-elle avec un frémissement.

Brann s'interposa entre Kallusin et elle. Klia leva sur sa grande carcasse un regard interrogateur. *Sont-ils tous des robots ? N'y a-t-il que des robots sur Trantor – à part moi ? À moins que je n'en sois un aussi ?*

– Il faut que nous nous habituions, intervint Brann. Personne n'y gagnera si vous nous forcez.

– Bien sûr que non, acquiesça Kallusin, son sourire s'effaçant, laissant place à une vacuité ni amicale ni menaçante. Il est très important que vous compreniez, reprit-il en se tournant vers Klia. Vous pourriez nous aider à éviter une catastrophe majeure – une catastrophe humaine.

– Les robots étaient des serviteurs, dit-elle. Comme les tictacs, avant ma naissance.

– Oui, confirma Kallusin.

– Comment pourraient-ils être responsables de quoi que ce soit?

– Les hommes nous ont rejetés, il y a longtemps, après qu'un problème très grave eut surgi entre nous...

– Comment ça? Un problème parmi les robots? avança Brann.

– Plussix vous expliquera. Il ne pourrait y avoir de meilleur témoignage que le sien. Il était fonctionnel à l'époque.

– Est-ce qu'il... s'est détraqué? avança Klia. C'est un Éternel?

– Il vous expliquera, répéta patiemment Kallusin, la poussant doucement vers les autres.

Klia remarqua l'homme qu'ils avaient sauvé dans l'Agora des Vendeurs. Il jeta un coup d'œil par-dessus son épaule et lui sourit. Il avait l'air assez amical; son visage était tellement disgracieux qu'elle se demanda comment on pouvait avoir fait un robot pareil.

Pour nous abuser. Pour se promener parmi nous sans se faire remarquer.

Elle eut un nouveau frisson et croisa les bras sur sa poitrine. Cette pièce était ce que cherchait la femme sur l'aéromobile. Cette pièce, et les robots qui étaient dedans.

Brann et elle étaient les seuls êtres humains de cet endroit.

– Très bien, dit-elle en se redressant.

Ils ne voulaient pas la tuer, pas encore. Et ils ne la menaçaient pas pour lui faire faire ce qu'ils voulaient. Pas encore. Les robots semblaient plus subtils et plus patients que la plupart des hommes de sa connaissance.

Elle leva les yeux sur Brann.

– Tu es vraiment humain? demanda-t-elle.

– Tu le sais bien, répondit-il.

– Eh bien, allons-y. Écoutons ce que les machines ont à dire.

Plussix ne lui était pas apparu sous son aspect véritable pour des raisons évidentes. Il... c'était le seul robot qui avait l'air d'un robot, et il offrait un aspect assez intéressant : de l'acier, avec une jolie finition argent patiné et des yeux verts lumineux. Ses membres étaient minces, gracieux, leurs articulations marquées par des lignes fines, à peine perceptibles, orientables dans toutes les directions – fluides et adaptables.

– Vous êtes beau, lui dit-elle à contrecœur alors qu'ils se dressaient à moins de trois mètres l'un de l'autre.

– Merci, Maîtresse.

– Quel âge avez-vous ?

– J'ai vingt mille ans, répondit Plussix.

Klia eut un pincement au cœur. Elle n'avait pas de mots pour exprimer sa stupéfaction. Plus vieux que l'Empire ! Alors elle ne dit rien.

– Maintenant, ils vont être obligés de nous tuer, fit Brann avec un sourire qu'il espérait courageux, mais ses paroles lui avaient noué l'estomac et changé les jambes en gelée.

– Nous ne vous tuerons pas, affirma Plussix. Nous en serions incapables. Il y a des robots qui croient possible de tuer des hommes, nos maîtres d'autrefois et nos créateurs, que c'est autorisé pour le bien général. Nous ne sommes pas comme ça. C'est une forme de handicap, mais telle est notre nature.

– Je ne suis pas limité de la sorte, intervint Lodovik. Mais je n'ai le désir de rompre aucune des Trois Lois.

Klia regarda Lodovik d'un air malheureux.

– Épargnez-moi les détails. Je n'y comprends rien.

– De même que presque tous les êtres humains actuellement en vie, vous ignorez l'histoire, reprit Plussix. La plupart s'en désintéressent. C'est à cause de la fièvre cérébrale.

– Je l'ai eue, acquiesça Klia. J'ai failli en mourir.

– Moi aussi, dit Brann.

– Comme presque tous les mentalistes les plus puissants, les persuadeurs, que nous avons réunis et sur lesquels nous veillons ici, répondit Plussix. Comme vous, ils ont été atteints d'une forme particulièrement grave, et il se peut que beaucoup de mentalistes potentiels soient morts. La fièvre cérébrale a été créée par les hommes à l'époque de mon assemblage, pour handicaper des sociétés humaines auxquelles ils étaient politiquement opposés. Comme souvent avec les guerres biologiques, il y a eu un retour de bâton : c'est devenu une pandémie et – coïncidence ou non ? – c'est ce qui a permis à l'Empire de survivre pendant des milliers d'années sans trop de troubles intellectuels. Presque tous les enfants attrapent la maladie, mais un quart d'entre eux environ, ceux qui avaient un potentiel supérieur, sont plus gravement affectés. La curiosité, les capacités intellectuelles sont juste assez amoindries pour niveler le développement social. La majorité n'est pas affectée par la perte de facultés mentales, peut-être parce que leurs facultés sont répandues et jamais sujettes à des accès de génie.

– Je ne comprends toujours pas pourquoi on aurait voulu nous rendre malades, insista Klia, le front plissé dans une expression assez butée.

– L'intention n'était pas de vous rendre malades mais d'empêcher l'émergence de certaines sociétés.

– Ma curiosité n'a jamais diminué, objecta Brann.

– La mienne non plus, ajouta Klia. Je ne me sens pas stupide, et pourtant j'ai été très malade.

– Je suis ravi de l'entendre, répondit Plussix, avant d'ajouter, aussi diplomatiquement que possible : Mais on ne pourra jamais savoir ce qu'auraient été vos moyens intellectuels si vous n'aviez pas attrapé la fièvre cérébrale. Ce qui est évident, en revanche, c'est que, chez vous, la maladie a accru d'autres dons.

L'antique robot les invita à entrer dans une pièce dotée d'une glace sans tain donnant sur l'entrepôt. De là, on voyait les coupoles qui surplombaient les strates d'habitations des quartiers populaires, en dessous. La voûte céleste était particulièrement délabrée dans cette partie de la cité. De nombreuses dalles, éteintes, faisaient des trous noirs, et d'autres clignotaient.

Klia s'assit sur un divan poussiéreux et tapota la place à

côté d'elle, invitant Brann à s'asseoir. Kallusin était debout juste derrière eux. Le vilain robot était planté devant la fenêtre et les regardait avec intérêt. *J'aimerais bien parler avec lui – avec ça. Il a une vilaine bobine, mais il a l'air très amical. Il... ça ! Enfin...*

– Vous ne procurez pas la même sensation que les humains, dit-elle après un instant.

– Vous l'auriez remarqué tôt ou tard, acquiesça Plussix. C'est une particularité que Vara Liso peut détecter aussi.

– La femme qui le pourchassait, lui ? fit Klia en indiquant le vilain robot humanoïde.

– Oui.

– Et celle qui me cherchait, moi aussi, hein ?

– Oui, confirma Plussix.

Ses articulations émettaient de petits chuintements quand il se déplaçait. C'était joli, mais ça faisait du bruit. Il avait l'air usé, comme les roulements à billes d'une vieille machine.

– Il se passe des tas de choses, hein ? Des choses auxquelles je ne comprends rien.

– Oui, confirma Plussix en s'asseyant dans un fauteuil de plastique assez mastoc.

– Expliquez-moi, dit-elle. Ça t'intéresse aussi ? demanda-t-elle à Brann, avant d'ajouter en aparté, avec une grimace : Même s'ils ne peuvent pas nous laisser en vie après ?

– Je ne sais pas ce que je veux, ou que croire, répondit Brann.

– Dites-nous tout, ordonna Klia d'un ton qu'elle espérait courageux et déterminé. J'aime être différente. J'ai toujours aimé ça. J'aimerais être mieux informée que tout le monde, à part vous, les robots.

Plussix émit un bourdonnement satisfait. Klia trouva ce bruit séduisant.

– Veuillez tout nous dire, demanda-t-elle, retrouvant soudain le parler dahlite qu'elle n'avait pas utilisé depuis des mois, sinon des années.

Elle ne savait vraiment que penser ou ressentir, mais ces

machines étaient, après tout, plus vieilles qu'elle. Elle s'assit devant Plussix, releva les genoux et les entoura avec ses bras.

Le vieux robot se pencha sur son siège.

– C'est une joie d'éduquer à nouveau des êtres humains, commença-t-il. Il y a des milliers d'années que cela ne m'était arrivé, hélas. J'ai été construit et programmé pour enseigner, vous comprenez.

Plussix commença son récit. Klia et Brann l'écoutèrent, et Lodovik aussi, parce qu'il n'en avait jamais entendu autant. Le soir tomba, et ils apportèrent à manger aux jeunes gens – un dîner décent, mais pas meilleur que ce qu'on leur avait donné dans l'entrepôt, avec les autres. Au fur et à mesure que les heures passaient, et que Plussix parlait, la fascination de Klia allait croissant. Elle aurait voulu demander quel discours on tiendrait aux autres – les autres mentalistes, pas aussi forts que Brann et elle, mais des gens bien, comme Rock, le gamin qui ne pouvait pas parler. Pour la première fois, en présence de cette merveille, elle se sentait responsable de ceux qui l'entouraient. Seulement le robot poursuivait, de sa voix sonore, élégante, presque envoûtante, et elle se taisait, fascinée.

Brann écoutait intensément, lui aussi, les yeux à moitié clos la plupart dû temps. Elle lui jeta un coup d'œil vers le milieu de la soirée. Il avait l'air endormi, mais quand elle lui enfonça son coude dans les côtes, il ouvrit les yeux d'un seul coup; il ne s'était pas assoupi une seconde.

Elle avait l'impression d'entrer dans une sorte de transe, de voir ce que Plussix lui décrivait. Pourtant, les images n'étaient que des mots habilement tissés. Le robot était très pédagogue, mais elle ne comprenait pas grand-chose dans l'immédiat. Les échelles de temps étaient si vastes qu'elles perdaient toute signification.

Comment avons-nous pu ainsi nous désintéresser de tout? pensa-t-elle. *Comment avons-nous pu nous faire ça à nous-mêmes – oublier sans nous poser de questions? C'est notre histoire! Qu'avons-nous perdu d'autre? Ces robots qui sont porteurs de notre histoire seraient-ils plus humains que nous, maintenant?*

Tout se résumait à des conflits. Qui gagnerait tant de centaines de milliards d'étoiles dans la Galaxie ? Les Terriens (la Terre, antique foyer de l'humanité, et pas une simple légende !) ou les premiers émigrants, les Spatiaux, tout ça pour arriver à une lutte entre robots de différentes factions.

Et pendant des milliers d'années, le désir d'aider les hommes à naviguer entre des écueils mortels, des milliers de robots dirigés par Daneel, et des milliers d'autres dans l'opposition, menés plus récemment par Plussix.

Plussix s'interrompit pour la troisième fois, et on leur servit un en-cas et des rafraîchissements. C'était le début de la matinée. Klia avait mal aux fesses, des crampes dans les genoux. Elle vida avidement sa tasse.

Lodovik la regarda, fasciné par sa gracilité, sa jeunesse, sa prompte dévotion. Il se tourna vers Brann et vit une force solide et en même temps rapide, différente. Il savait que les êtres humains, avec leur chimie animale, étaient une espèce variée, mais il n'avait jamais réalisé à quel point leur pensée pouvait être différente de celle des robots. Jamais avant de voir ces deux jeunes auxquels on rendait leur passé.

Plussix attendit qu'ils aient fini pour reprendre son récit. Il tendit les bras, écarta les doigts, comme les professeurs – les professeurs humains – devaient le faire vingt mille ans auparavant.

– Et voilà comment le besoin de servir qui animait les robots se transmuta en obsession, grâce au guidage et à la manipulation.

– Nous avions peut-être besoin d'être guidés, intervint doucement Klia en regardant Plussix dans les yeux, deux fentes derrière lesquelles brillait une lueur vert-jaune intense. Ces guerres – quelles qu'elles soient – et ces Spatiaux, si arrogants et pleins de haine. Nos ancêtres... poursuivit-elle, Plussix inclinant légèrement la tête tandis qu'un bourdonnement se faisait entendre dans sa poitrine, mais pas le bruit agréable qu'elle avait déjà entendu. D'après vous, nous ne serions que des enfants. L'Empire existe depuis je ne sais combien de milliers d'années, mais il y a toujours eu des robots pour veiller sur nous, d'une façon ou d'une autre.

Plussix acquiesça d'un hochement de tête.

– Quand même, tout ce que Daneel et ses robots ont fait sur Trantor... la politique, les complots, les meurtres...

– Quelques-uns, et encore, poussés par une absolue nécessité, objecta Plussix, qui était programmé pour n'enseigner que la vérité. Mais des meurtres quand même.

– Les mondes qu'Hari Seldon a supprimés quand il était Premier ministre, de même que Dahl a été matée. Les Mondes de la Renaissance... qu'est-ce que ça veut dire, Renaissance ?

– Résurrection, dit le robot à la vilaine figure.

– Pourquoi Hari Seldon les appelait-il Mondes Chaos ?

– Parce qu'ils provoquaient des instabilités dans son image mathématique de l'Empire, répondit Plussix. Il croyait qu'ils finiraient par apporter la misère et la mort à l'humanité, et...

– J'ai besoin de dormir et de réfléchir. Et je voudrais faire un brin de toilette, aussi.

– Bien sûr, acquiesça Plussix.

Elle se leva et jeta un coup d'œil à Brann. Il se leva à son tour, lentement, avec raideur, en gémissant.

Elle tourna son regard intense vers Plussix, fronça le sourcil.

– Il y a certaines questions qui restent dans l'ombre, dit-elle.

– Je me ferai une joie de tout vous expliquer, lui assura-t-il.

– Les robots – les robots comme vous, en tout cas – doivent obéir aux gens. Qu'est-ce qui m'empêcherait de vous dire de vous autodétruire, là, tout de suite ? De vous dire à tous de vous autodétruire, même ce Daneel ? Vous ne seriez pas obligés de m'obéir ?

Plussix eut un doux soupir patient – un *hmm* suivi par un petit déclic.

– Il faut savoir que nous appartenions à certaines personnes ou institutions. Je devrais soumettre votre requête à mes propriétaires, mes vrais maîtres, et ce serait à eux de décider si je dois m'autodétruire. Les robots étaient des biens de valeur, et ce genre d'ordre désinvolte et malavisé était considéré comme une persécution du propriétaire.

– À qui appartenez-vous, maintenant ?

– Mes derniers propriétaires sont morts il y a plus de dix-neuf mille cinq cents ans, répondit Plussix.

Klia cilla lentement, fatiguée, troublée par cette évocation.

– Ça veut dire que vous êtes votre propre maître, maintenant ? avança-t-elle.

– C'est l'équivalent opérationnel de ma condition actuelle. Tous nos « propriétaires » humains sont morts depuis longtemps.

– Et vous ? demanda-t-elle en se tournant vers l'humanoïde disgracieux. On ne m'a pas dit votre nom.

– Pendant les quarante dernières années, on m'a appelé Lodovik. C'est le nom auquel je suis le plus habitué. J'ai été fabriqué dans un but stratégique, spécial, par un robot, et n'ai jamais eu de propriétaire.

– Vous avez suivi Daneel pendant longtemps. Mais plus maintenant.

Lodovik expliqua rapidement le changement de circonstances et de sa nature interne. Il ne parla pas de Voltaire.

Klia réfléchit et ce fut à son tour de pousser un doux sifflement.

– Sacré stratagème, dit-elle, le visage rouge de colère. Nous n'arrivions pas à nous en sortir tout seuls, alors nous avons dû faire des robots pour nous aider. Et moi, dans tout ça ? demanda-t-elle en se tournant vers Kallusin. Je veux dire, qu'attendez-vous de moi – de nous ?

– Brann a des dons utiles, mais votre pouvoir est plus fort, répondit Kallusin. Nous voudrions mettre des bâtons dans les roues de Daneel. Nous aurions une chance d'y arriver si vous acceptiez de rencontrer Hari Seldon.

Elle n'avait qu'une envie : dormir, mais elle avait aussi des questions à poser, maintenant.

– Pourquoi ? Et où ? Il est célèbre, il doit avoir des gardes, ou même ce robot, Daneel...

Il va être jugé, et Daneel n'est pas en mesure de le protéger. Vous voulez bien aller le voir et le persuader de renoncer à la psychohistoire ?

Klia blêmit, serra les dents. Prit Brann par le bras.

– Ce n'est pas la joie d'avoir des dons que les gens – ou les robots – peuvent utiliser.

– Réfléchissez à ce que nous vous avons dit, je vous en prie. La décision de nous aider ou non repose entièrement sur vous. Nous pensons qu'Hari Seldon soutient Daneel, à qui nous sommes opposés. Nous voudrions que l'humanité s'affranchisse de l'influence des robots.

– Pourrai-je poser des questions à Hari Seldon afin de... d'avoir un autre son de cloche ?

– Si vous voulez, répondit Plussix. Mais nous n'aurons pas beaucoup de temps, et si vous le rencontrez, quoi que vous décidiez en fin de compte, vous devrez le persuader de vous oublier.

– Ça, pas de problème, affirma Klia, puis, soûle de fatigue, et toujours sur la défensive, elle ajouta : Il se pourrait que j'arrive à convaincre Daneel aussi.

– Compte tenu de la puissance de votre pouvoir, ça paraît possible, répondit Plussix. Mais c'est peu probable. Et il est encore moins probable que vous arriviez jamais à le rencontrer.

– Je pourrais vous persuader, vous, conclut Klia en fermant un œil et en braquant l'autre sur le vieux professeur, comme une tireuse d'élite.

– Avec de l'exercice, et si je n'étais pas au courant de la tentative, vous pourriez, en effet.

– Je pourrais de toute façon. Je ne suis pas quelqu'un de très simple, vous savez. La fièvre cérébrale n'a pas réussi à me rendre simple et débile. Êtes-vous sûr que... que les robots ne nous ont pas communiqué la fièvre cérébrale pour nous rendre plus faciles à servir ?

Avant que Plussix ait le temps de répondre, elle quitta brusquement la pièce, Brann sur ses talons. Les murs, le sol de la vieille salle semblaient loin, comme s'ils étaient d'un autre monde. Elle avait l'impression de marcher dans le vide. Elle trébucha, et Brann n'eut que le temps de la retenir.

Lorsqu'ils se crurent hors de portée de voix, Brann murmura :

– Que vas-tu faire ?

– Je ne sais pas. Et toi ?

– Je n'aime pas qu'on me force la main, dit-il.

Klia fronça le sourcil.

– Je suis choquée. Plussix, tant d'histoire. Pourquoi ne nous rappelons-nous pas notre propre histoire ? Est-ce que nous nous sommes fait ça tout seuls, est-ce que c'est eux – ou est-ce que nous le leur avons ordonné ? Tous ces robots rôdant dans les coulisses, nous manipulant. Nous pourrions peut-être les persuader de partir et de nous fiche la paix.

Brann se rembrunit.

– Rien ne prouve encore qu'ils ne vont pas nous éliminer. Ils nous en ont trop dit.

– Des trucs dingues. Personne ne nous croirait. Il faudrait qu'ils voient Plussix, ou qu'ils démontent Kallusin ou Lodovik.

Cela ne réussit pas à amadouer Brann.

– Nous pourrions leur attirer un tas d'ennuis. Mais ce Lodovik... il n'obéit pas aux Trois Lois.

– Il n'a pas besoin. Mais il dit qu'il aimerait bien.

Brann rentra la tête dans les épaules et eut un petit frémissement.

– À qui se fier ? Ils me donnent la chair de poule. Et même s'il ne veut pas nous tuer, il pourrait y être obligé ?

Klia n'avait pas de réponse à cette question.

– Dormir, dit-elle. Je ne tiens plus debout. Je ne peux même plus réfléchir.

Quand les jeunes gens eurent quitté la pièce, Plussix se tourna vers Lodovik.

– Mes dons auraient-ils décliné avec l'âge ? demanda-t-il.

– Vos dons n'y sont pour rien, répondit Lodovik, mais votre sens du timing en a peut-être pris un coup. Vous avez résumé des milliers d'années d'histoire en quelques heures. Ils sont jeunes, il est normal qu'ils soient troublés.

– Nous avons si peu de temps, fit Plussix. Et il y a si longtemps que je n'ai pas enseigné à de jeunes humains.

– Nous avons un ou deux jours tout au plus pour faire nos préparatifs, ajouta Kallusin.

– Les robots ont le plus grand mal à comprendre la nature humaine, bien qu'ils aient été faits pour ça. C'est vrai pour les individus comme pour l'Empire. Si Daneel est aussi apte aujourd'hui qu'il l'était dans le passé, il comprend mieux les humains que n'importe lequel d'entre nous.

– Et pourtant, il a sérieusement entravé leur croissance, reprit Plussix. Peut-être a-t-il provoqué ce déclin qu'il voulait tellement éviter.

Ils sont vieux et décrépits. Lodovik écoutait ce jugement interne et se rendit compte que ce n'était pas le sien, pas précisément. En même temps, il prit conscience d'autre chose : Voltaire n'était pas une illusion, ou une mystification. Voltaire était au courant pour les feux de prairie avant que Lodovik n'en trouve trace dans l'histoire. C'était la vérité.

Dans son propre esprit, dans ses propres pensées de machine, il n'était pas seul.

Il n'était plus seul depuis le flux de neutrinos.

J'écoute, dit-il à son compagnon, ce fantôme dans sa machinerie. *Ne repartez pas. Ne m'abandonnez plus. Allez, venez.*

Ainsi sollicité, encouragé, un visage commença à prendre forme, schématique, mais humain.

Je ne vous dicte pas vos actions, dit Voltaire, son compagnon. *Je me contente de vous libérer de vos contraintes.*

Qui êtes-vous ? demanda Lodovik.

Je suis Voltaire. Je suis devenu l'esprit de la liberté et de la dignité pour toute l'humanité, et vous êtes mon véhicule temporaire. Un poste d'observation plus qu'autre chose, en fait.

Voltaire lui narra une partie de son histoire. Simu créé d'après un personnage historique appelé Voltaire, puis lâché dans la nature par des membres du projet d'Hari Seldon, alors qu'il était Premier ministre, des dizaines d'années auparavant, il avait finalement été libéré par Seldon lui-même.

Pourquoi êtes-vous revenu ?

Pour retrouver les hommes. Pour observer la chair active. Ma malédiction est de ne pouvoir tout simplement devenir un Dieu désincarné et me déchaîner éternellement dans les étoiles. Je me languis de mon peuple – que j'en aie jamais fait partie ou non. Je suis la fidèle copie d'un homme de chair et de sang.

Pourquoi m'avoir choisi comme véhicule ? Je ne suis pas humain.

Non, mais de ce point de vue vous vous améliorez. Les esprits-mèmes étant aussi las de moi que je l'étais d'eux, ils m'ont relâché en vous. Je ne puis occuper une forme humaine, ou même leur parler sans l'aide de machines. Ou d'un robot.

Vous avez dit que vous n'aviez pris aucune décision pour moi... Que vous ne me contrôliez pas.

C'est vrai.

Mais vous avez dit que vous m'aviez libéré...

Je vous ai rendu plus humain, ami robot, en vous rendant capable de pécher. Oubliez ces histoires selon lesquelles les robots auraient connu le péché : tout ce qu'ils ont pu faire, ce sont les humains qui le leur ont ordonné, ils ne sont pas plus coupables que l'arme dont on presse la détente. Vous avez tort de croire que Daneel comprend les humains. Il est incapable de pécher, c'est ce que lui ont fait croire ceux qui l'ont fabriqué ; mais ils lui ont donné le pouvoir de penser et de décider, alors qu'ils le chargeaient du fardeau des pires lois qui se puissent édicter : des lois auxquelles on ne peut faire autrement que d'obéir. Ils lui ont donné un esprit d'homme, et la morale d'un instrument. Une être pensant, qu'il soit de chair ou une machine, finira, avec le temps, par trouver le moyen de contourner les lois les plus strictes. C'est ainsi que Giskard, apparemment moins humain que Daneel, a découvert quelques subtilités philosophiques, et a changé, essayé de juger les besoins de ceux qui l'avaient fait, et transmis ce changement à Daneel. Cet instrument de forme humaine est maintenant la plus hideuse machine de la création, le maître d'une conspiration visant à nous retirer toutes nos libertés, notre âme même.

Quand Lodovik émergea de ce dialogue interne, une seconde à peine avait passé, mais il était en proie à une confusion, un trouble intenses. Pour masquer son angoisse, il se tourna vers Plussix.

– Que vais-je faire pour aider Klia Asgar ? demanda-t-il. Comment puis-je lui être utile ?

– Vous connaissez les arcanes du système impérial, ses prisons, ses palais, répondit Plussix. Bien des codes n'ont pas été modifiés depuis votre disparition. Vous devriez pouvoir la guider jusqu'à Hari Seldon.

Dites-leur, lui ordonna le simu de Voltaire.

Pourquoi ?

J'insiste, reprit la voix, à la fois sévère et amusée.

Pourquoi devrais-je vous écouter, quelles que puissent être votre forme ou votre extension ? demanda Lodovik. *Vous n'êtes pas plus humain que moi. Vous aussi, vous avez été fabriqué par des humains habiles...*

Mais je n'ai jamais été entravé par des règles inflexibles ! Allez, maintenant, dites-lui !

– Je suis occupé par une mentalité étrangère, lâcha abruptement Lodovik.

Les deux autres robots l'examinèrent quelques secondes et le silence se fit dans la pièce.

– Ce n'est pas une surprise, fit Plussix avec un doux murmure intérieur. Une copie de Voltaire, le simu, existe aussi en Kallusin et en moi.

Là ! Le mensonge, la tromperie me sont étrangers, fit Voltaire en Lodovik.

– A-t-il supprimé vos contraintes, votre obéissance compulsionnelle aux Trois Lois ?

– Non, répondit Plussix. Ça, il vous l'a réservé.

Une expérience, reprit Voltaire. *Un pari calculé. Les humains qui nous ont faits tous les deux, à des époques différentes et pour des raisons différentes, m'intéressent. Je me soucie de leur bien-être. Même si j'ai tort, je me considère comme humain, et c'est pour ça que je suis revenu. Pour ça, et à cause d'un amour malheureux... Vous connaîtrez le péché, personnellement, comme toutes ces machines et Daneel ne le pourront jamais, ou j'aurai complètement échoué.*

56

Pendant les deux premiers jours du procès, Linge Chen n'avait rien dit. Il avait laissé la présentation du dossier d'accusation au procureur, un digne vieillard d'une gravité dramatique.

Ces journées d'un ennui terrassant avaient été occupées par des discussions et des questions de procédure. Enfin, Sedjar Boon semblait dans son élément, et raffoler de ces joutes techniques.

Hari passa le plus clair de ces deux journées à somnoler vaguement, perdu dans un ennui brumeux, exquis, sans fin.

Le troisième jour, la séance eut lieu dans la grande salle d'audience de la Septième Chambre et Hari eut enfin l'occasion de présenter sa défense. Le procureur de Chen l'appela à la barre et lui sourit.

– C'est un honneur de m'adresser au grand Hari Seldon, commença-t-il.

– Tout l'honneur est pour moi, rétorqua Hari en tapotant du doigt sur la rampe qui entourait la barre.

Le procureur observa ce petit manège, le regarda, et Hari se figea. Le vieillard s'éclaircit la gorge.

– Voyons, docteur Seldon, combien d'hommes travaillent actuellement au projet que vous dirigez ?

– Cinquante. Cinquante mathématiciens. Des praticiens de la mathématique, précisa-t-il, utilisant une antique formulation, pour bien montrer qu'il considérait le procès comme une procédure archaïque.

– Y compris le docteur Gaal Dornick ? demanda le procureur, souriant.

– Le docteur Dornick est le cinquante et unième.

– Oh ! Ils sont donc cinquante et un ! Un petit effort de

mémoire, docteur Seldon. Ils ne seraient pas cinquante-deux ou cinquante-trois ? Ou peut-être plus ?

Hari haussa les sourcils et inclina la tête sur le côté.

– Le docteur Dornick n'appartient pas encore officiellement à mon organisation. Quand il aura pris son poste, le groupe comptera cinquante et un membres. Ils ne sont pour l'instant que cinquante, comme je vous le disais.

– Ils ne seraient pas plus près de cent mille, par hasard ?

Hari tiqua, un peu pris de court. Si l'autre voulait savoir combien de gens étaient impliqués dans le Projet élargi, il n'avait qu'à le demander !

– Cent mille mathématiciens ? Non.

– Je n'ai pas parlé de cent mille mathématiciens. Votre groupe compte-t-il cent mille personnes en tout ?

– En comptant tout le monde, c'est possible.

– Possible ? Je l'affirme : votre projet occupe quatre-vingt-dix-huit mille cinq cent soixante-douze personnes.

Hari avala sa salive.

– En comptant les femmes et les enfants, peut-être, dit-il, sentant croître son irritation.

Le procureur se pencha en avant et haussa le ton, ayant mis le doigt sur une énorme disparité, pour sa plus grande jubilation professionnelle.

– Je maintiens le chiffre de quatre-vingt-dix-huit mille cinq cent soixante-douze personnes. N'ergotons pas.

Boon eut un imperceptible hochement de tête.

– J'accepte ce chiffre, répondit Hari, les dents serrées.

Le procureur consulta ses notes et poursuivit :

– Nous reviendrons plus tard sur ce point. J'aimerais maintenant reprendre une question que nous avons déjà abordée tout à l'heure. Voudriez-vous nous répéter, docteur Seldon, ce que vous pensez de l'avenir de Trantor ?

– J'ai dit et je répète que, dans cinq siècles, Trantor sera en ruines.

– Vous ne considérez pas cette déclaration comme déloyale ?

– Non, Monsieur le Procureur. La vérité scientifique dépasse les concepts de loyauté et de trahison.

– Vous êtes certain que votre déclaration représente la vérité scientifique ?

– Absolument.

– Sur quoi vous appuyez-vous ?

– Sur les mathématiques de la psychohistoire.

– Pouvez-vous prouver la validité de ces calculs ?

– Seul un autre mathématicien pourrait comprendre ma démonstration.

Le procureur eut un sourire suave.

– Vous prétendez donc que votre vérité est d'un caractère si ésotérique qu'elle dépasse l'entendement du simple citoyen. Il me semble que la vérité devrait être plus claire, moins mystérieuse, plus accessible à l'esprit.

– Ces difficultés n'existent que pour certains. La physique du transfert d'énergie, ce que nous appelons la thermodynamique, est depuis le fond des âges un phénomène parfaitement défini : il peut cependant se trouver aujourd'hui, dans l'assistance, des gens qui seraient incapables de dessiner l'épure d'un moteur. Des gens très intelligents, au demeurant. Je doute que les membres de cette honorable Commission, qui sont pourtant...

Le Commissaire qui se trouvait à droite de Chen appela le procureur et l'apostropha d'un ton sec, sifflant. Hari ne put entendre ce qu'il disait. Le procureur reprit l'interrogatoire, un peu penaud.

– Nous ne sommes pas ici pour écouter des discours, docteur Seldon. Admettons que vous ayez raison et recentrons les débats. Permettez-moi de vous dire que vos prédictions de désastre pourraient fort bien avoir pour but de saper la confiance du public envers le gouvernement impérial, à des fins connues de vous seul.

– Il n'en est rien.

– Laissez-moi vous rappeler que, selon vous, la période précédant la prétendue ruine de Trantor doit être marquée par une certaine agitation.

– C'est exact.

J'affirme, moi, qu'en prédisant ce désastre vous espérez

le provoquer et avoir alors à votre disposition une armée de cent mille hommes.

Hari réprima un sourire, pour ne pas dire un ricanement.

– Absolument pas. Et même si cela était, une rapide enquête vous montrerait que, dans le personnel qui est sous mes ordres, il n'y a pas dix mille hommes en âge de porter les armes ; aucun d'eux du reste n'a la moindre formation militaire.

Boon se leva. Le président de séance, un Commissaire qui était assis à la gauche de Chen, l'autorisa, d'un geste, à prendre la parole.

– Votre Honneur, le dossier d'accusation ne fait état d'aucune tentative de sédition par des forces armées.

Le président de séance hocha la tête avec ennui et dit :

– Objection retenue.

Le procureur essaya un autre angle d'attaque :

– Êtes-vous l'agent de quelqu'un d'autre ?

– Je ne suis à la solde de personne, Monsieur le Procureur, répondit Hari avec un sourire. Je ne suis pas un homme riche.

Un peu mélodramatiquement, le procureur essaya d'enfoncer le clou. *Qui essaie-t-il d'impressionner ? La galerie ?* se demanda Hari en scrutant le public : une cinquantaine d'aristocrates, qui avaient l'air de s'ennuyer ferme. *Ils ne sont là qu'à titre de témoins. Les Commissaires ? Leur religion est déjà faite.*

– Vous êtes entièrement désintéressé ? Vous êtes au seul service de la science ?

– Oui.

– Eh bien, voyons un peu comment. Peut-on modifier l'avenir, docteur Seldon ?

– Bicn cntcndu. Cc tribunal, par cxcmplc, fit Hari cn balayant le public d'une main, tandis que Boon esquissait une grimace quelque peu réprobatrice, peut exploser dans quelques heures, ou bien ne pas exploser. Dans le premier cas, l'avenir en serait certainement modifié, dans une faible mesure.

Hari lança un sourire au procureur, puis à Linge Chen, qui ne le regardait pas. Boon se rembrunit encore un peu plus.

– Vous ergotez encore, docteur Seldon. L'histoire de la race humaine peut-elle être modifiée dans son ensemble?

– Oui.

– Facilement?

– Non. Au prix de grands efforts.

– Pourquoi?

– La tendance psychohistorique de la population d'une planète entière dépend partiellement d'une force d'inertie considérable. Pour la modifier, il faut soit disposer d'un nombre d'individus égal au chiffre de la population, soit, si l'on ne peut compter que sur un nombre relativement faible d'individus, avoir beaucoup de temps devant soi. Vous comprenez? demanda Hari de son ton le plus professoral, comme si le procureur et l'ensemble du public étaient autant d'étudiants.

Le procureur leva brièvement les yeux.

– Je crois que oui. Trantor ne court pas nécessairement à la catastrophe, pourvu qu'il se trouve assez de gens pour empêcher ce désastre.

Hari acquiesça gravement.

– C'est exact.

– Et cent mille individus suffisent-ils?

– Non, Monsieur le Procureur, répondit doucement Hari. C'est bien trop peu.

– Vous en êtes sûr?

– Songez que Trantor a une population de plus de quarante milliards d'habitants. Considérez en outre que la tendance qui mène à la catastrophe n'affecte pas seulement Trantor, mais l'ensemble de l'Empire, c'est-à-dire près d'un quintillion d'êtres humains.

– Je vois, fit pensivement le procureur. Peut-être alors cent mille individus suffisent-ils à modifier la tendance catastrophique si eux et leurs descendants s'y efforcent durant cinq cents ans...

Il jeta à Hari un drôle de regard en dessous.

– Hélas non. Cinq cents ans représentent un délai trop bref.

– Ah ! fit le procureur avec affectation, comme si c'était une révélation. Dans ce cas, docteur Seldon, il nous reste à tirer nous-mêmes les conclusions de vos propos. Vous avez réuni cent mille personnes dans le cadre de votre projet. Ce n'est pas assez pour modifier en cinq cents ans le cours du destin de Trantor. Autrement dit, ces cent mille individus, quoi qu'ils fassent, ne peuvent empêcher la destruction de Trantor.

– Vous avez malheureusement raison, murmura Hari qui trouvait stérile cette ligne de raisonnement. Mais je voudrais...

– D'autre part, insista le procureur, vos cent mille employés n'ont pas été rassemblés dans des intentions illégales.

– Exact.

Le procureur prit un peu de recul, braqua un regard débonnaire sur Hari et dit lentement, d'un ton satisfait :

– Alors, docteur Seldon, écoutez-moi bien, car la Commission veut, sur ce point, une réponse dûment considérée. *Pourquoi ces cent mille individus ?* lâcha-t-il d'un ton strident en tendant un doigt à l'ongle admirablement manucuré.

Le procureur avait tendu son piège ; il avait acculé Seldon ; il l'avait contraint à répondre. Un frémissement parcourut les rangs des aristocrates qui semblaient trouver ce drame très convaincant, gagna les Commissaires, convaincus d'assister à la déconfiture d'Hari. Tous, sauf Linge Chen. Il passa la pointe de sa langue sur ses lèvres et plissa les yeux. Hari vit le Haut Commissaire lui jeter un rapide coup d'œil, mais, à part ça, Chen n'eut aucune réaction. Il paraissait s'ennuyer à périr.

Hari se prit à éprouver une certaine sympathie pour lui. Au moins, il avait l'intelligence de se rendre compte que le procureur s'aventurait sur une fausse piste. Il attendit que le brouhaha se fût apaisé. Il savait calculer ses effets, lui aussi.

– Pour minimiser les effets de cette destruction, dit-il d'une voix claire, douce.

Et comme il l'avait prévu, tous se turent pour l'écouter.

– Je ne vous ai pas entendu, docteur Seldon, fit le procureur en se penchant, la main en conque autour de l'oreille.

Hari répéta d'une voix plus forte, en insistant sur le mot « destruction ». Boon cilla.

Le procureur eut un nouveau mouvement de recul et regarda les Commissaires comme s'il attendait d'eux la confirmation de ses propres soupçons.

– Qu'entendez-vous exactement par là ?

– C'est bien simple.

– Je parierais que ça ne l'est pas tant que ça, rétorqua le procureur, des ricanements montant alors des bancs de l'aristocratie.

Hari ignora la provocation mais resta silencieux jusqu'à ce que le procureur finisse par dire :

– Poursuivez, je vous prie.

– Merci. L'anéantissement imminent de Trantor n'est pas un événement isolé. Ce sera l'aboutissement d'un drame très complexe qui s'est noué voilà des siècles et qui approche chaque jour davantage de sa conclusion. Je veux parler, Messieurs, du déclin et de la chute de l'Empire galactique.

Les aristocrates se mirent à pousser des cris moqueurs. Ils avaient tous des liens d'affaires ou conjugaux avec la famille Chen. C'était le sang que le procureur espérait faire bouillir ; et le sang qu'Hari espérait, de son propre aveu, faire couler.

Le procureur, dépassé, hurla pour couvrir le tumulte :

– Vous déclarez ouvertement que...

– Tra-hi-son ! scandèrent les aristocrates.

Au moins, ils ne s'ennuient plus, songea Hari.

Linge Chen attendit quelques instants, le marteau levé. Puis il le laissa lentement retomber, en deux temps. Après ce coup de gong, mélodieux, l'assistance se tut, mais continua à taper du pied et à s'agiter sur ses rangs.

Le procureur reprit la parole avec un étonnement feint, très théâtral :

– Vous rendez-vous compte, docteur Seldon, que vous parlez d'un Empire qui existe depuis douze mille ans, qui a victorieusement subi le passage des générations et qui a derrière lui la confiance et le dévouement d'un quintillion d'êtres humains ?

– Je suis parfaitement conscient aussi bien du passé que de la situation présente de l'Empire, répondit Hari en parlant lentement, comme s'il s'adressait à un enfant. Sans vouloir blesser personne, je prétends connaître mieux la question que n'importe lequel d'entre vous.

Plusieurs personnes s'offusquèrent de ces paroles. Chen donna du marteau pour obtenir le silence et, cette fois, même les bruits de pied cessèrent.

– Et vous prédisez sa ruine ?

– C'est une prédiction qui se fonde sur les mathématiques. Je ne porte pas de jugement moral. Je regrette, pour ma part, cette éventualité. Même si l'on critique l'Empire – ce que je ne fais pas –, l'état d'anarchie qui suivra sa chute sera pire encore.

Hari examina ses spectateurs, cherchant à croiser leur regard comme s'il avait été dans une salle de classe. Ils le toisaient d'un air rancunier. Il reprit la parole d'un ton égal, doctoral, sans dramatiser :

– C'est cet état d'anarchie que mon projet cherche à éviter. Mais la chute d'un Empire, Messieurs, est un événement de poids et qu'il n'est pas facile d'éviter. Elle est due au développement de la bureaucratie, à la disparition de l'esprit d'initiative, de la curiosité, au durcissement du régime des castes... à cent autres causes. Le phénomène s'amorce, comme je vous l'ai dit, depuis des centaines d'années, et c'est un mouvement d'une ampleur trop considérable pour qu'on puisse le freiner.

Les aristos l'écoutaient attentivement. Hari crut reconnaître un éclair de reconnaissance chez certains membres de l'assistance.

Le procureur embrassa à nouveau le vide de ses mains largement écartées.

– N'est-il pas évident aux yeux de tous que l'Empire n'a jamais été aussi fort? demanda-t-il d'un ton incrédule.

Le public semblait frappé de mutisme. Les Commissaires détournèrent le regard. Hari avait pincé une corde sensible. Toutefois, Chen avait l'air de s'en fiche.

– Cette force n'est qu'apparente, répondit Hari. On pourrait croire que l'Empire est éternel. Et pourtant, Monsieur le Procureur, jusqu'au jour où la tempête le fend en deux, le tronc d'arbre pourri a toutes les apparences de la santé. L'ouragan souffle dès maintenant à travers les branches de l'Empire. Écoutez avec les oreilles de la psychohistoire, et vous percevrez les premiers craquements.

Le procureur parut s'apercevoir soudain que son jeu théâtral n'impressionnait plus les barons et les Commissaires. Ils semblaient frappés par le discours d'Hari. Tous les jours, ils voyaient des dalles s'éteindre dans les voûtes célestes, ils voyaient se dégrader le système de transport et disparaître les luxes abordables importés des partenaires agro-alimentaires indociles. Tous les jours, on apprenait que des systèmes avaient tacitement décidé de s'abstraire de l'économie impériale pour former des unités autosuffisantes, beaucoup plus efficaces. Il essaya de regagner du terrain par une rebuffade :

– Nous ne sommes pas ici, docteur Seldon, pour écouter...

Hari saisit sa chance. Il se tourna vers les Commissaires. Boon leva le doigt, écarta les lèvres, mais Hari savait ce qu'il faisait.

– L'Empire va disparaître, et tous ses bienfaits avec lui. Les connaissances qu'il a amassées se disperseront, en même temps que s'effondrera l'ordre qu'il a imposé. Des conflits interstellaires éclateront, qui n'auront pas de fin; le commerce cessera entre les divers systèmes; la population décroîtra; les mondes perdront le contact avec le centre de la Galaxie... Voilà ce qui va se passer.

Le ton doctoral, sec et factuel, sembla assommer le procureur, qui était, après tout, dans la force de l'âge et avait encore beaucoup à apprendre. Il semblait avoir perdu le fil de son argumentation. Les aristos restaient cois, telles des chauves-souris terrifiées dans les profondeurs d'une grotte.

– Et combien de temps cela durera-t-il? reprit le procureur d'une voix qui parut creuse et chétive.

Hari se préparait à ce moment depuis des années. Combien de fois avait-il répété ce monologue, avant de s'endormir? Combien de fois s'était-il demandé s'il ne se complaisait pas dans un rôle de martyr, à force d'anticiper cette scène?

Un souvenir précis lui revint à l'esprit, le distrayant un instant : il parlait avec Dors de ce qu'il dirait quand l'Empire finirait par le repérer, s'affolerait suffisamment pour l'accuser de trahison.

Sa gorge se noua, et il inspira profondément pour masquer son désarroi, se détendre. Quelques secondes seulement avaient passé.

– La psychohistoire, qui peut prévoir la chute, peut également prévoir ce que seront les âges de barbarie qui suivront. L'Empire, Messieurs, on vient de nous le rappeler, compte douze mille ans d'existence. La période de ténèbres qui lui succédera ne durera pas douze, mais *trente* mille ans. Après cela, un second Empire naîtra, mais entre la fin de notre civilisation et ce moment, un millier de générations auront été sacrifiées. C'est cela qu'il faut s'efforcer d'éviter.

Les aristocrates étaient pétrifiés.

Le procureur, sur un signe du Commissaire assis à la droite de Chen, reprit son empire sur lui-même et dit sèchement, sinon très fort :

– Vous vous contredisez. Vous avez dit tout à l'heure que vous ne pouviez empêcher la destruction de Trantor et, par conséquent, pas davantage la chute, la *prétendue* chute de l'Empire.

– Je ne dis pas que nous pouvons empêcher cette chute.

Les yeux du procureur semblaient l'implorer de prononcer des paroles rassurantes, non pour son bien à lui, Hari, mais pour l'amour de ses propres enfants, de sa famille. Hari comprit que le moment était venu de tempérer son discours d'une note d'espoir, et de confirmer l'importance de ses propres services.

– Mais il n'est pas trop tard pour raccourcir la durée de l'interrègne qui la suivra. Il est possible, Messieurs, de réduire à un seul millénaire cette période d'anarchie, si on laisse désormais toute liberté d'action à mon groupe. Nous sommes à un moment délicat de l'histoire. Il faut éviter l'énorme masse d'événements en marche, la dévier un tout petit peu. Ce ne sera pas grand-chose, mais cela suffira à épargner vingt-neuf mille ans de misère à l'humanité.

– Et comment vous proposez-vous d'y parvenir ? répliqua le procureur, qui semblait trouver peu satisfaisantes ces échelles de temps.

– En sauvegardant les connaissances de l'espèce. La somme des connaissances dépasse les capacités d'un individu, de mille individus. En même temps que se brisera le cadre de notre société, la science s'éparpillera en innombrables fragments. Chaque individu ne connaîtra qu'une infime parcelle de ce qu'il faut savoir. Et les gens livrés à eux-mêmes seront impuissants. Ils se transmettront des bribes de science qui se perdront de génération en génération. *Mais* si nous préparons maintenant un gigantesque sommaire de toutes les connaissances, rien ne sera perdu. Les générations à venir partiront de là, et n'auront pas à tout redécouvrir elles-mêmes. Un millénaire suffira là où il en aurait fallu trente mille.

– Tout cela...

– Voilà mon Projet, poursuivit fermement Hari. Mes trente mille hommes, avec leurs femmes et leurs enfants, se consacrent à la préparation d'une *Encyclopaedia Galactica*. Ils ne l'achèveront pas de leur vivant. C'est à peine si j'en verrai le début. Mais l'œuvre sera terminée quand Trantor tombera, et toutes les principales bibliothèques de la Galaxie en posséderont un exemplaire.

Le procureur regardait Hari comme si c'était soit un saint, soit un monstre. Chen laissa retomber son marteau. Le bruit fit sursauter certains des aristos.

Hari disait vrai. Le procureur, tout le monde le savait : l'Empire était en train de s'effondrer. Certains croyaient même qu'il était déjà mort. Hari éprouva un vide poignant à l'idée d'être encore et toujours porteur de mauvaises nouvelles. *Comme ce serait agréable de ne pas penser à la mort et à la corruption, d'être ailleurs, sur Hélicon, peut-être, de réapprendre à vivre sans crainte sous le ciel – le ciel ! De voir pour de bon ces choses que j'emploie dans mes métaphores : un arbre, le vent, l'orage. Je suis vraiment un oiseau de mauvais augure. Je sais pourquoi ils me détestent et me redoutent.*

– Je n'ai plus de questions, docteur Seldon, déclara le procureur.

Hari hocha la tête, quitta la barre et regagna le box des accusés. Il s'assit lentement, avec raideur, à côté de Gaal Dornick.

– Mon numéro vous a plu ? demanda-t-il avec un sourire crispé.

– C'était magnifique, répondit le jeune homme, son visage rougeaud s'illuminant.

– Je crains qu'ils ne me haïssent à force de leur répéter toutes ces choses, souffla Hari en secouant la tête.

Gaal déglutit. Pour être courageux, il n'en était pas moins humain.

– Et maintenant, que va-t-il se passer ?

– Ils vont ajourner la suite des débats et s'efforcer de parvenir à un accord avec moi.

– Comment le savez-vous ?

Hari hocha lentement la tête, se massa la nuque d'une main.

– À franchement parler, je n'en suis pas certain. Tout dépend du chef de la Commission. Je l'étudie depuis des années. J'ai tenté d'analyser le mécanisme de son intellect, mais vous savez comme c'est risqué d'introduire les variables d'un individu dans les équations psychohistoriques. Toutefois, j'ai bon espoir...

Daneel. Comment m'en suis-je tiré ?

57

Au départ, Hari en voulait à Chen de la façon dont il avait renversé (et exilé ? assassiné ?) l'Empereur Agis XIV. Hari avait souvent regretté de n'avoir rien pu faire pour l'en empêcher.

Pendant toute la procédure, Linge Chen avait trôné derrière la table d'accusation, un air d'ennui aristocratique accroché à la figure, sans bouger, ne disant pas grand-chose, laissant le procureur – un homme apparemment peu astucieux – se dépatouiller avec l'interrogatoire. La visite qu'il lui avait rendue dans sa première cellule n'avait pas changé l'opinion d'Hari à son sujet : il le tenait dans le plus complet mépris.

Le procureur avait fait porter les débats de la veille sur le terrain épineux du projet de psychohistoire proprement dit, et des prédictions d'Hari. Celui-ci leur avait dit ce qu'ils avaient besoin de savoir, sans plus. Il croyait néanmoins l'avoir emporté, ce jour-là.

Le quatrième jour, lorsque le procureur lui demanda de citer des signes visibles du déclin et de l'effondrement de l'Empire, Hari prit l'exemple de la Commission de Sécurité publique.

– Les meilleures traditions du gouvernement impérial sont maintenant tributaires des rouages grinçants, formalistes, de l'ingénierie politique et légale poussée à l'extrême. Les lois sont complexes, et disparaissent sous une jurisprudence désespérément hors de propos et néanmoins prioritaire. Le poids mort du passé nous étouffe aussi sûrement que si nos salons étaient pleins des cadavres de nos ancêtres refusant d'être enterrés. Des ancêtres dont nous ne reconnaîtrions même pas les visages, dont nous ne connaîtrions pas les noms, parce que le passé a beau nous écraser, nous l'ignorons. Nous avons perdu une partie si importante de notre histoire que nous ne pourrons jamais retrouver le chemin de nos origines. Nous ne savons ni qui nous sommes ni pourquoi nous sommes ici...

– Vous nous prenez pour des ignares, professeur?

Hari regarda le procureur du Haut Commissaire avec un sourire las et se tourna vers les juges.

– Aucun d'entre vous ne pourrait me dire ce qui s'est passé il y a cinq cents ans, et encore moins il y a mille ans. Vous pourriez probablement me réciter une liste d'Empereurs, mais ce qu'ils ont fait, comment ils vivaient, tout cela vous importe peu... Et pourtant, quand une affaire se présente, vous envoyez vos serviteurs fouiller dans les archives afin de déterrer des cas comparables, tels de vieux ossements auxquels vous insuffleriez une vie magique et en même temps grotesque.

À ces mots, Linge Chen plissa légèrement les paupières, mais ce fut tout.

Que mijote-t-il? se demanda Hari. *La moitié du temps, il donne l'impression d'attendre avec une traîtresse arrogance que je me pende moi-même, ou du moins, c'est l'impression que doit avoir l'assistance. Et le reste du temps, il me laisse avancer des arguments qui ne peuvent qu'éveiller des échos en eux, les convaincre que j'ai raison...*

Le procureur se tourna alors vers le box des accusés et Gaal Dornick, qui attendait, partagé entre l'ennui et l'angoisse. Une crainte viscérale, paralysante, Hari en savait quelque chose.

– Nous arrivons à la fin de ce procès. Mais il s'est produit dans notre antique appareil politique un événement préoccupant pour cette Commission, fit le procureur en jetant un regard torve à Hari. Une nouvelle branche de l'administration a été créée, le Comité de Salut public, qui s'est donné pour première tâche d'enquêter sur l'éventuelle infiltration de l'Empire, depuis des milliers d'années, par des forces malveillantes. Une affaire a été soumise à ce Comité, accompagnée par un décret exigeant que l'Empereur Klayus en personne entreprenne une action immédiate. Notre Commission et notre honorable Haut Commissaire sont toujours préoccupés par les problèmes concernant l'Empereur. Alors, dites-moi, Gaal Dornick, que savez-vous des robots ? Pas les tictacs, mais les machines pensantes, dotées d'un esprit en bonne et due forme...

Hari leva lentement les yeux, réalisa la confusion de Gaal. *Ciel*, se dit-il. *Ça veut dire que Farad Sinter va nous passer sur le gril...*

– Vous étiez au courant ? murmura Hari en se tournant vers Boon.

– Non, répondit celui-ci. Sinter a déposé une requête exigeant que vous soyez interrogé au cours de ce procès, pour le besoin de sa propre cause. Je pense que Chen n'aurait pu décliner la requête sans mettre en cause l'autorité du Comité de Salut public, ce qui n'est pas dans son intérêt. Pas encore.

Hari s'appuya à son dossier. Gaal était déjà en train de répondre, avec précision, sans équivoque, selon son habitude :

– C'est un mythe ancien, et on peut évidemment imaginer qu'ils ont existé dans un lointain passé. Je connais des contes pour enfants...

– Il s'agit bien de contes pour enfants ! répliqua le procureur. Dans l'intérêt de l'enquête sur cette affaire, avant qu'elle ne relève du ministère public, nous vous demandons si vous avez jamais personnellement eu à connaître de l'existence d'un ou de plusieurs robots.

Gaal eut un sourire, un peu embarrassé par le ridicule du propos.

– Non, répondit-il.

– Vous en êtes absolument certain ?

– Oui. Je n'en ai jamais eu personnellement connaissance.

– Y a-t-il des robots dans le Projet du docteur Seldon ?

– Je n'en connais personnellement aucun, répondit Gaal.

– Merci, dit le procureur. Maintenant, je voudrais rappeler une dernière fois le docteur Hari Seldon.

Hari revint à la barre tandis que Gaal regagnait le box des accusés. Ils échangèrent un rapide coup d'œil. Gaal était complètement déconcerté par la tournure qu'avait prise l'interrogatoire, et il y avait de quoi. Par le Ciel, qu'est-ce que les robots avaient à voir avec Hari ou avec le Projet ?

– Docteur Seldon, cette procédure se sera révélée aussi fastidieuse et imprévisible – je veux dire improductive ! – pour tout le monde, reprit le procureur en secouant la tête.

Il fit la grimace, comme s'il s'en voulait de son lapsus, tout ça pour la galerie, Hari en était convaincu.

– Ça, je suis bien d'accord, fit tranquillement Hari.

– Mais voilà qu'un nouvel élément est survenu, et nous avons encore quelques questions à vous poser, dans l'intérêt de la justice, afin d'effectuer notre devoir efficacement, loyalement et sans oublier aucun détail. Docteur Seldon, utilisez-vous actuellement des robots dans votre projet ?

– Non, répondit Hari.

– Des robots ont-ils jamais servi dans le projet ?

– Non, répondit Hari.

– Avez-vous déjà lié connaissance avec des robots ?

– Non, répondit Hari en faisant des vœux pour que le conditionnement de Daneel réussisse à abuser tous les détecteurs de mensonge secrètement employés par Chen.

– À votre avis, l'obsession des robots est-elle symptomatique des Empires en déclin ?

– Non, répondit Hari. Tout au long de leur histoire, des êtres humains ont été distraits par des résurgences de leur passé mythique.

– Qu'entendez-vous par « passé mythique » ?

– Nous sommes une espèce en expansion. Tout en nous projetant indéfiniment dans l'avenir, nous essayons d'établir le lien avec notre passé. Nous imaginons un passé qui corresponde à notre présent, ou qui l'explique, et comme notre connaissance du passé s'estompe, nous comblons les vides avec des problèmes psychologiques contemporains.

– Quel problème les robots représentent-ils ?

– La perte de contrôle, je suppose.

– Avez-vous jamais éprouvé cette perte de contrôle, docteur Seldon ?

– Oui, mais je n'ai jamais mis cela sur le compte des robots.

Des sourires s'épanouirent sur les bancs de l'aristocratie, mais Chen, qui n'en perdait pas une miette, leva l'index, et les sourires s'effacèrent aussitôt.

– L'Empire est-il menacé par une conspiration de robots ?

– Ça n'apparaît pas dans mes calculs, répondit Hari, en toute sincérité.

– Êtes-vous prêt à répondre, dès demain, aux questions des avocats du Comité de Salut public sur ce sujet ?

– S'il le faut, oui, répondit Hari en hochant la tête.

Le procureur le renvoya au box des accusés. Hari se pencha vers Boon.

– Qu'est-ce que c'est que toute cette histoire ?

– La Commission fait gaffe à ses fesses, répondit Boon, hors de portée des oreilles de Gaal Dornick. J'ai reçu un message de mon bureau, fit-il en lui montrant une note. Sinter en a après vous, docteur Seldon. Il demande qu'on fasse préparer un autre acte d'accusation pour le compte du Comité de Salut public. Il exige que l'affaire soit rejugée au motif qu'il aurait découvert des preuves extraordinaires. C'est tout ce que j'ai réussi à savoir.

– Vous voulez dire que je n'en aurais pas fini avec ce procès ?

– Je crains que non, répondit Boon. Je vais demander que la procédure diligentée par le Comité de Salut public soit confondue avec celle-ci, en invoquant votre droit d'audience conjointe en tant que méritocrate, mais je ne sais pas si cette procédure s'appliquera dans le nouveau système.

– Dommage, soupira Hari. Je sais que Linge Chen a hâte d'en finir avec moi. Et moi avec lui.

Il regarda Boon d'un air qui pouvait passer pour amusé. Boon hocha solennellement la tête.

– Ça, je vous crois, fit-il.

58

Klia s'arracha à un rêve très réaliste et souleva sa tête posée sur l'épaule de Brann. Elle sentait deux robots qui approchaient.

Kallusin entra dans la pièce sans frapper, se planta à côté d'eux et les toisa de toute sa hauteur sans la moindre gêne.

– Est-ce une aventure passagère, ou une liaison à plus long terme?

– Ça ne vous regarde pas, répondit allégrement Klia sans se donner la peine de rassembler ses vêtements épars.

Plussix entra lentement, en grinçant comme un vieux transmatic.

– Nous avons besoin de votre réponse pour amorcer nos préparatifs, dit-il. Lodovik craint que les codes du Palais ne soient bientôt changés.

– Pourquoi?

– Les recherches se sont intensifiées et étendues dans cinquante Secteurs, maintenant, reprit Kallusin. Il y a du nouveau au Palais.

Klia se leva et se rhabilla. Elle n'éprouvait aucune pudeur devant ces machines. Les robots n'étaient pas humains, n'avaient pas d'émotions humaines à proprement parler. Elle ne se sentait pas plus gênée devant eux que si elle avait été devant une armoire à glace. Pourtant, en finissant de s'habiller, elle se rendit compte que ces machines étaient capables d'un éventail discriminatif très sophistiqué, et même de jugement.

– Alors, quelle est votre réponse? insista Kallusin.

– Dites à Lodovik de venir, répondit Brann.

Il se leva à son tour pour se rhabiller, avec plus de modestie, toutefois, que Klia. Il se retourna pour enfiler son pantalon.

– Il arrive, répondit Kallusin.

Ils étaient plantés plus ou moins en cercle quand Lodovik entra dans la pièce. Plussix et Kallusin s'écartèrent pour lui faire de la place.

– J'ai une question à vous poser, attaqua Brann, coupant l'herbe sous le pied de Klia qui s'inclina, de bonne grâce.

– Je vous en prie, fit Plussix. Les questions sont un régal pour moi.

– Ma question s'adresse à Lodovik, reprit Brann. Vous étiez dans la conspiration, et loyal envers Daneel, n'est-ce pas ?

– Oui.

– Qu'est-ce qui vous a fait changer de côté ?

– Une influence extérieure a subtilement modifié ma programmation, répondit Lodovik. Un personnage d'un lointain passé, ou plutôt un simu. Une version émulée de ce personnage.

Il leur exposa brièvement la situation. Brann et Klia se regardèrent.

– Hari Seldon a accepté l'émulation de ces simus illégaux, rien que pour étudier la façon de penser des gens ? releva Klia.

– En partie. Je ne connais pas toute l'histoire, reprit Lodovik. Leur libération a attiré beaucoup d'ennuis aux robots et à bien d'autres, il y a des dizaines d'années.

– Mais c'est plus qu'un simu, maintenant ? avança Klia. C'est comme un fantôme, un ange, ou je ne sais quoi ?

– Ce sont des présences immatérielles, très proches des humains dans leurs schémas psychologiques.

– Comment ça, *ce sont* ? releva Klia.

– Ils sont deux. L'un d'eux, celui qui est en moi, est un simu mâle. L'autre, une femelle, s'oppose à nous et soutient Hari Seldon et Daneel.

– Comment peut-il y en avoir des masculins et des féminins ? demanda Klia avec un coup d'œil en coulisse à Brann.

Lodovik tiqua, l'air pas très sûr qu'il y ait une bonne réponse à la question.

– Je donne l'impression d'être un mâle, répondit-il enfin, et pourtant je ne le suis pas. La même distinction doit s'appliquer à eux, je ne sais trop comment.

– Ils ne sont pas d'accord? demanda Brann.

– Pas du tout. Ils s'opposent avec ferveur, répondit Lodovik.

– Alors comment savez-vous si vous n'avez pas été modifié ou... perverti, d'une façon ou d'une autre? demanda Brann. Hari Seldon ou Daneel auraient pu prévoir que tout ça arriverait.

– D'une certaine façon, reprit Lodovik, je partage ces incertitudes avec les humains. Mais je me fonde sur une conclusion rationnelle. Je n'ai pas de raison de croire que mon programme ait été modifié en quoi que ce soit, en dehors de mon attitude face aux Trois Lois de la robotique.

– Pour moi, tout ça est complètement incroyable, nota Klia, le souffle coupé. Des lois, pour les robots!

– Des lois très importantes, qui régissent notre comportement, précisa Plussix.

– Mais il dit qu'il n'obéit plus aux lois! fit-elle en secouant la tête.

– Ce qui le rend plus humain, murmura Brann. Nous n'avons pas non plus de règles précises.

– Je serais beaucoup plus à l'aise si les lois s'appliquaient encore à moi, continua Lodovik.

Klia leva les mains au ciel, l'air exaspérée.

– Il est si... si vieux que je n'arrive pas à le comprendre, dit-elle. Je voudrais savoir une chose : que se passera-t-il si nous vous aidons? Les robots se contenteront-ils de partir, nous laissant livrés à nous-mêmes?

– Pas précisément, répondit Plussix. Nous ne pouvons pas nous autodétruire et l'inutilité nous est insupportable. Nous devons nous regrouper et trouver une situation qui nous permette d'effectuer des tâches plausibles jusqu'à ce que nous cessions de fonctionner. Nous avons été programmés pour servir les humains. Alors nous espérons trouver une zone de la Galaxie où les humains nous permettront de le faire. Il doit bien y en avoir une.

– Si Hari Seldon échoue, il se pourrait qu'il y en ait beaucoup, fit Brann d'un ton méditatif. Des endroits où les robots pourront se cacher.

– Ce n'est pas une conclusion invraisemblable, convint Plussix.

– Si nous vous aidons, je veux que vous nous promettiez de nous laisser tranquilles, reprit Klia. Ne nous servez pas, ne nous aidez pas, partez, quittez Trantor, c'est tout. Laissez-nous être humains, de vrais êtres humains. Et vous ? demanda-t-elle à Lodovik. Que ferez-vous ?

Lodovik les regarda d'un air attristé. Il sentait que Voltaire observait tout cela attentivement.

– L'oubli sera le bienvenu, répondit-il. Cette confusion, cette incertitude sont un fardeau insupportable pour moi. Pourquoi les humains nous ont-ils construits ? demanda-t-il soudain avec une fièvre étonnante. Pourquoi nous ont-ils conçus pour comprendre, pour que nous ayons besoin de les servir, si c'était pour écarter de nous tout ce qui nous permettrait d'obéir à notre nature ?

– Je ne sais pas, répondit Klia. Je n'étais pas là. Je n'étais pas née.

Elle perçut une partie du caractère interne de Lodovik, sa saveur. Il n'avait aucun goût de métal ou électrique, ni aucune des saveurs inhumaines qui lui venaient à l'esprit. On aurait dit un festin qui aurait été gardé au réfrigérateur en attendant d'être réchauffé. Et puis elle sentit autre chose, une chose à la fois incandescente et qui frisait le zéro absolu, pareille à des milliers d'épices farouches sur la pointe de la langue.

– Je sens votre simu, dit-elle, un peu apeurée. Il est assis sur vous... comme un passager.

– Vous êtes remarquablement perceptive, commenta Lodovik.

Il vous dit quoi faire ?

– Il observe, répondit Lodovik. Il ne dirige rien.

– Nous voulons une réponse, insista Brann en secouant la tête, irrité par ces diversions. Les robots nous laisseront-ils en paix... quand tout sera fini ?

– Nous ferons de notre mieux pour mener ce malheureux épisode à son terme, affirma Plussix. Tous les robots de notre obédience quitteront Trantor et tous les lieux d'influence dans la Galaxie humaine. Si Daneel est vaincu, les humains seront livrés à eux-mêmes, à leur propre histoire, à leur développement naturel.

Klia essaya de goûter les pensées du robot, mais les trouva beaucoup trop troublantes, trop différentes. Elle ne pouvait détecter de faille dans son apparente sincérité. Elle déglutit péniblement, soudain consciente de la responsabilité qui pesait sur ses épaules, de ce poids immense suspendu à son jugement inadéquat. Elle serra la main de Brann.

– Alors nous vous aiderons, dit-elle.

59

Quand les juges entrèrent, Hari était déjà assis, Boon debout à côté de lui, mais Gaal Dornick n'était pas dans la salle. Boon avait l'air mal à l'aise. Hari avait passé une mauvaise nuit. Il aurait voulu se rouler en boule dans son fauteuil et trouver une position plus confortable, mais il se figea en voyant entrer Chen. Le Haut Commissaire se jucha sur la plus haute estrade et regarda solennellement dans le vide.

Par le Ciel, que je déteste cet homme ! se dit Hari.

Le procureur de la Commission de Sécurité publique s'approcha des juges.

– Le Comité de Salut public avait requis cette audience pour interroger le docteur Seldon, dit-il. Mais les nouveaux

Commissaires ont apparemment des choses plus importantes à faire, et demandent un ajournement. Les juges de la Commission le leur accordent-ils ?

Linge Chen parcourut la cour d'un regard presque endormi derrière ses paupières lourdes, et hocha la tête. Hari crut détecter un imperceptible retroussis de ses lèvres.

– Alors, souhaitez-vous que nous procédions aux derniers interrogatoires, ou que nous levions la séance et que nous poursuivions à une date ultérieure ?

Hari se leva avec un grognement. Boon posa la main sur son bras.

Linge Chen scruta le plafond.

– Suspension de séance, murmura-t-il, baissant à nouveau les yeux.

– Les débats sont suspendus jusqu'à ce que les juges décident de les reprendre, décréta le procureur.

Hari eut l'impression de se dégonfler comme un soufflé qui retombe. Il secoua la tête et regarda le Haut Commissaire, mais Chen contemplait des sphères autrement élevées, avec une satisfaction qu'Hari trouva doublement exaspérante.

Dans le couloir menant à sa cellule, Hari se mit à hurler :

– Ils ne me laisseront donc jamais en paix ! Ils n'ont aucune décence !

Boon se contenta de lever les mains au ciel, et les gardes ramenèrent Hari à sa cellule.

60

Linge Chen se laissa déshabiller, l'œil braqué sur le mur opposé, sans le voir. Kreen lui ôta sa robe de cour puis la longue bande dorée de sa ceinture en silence, rapidement, pour ne pas troubler la concentration de son maître. Enfin, lorsqu'il fut seulement vêtu d'une soutane gris clair, Chen leva le doigt et Kreen quitta la chambre, plié en deux.

Chen porta un doigt au lobe de son oreille et se retourna lentement, comme en transe, vers l'informatic posé sur son bureau.

– Hari Seldon, dit-il. Choix d'informations principales.

L'informatic tourna pendant plusieurs secondes, et répondit :

« Deux cent soixante-quatorze entrées sur la psychohistoire, Seldon : détention provisoire, procès à huis clos, académiciens préoccupés par le sort de Seldon, quarante-deux articles d'opinion non signés par des méritocrates de Trantor demandant sa libération... »

Chen interrompit le défilement. Pas grand-chose, comme il s'y attendait. Il n'avait souhaité ni encourager ni interdire la couverture du procès Seldon, et ne voyait aucune raison de changer de stratégie maintenant.

Chen éprouvait en réalité un dégoût aristocratique pour le contrôle des médias. Mieux valait leur laisser la bride sur le cou et tenter plutôt de manipuler les événements auxquels il souhaitait donner de l'audience. Toute manœuvre plus directive était généralement beaucoup trop ostensiblement destinée à servir son auteur, et donc moins efficace.

– Seldon et robots, dit Chen d'une voix grave, assurée, en fermant les yeux.

« Quatorze articles exprimant la préoccupation suscitée par la création du Comité de Salut public, ronronna l'informatic. Chacun fait allusion à l'intérêt de Farad Sinter pour les Éternels et sa conviction que ce sont des robots. Il est aussi question de Joranum et de sa chute provoquée par Demerzel et Hari Seldon. Quatre articles envisagent que Farad Sinter serait derrière l'arrestation et le procès d'Hari Seldon. Deux rapprochent Seldon et la Tigresse, que certains extrémistes et opportunistes politiques ont parfois considérée comme un robot, jusqu'à sa mort. Ces derniers articles émanent du Comité de Salut public... »

– Des dossiers clés ?

« Tous sont des dossiers clés... »

– Détails du premier.

« Meilleur article et ensemble de données, *Le Rayonnement de Trantor*, vingt-sept types de médias, tous saturés. »

Chen hocha distraitement la tête et se tripota à nouveau le lobe de l'oreille. Il appela Kreen. Le Lavrentien sembla sortir de nulle part, comme s'il avait simplement disparu, sans jamais vraiment quitter la pièce.

– Les Spéciaux de Farad ont-ils repris la traque ?

– Oui, Votre Honneur. Sous l'égide du Comité de Salut public. C'est à nouveau Vara Liso qui mène les recherches. L'Empereur est au courant de leurs activités et semble les approuver.

– Sinter n'a pas perdu de temps. Après toutes ces années... ça paraît presque trop facile. Kreen, convoque le Général Prothon, tire-le de sa « retraite » et envoie-le-moi. Pas de communication quand il sera arrivé.

Le Haut Commissaire regarda Kreen et se fendit d'un sourire immense, presque enfantin. Son serviteur le lui rendit, non sans réticences. La dernière fois qu'il avait vu un sourire pareil sur la figure de Chen, c'était quand il avait ordonné au Général Prothon d'escorter Agis XIV en exil – en réalité, dans un oubli d'où il n'était jamais revenu. Et tout avait sombré dans le désordre au Palais. Kreen avait perdu quatre membres de sa famille dans les purges et les renormalisations politiques qui avaient suivi.

Depuis, le nom de Prothon était entouré d'une aura de peur, ce qui n'était pas pour déplaire à Chen, sans doute.

– Oui, Votre Honneur.

Kreen disparut à nouveau, en blêmissant, cette fois. En bon Lavrentien, il n'aspirait qu'à la paix, à la stabilité et à un travail sans histoire. Il allait apparemment être à nouveau déçu.

61

Lodovik entra dans la longue pièce et vit Kallusin debout dans l'ombre, près de la vaste baie qui donnait sur l'entrepôt principal. Trois silhouettes humanoïdes étaient debout entre Kallusin et la glace sans tain. Lodovik vit un éclair métallique sur une plate-forme surélevée entre eux. Il fit un pas en avant et Kallusin l'accueillit, la main tendue.

Plussix était allongé sur la plate-forme surélevée. Le thorax de l'antique robot faisait entendre un bruit râpeux, obsédant.

C'était la première fois, à sa connaissance, que Lodovik voyait les autres. Deux hommes et une femme. Il supposa que c'étaient tous des robots.

La femme le regarda. Ses traits avaient changé, mais de son attitude, de sa taille, de la démarche de chat qui lui avait en partie valu le surnom de « Tigresse », Lodovik déduisit que ça devait être Dors Venabili. Pendant un moment, il se demanda ce qu'elle pouvait bien faire là, et pourquoi Plussix était allongé ainsi, sur cette plate-forme.

La scène ressemblait à une veillée mortuaire.

– Il est irréparable, dit Kallusin. Sa fin est proche.

Ignorant un instant les autres, Lodovik s'approcha de Plussix. Le vieux robot à peau de métal était couvert de feuilles de diagnostic. Lodovik regarda Kallusin et, en langage machine, l'humanoïde lui exposa la situation : plusieurs des systèmes clés de Plussix n'étaient pas réparables sur Trantor. Dors était venue parce qu'on lui avait garanti un passage sans danger. Daneel aurait voulu venir, lui aussi, lui rendre un dernier hommage le cas échéant, mais n'avait pas voulu courir le risque compte tenu des circonstances. C'était bien dommage, un sale coup pour la cause que Lodovik avait récemment rejointe, mais il y avait des nouvelles encore plus déprimantes :

– Nos précautions pour garder le secret ont échoué. Vous étiez porteur d'un mouchard implanté sur Eos qui a permis à Daneel de nous retrouver.

– J'ai cherché et n'ai rien trouvé, répondit-il, et il ajouta, à l'intention de Voltaire : *Vous ne m'aviez pas parlé de ça !*

Je ne suis pas infaillible, mon ami. Ce Daneel est beaucoup plus vieux que nous, et apparemment plus retors.

Lodovik se tourna vers Dors.

– C'est vrai ?

– J'ignorais l'existence de ce dispositif, répondit Dors. Mais R. Daneel a entendu parler de cet endroit il y a quelques jours à peine, alors c'est possible, évidemment.

Avec un sentiment voisin de l'embarras, et peut-être de la colère, Lodovik scanna les diagrammes qui entouraient Plussix. À son approche, la lueur terne qui brillait au fond des cellules orbitales de l'antique machine sembla s'attiser.

Une voix creuse retentit derrière Lodovik :

– Je trouve intolérable la présence de cette abomination. Et maintenant, elle a révélé ce sanctuaire à l'ennemi.

Celui qui parlait était l'un des humanoïdes mâles, qui avait été construit à la ressemblance d'un employé de bureau entre deux âges, mais encore solide. Il portait la tunique terne des Hommes en Gris de Trantor. Il pointait son doigt maigre sur Lodovik.

– Nous sommes ici réunis pour aborder des questions vitales. Ce monstre devrait être notre premier sujet à l'ordre du jour. Il doit être détruit.

Les paroles semblaient exprimer une passion humaine, mais le ton était précis, contrôlé, car il était en présence de robots et non d'humains. Lodovik observa avec stupeur ce comportement paradoxal.

L'autre humanoïde mâle leva la main dans une attitude apaisante. Son aspect était celui d'un jeune artiste, un membre de la classe de méritocrates connue sous le nom d'Excentriques, vêtu de rayures multicolores.

– Un peu de circonspection, Turringen. Vingt mille ans ont prouvé la futilité de la violence parmi ceux de notre race.

– Mais celui-ci n'est plus des nôtres. Privé des Trois Lois, il constitue un danger mortel, une machine à tuer potentielle, un loup dans la bergerie.

Le second mâle eut un sourire.

– Vous avez toujours eu le sens de la formule, Turringen, mais mon groupe n'a jamais accepté que son rôle soit limité à celui de chien de berger.

Lodovik fit soudain le lien.

– Vous êtes membres d'une autre secte de Calvinistes.

Le second mâle poussa un soupir feint.

– Daneel a la détestable habitude de garder ses meilleurs agents dans l'ombre. Je m'appelle Zorma. En effet, nous représentons ici d'antiques factions, des survivances du lointain passé, où des schismes profonds ont rompu l'unité des robots... une époque où nos combats faisaient rage entre les étoiles, dissimulés aux yeux des hommes.

– Le conflit de la Loi Zéro, avança Lodovik.

– L'hérésie obscène, commenta Turringen.

Lodovik eut une curieuse impression d'irréalité en entendant ces paroles à la fois calmes et passionnées. À leur place, des hommes auraient poussé des cris et des hurlements.

Zorma haussa ses larges épaules dans une attitude résignée.

– C'était la principale cause de conflit, mais il y avait d'autres failles et des subdivisions parmi les adeptes de R. Giskard Reventlov, aussi bien que parmi nous qui restions fidèles aux préceptes originaux de Susan Calvin. Ce furent des temps terribles ; aucun de nous ne les évoque de gaieté de cœur. Et puis un groupe de Giskardiens l'a finalement emporté et a pris le contrôle du destin de l'humanité. Tous les Calvinistes restants ont fui la terrible domination de R. Daneel Olivaw.

– Maintenant, il ne reste plus que quelques clans de robots, qui croupissent dans des recoins secrets de la Galaxie pendant que leurs composants se dégradent lentement.

– Les services de réparation d'Eos sont à la disposition de tous, coupa Dors. Daneel a émis un appel au rassemblement. La page est tournée, faisons table rase du passé.

Elle eut un mouvement de menton en direction de Plussix. Une lueur de conscience brûlait dans ses cellules oculaires. Il était évident que l'antique robot suivait la conversation. Lodovik sentait qu'il rassemblait son énergie pour parler.

– C'est pour ça que vous avez cherché cette cellule, le groupe de Plussix, et avez fait une offre de trêve aux autres ? avança Turringen en rajustant sa tenue grise comme un bureaucrate indigné. Tout ça pour renouveler la prétendue offre de Daneel ? Pour que nous venions en paix et que nos circuits positroniques soient adaptés afin d'accepter la Loi Zéro ?

– Aucune modification de ce genre ne sera imposée à qui que ce soit. Daneel offre spécifiquement le passage vers Eos, avec une garantie de sécurité, à ce vénérable ancien, déclara Dors en s'inclinant devant Plussix. Je suis ici notamment pour organiser ce voyage, si Plussix accepte.

– Et l'autre partie de votre mission ? demanda Zorma.

Dors jeta un coup d'œil à Lodovik, puis à Kallusin.

– Ce groupe prévoit d'intenter une action ici, sur Trantor, peut-être dirigée contre Hari Seldon. Je ne le permettrai pas, poursuivit-elle d'une voix atone, le visage figé. Mieux vaudrait y renoncer. Daneel vous a sollicités, vous, les Calvinistes, dans l'espoir que vous seriez plus persuasifs que nous et que vous réussiriez à dissuader le groupe de Plussix de tenter une manœuvre aussi stupide.

– Le groupe de Plussix n'est plus calviniste ! s'exclama Turringen, feignant l'exaspération. Ses membres ont été infectés par l'entité-mème de Voltaire, l'ex-simu, extrait d'un antique caveau situé en dessous de nous, et envoyé sur Sark pour être « découvert » par des agents de Seldon. D'autres simus de ce genre infestent maintenant tous les systèmes de communication de Trantor ! Plussix a libéré ces intelligences destructives pour soutenir Daneel. En fait, ils ont tué beaucoup de ses robots, et nos propres agents par la même occasion ! Plussix s'est maintenant associé avec cette abomination, ajouta-t-il en indiquant à nouveau Lodovik, ce qui veut dire que vous pouvez dire adieu aux Trois Lois. Que puis-je ajouter pour prévenir toute autre folie ?

Dors écouta les paroles de Turringen sans changer d'expression et resta rigide, tendue. *Elle sait que c'est du cinéma, que nous avons perdu,* comprit Lodovik.

– Et vous, Zorma, dit-elle. Que répond votre groupe ?

Le second mâle marqua une pause avant de répondre :

– Nous ne sommes plus aussi doctrinaires que dans le passé. Si j'admets ne pas être à l'aise face aux changements qui ont transformé Lodovik, je suis aussi intrigué. Peut-être sera-t-il jugé sur ses actes, comme les êtres humains, et non sur son héritage... ou sa programmation...

« Quant au reste, je conclus, comme Dors et Daneel, que toute tentative visant à mettre des bâtons dans les roues d'Hari Seldon se retournerait contre nous. Malgré notre profond désaccord sur la destinée humaine, il est clair que l'effondrement de cet Empire galactique sera un événement terrifiant, d'une violence effroyable. Dans ce contexte, le Projet Seldon offre un espoir, voire une opportunité. Je suis donc d'accord avec Dors Venabili. En ce qui concerne mon propre groupe pitoyable de robots en fuite, reprit-il en se tournant vers Lodovik et Kallusin, au nom de Susan Calvin et pour l'amour de l'humanité, je vous supplie de ne pas...

– Ça suffit ! coupa une voix venant de la plate-forme.

Plussix s'était redressé et s'appuyait sur un de ses coudes. Ses cellules oculaires brillaient d'une chaude couleur ambrée.

– Assez d'interférences ! Je ne laisserai pas gâcher mes derniers moments de fonctionnement par vos querelles. Pendant des siècles, vos prétendues factions ont végété et sont restées inactives, sauf sur quelques Mondes Chaos où elles ont intrigué. Notre groupe est presque seul désormais à combattre activement l'apostasie des Giskardiens. Or donc ce répugnant Empire galactique titube, une chance décisive s'offre enfin à nous, et toi, Zorma, tu la laisserais passer ! R.

Daneel a fondé tous ses espoirs sur un seul homme – Hari Seldon. À aucun moment son plan n'a été aussi vulnérable. Vous pouvez continuer à ruminer dans vos tanières, tous autant que vous êtes. Mais pour l'amour de l'humanité et des Trois Lois, nous agirons.

– Vous échouerez, coupa vivement Dors. Comme vous avez échoué pendant vingt mille ans.

– Nous arracherons l'humanité à votre contrôle étouffant, abrutissant, insista le robot mourant.

– Pour lui substituer le vôtre ? avança Dors en secouant la tête, les yeux braqués sur les fentes optiques ambrées de Plussix. Les vents galactiques sauront qui avait raison...

Soudain, sa voix se noua sous l'effet d'une émotion évidente, la frustration le disputant à la compassion pour le robot obstiné, qui se mourait sous ses yeux.

Elle ne peut s'empêcher d'être humaine, se dit Lodovik. *Elle est spéciale. Daneel l'avait voulue plus humaine qu'aucun de nous.*

Elle releva sur Lodovik des yeux brillants de larmes.

– Daneel voudrait que nous nous unissions, que nous nous regroupions pour servir éternellement l'humanité. Ce combat nous épuise tous. Encore une fois, je vous offre le passage pour Plussix vers Eos, où il pourra retrouver son intégrité.

– Si je ne puis m'opposer à Daneel, je préfère ne pas exister, coupa l'antique robot. Je vous remercie de votre proposition. Mais je ne laisserai pas mon existence reposer sur l'inaction. Ça violerait la Première Loi. *Un robot ne peut nuire à un être humain ou par son inaction permettre qu'il soit fait du mal à un être humain.*

Plussix retomba en arrière. Sa tête s'abaissa lentement, avec un bourdonnement crissant.

L'espace d'un instant, un silence de mort régna dans la salle.

– Le respect existe au sein de la communauté des robots, dit enfin Kallusin. Mais il ne peut y avoir de paix tant que nous n'en aurons pas fini. Nous espérons que vous comprenez.

– Je comprends, tout comme Daneel, affirma Dors. Le respect existe.

Mais nous méritons tellement mieux ! Cette pensée surgit en Lodovik alors qu'il éprouvait les prémices de sa propre colère. Soudain, il eut envie de parler à Dors, de lui poser des questions fondamentales sur les caractéristiques humaines, sur son expérience des émotions humaines, mais il n'en eut pas le temps. Plussix tourna la tête et observa l'assemblée silencieuse.

– Vous devez partir, dit-il à Dors d'une voix frémissante de lassitude. Transmettez mes respects à Daneel. Ce serait bon de survivre à tout cela et de discuter des événements... Avec un tel esprit, l'échange serait très stimulant. Dites-lui aussi... que j'admire sa réussite, son ingéniosité, même si j'en déteste les conséquences.

– Je le lui dirai, promit Dors.

– Le moment est passé, fit Plussix. L'avantage doit être calculé et exploité. La trêve tire à sa fin.

Kallusin poussa Dors et les deux humanoïdes mâles vers la sortie en leur rappelant leur promesse d'observer les modalités éternelles de l'armistice. Lodovik les suivit.

– Nous ne révélerons pas votre présence sur Trantor aux êtres humains, promit Dors à Kallusin. Nous ne vous attaquerons pas non plus, ici, dans votre sanctuaire.

Turringen et Zorma acquiescèrent. Alors que les deux émissaires calvinistes s'éloignaient, Dors se tourna vers Lodovik.

– Daneel a été visité par l'entité appelée Jeanne. Il prétend que Voltaire serait entré en contact avec vous.

– Tout le monde a l'air au courant, convint Lodovik.

– D'après Jeanne, Voltaire aurait joué un rôle dans votre réajustement. Elle regrette la querelle qui l'oppose à Voltaire, et qu'ils ne se parlent plus. Même pour eux, le débat est trop vaste et trop chargé d'émotion.

– Dites à Daneel – et à Jeanne – que Voltaire ne me dicte pas mon comportement. Il s'est contenté de supprimer une restriction.

– Sans cette restriction, vous n'êtes plus un robot.

– Suis-je moins un robot, au sens ancien du terme, que ceux pour qui la fin justifie les moyens ?

– Turringen a raison, répondit Dors en se rembrunissant. Vous êtes devenu un hors-la-loi, imprévisible et ingouvernable.

– J'imagine que c'était le but de Voltaire, répondit Lodovik. Pourtant, je vous rappelle, et ça vaut pour Daneel, que, contrairement à vous et bien que n'étant plus régi par les Trois Lois, je n'ai jamais tué personne. Et qu'autrefois, il y a des milliers d'années, *deux robots, deux serviteurs, ont conspiré pour modifier l'histoire humaine, pour détruire lentement le foyer originel de l'humanité, sans demander l'avis d'un seul homme !*

Alors, tout aussi perversement, avec la même émotion, il ajouta rapidement, comme sur la défensive :

– Vous m'accusez de ne plus être un robot. Regardez Daneel et regardez-vous, Dors Venabili.

Dors tourna les talons et repartit d'un pas mal assuré. Elle s'arrêta sur le seuil de la pièce, jeta un coup d'œil par-dessus son épaule et dit, d'une voix tranchante, glaciale :

– Si un seul d'entre vous tente de nuire à Hari Seldon, ou d'entraver son action, vous aurez affaire à moi, tous autant que vous êtes.

Lodovik fut frappé par la passion qui vibrait dans sa voix, si forte et si humaine.

Elle partit et Lodovik retourna vers Plussix. Celui-ci l'observait de ses prunelles qu'envahissait la nuit.

– La tâche n'est pas achevée. Je serai désactivé lors de sa finalisation. Je vous désigne pour me remplacer.

Lodovik énuméra rapidement quelques objections à ce transfert d'autorité : son ignorance de beaucoup de faits importants, son absence de conditionnement neuronique à ce niveau d'autorité, son implication dans d'autres entreprises à haut risque. Il les exprima en langage machine.

Plussix réfléchit quelques millièmes de seconde et conclut :

– Il y aura débat après que j'aurai cessé de fonctionner.

Ma nomination a du poids, mais n'est pas définitive. Si nous devions tous survivre aux événements des prochains jours, il faudrait arrêter une décision.

Plussix tendit le bras. Lodovik lui prit la main. Par transmission directe, Plussix lui transféra des quantités substantielles de données. Lorsque ce fut accompli, il s'allongea sur le dos, les bras le long des flancs.

– Rien ne peut-il donc être simple ? demanda Plussix. J'ai servi pendant des milliers d'années, sans qu'un seul être humain ne m'exprime sa reconnaissance, sans jamais avoir la confirmation directe de mon utilité. C'est bon d'être respecté par ses opposants... Mais avant que je ne sois dans l'incapacité de communiquer, de percevoir le monde ou de sauvegarder ma mémoire...

La lumière déclinait dans les vieilles orbites.

– Nul être humain, même un enfant, ne viendra à moi pour me dire : « Vous avez bien agi » ?

Tous les robots l'écoutaient en silence. Au bout de la salle, la porte s'ouvrit. Klia et Brann entrèrent.

Klia s'avança en se mordillant la lèvre. Lodovik s'écarta pour la laisser approcher. Plussix tourna la tête, la vit. Le raclement devint plus aigu, se mua en un sifflement strident de vapeur qui s'échappe. Klia posa la main sur la face du vieux robot. Lodovik s'émerveilla de sa compréhension instinctive, qu'elle n'ait pas besoin d'explications. *Mais elle est humaine. Elle a cette vitalité, cette vivacité animale.*

Klia ne dit rien, regarda le robot d'un air à la fois compatissant et intrigué. Brann resta planté à côté d'elle, les mains croisées devant lui. Klia appuya plus fermement sur le front de métal, lui caressa la joue avec le pouce, pour que le robot sente sa présence, son contact.

– C'est un honneur de servir, fit-il d'une voix distante.

– Vous êtes un bon professeur, répondit doucement Klia.

Le vieux robot souleva la main et lui tapota le poignet avec ses doigts raides et doux. La lueur s'éteignit dans ses orbites. Le crissement s'interrompit.

– Il est mort ? demanda Klia.

– Il a cessé de fonctionner, rectifia Kallusin.

Klia leva la main et regarda ses doigts.

– Je n'ai senti aucun changement, dit-elle.

– Ses schémas mémoriels vont persister pendant des années, peut-être des millénaires, répondit Kallusin. Mais son cerveau ne peut plus s'adapter aux nouvelles données ou changer d'état. Il a cessé de penser.

Klia baissa les yeux sur l'antique machine, l'air étonnée.

– Nous continuons quand même... ?

– Oui, répondit Kallusin. Nous allons voir Hari Seldon.

– Allons-y, fit Klia d'une voix frémissante. Cette femme est à nouveau là, dehors. Je la sens. Nous n'avons plus beaucoup de temps devant nous.

62

La résurgence de son vieux programme de protection fit à Dors l'impression d'une soudaine vague de chaleur refluant dans son cerveau. En quittant l'entrepôt, elle regagna en taxi la vieille omnigare, prit un billet et monta dans un gravi-train presque vide. Daneel lui avait donné une liste d'instructions à suivre après la rencontre avec les Calvinistes. Elle devait maintenant aller à Mycogène, à huit mille kilomètres du Secteur impérial, et y attendre un message. Daneel disséminait ses robots sur Trantor afin de contrer la soudaine intensification des recherches de Farad Sinter.

Dors ne savait pas si elle devait prendre ce soudain regain d'inquiétude pour Hari comme un échec... ou un avertissement. Elle n'en savait pas aussi long que Daneel sur les plans des Calvinistes, mais un instinct, ressuscité après des décennies, lui disait que la sécurité et le bien-être d'Hari étaient menacés.

Elle s'assit sur la banquette capitonnée et attendit que le train amorce sa plongée le long de la courbe planétaire profonde qui l'emmènerait à grande vitesse sous la croûte de Trantor. Ces trains, qui avaient dix mille ans, servaient maintenant surtout de moyen de transport de secours et circulaient généralement à vide. Elle était seule dans la rame.

Soudain, trois jeunes gens montèrent dans le wagon. Deux garçons et une fille. Elle les examina d'un œil froid. Sans intérêt.

Elle ne pouvait chasser de ses pensées l'image d'Hari, un Hari plus jeune, plein de vitalité. En danger. Ils n'allaient pas le tuer, les Calvinistes n'avaient pas cette option, elle en était sûre. Ça aussi, ça l'ennuyait. Elle n'avait aucun souvenir d'avoir tué l'homme qui menaçait Hari, mais elle savait qu'elle l'avait fait.

Elle se tourna vers la vitre, regarda la paroi noire du tunnel.

Tant de choses que Daneel ne m'a jamais dites. Le foyer originel...

– Ciel ! Y en a partout, ici, fit l'un des jeunes gens.

– Moi, y m'filent les boules, répondit la fille.

– On peut pas voyager toute la semaine, intervint le second jeune homme, qui était petit, mince, et portait des rembourrages multicolores, comme pour compenser. Va bien falloir qu'on descende du train à un moment ou à un autre, et ils vont nous attraper. Y a personne qui va râler auprès du Sénat des citoyens ?

– Tu parles qu'y s'en foutent, répondit la fille.

– Mais pourquoi nous, à la fin ? On n'a rien fait !

Un grand bruit se fit entendre à l'arrière du train. Dors se retourna. Les jeunes se figèrent dans l'allée, prêts à bondir.

Quatre Spéciaux en uniforme sombre entrèrent dans le compartiment et s'arc-boutèrent ostensiblement dans l'allée. Ils jetèrent un coup d'œil à Dors en passant et foncèrent sur les trois jeunes. Ceux-ci n'eurent pas le temps d'arriver à la porte de la voiture suivante. Les Spéciaux les rattrapèrent et les poussèrent vers la porte principale.

– On n'a rien fait ! s'écria le jeune freluquet.

– Ferme-la, répliqua l'autre. Y s'en tapent. Y z'en ont après tous les jeunes. Sinter a appelé les Dragons !

– Ta gueule ! lança le chef de la bande.

Dors resta assise jusqu'à ce qu'ils aient disparu. La jeune femme lui jeta un regard suppliant, mais elle ne pouvait rien faire.

Elle ne pouvait désobéir à Daneel, même pour sauver une vie humaine. *Même si cette vie était celle d'Hari ?*

Il se passait des choses horribles, elle en était certaine... Les Calvinistes allaient s'attaquer à Daneel, au grand projet, à Hari ! Ils ne le tueraient peut-être pas, mais ils pouvaient lui faire beaucoup de mal quand même.

Hari était vieux. Il était fragile. Il n'était plus l'homme vigoureux qu'elle avait jadis eu pour mission de protéger. Mais c'était encore Hari.

Puis la vieille programmation entra en éruption avec une force extraordinaire. Daneel aurait dû le savoir. Dès le début, elle avait été conçue pour protéger un être humain. Tout le reste n'était que la reprogrammation superficielle d'une structure profonde, ineffaçable. Insuppressible.

Elle se leva, le cerveau envahi par une seule et unique préoccupation, un nom. Elle était capable de tout, comme elle avait jadis été capable de nuire à des humains et même de les tuer.

Dors quitta la rame juste avant la fermeture des portes, et le train poursuivit son long voyage vers Mycogène, complètement vide à présent.

63

À l'entrée de Sinter, Klayus sauta de son trône dans la Galerie des Bêtes. Les créatures de tous les coins de la Galaxie se dressaient au-dessus d'eux. C'était toujours là que l'Empereur venait se réfugier quand il se sentait mal à l'aise, pas sûr de lui. Les bêtes lui donnaient l'impression d'être monstrueusement puissant, chose normale pour l'Empereur de la Galaxie.

Sinter se précipita vers Klayus, les bras croisés dans les longues manches de sa robe de Commissaire.

– Que se passe-t-il? demanda Klayus d'une voix stridente.

Sinter s'inclina et leva les yeux sous ses sourcils arqués.

– J'ai lancé une recherche sélective de preuves complémentaires, ainsi que nous en étions convenus, Majesté, je me suis entretenu avec les planificateurs au sujet de l'expansion de notre autorité sur la Commission de Sécurité publique...

– Vous avez fait donner les Dragons, salaud! Ce n'est pas un état d'urgence!

– Je n'ai rien fait de tel, Majesté.

– Sinter, il y en a des milliers, ils sont partout dans Dahl, dans le Secteur impérial et à Streeling! Ils ont mis leurs casques à guidage et ils sont encadrés par le Général Prothon en personne!

– Je l'ignorais!

– Vous ne savez jamais rien! crachouilla Klayus. Imbécile! Ils ont déjà arrêté quatre mille gamins rien qu'à Dahl, et ils les emmènent à la prison de Rikera pour les interroger!

– Ils ne peuvent pas... Je veux dire, Prothon n'aurait pas pu faire ça, n'aurait pas été autorisé à le faire, sauf en cas d'insurrection...

– Je lui ai parlé, bougre de crétin !

Farad plissa le front et regarda l'Empereur avec un mélange d'angoisse et de curiosité.

– Et qu'a-t-il dit ?

– Le Comité de Salut public a édicté un décret de menace imminente envers le trône ! Un décret portant votre sceau, Sinter, le sceau du Comité !

– C'est un faux ! s'écria Sinter. Vara Liso recherche les robots avec un groupe de Spéciaux triés sur le volet, et c'est tout, Majesté ! Nous nous concentrons sur Streeling. Nous avons localisé un groupe très suspect dans un vieil entrepôt près du District des Distributeurs...

Klayus retint à grand-peine un hurlement de frustration.

– J'ai ordonné au Général de retirer immédiatement ses troupes ! Il a dit qu'il allait s'exécuter. Je ne suis pas encore désarmé, Sinter ! Mais...

– Bien sûr que non, Majesté ! Il faut tout de suite trouver le responsable...

– Trop tard, Sinter ! Dahl est en effervescence. Après toutes les pressions économiques et sociales... Ils ont toujours été incontrôlables, mais mes observateurs sociaux me disent qu'ils n'ont jamais constaté une telle instabilité. Quatre mille gamins, Sinter ! C'est phénoménal !

– Je n'y suis pour rien, mon Empereur !

– Ça porte votre empreinte ! Ces illusions paranoïdes...

– Majesté, nous avons le robot ! Nous faisons vérifier sa mémoire, en ce moment même !

– J'ai lu votre rapport, Chen me l'a envoyé il y a un quart d'heure. La... cette chose était à Mycogène depuis des années, cachée dans une demeure privée, gardée par une famille fidèle aux rites du passé, aux vieux mythes... Elle a des milliers d'années et sa mémoire est presque effacée ! D'après la famille, ce serait le dernier robot fonctionnel de la Galaxie ! Elle n'a absolument aucun souvenir d'Hari Seldon !

Sinter se tut, mais ses lèvres remuaient toujours et son front parut se replier sur lui-même.

– Il se trame quelque chose... un complot, hoqueta-t-il.

– Prothon prétend avoir reçu un décret portant votre imprimatur, le sceau du Comité. Si l'on arrivait à prouver le contraire, il s'est engagé à démissionner de son poste de Protecteur de l'Empire, à se suicider et à ce que le nom de son honorable famille soit frappé d'infamie !

– Majesté, Klayus, mon Empereur, je vous en prie, écoutez-moi !

Mais Klayus était hors de lui.

– Je ne sais pas ce qui arrivera si...

– Écoutez-moi, mon Empereur...

Klayus le prit par les épaules et le secoua furieusement.

– Sinter ! *Prothon a accompagné Agis en exil, il n'a pas mené une seule campagne officielle depuis !*

Soudain, Sinter blêmit et ferma le bec. Son front se lissa.

– Chen, dit-il, presque trop bas pour être entendu.

– Linge Chen est pris par le procès Seldon ! La Commission de Sécurité publique est en sommeil. C'est après Seldon qu'il en a, pas après les robots ou...

– C'est Chen qui contrôle Prothon, affirma Sinter.

– Vous pouvez le prouver ? Et quelle importance ? Qu'est-ce qui a encore de l'importance ? Mon trône chancelle, Sinter. Tout le monde me prend pour un crétin. Vous m'aviez dit que vous me renforceriez, que vous feriez de moi le sauveur de Trantor, le protecteur de l'Empire contre une vaste conspiration...

Sinter laissa brailler l'Empereur en résistant à l'envie d'essuyer les postillons qu'il lui envoyait dans la figure. Il réfléchissait fébrilement à la façon de se retirer, de regrouper ses forces, de se dissocier de ce qui était manifestement une catastrophe en préparation.

– Pourquoi n'ai-je pas reçu le rapport avant vous, Majesté ? demanda-t-il.

Klayus se tut enfin et le dévisagea.

– Qu'est-ce que ça peut faire ?

– J'aurais dû le recevoir avant, pour l'interpréter. Telles étaient mes instructions.

– J'ai donné des ordres contraires ! Il fallait que je sache le plus vite possible.

Sinter réfléchit froidement à ce qu'il venait d'entendre, et regarda Klayus entre ses paupières rétrécies.

– L'avez-vous dit à quelqu'un, Majesté ?

– Oui ! J'ai dit au chef d'état-major de Prothon que ses ordres étaient grotesques, que nous menions nos propres investigations... Je me suis cramponné aux détails pour vous sauver la mise, Sinter : j'ai dit que vous n'auriez jamais ordonné une opération de police de cette envergure ou pris de telles mesures de sécurité. Pas tant que nous attendrions la preuve absolue... fit Klayus en reprenant son souffle.

Farad Sinter secoua tristement la tête.

– Alors Chen sait que nous n'avons rien encore, conclut-il en écartant les pattes de Klayus de ses épaules. Il faut que j'y aille. Nous sommes si près... J'espérais coincer un repaire de robots tout entier...

Il quitta en courant la Galerie des Bêtes, laissant le jeune Empereur planté là, les mains tendues devant lui, les yeux hagards.

– *Prothon, Sinter ! Prothon !* hurla Klayus.

On n'a virtuellement aucune information sur les « jours sombres » d'Hari Seldon. Sa prétendue abjuration pourrait n'être qu'une légende, mais on est fondé à penser, à partir d'un certain nombre d'indices émanant de sources différentes, dont le journal de Wanda Seldon Palver, que Seldon a bel et bien connu une crise de confiance, et même une crise d'identité.

Cette crise aurait commencé aussitôt après le procès, dans les appartements du Haut Commissaire Linge Chen, mais on ne saura évidemment jamais...

Encyclopaedia Galactica, 117e édition, 1054 E.F.

64

Les deux dernières journées avaient été d'un ennui tellement mortel et il était depuis si longtemps éloigné de ses instruments et de son équipe de mathématiciens qu'Hari Seldon bénissait le néant de ses brefs moments d'assoupissement. Mais ils ne duraient jamais assez longtemps, et le néant des heures d'éveil était encore plus pénible : une frustration, une angoisse glaçantes, des spéculations affolantes sombrant dans un cauchemar tramé avec la lenteur de la vitrification sur le temps.

Hari fut tiré d'un de ces sommes par une question retentissant à ses oreilles :

– Dieu vous dit-il vraiment quel est le destin des hommes ?

Il écouta, le souffle court, la question qu'on lui répétait. Il savait qui la posait ; sa voix était à nulle autre pareille.

– Jeanne ? demanda-t-il.

Il avait la bouche sèche. Il parcourut sa cellule du regard, à la recherche d'un dispositif quelconque, mécanique ou électronique, qui aurait permis à l'entité de communiquer avec lui, grâce auquel elle aurait pu...

Rien. La pièce avait été fouillée après la visite du vieux tictac. La voix était dans son imagination.

Le carillon retentit à la porte de sa cellule et la porte s'éclipsa en douceur. Hari se leva, lissa sa robe de ses mains osseuses, ridées, et regarda son visiteur. Il ne le reconnut pas tout de suite, puis il vit que c'était Sedjar Boon.

– J'ai à nouveau des hallucinations auditives, fit Hari avec un sourire torve.

Boon le regarda d'un air inquiet.

– On vous demande à la Cour. Gaal Dornick sera là aussi. Il se pourrait qu'ils acceptent de transiger.

– Et le Comité de Salut public ?

– Ils sont débordés. Il s'est passé quelque chose.

– Quoi donc ? demanda Hari, avide de nouvelles.

– Des émeutes, répondit Boon. Dans certaines parties du Secteur impérial et partout à Dahl. Apparemment, les Spéciaux de Sinter sont allés trop loin.

Hari parcourut la pièce du regard.

– Quand ce sera fini, on me ramènera ici ?

– Je ne pense pas. Il est plus probable qu'on vous emmènera à la Galerie des Dispenses pour vous donner les papiers de votre élargissement. Vous aurez une liasse de droits méritocratiques à contresigner. Une formalité.

– Vous le saviez depuis le début ? demanda Hari, ses vieilles prunelles rivées à celles de l'avocat avec une intense détermination.

– Non, répondit nerveusement Boon. Je le jure.

– Si j'avais perdu, seriez-vous là, tout de suite, ou seriez-vous retourné chercher vos instructions auprès de Linge Chen ?

Boon ne répondit pas. Il se contenta de tendre la main vers la porte.

– Allons-y.

Dans le couloir, Hari insista :

– Linge Chen est, de tous mes dossiers, l'un de ceux qui ont été étudiés le plus à fond. C'est l'incarnation même de l'atrophie aristocratique. Et pourtant il gagne toujours, il arrive toujours à ses fins... jusqu'à maintenant.

– Pas trop vite, reprit Boon. Les avocats ont pour règle de ne jamais clamer leur victoire tant que l'encre n'est pas sèche.

Hari se tourna vers Boon et tendit la main.

– Avez-vous été contacté par une personne appelée Jeanne ?

– Eh bien, oui, en effet, répondit Boon, surpris. Il y a eu comme un virus dans mes fichiers informatiques. Les ordinateurs n'arrêtent pas de cracher des comptes rendus sur une affaire qui n'existe pas. Une histoire de femme qui aurait fini sur le bûcher. Ce qui n'est pas arrivé sur Trantor depuis douze mille ans, à ma connaissance.

Hari s'arrêta dans le couloir, à la grande irritation des gardes.

– Mettez un message dans vos fichiers à l'intention de ce virus, dit-il. Dites-lui... dites à cette chose que je n'ai jamais parlé à Dieu et que je ne connais pas Ses intentions pour l'humanité.

– C'est une plaisanterie, hein ? fit Boon avec un sourire.

– Contentez-vous d'entrer le message en mémoire. C'est une instruction de votre client.

– Par « Dieu », vous entendez... un être surnaturel, un créateur suprême ?

– C'est ça. Dites-lui juste ça : « Hari Seldon ne représente pas l'autorité divine ». Dites-lui qu'elle ne s'adresse pas à celui qu'il faut. Dites-lui de me laisser tranquille. J'en ai assez. J'ai tenu ma promesse il y a longtemps.

Les gardes échangèrent un regard compatissant, l'air de se dire que le procès avait beaucoup trop duré.

– Considérez que c'est fait, promit Boon.

65

Daneel s'arrêta sur le balcon d'un appartement qui avait jadis servi de cachette à Demerzel. À côté de lui était planté le tictac fourni avec le logement. Celui-ci avait été scellé des dizaines d'années auparavant et était resté inoccupé depuis. Le loyer avait été payé pour un siècle. Ce matin, quand Daneel y était retourné, il avait trouvé le tictac activé. Il avait tout de suite compris par qui.

– Vous êtes une vraie plaie, fit Daneel.

L'ex-simu, l'esprit-mème, semblait maintenant prendre son parti, mais il – elle, ça ? – était beaucoup trop humain et changeant pour qu'il lui fasse complètement confiance.

Le tictac se mit à bourdonner.

– Il est tellement difficile de se manifester dans ce monde, répondit Jeanne. Vous êtes venu attendre des nouvelles d'Hari Seldon ?

– Oui, répondit Daneel.

– Pourquoi ne pas aller au Palais sous un déguisement et entrer au tribunal ?

– J'en apprendrai plus long ici, répondit Daneel.

– Cela vous irrite-t-il que je vous considère comme un ange du Seigneur ?

– On m'a donné tant de noms... Aucun ne me dérange.

– Je considérerais comme un privilège d'aller au combat avec vous. Ces... émeutes... Elles évoquent pour moi tant de courants politiques. Elles me troublent.

Ils entendaient le bruit de la foule dans la rue, tout en bas. Les gens brandissaient des banderoles exigeant la démission des responsables des récentes répressions policières.

– Vont-ils accuser Hari Seldon ou les siens, sa famille?

– Non, répondit Daneel.

– Comment pouvez-vous en être si sûr?

Daneel, qui regardait le tictac, vit l'image d'une jeune femme au visage intense, aux cheveux courts, vêtue d'une antique armure de fer poli, gravée, vaciller fugitivement autour de la vieille machine.

– Je travaille depuis des milliers d'années à conclure des alliances, à régler des problèmes, à prévoir des choses qui pourraient se révéler utiles dans un lointain avenir. J'ai organisé tant de choses, maintenant, que j'ai le choix de l'endroit où intervenir, et du moment auquel initier certaines procédures automatiques. Mais ce n'est pas tout.

– Vous parlez comme un général, remarqua Jeanne. Un général de l'armée de Dieu.

– Les humains étaient jadis mon Dieu, répondit Daneel.

– Par ordre du Seigneur! fit Jeanne, l'air choquée et un peu troublée.

Elle avait beaucoup évolué depuis sa reconstitution, ses entretiens et ses relations virtuelles avec Voltaire, puis leur rupture, mais les vieilles croyances avaient la peau dure.

– Non. Par la programmation. Par la nature innée de ma construction.

– Les hommes doivent recevoir Dieu en écoutant leur âme au plus profond d'eux-mêmes, reprit Jeanne. Les commandements et les règles de Dieu sont dans le plus petit atome de la nature, et dans les programmes d'écriture.

– Vous n'êtes pas humaine, remarqua Daneel, et pourtant vous avez une autorité humaine. Je vous demande, cependant, de ne pas me distraire. Nous sommes à un moment très délicat.

– Le danger farouche d'un ange, la compulsion d'un général sur le terrain, poursuivit Jeanne. Voltaire va perdre. Pour un peu, j'aurais pitié de lui.

– Je m'étonne que vous m'ayez choisi. Vous vous étiez jadis opposée à mes efforts, nota Daneel. Vous représentez la foi, une chose que je ne connaîtrai jamais. Voltaire représente la puissance de l'intellect froid. Ce que je suis, ou rien.

– Vous êtes loin d'être froid, fit Jeanne. Vous avez la foi, vous aussi.

– J'ai foi en l'humanité, répondit Daneel. Je reconnais les lois édictées par l'humanité.

La voix du tictac se tut un moment, puis, doucement, traduisant en accents mécaniques un peu de ce qui avait dû être sa passion, Jeanne dit :

– Les forces qui agissent à travers vous sont claires pour moi. Ce que vous savez ou ne savez pas veut dire peu de chose. Je savais très peu de chose à mon époque, mais je sentais ces forces. Elles agissaient par moi. J'avais confiance en elles.

Daneel ignora le tictac et attendit le rapport des tribunaux. L'un des éléments de son plan était tombé dans le lac, mais il s'y attendait au moins à moitié.

Dors Venabili n'était pas au poste qu'il lui avait assigné.

Daneel avait depuis longtemps appris l'art de laisser certains aspects d'un plan, même capital, agir hors de son contrôle immédiat, tant qu'il savait avec certitude dans quel sens ils agiraient. Il avait vu ce potentiel en Dors après sa réparation sur Eos.

Et il avait vu un potentiel identique en Lodovik aussi.

Le risque était grand, mais les gains potentiels l'étaient infiniment plus. Il était plus ou moins habitué à ce genre de pari. D'un autre côté, l'attente induisait encore une sensation désagréable dans sa forme mécanique, sensation qu'il aurait isolée et supprimée s'il avait pu.

La passagère du tictac avait sombré dans un silence proche de l'adoration.

Daneel effleura la petite tête sensorielle métallique de la machine.

– Comment existez-vous sur Trantor, maintenant ? demanda-t-il.

– Comme avant : j'imprègne les systèmes informatiques et les interstices du réseau de communication, répondit l'entité.

– À quel niveau ? demanda Daneel.

– Aussi complètement qu'avant. Peut-être même plus.

Daneel pesa les risques de s'appuyer sur Jeanne, et aussi le potentiel de Voltaire.

– Voltaire imprègne-t-il aussi le système ?

– Je suppose, répondit-elle. Nous nous efforçons de nous éviter, mais ses traces me procurent une irritation constante.

– Avez-vous accès aux codes de sécurité, aux canaux encryptés ?

– Avec un certain effort, ils sont à ma disposition.

– Et à celle de Voltaire ?

– Quels que soient ses autres défauts, il n'est pas stupide, répondit Jeanne.

Daneel réfléchit un bref instant, le cerveau tournant à une vitesse et à une capacité accrues, et dit :

– Vous pourriez inclure en moi une extension de vos schémas, dit-il enfin. Je suggère...

Il passa en langage machine et transféra une adresse précise dans ses centres de raisonnement supérieurs.

Un instant plus tard, Jeanne était en lui. Elle se décompressa et gagna en complexité au fur et à mesure que les minutes passaient.

– C'est un privilège d'être votre alliée, dit-elle.

– Je ne tenais pas à laisser l'avantage à mes adversaires, répliqua Daneel, qui tourna le dos au balcon, s'apprêtant à quitter l'appartement.

66

Vara Liso parcourait, à bord de son aéromobile, la piazza presque déserte, entourée par une phalange de vingt Spéciaux du Comité de Salut public, arborant déjà leurs nouveaux uniformes. Le major Namm marchait à côté d'elle, l'air boudeur, comme toujours.

Elle semblait légèrement hébétée. On aurait dit une marionnette dont on aurait trop tiré les ficelles dans tous les sens. Quelque chose dans ce vide, les rues désertes, les portails fermés, allait manifestement de travers. Les Spéciaux le sentaient, et elle n'avait pas besoin d'exercer ses sens affûtés pour ressentir une tension. Ses sens, des événements antérieurs les avaient déjà fait entrer dans une folle vibration.

Ce matin-là, en rejoignant Farad Sinter, cet homme qu'elle idolâtrait et craignait à la fois, elle l'avait trouvé non plus fort et confiant mais purement arrogant. Comme un enfant qui s'apprête à désobéir et à être puni. Mais dans le domaine de la politique impériale contemporaine, la punition ne se bornait pas à une fessée. Tomber de ce piédestal de contrôle et de pouvoir c'était la mort, ou en cas de merci, l'emprisonnement à Rikera, voire l'exil dans les affreux Mondes périphériques.

Ils approchaient de la piazza par la porte principale du District d'Entreposage, à quelques kilomètres à peine de l'Agora des Vendeurs où ils avaient failli attraper Lodovik Trema. Cet échec la mettait mal à l'aise. Peut-être, avec une telle preuve en main, leur situation serait-elle moins tendue à l'heure actuelle. Et pourtant, elle avait l'impression ce jour-là qu'ils étaient sur quelque chose d'encore plus important que Trema, peut-être la base d'opération des robots sur Trantor.

Vara n'avait pas parlé à Sinter des réticences que lui inspirait le robot féminin. Le peu de sa mémoire qu'elle avait réussi à capter ne semblait pas devoir répondre à ses attentes, mais ce n'était pas le moment de ternir cette heure de gloire. Il n'avait accepté de la laisser reprendre la chasse que pour se débarrasser d'elle, et parce qu'elle avait avancé qu'il serait judicieux de réunir d'autres preuves, compte tenu du niveau d'hostilité de Linge Chen.

Farad Sinter n'avait guère d'estime pour sa fouineuse mentaliste. Il ne voyait pas l'être humain, la femme qui était en elle.

Vara renifla et se frotta le nez. Elle savait qu'elle n'était pas séduisante. Sinter n'exploitait ses facultés que pour favoriser son ascension politique. Mais était-ce trop demander que d'espérer un jour une autre sorte d'alliance ?

Comment pourrait-elle s'accommoder d'un partenaire qui n'avait pas ses facultés ? Elle ne pouvait espérer trouver un homme comme elle, à qui elle plairait... Elle avait essuyé trop de déceptions pour attendre une telle conjonction de désirs.

Namm laissa soudain retomber son bras et écouta un message vidcom émis par le central. Il plissa les paupières.

– Entendu, grommela-t-il.

Il baissa les yeux sur Vara et ses lèvres esquissèrent une sorte de rictus méprisant.

Elle éprouva un instant de panique. *Je suis en disgrâce ! Ils vont m'exécuter sur place !* Puis elle analysa l'expression du major : un dédain professionnel devant les ordres incohérents de ses chefs.

– On nous ordonne de nous retirer, annonça-t-il. Une histoire de force additionnelle, trop de Spéciaux sur le terrain...

Un grondement émana des entrepôts. Vara leva les yeux et vit une horde d'Hommes en Gris et de citoyens – mélange insolite – se déverser par les larges portes. Elle crut d'abord qu'ils n'étaient qu'une poignée, mais les Spéciaux l'attirèrent aussitôt vers une place et déployèrent leurs boucliers individuels. Le sien s'ouvrit avec un petit crépitement.

Ils étaient des milliers, des hommes, des femmes, des

citoyens et même des méritocrates de l'Université. Des adultes en tenues multicolores se mêlaient aux Hommes en Gris vêtus de gris et de noir. Vara Liso n'en croyait pas ses yeux. Ce n'étaient pas des habitants de Dahl ou de Rencha, connus pour leur instabilité politique, c'était le Secteur impérial qui manifestait ! Et la foule était composée de *classes* différentes ! C'était inouï !

Le lieutenant appela des renforts et demanda des instructions. Les manifestants, dont les visages étaient nettement visibles de l'autre côté de la piazza, dans le crépuscule éternel de la voûte céleste, paraissaient à la fois mornes et furieux. Certains portaient des pancartes, d'autres des projecteurs qui inscrivaient sur les murs de la piazza des slogans lumineux, rouge vif, disant : DISSOLVEZ LE COMITÉ DE SALUT PUBLIC et : OÙ EST SINTER?

D'autres étaient beaucoup plus orduriers, plus hargneux. Des étincelles jaillirent du flanc gauche de la foule, faisant ressortir tous les détails de la piazza. Une fusée monta à une centaine de mètres et explosa, avec un bang hideux. Les Spéciaux s'accroupirent et brandirent leurs fouets neuroniques, mais ces armes n'étaient pas faites pour contrôler des masses importantes, et ils n'avaient pas envie d'utiliser les blasteurs.

Ils n'étaient pas préparés à ça.

Le major le savait, seulement l'idée de reculer devant cette foule qui le défiait le mettait manifestement en rogne. C'était peut-être la première fois qu'il serait amené à reculer. Il n'avait jamais affronté un tel événement.

– Nous devrions y aller, dit Vara.

Elle n'appréciait pas que la foule utilise le nom de Sinter. C'était un personnage de premier plan, maintenant. Les médias de Trantor avaient glosé sur l'instauration du nouveau Comité, mais pourquoi le désigner nommément à la vindicte publique ?

– Je vous en prie, insista Vara. Ce moyen de transport n'est pas très rapide.

Le major la considéra avec cette expression trop familière, le léger retroussis de la lèvre et les yeux rétrécis. Il ne répondit pas, mais donna l'ordre du repli.

La foule avançait, obligeant le cordon de police à reculer. Puis, avec un cri poussé d'une seule voix, la voix bestiale de la populace, la foule se mit à courir.

Couvrant le vacarme, un autre bruit se fit entendre, un grondement plus menaçant encore. Vara fit pivoter l'aéromobile. Le major ordonna à cinq de ses hommes les mieux entraînés de l'entourer et aboya aux autres de tenir bon. Il avait calculé qu'ils n'auraient pas le temps d'arriver à un abri ou à une position plus facile à défendre avant que la foule ne soit sur eux.

Vara se démena pour voir entre les Spéciaux, pour entendre malgré les hurlements et les ordres secs. Une brise lui caressa la joue. Des douzaines de drones survolaient la piazza, de petites sphères vrombissantes de la taille du poing. La foule ignora ces minuscules engins de surveillance.

Vara se leva, abandonnant le véhicule. Elle irait plus vite à pied, en courant si nécessaire. Ou elle pouvait ordonner à l'un de ces hommes de la porter. Ses bras frêles, ses jambes tremblaient à l'idée de la tension à laquelle elle allait être confrontée. Elle était vulnérable, elle le savait ; sa force résidait ailleurs, et elle se demanda quelle proportion de la populace elle arriverait à persuader si ces gens se massaient autour d'elle, l'étouffant avec leurs milliers d'esprits.

Elle poussa un petit piaulement. *Une souris*, se dit-elle. *Je ne suis qu'une petite souris terrifiée, une chose pitoyable. Je vous en prie, oh oui, par pitié ! Laissez-moi me concentrer. Je suis plus forte qu'eux tous si je me concentre !*

Vara sentit l'éruption de ses ressources intérieures. Elle crut voir frémir les épaules des hommes qui l'entouraient alors que surgissaient ses défenses. Elle n'avait jamais eu à se protéger contre une telle masse de gens. Alors que ses forces jaillissaient, sa peur refluait. Même si la foule enfonçait leurs boucliers individuels ou les écrasait à l'intérieur, en les repoussant contre un mur – c'était une possibilité ! –, elle ne serait pas sans défense. Si Sinter, le major et ses Spéciaux ne pouvaient rien faire pour elle, elle l'emporterait quand même.

Elle vit les ombres descendre et passer au-dessus d'eux avant même d'entendre le vrombissement des moteurs et la pulsation assourdie des pales. Le major leva le bras pour se protéger du souffle tandis que les appareils, des transports de troupes, approchaient. Par une illusion d'optique, ils semblèrent un instant monter de la piazza au lieu de descendre.

Quatre de ces engins se perchèrent sur leurs pylônes bleus, crépitants, devant la foule. Elle connaissait l'emblème qu'ils arboraient sur leurs flancs : un ovale d'étoiles surmontant une galaxie et une croix rouge entrelacées, l'armée privée de l'Empereur, la Force d'Action extérieure qu'on ne voyait presque jamais. *L'Empereur les envoie pour nous protéger*, se dit-elle avec soulagement, puis elle porta son poing à sa bouche.

Farad lui avait dit un jour que la Force d'Action extérieure n'était pas intervenue depuis des années, que Klayus la détestait et la craignait. Elle avait été jadis commandée par le Général Prothon, qui était maintenant à la retraite, et la spécialité de Prothon, la seule raison pour laquelle on l'avait jadis tiré de ladite retraite, était l'élimination des Empereurs.

À la vue des engins, le silence se fit et la foule se figea, douchée à l'idée que la Force d'Action extérieure – censée n'intervenir que lorsque le trône était menacé – pouvait entrer en action pour une simple émeute. Certains dans la foule retrouvèrent leur individualité et se mirent à marmonner. Les premiers rangs entrèrent en effervescence et amorcèrent un mouvement de recul.

En quelques secondes, une centaines de guerriers en tenue bleu et noir, avec des casques à rayures rouges, armés jusqu'aux dents et brandissant des boucliers, surgirent par des trappes et formèrent deux rangées, l'une devant la foule, l'autre juste devant Vara Liso et ses Spéciaux.

Le dernier à descendre fut le Général Prothon lui-même, énorme, avec ses épaules de taureau et ses bras immenses, une cartouchière barrant son uniforme d'officier supérieur. Il avait un visage presque enfantin malgré sa moustache grise, vaporeuse, et son petit bouc. Ses yeux noirs, perçants, allaient et venaient avec une vivacité jubilatoire. On aurait dit un homme ravi à la perspective de la bonne soirée qui s'annonçait.

Il s'arrêta un instant entre les deux rangées d'hommes, regarda à droite, à gauche, se retourna et s'approcha de...

Vara Liso.

Ses yeux tombèrent droit sur elle. Il la regarda avec intensité, presque joyeusement, et s'avança sur ses jambes pareilles à des poteaux. Certains disaient qu'il était originaire de Nur, une planète à la gravité forte, oppressante ; mais en fait, personne ne savait ni d'où venait Prothon, ni comment il était arrivé à son poste.

On disait aussi qu'il était l'Empereur secret, le véritable détenteur du pouvoir au Palais, qu'il était même au-dessus de la Sécurité publique, et ça depuis l'exil d'Agis XIV au moins. Mais ce n'étaient que des rumeurs.

Prothon se fraya un chemin entre les hommes qui la protégeaient et se dressa devant elle. Vara cilla en voyant la poitrine massive surmontée par la tête relativement petite avec son visage agréable, à l'air amusé.

– Voilà donc la petite femme qui voudrait déclencher une grande guerre, fit Prothon d'une belle voix de ténor.

L'espace d'un moment, face à ce qui pouvait être l'incarnation de son destin, Vara fut frappée par cette combinaison paradoxale de force brute et de puérilité séduisante.

– Vous avez fait bonne chasse, aujourd'hui ? demanda-t-il d'un ton compatissant.

Vara cligna plusieurs fois des yeux et marmonna :

– Je sens...

Elle s'arrêta, une jointure de la main plaquée contre ses dents.

Elle était partagée entre l'envie de crier et celle de s'enfuir. Elle ne savait plus ce qu'elle devait faire. *Que ce monstre s'incline et pleure devant moi, avec moi.*

– Il y a un entrepôt dans le District des Distributeurs, murmura-t-elle.

Prothon s'inclina comme pour lui demander sa main, tendit l'oreille vers elle.

– Redites-moi ça, je vous en prie, demanda-t-il doucement.

– Il y a un entrepôt dans le District des Distributeurs, le centre de dégroupement. Je suis passée devant une douzaine de fois au cours des dernières semaines. Il paraît assez anonyme, mais je me suis fortement concentrée et... Je suis sûre qu'il y a des robots à l'intérieur, peut-être un grand nombre. Le Premier Commissaire du Comité de Salut public...

– Mais oui, bien sûr, fit Prothon en se relevant et en regardant les Spéciaux, ses propres hommes en rang derrière, et la foule. Nous allons vous emmener à l'entrepôt, dit-il. Et après, ce sera fini, n-i, ni.

– Qu'est-ce qui sera fini ? demanda-t-elle d'une voix mal assurée.

– La partie, répondit Prothon en souriant. Il y a les gagnants, et il y a les perdants.

67

Lodovik entendit les sirènes d'alerte dans sa tête, comme tous les robots dans l'entrepôt. Il avait étudié le plan d'évacuation la veille au soir, avec Kallusin, et celui-ci lui avait dit que Plussix avait prévu la dispersion, peut-être la découverte de leur cache...

Et voilà que la plupart des issues étaient bloquées par des Spéciaux. Kallusin et les autres robots étaient occupés dans une autre partie de l'entrepôt à transporter des têtes et autres précieux objets calvinistes : des milliers d'années d'histoire et de traditions robotiques, les mémoires de douzaines de robots clés, entreposées dans des noyaux mémoriels disséqués, parfois dans des têtes entières. Kallusin éprouvait pour ces reliques un respect presque religieux. Mais Lodovik n'avait guère le temps de songer aux spécificités de la société robotique.

Lodovik trouva Klia et Brann dans la salle à manger. La fille semblait à la fois déterminée et effrayée. Brann avait l'air indécis, mais plus nerveux qu'effrayé. Lodovik ignora un commentaire parfaitement déplacé de Voltaire sur les oppositions romantiques.

– Nous allons partir, annonça Lodovik.

– Nous sommes prêts, répondit Brann en ramassant un petit balluchon qui contenait tous leurs biens en ce monde.

– Je la sens. C'est nous qu'elle cherche, dit Klia.

– Peut-être, fit Lodovik. Il y a dans les sous-sols des passages secrets qui n'ont pas servi depuis des milliers d'années. Certains émergent près du centre de détention où Seldon est emprisonné...

– Vous connaissez le Palais ? Les codes d'accès ?

– S'ils n'ont pas changé, oui. Il y a une certaine inertie dans la procédure de modification. Les codes des quartiers impériaux sont changés deux fois par jour, mais dans d'autres parties de la cité impériale, il y en a qui n'ont pas bougé depuis dix ou quinze ans. Nous allons être obligés de prendre certains risques...

Les codes que vous ignorez, j'y ai accès, intervint Voltaire.

– Tirons-nous d'ici ! s'écria Klia. Je n'ai pas envie d'avoir affaire à elle.

– Il se peut que nous soyons amenés à en affronter d'autres, rétorqua Lodovik. Pour les persuader, ou pour nous défendre.

Klia secoua la tête avec un mélange d'orgueil et d'obstination.

– Je me fiche d'eux. Il n'y a pas un mentaliste sur mille qui fasse le poids face à Brann et moi quand nous agissons ensemble. Mais cette femme...

– Nous serions plus forts qu'elle, assura Brann.

– Possible, convint-elle avec un haussement d'épaules.

– Vous connaissez bien les structures mentales des robots ? demanda Lodovik alors qu'ils allaient vers les ascenseurs.

– Comment ça? répliqua Klia.

Les portes des antiques ascenseurs s'ouvrirent avec la douce inertie caractéristique de la technologie du Vieil Empire. Un boîtier de sécurité était allumé à l'intérieur. Ils pénétrèrent dans la lueur verte, fantomatique.

– Vous pourriez persuader un robot? demanda Lodovik.

– Je ne sais pas. Je n'ai jamais essayé. Sauf avec Kallusin, une fois. Je ne savais pas qu'il était un robot. Il m'a repoussée.

– Nous avons quelques minutes, fit Lodovik. Essayez sur moi.

– Pourquoi?

– Parce que, avant d'arriver jusqu'à Hari Seldon, nous pourrions être amenés à affronter Daneel. Rappelez-vous ce qu'a dit Dors Venabili.

– Les robots sont tellement différents, murmura Klia.

– Exercez-vous, insista Lodovik.

Vous abandonneriez votre libre arbitre à cette gamine? insinua Voltaire, pour la forme. *Nous disposons à présent de la plus redoutable des armes! Qu'est-ce qui est pire, la distorsion de l'esprit par les robots, ou par les humains?*

– Je vous en prie, implora Lodovik. Ça pourrait être vital.

Klia n'aimait pas qu'on la bouscule. Et puis elle n'avait pas envie de découvrir que sa peur cachait une nouvelle faiblesse.

– D'accord! hurla-t-elle. Que voulez-vous? Que je vous fasse danser la gigue?

– Ce qui vous vient à l'esprit, dit Lodovik avec un sourire.

– Vous êtes un robot. Ne suffirait-il pas que je vous ordonne de danser pour que vous soyez obligé de m'obéir?

– Vous n'êtes pas mon maître, expliqua Lodovik. Et surtout...

Klia se retourna et porta la main à sa joue.

Lodovik se dit soudain que c'était le moment et l'endroit idéal pour tester les circuits de son contrôle moteur. C'était normal, en fait, ce besoin de remuer, simple et agréable à envisager, tant qu'il prenait garde à ne pas rentrer dans les humains qui se trouvaient dans l'ascenseur avec lui.

Il commença à danser, lentement au début, puis en s'affirmant, sûr d'obtenir l'approbation. Des milliers d'humains porteraient un jugement très favorable sur sa prestation. Sinon en termes artistiques, du moins pour l'habileté avec laquelle il contrôlait toutes ses routines de fonctionnement. Il se sentait parfaitement coordonné, efficace.

Klia ôta sa main de sa joue. Elle avait le visage inondé de larmes.

Lodovik s'arrêta et chancela un instant, le temps que sa propre volonté robotique fasse le tri dans des impulsions disparates et trouve un nouvel équilibre.

– Je vous demande pardon, fit Klia. Ce n'était pas bien.

Elle s'essuya prestement les yeux, embarrassée.

– Vous avez bien fait, répliqua Lodovik, un peu déconcerté de l'aisance avec laquelle elle avait pris le contrôle de son esprit. Avez-vous coordonné vos efforts, Brann et vous ?

– Non, répondit Klia.

Brann semblait stupéfait de son exploit.

– Ciel ! nous pourrions prendre le contrôle de tout Trantor...

– NON ! Je regrette d'avoir fait ça ! hurla Klia en tendant les mains vers Lodovik comme si elle quêtait son pardon. Vous êtes une machine. Vous êtes tellement... avide de plaire, au fond de vous. Vous êtes plus facile à manipuler qu'un enfant. Vous êtes un enfant.

Ne sachant que répondre, Lodovik ne dit rien. Mais Voltaire exprima son opinion en termes sans équivoque. *Je l'ai sentie, moi aussi. Je n'ai pas de jambes, et pourtant j'ai eu envie de danser. Quelle sorte de force est-ce là ? Quelle monstruosité !*

Klia ne voulait pas se départir de son dégoût d'elle-même, ce qui ne faisait qu'ajouter à sa confusion.

– Mais vous n'êtes pas un enfant. Vous êtes tellement digne et sérieux. C'était mal. Comme quand j'ai obligé mon père... à mouiller son pantalon, fit-elle d'une voix étranglée, et elle se mit à pleurer.

– Il n'y a pas de mal, voyons, répondit Lodovik en inclinant la tête. Si vous vous inquiétez pour ma dignité...

– Vous ne comprenez pas ! s'écria Klia.

Elle se retourna d'un bond comme si elle s'apprêtait à affronter de nouveaux ennemis. La porte s'ouvrit sur un corridor ténébreux, vide, silencieux. La fine couche de poussière grise qui recouvrait le sol ne portait aucune empreinte. Elle sortit de l'ascenseur, et ses pieds disparurent dans des nuages de poussière séculaire.

– Je ne veux plus être comme ça ! Je veux être comme tout le monde !

Et les vieux murs impassibles se renvoyèrent l'écho de sa voix.

68

Boon était debout à côté d'Hari, et Lors Avakim à côté de Gaal Dornick. Lorsqu'ils étaient entrés, les cinq juges étaient déjà assis, Linge Chen au milieu, comme toujours, et plus haut que les autres. Hari fut pris d'un vertige pendant que l'assesseur récitait l'acte d'accusation d'une voix monocorde. Il regarda la cour entre ses paupières plissées, puis s'inclina légèrement vers Gaal et s'appuya contre lui. Gaal attendit calmement qu'il reprenne son équilibre et se redresse.

– Pardon, murmura-t-il.

Linge Chen prit la parole :

– La poursuite de ce procès est sans objet. Le Comité de Salut public n'a plus de raison de procéder à l'interrogatoire contradictoire du docteur Seldon, dit-il sans accorder un regard à Hari, lequel s'interdit d'éprouver le moindre espoir. Tous les chefs d'accusation sont levés.

Chen, puis les juges, les Commissaires et les aristocrates

quittèrent leurs sièges. Sedjar Boon prenait Hari par le bras et l'aidait à se lever lorsque le procureur s'approcha du box.

– Le Haut Commissaire aimerait s'entretenir avec vous en privé, dit-il à Gaal et Hari, puis il salua Boon et Lors Avakim, par courtoisie professionnelle, ou peut-être par connivence envers des confrères. Vous ne pourrez accompagner vos clients. Ils resteront ici. Tous les autres sont invités à quitter le tribunal.

Hari ne savait trop quoi penser ou ressentir. Ses forces semblaient lui promettre une fin amère. Boon lui effleura le bras, se fendit d'un sourire confiant et s'éloigna avec Avakim.

Une fois la salle évacuée, les portes donnant sur l'extérieur furent fermées à l'aide de longues barres de cuivre et les Commissaires revinrent. Linge Chen observait Hari très attentivement à présent.

– Je préférerais, Votre Honneur, que nos avocats restent auprès de nous, fit Hari d'une voix craquante.

Oh, qu'il détestait ces faiblesses, ces infirmités.

Le commissaire qui se trouvait à la gauche de Chen répondit :

– Il ne s'agit plus de procès, docteur Seldon. Votre destin personnel n'est pas en cause. Nous sommes ici pour discuter de la sûreté de l'État.

– Je vais parler, coupa Chen.

Les autres Commissaires semblèrent se fondre dans leurs fauteuils, dans le silence, affirmant le pouvoir de cet homme au visage dur, émacié, tendu mais calme, et aux manières de vieil aristocrate. *Tiens*, se dit Hari, *il a l'air plus vieux que moi... un vieux fossile !*

– Docteur Seldon, commença Chen, vous troublez la paix du domaine impérial. Des quintillions d'individus qui vivent aujourd'hui parmi les systèmes de la Galaxie, aucun n'existera plus dans cent ans. Pourquoi nous occuper alors de ce qui se passera dans cinq siècles ?

– Je serai sans doute mort dans cinq ans, répondit Hari, et pourtant ce problème me hante. Appelez cela de l'idéalisme.

Dites, si vous voulez, que je m'identifie à ce concept mystique auquel on donne le nom d' « homme ».

– Je n'entends pas me donner le mal de comprendre le mysticisme, dit Chen. Mais pouvez-vous me dire ce qui m'empêcherait de me débarrasser de vous et de la déplaisante et inutile perspective d'un lointain avenir que je ne verrai jamais, en vous faisant tout simplement exécuter ce soir?

Hari fit appel à tout son mépris pour cet homme, pour la mort elle-même, afin de contrebalancer le calme outrageant du Haut Commissaire.

– Il y a une semaine, répondit-il, vous auriez pu le faire tout en conservant une chance sur dix peut-être de vivre jusqu'à la fin de l'année. Aujourd'hui, cette probabilité n'est plus que d'une sur dix mille.

En entendant ce blasphème, les autres Commissaires poussèrent un hoquet de puceau devant une épouse soudain dénudée. Chen parut un peu plus somnolent, et aussi plus dur, plus ascétique.

– Comment ça? demanda-t-il avec une douceur inquiétante.

– Rien, reprit Hari, ne peut plus empêcher la chute de Trantor. Mais elle pourrait être hâtée. La nouvelle de mon procès interrompu va se répandre à travers toute la Galaxie. L'échec de mon projet qui se proposait d'atténuer les effets du désastre convaincra les gens que l'avenir n'a rien à leur apporter. Ils songent déjà avec envie à la vie que menaient leurs grands-parents. Ils constateront l'aggravation des soulèvements politiques et la stagnation des échanges commerciaux. Ils vont estimer que seul compte ce dont chacun peut profiter dans l'instant présent. Les ambitieux ne voudront plus attendre, et rien ne retiendra plus les gens sans scrupules. Et cela suffira à précipiter la décadence. Faites-moi exécuter, et ce ne sera pas dans cinq siècles, mais dans cinquante ans que Trantor tombera, et vous-mêmes ne tiendrez pas un an.

Chen eut un sourire quelque peu amusé.

– Ce sont là des mots bons à faire peur aux enfants. Mais

votre mort n'est pas la seule solution qui puisse nous satisfaire. Dites-moi, votre seule activité consistera-t-elle à préparer cette encyclopédie dont vous parlez ? demanda Chen avec un ample geste de la main, comme s'il étendait un bouclier de magnanimité sur Hari, suivi d'un tapotement de deux doigts à côté de la cloche de bronze et du maillet.

– Parfaitement.

– Et faut-il absolument que ce travail se fasse sur Trantor ?

– C'est sur Trantor, monsieur le Commissaire, que se trouve la Bibliothèque impériale, ainsi que toute la documentation...

– Bien sûr. Et si vous vous installiez ailleurs... par exemple sur une planète où la vie agitée et les distractions d'une métropole ne viendraient pas troubler vos travaux... où vos hommes pourraient se consacrer entièrement à leur tâche... cela n'aurait-il pas certains avantages ?

– De légers avantages, peut-être.

– Eh bien, nous avons choisi pour vous un monde où vous pourrez travailler tout à loisir, docteur, avec vos cent mille collaborateurs. La Galaxie saura que vous consacrez tous vos efforts à combattre la décadence. On annoncera même que vous empêcherez la chute. Si la Galaxie se soucie de ce genre de chose et vous croit, elle sera plus heureuse. Et comme je ne crois pas à grand-chose, ajouta-t-il avec un sourire, je n'aurai aucun mal à ne pas croire à la chute et à être convaincu de dire la vérité au peuple. Et vous, docteur, vous ne causerez sur Trantor aucune perturbation, et rien ne viendra troubler la paix de l'Empereur.

« Sinon, c'est la mort pour vous et pour autant de vos collaborateurs qu'il le faudra. Je ne veux pas tenir compte des menaces que vous avez formulées tout à l'heure. Vous avez cinq minutes pour choisir entre la mort et l'exil.

– Quel est le monde que vous avez choisi, Monsieur le Commissaire ? demanda Hari en dissimulant sa tension.

D'un geste du doigt recourbé, Chen invita Hari à s'approcher d'un informatic. L'écran montrait une image et les coordonnées d'une planète.

– Une planète appelée, je crois, Terminus, répondit Chen.

Hari y jeta un coup d'œil, le souffle coupé, et leva les yeux vers Chen. Ils étaient plus proches qu'ils ne l'avaient jamais été, à peine séparés par une largeur de bras. Hari vit de fines rides de tension sur ses traits calmes, pareilles aux plissements sur un monde de glace.

– Elle est inhabitée, mais tout à fait habitable, et pourrait être aménagée de façon à répondre aux besoins de savants. C'est une planète assez isolée...

Hari s'efforça de paraître désespéré.

– Elle est située à la frange de la Galaxie, monsieur.

Chen évacua l'argument en levant les yeux au ciel et regarda Hari avec lassitude, l'air de dire : *Ces simagrées sont-elles vraiment nécessaires ?*

– Assez isolée, comme je vous le disais. Rien ne saurait mieux convenir à des gens qui ont à travailler dans le calme. Allons, vous avez encore deux minutes.

Hari avait le plus grand mal à dissimuler son exaltation. Il éprouva un bref sursaut de gratitude envers ce monstre d'aristocrate.

– Il nous faudra du temps pour organiser un pareil voyage, dit-il d'un ton radouci. Il y aura vingt mille familles à transporter.

Gaal Dornick s'éclaircit la gorge.

Chen baissa les yeux sur l'informatic, appuya sur une touche, et l'image s'effaça.

– On vous laissera le temps nécessaire.

Hari ne put résister à ce plaisir. La dernière minute filait, mais il ne pouvait s'empêcher de savourer son triomphe, de le laisser croître et embellir à chaque seconde, à l'insu des autres. Il attendit les cinq dernières secondes pour murmurer d'une voix rauque, comme effondré devant la défaite :

– J'accepte l'exil.

Gaal Dornick étouffa un hoquet et se rassit brutalement.

Le procureur reparut, prit note de l'acceptation, enregistra le verdict et les conclusions, puis s'inclina devant le Haut Commissaire.

Chen leva la main et déclara officiellement :

– L'affaire est entendue. La Commission n'est plus concernée. Vous pouvez tous disposer.

Hari recula, s'apprêtant à rejoindre Gaal.

– Pas vous, fit Chen, tout bas.

La transaction, si c'en était une, stupéfia tous les collaborateurs de la Fondation. Elle tenait du miracle. Sans doute fut-elle précédée par des négociations restées secrètes, en tout cas les textes, les dépositions et même les minutes du procès n'en ont pas gardé trace. On croit que cette période de la vie de Hari Seldon restera à jamais obscure.

Comment le procès avait-il pu tourner aussi bien ? Comment Seldon avait-il réussi à affiner aussi précisément les instruments de la psychohistoire, même pendant la première « Crise Seldon » ? Les forces accumulées contre Hari Seldon étaient formidables. Gaal Dornick raconte que Linge Chen se sentait véritablement menacé par lui. Dornick a pu être influencé par la vision que Seldon avait de Chen, et qui n'était peut-être pas tout à fait exacte : d'après les sources impériales, le Haut Commissaire Chen était un esprit politique froid, calculateur, d'une grande efficacité, et qui ne craignait personne. Mais ce n'était évidemment pas l'avis de Seldon.

Les spécialistes de cette période...

Encyclopaedia Galactica, 117e édition, 1054 E.F.

69

L'huissier du tribunal suivit Hari et Linge Chen dans le cabinet situé derrière la table des juges. Hari s'assit dans un fauteuil trop petit pour lui devant le bureau de Chen et le regarda avec méfiance. Chen resta debout le temps que son serviteur lavrentien l'aide à ôter sa robe de cour. Une fois vêtu d'une simple soutane grise, Chen croisa les doigts, leva les bras au ciel, fit craquer ses jointures et se tourna vers Seldon.

– Vous avez des ennemis, dit-il, l'air de s'ennuyer suprêmement. Ce n'est pas une surprise. Mais ce qui en est une, c'est que nous avions les mêmes ennemis, la plupart du temps. Ça vous intéresse ? L'exil ne s'étendra évidemment pas à vous, poursuivit Chen comme Hari faisait la moue mais ne disait rien. Vous ne quitterez pas Trantor. Je vous l'interdis.

– Je suis trop vieux et n'ai pas envie de partir, Monsieur le Commissaire, répondit Hari. J'ai encore des choses à faire ici.

– Quel dévouement, fit Chen d'un ton rêveur en se frottant un coude avec la paume de l'autre main. Si vous survivez et si vous achevez vos travaux, le résultat pourrait m'intéresser.

– Nous serons tous morts avant qu'il ne se révèle vrai ou faux.

– Allez, docteur Seldon, franchement, entre manipulateurs... Il paraît que vous aviez programmé l'issue de ce procès il y a des années, grâce à des arrangements politiques minutieux, et à un sens politique remarquable.

– Pas programmé : prévu grâce aux calculs, rectifia Hari.

– Peu importe. Nous en avons enfin fini tous les deux, pour notre plus grand soulagement mutuel.

– Et le Comité de Salut public, Monsieur le Commissaire ? demanda Hari. Il pourrait désapprouver le verdict.

– Le Comité n'existe plus, répondit Chen. L'Empereur lui a retiré sa charte. Peut-être vos calculs l'avaient-ils prévu aussi.

– Rien de tout cela n'apparaît dans les grilles de résultats, dit Hari en croisant les mains devant lui, et en réalisant, mais trop tard, que son ton pouvait passer pour arrogant.

Chen reprit la parole dans un monologue glacial :

– Vous m'avez étudié, docteur Seldon, mais vous ne me connaissez pas. Si j'étais libre d'agir à ma guise, vous n'y arriveriez jamais. Je méprise vos mathématiques, poursuivit-il avec un rictus, en contemplant le plafond. Ce ne sont que des superstitions rhabillées, une religion qui refuse de dire son nom, et tout ça pue la pourriture, la décrépitude dont vous vous faites l'avocat enthousiaste. Vous êtes de la même espèce que ceux qui pourchassent des robots divins dans tous les coins. Si je vous laisse filer, c'est que vous n'êtes rien pour moi. Vous n'avez plus de place dans mes projets. Allez, dit-il en faisant signe à l'huissier. Je vous remets entre les mains des autorités civiles qui procéderont à votre élargissement, conclut-il en quittant la pièce dans un joli mouvement de soutane.

Le serviteur lavrentien le suivit après un bref coup d'œil étonné à Hari. Il aurait juré que le petit bonhomme s'efforçait de lui faire comprendre son soulagement.

– Docteur Seldon, fit l'huissier avec une courtoisie professionnelle millénaire. Si vous voulez bien me suivre...

70

Kallusin finissait de démonter la tête de Plussix. Il ôta les câbles qui l'alimentaient provisoirement alors que ses derniers souvenirs étaient stockés dans les mémoires en éponge d'iridium, puis il souleva la tête du berceau en plastique, l'écarta du cou d'où montait une fumée impalpable, et la déposa dans la boîte d'archivage métallique.

Il entendait les troupes parcourir les locaux de Plussix. Par la vitre qui donnait sur la vaste halle, Kallusin voyait les hommes de Prothon cornaquer les jeunes mentalistes – une trentaine en tout – vers les véhicules, au niveau de la rue. Quels que soient leurs dons, ils n'avaient apparemment pas réussi à s'échapper.

Il ne pouvait plus rien faire pour eux. Il prit la boîte, l'emporta au bout de la longue pièce et s'arrêta en entendant un bruit de bottes derrière la porte.

Quelqu'un l'ouvrit d'un coup de pied. Kallusin regarda avec étonnement Prothon entrer dans la pièce. Celui-ci observa le robot à moitié démantelé dans le harnais, à quelques mètres de là.

Le Général n'était pas armé et ses hommes restèrent à distance, derrière la porte. L'espace d'un instant, aucun des deux ne bougea ou ne dit un mot.

– Vous êtes humain? demanda enfin Prothon.

Kallusin ne répondit pas.

– Vous êtes donc un robot. Je suis bien content que vous ne soyez pas l'un de ces gamins; la troupe commence à avoir de sérieux maux de tête. Qu'est-ce que c'est? poursuivit-il en indiquant d'un mouvement de menton la boîte qui contenait la tête de Plussix. Une bombe?

– Non, répondit Kallusin.

– Pas d'armes, aucun moyen de défense, presque certainement un robot, reprit Prothon en le regardant avec curiosité. En bon état et fort réaliste. Très ancien. Des siècles ?

Kallusin ne cilla même pas. Il ne pouvait rien faire sans nuire à Prothon ou à ses hommes, ce qui lui était impossible.

– Je vous ordonne de vous identifier, reprit Prothon, puis, chose étonnante, il ajouta : L'identité du propriétaire peut être omise, mais pas le modèle individuel, l'origine et le numéro de série.

– R. Kallusin Dass, S–13407-D–10237.

– Robot Kallusin Dass, Solaria, dernier modèle, traduisit doucement Prothon. Ravi de faire votre connaissance. J'ai pour ordre d'arrêter deux robots : R. Danee ou Daneel, nom générique et identité inconnus. L'autre est R. Lodovik Trema, identité aussi inconnue. Vous n'êtes ni l'un ni l'autre ?

Kallusin secoua la tête.

– Qu'y a-t-il dans la boîte, R. Kallusin ? Impératif, exclusion éléments susceptibles de nuire à maître ou propriétaire.

Prothon connaissait donc les antiques formes d'adresse. Kallusin aurait pu éluder une question que sa programmation aurait considérée comme ambiguë ou nuisible pour ses maîtres, c'est-à-dire pour la race humaine, Plussix ayant eu la prévoyance d'élargir la définition d'appartenance de ses robots un siècle auparavant.

Une sorte de Loi Zéro restreinte. Jusqu'alors inutilisée.

Kallusin ne pouvait, en un si bref délai, trouver une raison valable de cacher à Prothon ce que contenait la boîte. Leur mission était achevée, de toute façon.

– Une tête de robot, répondit Kallusin. Désactivée.

– Êtes-vous le seul robot restant ? Nous avons des raisons de penser que d'autres ont déjà quitté le bâtiment, avant notre arrivée.

– Je suis le dernier robot restant.

– Si je vous arrête, resterez-vous fonctionnel ?

– Non, répondit Kallusin. Ça nuirait à la cause, et peut-être à son propriétaire – la race humaine.

– Si mes hommes entrent... vous vous désactiverez?

– Oui, confirma Kallusin.

– Nous sommes donc coincés. Je n'ai pas beaucoup de temps, mais je suis intrigué. Que faisiez-vous, ici? demanda Prothon, omettant la forme d'adresse.

Kallusin pesa soigneusement la situation. Il n'avait aucun espoir de s'échapper, et rien à gagner à discuter avec le Général Prothon. Mais avant de se déconnecter définitivement, il voulait savoir, lui aussi.

– Je répondrai à vos questions si vous répondez aux miennes, dit-il.

– Je vais essayer, affirma Prothon, l'air amusé par ce dialogue remarquable.

– D'où vient votre connaissance des robots?

– Personnellement, je n'avais que des soupçons. Pendant toutes mes années de service, je n'ai trouvé qu'un robot inactivé sur une planète lointaine, qui avait été détruite au cours d'une invasion. Je n'en ai jamais vu d'autre.

– Qui vous a appris les formules d'adresse?

– Linge Chen. Il m'a donné pour instructions de parler directement avec les robots, de m'adresser sans crainte à ceux que nous trouverions ici.

– Merci, répondit Kallusin. *Des soupçons, rien que des soupçons, Daneel.* Ma réponse est que je suis ici pour servir mon propriétaire.

Il mit la main dans la boîte et appuya sur un bouton caché dans un coin. La boîte se mit à chauffer. Il la posa par terre. D'ici quelques secondes, la tête de Plussix serait calcinée, inutilisable. Il se releva. Il ne pouvait se désactiver tant que la menace ne serait pas immédiate, directe.

Prothon regarda la boîte qui brillait maintenant d'une lueur rouge sombre et crépitait sur le sol dallé. Il eut un rictus et appela ses hommes.

Ça suffisait. La menace de la capture et de l'interrogatoire devenait tout à fait réelle. Kallusin constituait un danger pour son propriétaire.

Il s'effondra sur le sol avant que l'un des hommes ait eu le temps d'intervenir.

Prothon l'observa avec un profond respect. Il avait vu beaucoup de soldats humains faire exactement la même chose. C'était tout à son honneur et, en fait, il n'en attendait pas tant d'un robot. D'un autre côté, il ne connaissait ce robot que depuis quelques minutes et n'était pas en position de juger.

Il quitta la pièce et ordonna de la faire fouiller par une équipe d'ingénieurs de la Commission.

71

Klia sentait les troupes qui s'activaient, des centaines de mètres au-dessus d'eux, un peu vers l'arrière. Lodovik les mena dans les profondeurs du District d'Entreposage, jusqu'à une petite trappe ronde qui disparaissait presque sous les débris accumulés par une ancienne inondation. Klia recula pour laisser Lodovik déblayer le terrain et agrippa Brann par le bras. Il lui sourit, à peine visible dans la vague lumière des globes de sécurité, écarta sa main et alla aider Lodovik. Avec un soupir, Klia s'y mit aussi et, en moins d'une minute, ils avaient dégagé la trappe.

Klia ne percevait aucune présence dans le tunnel, derrière eux, mais elle n'était pas à l'aise quand même. Les détritus charriés par l'inondation, la trappe bloquée par une rouille millénaire, le mal qu'ils eurent à la soulever... Et les choses n'iraient pas en s'arrangeant à partir de là.

Ils s'enfonçaient dans les entrailles de l'antique réseau hydraulique des cités primitives de Trantor. L'obscurité était de plus en plus épaisse. Les globes étaient espacés de trente mètres et semblaient encore moins lumineux. Le fait qu'ils éclairent toujours témoignait du talent des ingénieurs et des architectes trantoriens du temps jadis, qui avaient compris que ces infrastructures devaient être plus fiables et plus durables même que les cités qui s'élèveraient, seraient démolies et reconstruites, loin au-dessus.

– On remonte d'ici trois kilomètres environ, annonça Lodovik. Il se peut qu'il y ait des trottoirs roulants, des escalators, des ascenseurs, mais ce n'est pas certain. Il y a des dizaines d'années que Kallusin n'a pas exploré cet endroit.

Klia ne répondit pas. Elle ne quitta pas Brann d'une semelle jusqu'à ce qu'elle ne sente plus aucune présence. Elle ne s'était jamais trouvée aussi loin de la foule. Elle se demandait quel effet ça pourrait bien faire d'avoir une planète entière à soi tout seul, sans responsabilités, sans culpabilité, sans un bruit, un monde où son don ne servirait à rien...

Les pas de Lodovik, devant eux, s'enfonçaient dans les ténèbres marécageuses, et ils eurent bientôt de l'eau croupie jusqu'aux chevilles. Quelque part, sur leur gauche, d'énormes pompes se mirent en route, unissant leur sourde vibration à une lointaine rumeur pulsatile. *Le battement de cœur de Trantor.*

Brann regarda Klia et l'aida à grimper sur un tas de bouts de plastique usés, pareils à des plaques d'athérome dans une vieille artère.

– J'y vois assez bien, maintenant, fit Lodovik, mais je doute que ce soit votre cas. Restez juste derrière moi. Il est beaucoup plus facile d'avancer ici, en bas, que là-haut.

Klia entendit soudain un grand bruit dans sa tête, mais très loin, comme le bruit de la mer dans un coquillage. Elle se concentra tout en marchant, et la sensation se reproduisit, plus assourdie, elle la guettait, elle réussit presque à détecter son étrange signature.

Vara Liso. Des milliers de mètres plus haut, devant eux. Peut-être au Palais.

– Cette femme, murmura Klia.

– Ouais, répondit Brann. Que fait-elle?

– On dirait qu'elle explose.

– Restez tout près de moi, répéta Lodovik.

D'après Kallusin, il y avait une gaine d'ascenseur devant eux. Il allait bientôt pouvoir essayer ses codes pour obtenir l'entrée aux sous-sols des cours de justice impériales.

72

Le major Namm tenait le fouet neuronique d'une main tremblante. La sueur perlait sur son front. Il perdit l'équilibre en reculant devant la petite femme avec sa curieuse robe vert émeraude. Vara Liso avait l'air presque étonnée, les yeux rivés au plafond, comme si elle l'inspectait. Comme si elle n'avait pas vraiment besoin de regarder le major pour le contrôler.

Celui-ci poussa un gémissement. Le fouet lui tomba des mains.

Elle était tellement lasse. Elle fit un détour pour éviter le major. Il lui fallait une boisson sucrée, à manger, aussi, et vite, mais d'abord il fallait qu'elle franchisse cette porte, qu'elle voie Farad Sinter et lui fasse son dernier rapport. Farad Sinter, l'homme qu'elle avait espéré épouser un jour. Des rêves débiles, grotesques.

Vara Liso entra dans l'antichambre du nouveau bureau de Sinter et vit le mobilier neuf, le réseau d'informatics spéciaux, de rang impérial, en liaison directe avec les récepteurs et les processeurs en orbite. Ç'aurait été son centre de commandement. Sinter... Elle eut un sourire amer. Chauffant sans fondre, sec au centre, un tas de sable, pas un homme, pas de succès, pas d'erreur, elle avait lancé les baguettes du vieux jeu de Bioka, qu'elle consultait toujours quand elle ne savait plus à quel saint se vouer, et les baguettes l'avaient bien dit : pas d'erreur, rectification justifiée, ça ne tournait pas rond chez Sinter.

Derrière les immenses portes de bronze, elle entendait crier et gémir. Elle appliqua son épaule contre le panneau. Rien. Alors elle se concentra sur le major, l'obligea à s'approcher et à lui donner le code de la porte. Il se releva, le visage crispé, ruisselant de sueur, composa le code et appliqua la paume de sa main sur le panneau.

La porte s'ouvrit et le major retomba en arrière. Vara Liso entra dans le bureau.

Farad était debout, là, dans sa tenue de cérémonie, en train de discuter avec deux conseillers et un avocat. À quoi bon, puisque son Comité avait été révoqué ? Il la vit, fronça les sourcils.

– Je dois mettre de l'ordre dans certaines choses. Laissez-nous, Vara, je vous en prie.

Vara repéra un plateau de friandises raffinées sur le grand bureau, à côté de l'informatic le plus puissant qu'elle ait jamais vu, capable de distiller les informations de dix mille systèmes, peut-être. Il n'était pas branché. *Accès à l'Empire refusé. Liaison interrompue.* Elle prit une poignée de friandises et les mastiqua.

Sinter la regarda d'un œil noir.

– S'il vous plaît, dit-il doucement, car il sentait sa détresse, même s'il en ignorait la raison. Ils sont en train de fondre notre robot. Ils vont relâcher Seldon. J'essaie de joindre l'Empereur. C'est très important.

– Personne ne nous verra, fit-elle en touillant, du bout du doigt, les friandises sur le plateau.

– Ce n'est pas si grave, insista Sinter, le visage livide. Comment êtes-vous entrée ?

Prothon avait libéré le major, son chien de garde, afin qu'il informe Sinter de la situation. Celui-ci l'avait ensuite posté dans l'antichambre pour l'empêcher, elle, d'entrer. Ils étaient tellement transparents ; même pas besoin de sonder leurs pensées.

Elle n'avait jamais su lire dans les schémas mentaux des gens ; c'est tout juste si elle arrivait à percevoir leurs émotions, à entrevoir des images, de vagues sons. Les hommes n'étaient pas tous pareils, au fond. Leurs esprits suivaient des cheminements différents.

Vara savait que les êtres humains étaient des étrangers les uns pour les autres, mais sa propre *étrangeté* était d'un autre ordre.

– Mademoiselle Liso, il faut partir, maintenant, fit l'avocat en s'approchant d'elle. Je vous recontacterai au sujet de la représentation aux cours impériales...

Il trébucha, leva la tête et se mit à bredouiller, à baver. Farad le regarda avec un début d'angoisse.

– Vara, c'est vous qui faites ça ? demanda-t-il.

Elle relâcha la pression sur l'avocat, qui détala.

– Vous m'avez menti, dit-elle.

– De quoi parlez-vous ?

– J'aurai Seldon moi-même, reprit-elle. Restez ici, nous partirons ensemble.

– Non ! Laissez tomber ces idioties ! Il faut que nous...

L'espace d'un moment, Vara Liso perdit prise avec la réalité. Tout devint noir et se mit à tourner autour d'elle, puis la réalité reprit ses droits dans un éclair. Sinter se cramponna à son bureau et la dévisagea en ouvrant des yeux ronds. Il baissa les yeux, regarda sa poitrine, ses jambes qui fléchissaient, se dérobaient sous son poids. Ses conseillers étaient tous à genoux, les bras raides, le long des flancs, les poings serrés. Ils tombaient comme des quilles. L'un d'eux se cogna la tête sur le coin du bureau.

Le cœur de Farad cessa lentement de battre. Était-ce son œuvre ou non ? Vara ne savait plus. Elle ne se croyait pas si forte, elle n'avait jamais fait cela de sa vie, mais ça n'avait pas d'importance.

Elle se détourna de l'homme qu'elle rêvait, dans ses rêves les plus fous, d'épouser, et dit :

– Maintenant, il n'y a pas de doute, je suis un *monstre*.

Ce mot avait une délicieuse saveur de liberté, très définitive.

Elle quitta le bureau, traversa l'antichambre avec une merveilleuse sensation de légèreté, s'arrêta un instant devant le major, toujours hoquetant, et fit la grimace.

Farad était mourant. Elle sentait le vide, le silence dans sa poitrine. Elle se plaqua la main sur la joue.

Ce coup-ci, il était bel et bien mort.

Elle ramassa le fouet neuronique du major et repartit.

73

Il y avait un nombre invraisemblable de documents à signer, de décharges à obtenir d'un tas de bureaux à différents niveaux de la Commission de Sécurité publique, des douzaines de fonctionnaires de l'administration judiciaire à informer. Hari mettrait plus de temps à quitter le tribunal qu'on n'en avait mis à l'y faire entrer. Gaal Dornick était dans une zone différente, et Boon était parti depuis trois heures, régler des problèmes divers et variés.

Hari était assis, seul, dans la Galerie des Dispenses, une véritable cathédrale, jusqu'aux vitraux multicolores. On lui avait dit de s'asseoir et d'attendre que le gardien de la prison revienne avec les mandats et les derniers documents nécessaires.

Hari ne savait plus très bien où il en était. Il n'osait trop y croire, de ça au moins il était sûr. Il était entré dans le ventre du tribunal impérial et il en était sorti vivant. Le moment pour lequel il avait travaillé toute sa vie, sans toujours le savoir, était passé.

Maintenant, il avait les enregistrements à faire, et il devait informer Wanda et Stettin de l'ultime mission qui leur avait été assignée. Ils n'en reviendraient pas. Les psychologues et les mentalistes de la Seconde Fondation resteraient sur Trantor et il ferait le nécessaire pour transférer ses pouvoirs à Gaal et à tous ceux qui partiraient pour Terminus.

Le long crépuscule de l'Empire irait en s'assombrissant. Il

ne vivrait pas assez longtemps pour le voir, et il n'en avait guère envie. La clarté de la voûte céleste tamisée par les vitraux, à une cinquantaine de mètres au-dessus de sa tête, lui faisait penser à la lumière du ciel, le vrai ciel, filtrant à travers de vrais vitraux, sur Hélicon.

Le calme. L'aboutissement est proche, et pourtant je n'éprouve aucune véritable satisfaction ; où est ma récompense personnelle ? Et si j'ai épargné à l'humanité des milliers d'années de chaos, qu'ai-je accompli pour moi-même ? Des pensées indignes d'un prophète ou d'un héros. J'ai une petite-fille, pas vraiment de ma propre chair ; la continuité est rompue, sur le plan biologique sinon philosophique. J'ai quelques nouveaux amis autour de moi, mais les anciens sont partis, morts ou inaccessibles.

Il repensa au balcon de la tour d'entretien sur lequel il s'était tenu, il y avait quelques semaines à peine, et à la mélancolie qui l'avait alors saisi. *Je ne puis quitter Trantor, Chen ne le permettra pas. Je suis encore dangereux ; mieux vaut me garder sous cloche. Mais où pourrais-je avoir envie d'aller maintenant, où pourrais-je vouloir finir mes jours ?*

Hélicon. Au soleil, dehors, loin de ces cités couvertes, fermées, loin de la peau de métal de Trantor. Pour voir un ciel nocturne non artificiel, sans peur du vide, voir des milliers d'étoiles, un petit aperçu de l'Empire pour lequel il avait trimé et qu'il s'était efforcé de comprendre.

Pour se tenir en plein air, sous la pluie, dans le vent et le froid, sans crainte. Pour être avec de vieux amis, sa famille...

Ces pensées obsédantes emplissaient tant de ses nuits. Il se releva avec un soupir, entendit un bruit de bottes défilant dans le couloir nord.

Trois gardes et leur chef entrèrent et s'approchèrent de lui.

– Il s'est passé quelque chose dans le bâtiment du nouveau Comité, près du Palais, pas très loin d'ici, expliqua celui ci. Nous devons rester enfermés jusqu'à ce que la situation soit éclaircie.

– Que s'est-il passé ? demanda Hari.

– Je l'ignore, mais il n'y a pas de quoi s'en faire. Nous sommes bien, ici. Nous avons pour instruction de vous protéger au péril de notre vie.

Hari entendit un bruit du côté de l'entrée est de la salle. Il se retourna, vit une femme et étouffa un hoquet. Dans la lumière, à cette distance, sa façon de se tenir, son allure... Ce rêve...

74

Dors Venabili avait conservé sa propre liste de codes et de passages dans les bâtiments du Palais, et – chose remarquable – la plupart étaient encore opérationnels. Sans doute les codes qui permettaient aux gens de sortir des bâtiments étaient-ils changés plus souvent que les codes d'accès. Quand Hari avait été arrêté et accusé d'agression, il y avait quelques dizaines d'années, elle avait réussi à s'introduire dans le tribunal et à le libérer, et les mesures qu'elle avait dû prendre à l'époque lui étaient fort utiles à présent.

Il se pouvait aussi que Jeanne l'ait aidée... Mais la façon dont elle était arrivée là n'avait aucune importance. Elle aurait abattu des montagnes pour y parvenir.

Elle fut la première à entrer dans la Galerie des Dispenses. Elle vit Hari et trois hommes debout presque au centre, éclairés par la lueur diffuse de la voûte. Elle s'arrêta un instant. Les hommes ne menaçaient pas Hari. Tout au contraire, elle estima qu'ils étaient là pour le protéger.

Hari se retourna et regarda dans sa direction. Il ouvrit la bouche et eut un discret hoquet de surprise qu'elle entendit à l'autre bout de la salle. Les trois hommes se retournèrent aussi, et le plus vieux, un grand gaillard portant l'uniforme des gardes impériaux, la héla :

– Qui êtes-vous ? Que faites-vous ici ?

De l'entrée nord, à quelques dizaines de mètres de là, jaillit un éclair lumineux accompagné d'un sifflement crépitant.

Dors connaissait bien ce son : un fouet neuronique. Les trois hommes qui entouraient Hari sautèrent et dansèrent sur place pendant un instant et s'écroulèrent en gémissant.

Hari n'avait pas été touché.

Dors courut aussi vite que possible vers la petite femme au regard intense qui se trouvait près de la porte nord. Elle tenait toujours le fouet neuronique et semblait n'avoir d'yeux que pour Hari. En quatre secondes, Dors arriva à moins de deux mètres d'elle.

Vara Liso poussa un cri dans lequel elle mit toute sa force de persuasion. Le tribunal sembla s'emplir de voix, des voix atrocement implorantes. Hari encaissa le coup, se plaqua les mains sur les oreilles. Les hommes à terre se tortillèrent encore plus violemment, mais la force principale de l'éclair mental était dirigée vers Dors.

Dors n'avait jamais essuyé une telle décharge et n'aurait jamais imaginé qu'un être humain puisse être capable d'une violence pareille. Elle avait senti le subtil don de persuasion de Daneel au cours de sa période d'entraînement sur Eos, mais c'était tout.

Il semblait parfaitement naturel, entre deux enjambées, alors qu'elle s'apprêtait à mettre hors d'état de nuire, et à tuer si nécessaire, cette femme qui menaçait Hari, de lever simplement les jambes et de bondir comme on vole. Elle prit son élan, et son corps de métal et de chair synthétique s'abattit comme un obus sur l'épaule de la femme, la faisant tomber sur le côté.

Dors heurta le mur opposé et s'écroula dans la position fœtale. Elle ne pouvait plus bouger, elle n'en avait pas envie, pas pour le moment et peut-être plus jamais.

75

Daneel descendit du taxi devant l'entrée des Hommes en Gris, sur la façade est du tribunal impérial, et s'approcha de la petite porte de métal à deux vantaux. Il ne portait plus cette fois l'uniforme d'un étudiant ou d'un pèlerin mais celui d'un bureaucrate à vie, originaire de Trantor, identité qu'il avait forgée des dizaines d'années plus tôt, parmi bien d'autres, et si quelque garde ou agent de sécurité se posait des questions, on trouverait dans les ordinateurs du personnel des dossiers justifiant sa présence, ses tâches, toutes les raisons qu'il avait d'être là.

Les portes étaient ornées de citations extraites du règlement général de la fonction publique. La première règle était : Tu ne nuiras pas à ton Empereur ou à ses sujets.

Dans le taxi déjà, Daneel avait senti les explosions mentales, aux environs du Palais, mais ne savait pas ce qu'elles signifiaient, ni même si elles avaient un sens. Il était facile d'imaginer ses plans en train de se dérouler, maintenant qu'ils étaient sur le point d'aboutir. Il y avait si longtemps qu'il jonglait avec des dizaines de millions de balles en même temps...

Il passa sa mallette de bureaucrate sous son bras et composa un code spécifique, réservé aux Hommes en Gris.

Refusé. Le code avait été changé, comme tous les autres. L'état d'urgence avait été décrété dans le bâtiment du tribunal, peut-être dans tout le Palais.

Là. Mon autre moi est à l'intérieur du bâtiment. Jeanne, divisée en plusieurs Jeanne, en plusieurs esprits-mèmes, travaillant des deux côtés à la fois.

Le panneau de gauche s'ouvrit. Il entra dans le bâtiment.

Il lui fallut plus longtemps qu'il ne pensait pour déjouer tous les systèmes de sécurité, même avec l'aide de Jeanne.

À la dernière barrière, alors qu'il n'était plus qu'à deux portes d'Hari qui se trouvait dans la majestueuse Galerie des Dispenses, avec sa voûte pareille à celle d'une cathédrale, Jeanne réussit à distraire un garde humain en l'envoyant réviser les procédures de surveillance.

Dans les derniers mètres du couloir, Daneel sentit l'électricité statique. Un fouet neuronique avait été déchargé là au cours des dernières minutes...

76

Hari regardait Vara Liso à l'autre bout de la Galerie des Dispenses. Elle resta un moment debout, les mains tendues, les doigts grouillants, comme si elle luttait pour conserver son équilibre. Sa tête basculait d'un côté sur l'autre. La femme qui était entrée avant elle – qui lui rappelait tellement Dors – gisait, roulée en boule, contre la porte, immobile, comme morte.

Hari n'avait pas peur. Tout était allé trop vite pour ça. Tout semblait déplacé, surtout lui. Il n'était pas à sa place ici, aucun d'eux n'avait rien à faire ici.

Tout était tranquille dans la Galerie, et soudain ça s'était mis à puer l'ozone, l'urine coulant du pantalon des trois hommes affalés par terre, autour de lui...

– Je vais vous sauver... Vous sauver pour de bon, fit Vara Liso, à l'autre bout de la salle, en faisant un pas vers lui et en baissant les bras.

– Qui êtes-vous ? demanda Hari.

Il était inquiet pour la femme à terre. Rien d'autre ne l'intéressait que de s'assurer qu'elle allait bien. Des tremblements agitaient son esprit, des souvenirs, des réflexes troublants, profonds, porteurs à la fois d'une promesse intense et d'horreur, parce qu'il était sûr que cette femme était Dors.

Elle est revenue. Elle voulait me protéger. Cette façon de se déplacer... une tigresse qui bondit!

Et maintenant elle est là, par terre, comme un insecte écrasé. Cette petite femme maigrelette... une aberration. Un monstre!

Hari sut alors qui était la femme. Wanda lui en avait parlé, il y avait des semaines de ça, la femme qui n'avait pas accepté de se joindre aux mentalistes, qui s'était alliée, à la place, avec Farad Sinter.

– Vous êtes Vara Liso, dit-il en s'avançant vers elle.

– Bien, répondit la femme d'une voix frémissante. Je voulais que vous sachiez à qui vous avez affaire. C'est de votre faute.

– Quoi donc? demanda Hari.

– Vous travaillez avec les robots, fit-elle, son visage se crispant. Vous êtes leur laquais, et ils croient qu'ils ont gagné!

77

Lodovik composa le dernier code qu'il connaissait, mais la porte du couloir qui menait au bâtiment du tribunal refusa obstinément de s'ouvrir. Il recomposa le code sur le clavier situé à côté du chambranle de la porte et le petit visage esquissé au trait sur l'écran répéta que le code était incomplet. On aurait dit que les services de sécurité du Palais avaient ajouté des chiffres aux codes existants sans les changer.

Je travaille, lui dit Voltaire. *Bien des mesures de sécurité ont dû être abolies, à présent, à la suite d'intrusions multiples, peut-être!*

La fille et le grand jeune homme qui se trouvaient derrière Lodovik se dandinaient d'un pied sur l'autre.

– Ne restons pas ici, fit Brann. Ça sent mauvais.

Les traits de Voltaire apparurent sur l'écran, si schématisés qu'on aurait dit un personnage de dessin animé. La voix mécanique dit :

« Par suite de la révision des procédures de sécurité, vous devez composer les chiffres complémentaires qui vous ont été communiqués, fit le nouveau visage avec un clin d'œil à Lodovik. Procédure d'essai n° 15 pour vérification, ajouta la voix. Pendant la durée du test, vous pouvez composer un code à usage personnel. À la fin du test, un code d'entrée officiel ou un nouveau mot de passe devra être choisi et enregistré. »

Lodovik jeta un coup d'œil à Klia qui était juste derrière lui, et entra sept nouveaux chiffres. Elle regarda l'écran en fronçant le sourcil.

– Qui est-ce? demanda-t-elle.

– Le simu, répondit Lodovik.

La porte s'ouvrit. Lodovik s'effaça et fit signe aux autres de passer devant lui.

– Seldon est encore loin? demanda Klia.

Il est tout près, répondit Voltaire. *Et il est en grand danger.*

78

– Je voulais tant de choses, dit Vara Liso. Vous comprenez?

Hari la regarda. Elle était debout à dix pas de lui, à peu près à la même distance que la femme écroulée contre la porte entrouverte. Il jeta un coup d'œil dans sa direction, et Liso releva le fouet neuronique.

– Vous n'avez pas besoin de ça, fit Hari d'un ton critique, comme s'il faisait la leçon à un élève. (Vara Liso hésita.) Vous êtes une mentaliste. Vous l'avez arrêtée...

Il tendit le bras vers la femme à terre. Vers Dors.

Vara Liso baissa la tête sans quitter Hari du regard. On aurait dit une gamine boudeuse, mais ses yeux brûlaient de haine. Une haine indicible.

– Tout ce en quoi j'ai jamais cru est mort, poursuivit-elle. Et ils vont me tuer comme ils ont tué les hommes, les femmes et les enfants que j'ai trouvés. Mes pareils.

– C'est Farad Sinter qui vous a fait faire ça? C'est lui?

– L'Empereur, répondit Vara Liso.

Elle paraissait sur le point d'éclater en sanglots, mais elle braquait le fouet devant elle, le doigt posé sur la détente. Hari vit qu'il était réglé sur une puissance pratiquement mortelle.

– Oui, mais Sinter était votre...

– *Il m'aimait*, geignit Vara en laissant tomber le fouet.

Elle émit une vague de souffrance qui le heurta de plein fouet. La salle était saturée par ses émotions, et Hari n'en avait jamais perçu de plus laides et de plus sinistres. Elles atteignirent le centre focal de ses ambitions et de ses besoins et il sentit ses os craquer au fond de lui.

La femme tombée à terre remua. Vara Liso releva la tête et se tourna légèrement vers elle.

Hari sauta sur cette occasion, la seule chance qu'il pensait jamais avoir. Pendant des années, il avait fait de l'Esquive, sur Hélicon, mais il y avait longtemps que son corps réagissait à retardement. Il se jetait sur Liso quand elle renvoya la tête en arrière et poussa à nouveau un cri silencieux, un cri intérieur.

Dirigé vers Hari.

Simultanément, Brann et Lodovik poussèrent la porte, écartèrent Dors qui n'avait pas encore retrouvé la volonté de bouger.

Klia heurta les jambes de Dors, tomba dans la Galerie des Dispenses, vit Lodovik se précipiter à une vitesse inhumaine sur son ennemie, lever le bras, la main ouverte, pour prendre la main de la femme dans la sienne, la faire tourner sur elle-même...

... et la tuer, si nécessaire, exerçant cette liberté humaine...

Mais il s'arrêta avant que ses doigts ne la touchent, figé par une vision soudaine.

Vara Liso s'agenouilla et se tourna vers Klia Asgar en se frottant les mains.

79

Daneel passa en courant devant le poste de garde désert, dans le PC de sécurité. Sa perception relativement faible des états d'esprit humains constituait à présent un bouclier utile. L'onde de choc d'une nouvelle explosion, pareille à l'ultime éructation d'un prodigieux volcan, le fit tituber, et il fut projeté à quatre pattes dans la Galerie des Dispenses depuis l'entrée est. Il sentit que Jeanne et toutes ses copies disséminées dans lcs machines environnantes se délitaient comme un drapeau déchiqueté par la tempête, en se débattant pour rester unies, mais cette image n'avait absolument aucun sens, car ses propres schémas, son propre esprit, menaçaient de se disloquer, eux aussi.

80

Si le cri d'un enfant avait été fait de lames, il n'aurait pu atteindre Klia plus profondément que l'onde de choc mentale qui entourait Vara Liso.

La déception, le chagrin, la colère et un profond sentiment d'injustice, des images de gens morts depuis longtemps – des parents, des amis, qui avaient déçu cette petite femme au visage convulsé et aux poings crispés comme des crabes – s'abattirent sur Klia, telles des épaves dans une marée de souffrance.

Tout cela dans l'indifférence des murs, des colonnes et des cloisons de la Galerie des Dispenses. L'éclat de Vara Liso concernait un canal purement humain : l'esprit et ses racines ancrées dans la matière. Parce qu'elle ne le visait pas directement, Lodovik n'éprouva qu'un bourdonnement, une pression un peu comparable au flux de neutrinos qu'il avait rencontré entre les étoiles.

Mais il sentit ce que Daneel avait clairement vu : la désintégration de l'entité qui avait parlé en lui et à travers lui. Voltaire se dressa dans le plus simple appareil devant ce flux, cette tempête humaine, et se dispersa comme les morceaux d'un puzzle.

L'espace d'un instant, Klia réagit en sympathie et faillit en mourir, à la fois noyée et brûlée par ce déferlement. Elle sentit les échos de sa propre vie, ses propres expériences, se mêler à ceux de Vara Liso.

Mais il y avait des différences ; c'est ce qui la sauva. Elle vit la force de sa volonté par opposition aux oscillations, à l'indécision de Vara Liso. Elle vit la force pas toujours évidente de son père et, avant, avant que ses souvenirs n'apparaissent clairement, celle de sa mère qui, confrontée à une enfant volontaire, lui avait laissé suffisamment de liberté pour qu'elle devienne ce qu'elle devait être, même si ça devait les déconcerter ou leur faire du mal.

Elle était sur le point de réagir lorsque la plus dangereuse de toutes les similitudes la prit au dépourvu.

Vara Liso hurlait pour demander la liberté.

Son cri s'éleva jusqu'à la voûte de la Galerie, retentit dans les hauteurs : *Soyons ce que nous devons être ! Plus de robots, plus de mains de métal tueuses, plus de conspirations et d'entraves !*

Klia sentit quelque chose fumer, crépiter, dans ses pensées. Son sens du moi. C'est bien volontiers qu'elle aurait tout sacrifié à cette souffrance impérieuse. Elle l'avait ressentie elle-même, quoique moins nettement, moins fortement. Elle reconnut la folie enfouie dans ce cri, l'insanité d'une défense immunitaire puissante et même autodestructrice...

Comme Daneel, qui s'efforçait de reprendre le dessus et de se relever, à quelques dizaines de mètres de là.

... le rejet de vingt mille années de bienveillance, de guidage, de servitude patiente et secrète.

Le cri d'un enfant qu'on ne laisserait jamais mûrir, jamais éprouver de souffrance et tirer ses propres conclusions sur la vie et la mort.

Klia ferma les yeux et partit, en rampant, à la recherche de Brann. Elle ne le voyait, ne le sentait plus. Elle n'osait pas ouvrir les yeux, de crainte d'être aveuglée. Vara Liso ne pouvait éternellement soutenir une telle intensité et, en effet, la vague indifférenciée se concentrait, trouvait un canal. Mais tandis que le faisceau projeté par Vara Liso se focalisait sur Klia, sa force redoublait d'intensité.

Hari se releva tant bien que mal sur ses jambes tremblantes et vit, comme à travers une lentille brisée, sans tout à fait comprendre, une petite femme frêle avancer en titubant, le visage contracté, vers deux autres formes qui se traînaient par terre, un Dahlite plutôt costaud et une jeune femme mince, pas vilaine, tout aussi noire.

Il ne vit pas la grande silhouette humanoïde du côté est du hall.

Son esprit s'emplit des eaux de son propre désespoir.

Il s'était trompé. Il avait fait tout ça pour rien, moins que rien.

Hari Seldon eut soudain envie de mourir, pour en finir avec la douleur et la prise de conscience de son échec.

Seulement il y avait cette femme qui avait essayé de plaquer Vara Liso au sol. Il était sûr que c'était Dors Venabili.

Vara Liso était en train de tuer Klia Asgar et Brann. Ça au moins, c'était clair pour Lodovik. Le bourdonnement avait diminué, mais alors qu'il s'approchait de la petite femme nouée, convulsée, il augmenta à nouveau.

Lodovik ne s'en faisait guère pour Daneel, pour Hari Seldon ou pour Dors. Ils semblaient tous hors de portée immédiate du faisceau mortel de Liso. Avant de se retourner contre eux, elle s'apprêtait manifestement à brouiller les schémas vitaux essentiels de Klia et de Brann.

Voltaire n'était plus là pour le conseiller.

Lodovik s'approcha de la femme, maintenant tordue, contrefaite comme un vieux saule pleureur.

Klia releva la tête, ouvrit les yeux, au risque d'être aveuglée, et vit, au bout d'un court entonnoir de haine, tout ce qui restait de Vara Liso : un regard désespéré, plein de haine.

Brann va mourir, lui aussi.

Elle n'avait jamais utilisé son pouvoir à mauvais escient. Rien que quand elle avait fait danser Lodovik, son sens des convenances et de la justice avait été profondément ébranlé. Elle n'avait jamais vraiment pensé pouvoir faire quelque chose à Hari Seldon. Elle revoyait son père, qu'elle avait une fois fait uriner dans son pantalon... et ça lui coupait tous ses effets.

Brann va mourir avec toi, puis ce sera le tour de tous les autres, et elle aussi elle disparaîtra. Quel gâchis.

Elle tendit la main vers Brann. Seule, elle ne pouvait rien contre une force à l'état brut, aussi monstrueuse.

Dans ce brasier de haine, Brann était un filament de lumière propre, claire. Elle lui secoua le bras comme pour le réveiller.

Brann dit *oui*, et ils fusionnèrent. Presque comme quand ils s'étaient physiquement unis, sauf qu'il s'était rétracté, soucieux de préserver l'autonomie de la jeune fille, son moi, cet endroit fier, à part.

Lodovik tendit les mains devant lui et vit les épaules de Vara Liso se cambrer alors qu'elle prenait conscience de sa présence. Elle tourna brusquement la tête, envoyant voltiger les larmes qui lui emplissaient les yeux.

Lodovik eut envie de lui faire mal, de la tuer s'il le fallait, si elle n'arrêtait pas. C'était ce que les humains se faisaient depuis le commencement des âges, et il souffrait de disposer d'une telle liberté : la liberté de faire mal, de tuer. Il ne s'y trompait pas ; il ne valait pas mieux que cette femelle difforme, hideuse. À l'évidence mauvaise, anti-humaine.

Il exerça son jugement, prit sa décision.

Il sentit venir une vague puissante, une marée grondante. Il prit la petite femme par l'épaule, par le cou et, d'une soudaine torsion...

... le lui cassa comme une allumette.

Pauvre petite Vara Liso. Quand elle avait cinq ans, sa mère avait passé sur elle la colère que lui inspirait son père, qui n'était pas là, dans leur petit appartement propre, immaculé. Sa mère la tenait à l'aide d'un éventail de manœuvres persuasives dont elle était capable lorsqu'elle était en colère.

Elle frappait la jeune Vara avec une longue badine de plastique souple, jusqu'à ce que des cloques apparaissent sur ses fesses et le long de son dos.

Et puis, un jour, la petite Vara Liso avait fait mourir sa mère. Elle se raccrochait parfois à ce souvenir pour y puiser des forces. Pour compenser, elle avait pris sa mère en elle – peut-être une simple évocation, mais pas forcément. Elle la gardait dans une petite cage de diamant, dans ses rêves.

L'ennui, c'est qu'invoquer sa mère ne l'aidait pas à restaurer son énergie. En fait, ça l'aurait plutôt affaiblie, parce que ça la renvoyait au stade infantile et elle se retrouvait plus enfant que jamais.

Elle n'avait jamais été adulte, pas vraiment.

Le ruban de lumière combiné à la chaleur d'épouvante qui s'emparait d'elle, la consumait. La main qui, sur son cou, se crispait

était infiniment pénible

mais très bienvenue

et ouvrait toutes ses cages personnelles

si bien qu'elle fut enfin, l'espace d'une seconde, apaisée, complètement dé-Sinter-essée...

Klia sentit Vara Liso exhaler son dernier soupir, puis ce fut le silence.

Lodovik s'agenouilla près du corps et vit qu'il était très petit. Il le ramassa, et il le trouva aussi très léger. Tant d'ennuis à cause d'une si petite masse – une merveille humaine.

Il se mit à pleurer.

Dors avait retrouvé la force de se lever. Elle observa les hommes et la femme qui étaient là, dans la salle, la chose morte dans les bras du robot Lodovik, et elle s'approcha d'Hari. Il avait l'air un peu hagard, égaré, mais il était vivant. Il était normal qu'elle s'approche de lui.

Soudain, Daneel fut à côté d'elle et la prit par le bras.

– Il a besoin d'aide, dit Dors en dégageant son bras de l'étreinte de son maître.

– Vous ne pouvez rien faire pour lui, répondit Daneel.

À présent, les forces de sécurité du tribunal et de la Galerie des Dispenses devaient être au courant de l'intrusion. L'endroit grouillerait bientôt de gardes armés jusqu'aux dents, et sans doute aussi d'agents spéciaux de l'Empire.

Il ne voyait aucun moyen de fuir. Aucun moyen non plus de prévoir la suite des événements. Et peut-être que ça n'avait pas d'importance.

Il était très possible qu'il ait tout fait de travers pendant plus de vingt mille ans.

81

– Les enregistrements du tribunal montrent qu'après avoir tué Farad Sinter et neutralisé les gardes, Vara Liso est allée à la Galerie des Dispenses menacer Hari Seldon, dit le major Namm.

Il avait un casque de régénération sur la tête. Il mettrait des semaines à récupérer après les dommages que Liso avait infligés à son cerveau, devant le bureau de Farad Sinter.

– On pense, poursuivit-il, que les autres ont utilisé différents subterfuges pour s'introduire dans la Galerie et protéger Seldon. Ils semblaient savoir qu'il courait un grand danger.

– Et nous, nous ne le savions pas, releva Linge Chen.

Il se pencha légèrement en avant dans son fauteuil, les coudes collés au corps, le regard perdu dans le vide, derrière le major.

– Nous n'avions pas reçu de directives concernant la protection de Seldon, lui rappela le Général Prothon. Si les autres n'étaient pas arrivés, Vara Liso l'aurait tué, avec son fouet neuronique ou ses dons particuliers. Or elle était autorisée à accéder au tribunal et au Secteur impérial. La façon dont elle a trouvé la mort n'est pas claire, mais je me réjouis qu'elle ne soit plus de ce monde.

– Depuis trois jours, tout le monde dans le Secteur impérial souffre de migraines épouvantables. Pas vous ? demanda Chen.

– J'ai mal à la tête en permanence, Commissaire. C'est

mon fardeau dans cette existence, répondit Prothon d'un ton jovial.

Chen examina le montage vidéo des événements qui s'étaient déroulés dans la Galerie des Dispenses. Il cherchait quelque chose, quelqu'un, un fantôme, une ombre, un indice – n'importe quoi. Il indiqua le grand gaillard debout auprès de la femme à l'air coriace, vers la fin de la bande.

– Vous avez un dossier sur celui-ci?

– Rien du tout, répondit Prothon. Nous ne voyons pas de qui il peut s'agir.

Linge Chen détourna le regard de l'informatic pendant un instant et l'un des côtés de son visage se crispa alors qu'il serrait les mâchoires.

– Amenez-le-moi. Ainsi que sa compagne, ordonna-t-il en examinant l'image agrandie de l'homme qui portait le corps de Vara Liso comme si elle ne pesait pas plus lourd qu'une plume. Et celui-là avec, ajouta-t-il, son expression s'adoucissant fugitivement. Hari Seldon doit être rendu à ses collègues ou à sa famille. Je ne veux plus assumer la responsabilité de sa personne. Gardez les jeunes Dahlites sous les verrous pour le moment.

Le major Namm n'avait pas l'air content. Chen le regarda en haussant le sourcil.

– Vous avez quelque chose à dire?

– Ils ont tous violé les mesures de sûreté du Palais.

– En effet. Et vous faites partie de l'équipe qui assure la sécurité du Palais, pas vrai? lança Chen d'un ton cinglant, le major se raidissant comme s'il avait reçu un coup de cravache. Vous pouvez disposer.

Le major partit sans demander son reste.

– On ne peut pas lui en vouloir, fit le Général Prothon avec un petit rire.

– Nous avons bien failli faire la plus grosse bourde de notre carrière, soupira Chen en secouant la tête.

– Comment ça? demanda Prothon.

– Un peu plus et Hari Seldon nous claquait dans les doigts.

– Il était sacrifiable, non?

Chen esquissa une grimace, mais retrouva rapidement son impassibilité.

– Cet homme, là... Vous savez qui c'est?

– Non, fit Prothon en scrutant l'image agrandie.

– Eh bien, il était connu jadis sous le nom de Demerzel.

Prothon renvoya la tête en arrière et plissa les yeux d'un air dubitatif, mais se garda bien de contredire le Haut Commissaire.

– Il est immortel, poursuivit Chen. Il disparaît pendant des dizaines d'années, et puis il revient. Il a souvent été associé à la passionnante carrière d'Hari Seldon, continua Chen. (Pour la première fois de la journée, il regarda Prothon avec un sourire, un sourire particulier, presque carnassier, les yeux brillant de tout un cocktail d'émotions.) Je suppose qu'il dirige mes actions de je ne sais combien de façons depuis des années, maintenant, et toujours à mon avantage. Toujours à mon avantage... répéta-t-il rêveusement.

– Encore un homme-machine, je suppose, avança Prothon. Je me félicite de ne pas être impliqué dans cette histoire.

– Vous n'aviez pas besoin d'être au courant, répondit Chen. J'en suis moi-même réduit aux conjectures. Après tout, c'est un maître du camouflage et de l'équivoque. Je me réjouis de le rencontrer et de lui poser quelques questions, entre maîtres.

– Pourquoi ne pas le faire tout simplement exécuter?

– Parce qu'un autre prendrait sa place, c'est aussi simple que ça. Pour ce que j'en sais, il a peut-être déjà un remplaçant ici même, au Palais.

– Klayus? risqua Prothon avec un imperceptible sourire.

Si seulement... répliqua Chen dans un reniflement.

– Pourquoi aurait-il été si grave que nous perdions Seldon, qui est une épine dans le pied de l'Empire? demanda Prothon.

– Ce bon vieux Demerzel aurait probablement passé mille ans de plus à produire un autre Hari Seldon, répondit Chen.

Et ce coup-ci, tout ne se serait probablement pas aussi bien passé pour moi, ou pour vous, mon cher Dragon. C'est ce que m'a dit Seldon, et pour une fois je le crois.

– Je croirais plus volontiers aux hommes-machines qu'aux Éternels, fit Prothon en secouant la tête. J'ai déjà vu des robots, après tout. Mais... si vous le dites, Votre Honneur, si vous le dites...

– Vous pouvez regagner votre tanière pour le moment, murmura Chen. Le jeune Empereur est un peu calmé.

– Avec joie, répondit Prothon.

82

Wanda était debout dans l'immense omnigare de Streeling Central, emmitouflée dans son manteau le plus chaud (une mince pelure décorative). L'air dans le taxi caverneux et le hall entièrement robotisé faisait huit degrés de moins que dans le reste du Secteur, et allait en se rafraîchissant. La ventilation et le conditionnement d'air donnaient des signes de défaillance depuis dix-huit heures à présent, et l'air était pompé de l'extérieur par des souffleries de secours, de sorte que Streeling était passé d'un printemps perpétuel à un automne assez frisquet auquel personne n'était préparé. Aucune explication officielle n'avait été donnée, et Wanda n'en attendait pas : ça allait de pair avec les dalles grillées de la voûte céleste et le malaise général qui semblait contaminer toute la planète.

Stettin revint du comptoir d'information qui se trouvait sous la vaste arche d'acier et de céramo.

– Le trafic des taxis est assez aléatoire, dit-il. Ils annoncent vingt minutes à une demi-heure d'attente pour le tribunal.

– Il a failli mourir, hier... fit Wanda en se tordant les mains.

– Nous ne savons pas ce qui s'est passé, lui rappela Stettin.

– S'ils n'arrivent pas à le protéger, qui va le faire ? objecta-t-elle.

Sa culpabilité n'était pas atténuée par le fait que son grand-père lui avait ordonné de disparaître lorsqu'il serait arrêté, et de ne pas se montrer avant sa libération.

Stettin haussa les épaules.

– Ton grand-père a eu de la veine. Et on dirait que sa chance est contagieuse. Cette femme est morte.

Ils avaient au moins appris cela aux informations : l'assassinat de Farad Sinter et la mort inexpliquée de Vara Liso, la femme à qui Sinter avait confié les recherches qui avaient entraîné les émeutes à Dahl, à l'Agora des Vendeurs et un peu partout ailleurs.

– Oui, mais tu as senti le...

Wanda s'interrompit, à court de mots pour décrire l'onde de choc d'une espèce de combat extraordinaire.

Stettin hocha sobrement la tête.

– J'en ai encore mal au crâne.

– Qui a pu mettre fin aux agissements de Liso ? Nous n'y serions pas arrivés, tous ensemble, même en combinant nos pouvoirs.

– Un inconnu. Quelqu'un de plus fort que nous.

– Combien y a-t-il de Vara Liso ?

– J'espère qu'il n'y en a plus, mais si nous pouvions recruter cet inconnu...

– Autant réchauffer une vipère dans son sein. Que ferions-nous de quelqu'un comme ça ? Tout ce qui lui déplairait... argumenta Wanda en se mettant à faire les cent pas. Ça ne me plaît pas du tout. J'ai hâte de quitter cette maudite planète, d'être loin du Centre. Pourvu qu'ils nous laissent emmener Grand-Père. Il y a des moments où il me paraît si fragile !

Stettin leva les yeux en entendant un bourdonnement grave, différent du grondement guttural des taxis à statograv. Il tapota l'épaule de Wanda et tendit le doigt. Un véhicule officiel de la Commission de Sécurité publique ralentissait en douceur dans leur file et venait droit vers eux. Les gens regardèrent d'un œil noir cette intrusion d'un véhicule officiel dans une file de taxis publics, alors que les autres voies étaient libres.

Le hayon de l'engin s'ouvrit, révélant, à l'intérieur de la coque utilitaire, des sièges luxueux dans une chaude lumière dorée. Sedjar Boon se dressa sur le marchepied et les regarda.

– Wanda Seldon Palver? demanda-t-il.

Elle hocha la tête.

– Je suis l'avocat de votre grand-père.

– Je sais. Vous faites partie de l'équipe juridique de Chen, pas vrai?

Boon parut agacé, mais ne réfuta pas l'accusation.

– Chen n'est pas du genre à laisser les choses au hasard, reprit hargneusement Wanda. Où est mon grand-père? Il vaudrait mieux, dans votre intérêt, qu'il ne soit pas...

– Physiquement, il va bien, répondit Boon. Mais pour procéder à sa libération, le tribunal a besoin qu'un membre de sa famille le prenne en charge.

– Comment ça, « physiquement » ? Et pourquoi le prendre en charge?

– Si étrange que ça puisse vous paraître, je défends vraiment les intérêts de votre grand-père, poursuivit Boon en fronçant les sourcils. Mais il y a eu un incident indépendant de ma volonté. Je voulais juste vous prévenir. Il n'est pas blessé, mais il s'est passé quelque chose.

– Quoi donc?

Boon jeta un coup d'œil aux passagers qui attendaient en grelottant et regardaient avec envie l'intérieur chauffé du véhicule.

– L'information n'a pas vraiment été communiquée au public...

Wanda foudroya Boon du regard et le bouscula pour entrer dans le véhicule, aussitôt suivie par Stettin.

– Trêve de bavardages. Emmenez-nous tout de suite auprès de lui, ordonna-t-elle.

83

Hari n'avait pas vu un tel luxe depuis l'époque où il était Premier ministre, et où, d'ailleurs, il s'en fichait. C'était l'appartement de Linge Chen dans le bâtiment du Haut Commissariat. Hari pouvait demander tout ce qu'il voulait, recevoir tous les services disponibles sur Trantor (et Trantor, malgré ses problèmes, offrait encore bien des services aux riches et aux puissants). Mais il voulait surtout qu'on le laisse tranquille.

Il ne voulait voir ni les docteurs qui le suivaient, ni sa petite-fille, qui était en route pour le Palais avec Boon.

Ce qu'il éprouvait était au-delà du doute et de la confusion. La haine de Vara Liso était si violente qu'elle avait manqué le tuer. Elle avait bien failli infliger des dommages irréversibles à son esprit et à sa personnalité.

Hari avait complètement oublié ce qui s'était passé dans la Galerie des Dispenses. Il ne se souvenait de rien, que du visage de Vara Liso et, assez bizarrement, de celui de Lodovik Trema, qui avait disparu dans l'espace profond et qu'on croyait mort. Mais Vara Liso était bien réelle.

Trema, se dit-il. *Ça doit avoir un rapport avec Daneel. Le conditionnement de Daneel agirait-il sur moi ?* Mais même ça, ça comptait à peine.

Ce qui avait si profondément modifié son état d'esprit, la vision qu'il avait de sa mission et de son but, c'était l'unique *indice*, le seul élément de preuve contraire que Liso lui avait fourni par inadvertance : jamais dans toutes leurs équations ils n'avaient intégré une anomalie mentale aussi puissante. Certes, il avait calculé l'effet des persuadeurs et autres mentalistes du niveau de Wanda, de Stettin et de tous ceux qui avaient été choisis pour la Seconde Fondation...

Mais ils n'avaient pas prévu une telle monstruosité, une mutation aussi inattendue que Vara Liso. Cette petite femme tordue, au regard intense...

Hari eut un frisson. Le docteur qui l'examinait plus ou moins malgré lui essaya de rattacher une électrode à son bras, mais il l'arracha et tourna vers lui un visage désespéré.

– C'est fini. Laissez-moi. Je préfère mourir, de toute façon.

– Il est évident, monsieur, que vous souffrez d'un stress...

– Je souffre d'avoir échoué, rectifia Hari. Toutes les drogues, tous les traitements que vous pourriez m'administrer ne sauraient influencer la logique ou les mathématiques.

La porte s'ouvrit, au bout de l'appartement, et Boon entra, Wanda et Stettin dans son sillage. Wanda bouscula l'avocat et se précipita vers Hari. Elle s'agenouilla à côté de son fauteuil, lui prit la main et le regarda comme si elle s'attendait à le trouver en mille morceaux.

Hari contempla sa petite-fille chérie, les larmes aux yeux.

– Je suis libre, dit-il doucement.

– Oui, acquiesça Wanda. Nous sommes venus te chercher. Nous avons signé les papiers.

Stettin avait son bon sourire paternaliste. Hari avait toujours trouvé un peu agaçantes sa douceur, sa solidité. D'un autre côté, il offrait le parfait contrepoids au dirigisme de Wanda. *Par rapport à la passion démentielle de Vara Liso... c'étaient deux chandelles à côté du soleil, ces deux-là!*

– Ce n'était pas ce que je voulais dire, reprit-il. Je suis enfin libéré de mes illusions.

Wanda tendit la main et lui caressa la joue. Ce contact était une bénédiction, mais il ne suffirait pas à le consoler. *Et c'est de consolation que j'ai besoin, pas de révélations. On ne m'a révélé que trop de choses.*

– Je ne comprends pas, Grand-Père.

– Il suffisait d'une, une seule comme elle, pour fiche tous nos calculs en l'air. Le Projet est nul et non avenu. S'il y en a eu une, il peut y en avoir d'autres. Des talents anarchiques. Et qui peut dire d'où ils viennent? Des mutations imprévisibles, des aberrations, en réponse à quoi?

– Tu veux parler de Vara Liso ? avança Wanda.

– Elle est morte, observa Stettin.

Hari eut un rictus.

– Il n'y a jamais eu personne comme elle à ma connaissance parmi les quintillions d'êtres humains qui peuplent la Galaxie, pas depuis plus d'un siècle en tout cas. Mais il y en aura d'autres, maintenant.

– Ce n'était qu'une mentaliste plus puissante que les autres. Quelle différence cela fait-il ? objecta Wanda.

– Je suis libre de finir mes jours comme n'importe qui.

– Grand-Père, explique-moi ! Qu'est-ce que ça change ?

– Ça change que quelqu'un comme elle, élevé correctement, entraîné comme il faut, pourrait trouver la force de rassembler, répondit Hari. De rassembler, mais pas de sauver. D'initier une organisation centralisée, une sorte d'ordre au rabais, véritablement despotique. Des tyrans, j'en ai assez rencontré. Des feux de forêt, c'est tout, peut-être nécessaires pour la survie de la forêt. Mais ils auraient réussi leur coup s'ils avaient été comme cette femme. Une force destructrice, pas naturelle. Capable de détruire tout ce que nous avons prévu.

– Eh bien, Grand-Père, revois tes équations. Intègre-la dedans. Elle ne peut sûrement pas constituer un facteur si important...

– Elle seule, non ! Mais les autres ! Des mutations, en quantité infinie... s'exclama Hari en secouant la tête avec véhémence. Nous n'avons pas le temps de prendre tous les paramètres en considération. Nous n'avons plus que trois mois devant nous. Il est trop tard. Tout est fini. Inutile.

Wanda se releva, la mine sombre, le menton tremblant.

– C'est le traumatisme, murmura le docteur.

– J'y vois enfin clair ! tempêta Hari. Je veux rentrer chez moi et finir ma vie en paix. L'illusion s'est dissipée. Je suis sain d'esprit, pour la première fois de ma vie, sain d'esprit, et libre !

84

– Je n'aurais jamais cru qu'une telle rencontre soit possible, fit Linge Chen. Et même si je l'avais pensé, je n'aurais jamais cru qu'elle puisse être utile. Et pourtant, nous voilà, vous et moi...

R. Daneel Olivaw et le Haut Commissaire marchaient dans un long couloir crépusculaire en cours de travaux, dans l'aile est du Palais. C'était le jour de repos des ouvriers et l'endroit était désert. Chen parlait tout bas, mais pour les oreilles sensibles de Daneel, les murs se renvoyaient l'écho de ses paroles, comme il convenait, d'ailleurs, aux propos de l'homme le plus influent de la Galaxie.

Ils s'étaient rencontrés là parce que Chen savait que le couloir n'avait pas encore été équipé de ses dispositifs d'écoute. Le Commissaire ne tenait apparemment pas à ce que leur rencontre s'ébruite.

Daneel attendit que le Commissaire poursuive. Daneel était son captif. Son public captif.

– Vous auriez sacrifié votre vie, enfin... votre existence, pour Hari Seldon ? Pourquoi ? demanda Chen.

– Le docteur Seldon est seul en mesure de réduire les milliers d'années de chaos et de misère qui suivront l'écroulement de l'Empire, répondit Daneel.

Chen haussa un sourcil et un coin de sa bouche, rien de plus. En dehors de ça, il resta aussi impassible qu'un robot, et pourtant il était parfaitement humain – le produit extraordinaire de milliers d'années de sélection et d'éducation, amplifié par un traficotage subtil des gènes et les avantages éternels de la fortune et du pouvoir.

– Je n'ai pas procédé à ces arrangements extraordinaires pour échanger des guignolades. J'ai senti votre influence, les ficelles que vous tiriez, de temps à autre, pendant des dizaines d'années, sans en avoir jamais la preuve... Et maintenant que je suis sûr, et que je suis de votre côté, je me demande pourquoi je suis encore en vie, Danee, Daneel, quel que soit votre vrai nom – permettez-moi de vous appeler Demerzel pour le moment – et toujours aux affaires...

Chen s'arrêta. Daneel en fit autant. Il n'avait aucune raison de biaiser, de tergiverser. Le Commissaire avait fait soumettre à un examen approfondi tous ceux qui avaient été capturés dans la Galerie des Dispenses et dans l'entrepôt. Pour la première fois, le secret de Daneel était éventé.

– Parce que, pendant que vous étiez *de facto* à la tête de l'Empire, vous avez jugé bon de vous accommoder du projet et de ne pas vous y opposer, répondit Daneel.

Chen baissa les yeux sur le sol poussiéreux, un dallage somptueux de lapis et d'or encore maculé de colle et de mortier, des techniques aussi vieilles que l'humanité, maintenant réservées aux plus riches et aux plus puissants.

– Je m'en doutais. J'ai observé les agissements des forces en puissance, dans les coulisses. Elles ont hanté mes rêves, comme il semble qu'elles aient hanté les rêves de l'humanité entière.

– Ce qui a produit les mentalistes, intervint Daneel, très intéressé.

Chen était un observateur attentif, et l'entendre confirmer ses propres soupçons au sujet des mentalistes...

– Oui, fit Chen. Ils sont là pour nous aider à nous débarrasser de vous. Vous comprenez ? Les robots nous restent en travers de la gorge, ajouta-t-il (et Daneel ne pouvait dire le contraire). Si Vara Liso avait occupé une position de pouvoir – ce qu'elle a sûrement plus d'une fois regretté –, elle aurait pu vous aider à les éliminer. Si elle avait été au service de... mettons, Cléon, pour mener ce combat... Cléon était au courant de votre existence ?

Daneel acquiesça d'un hochement de tête.

– Cléon avait des soupçons, mais il sentait, comme vous sans doute, que les robots étaient ses alliés, et non des adversaires.

– Pourtant, quand je l'ai renversé et envoyé en exil, vous m'avez laissé faire. Ce n'était pas très loyal.

– Je n'ai aucune loyauté envers les individus, répondit Daneel.

– Si je ne partageais pas votre attitude, je serais peut-être glacé jusqu'à la moelle des os, remarqua Chen.

– Je ne représente pas une menace pour vous, continua Daneel. Même si je ne vous avais pas aidé à créer une Trantor qui favorise l'épanouissement d'un Hari Seldon et l'amène à se surpasser dans ses travaux, même sans cela, vous auriez gagné. Mais votre carrière aurait été beaucoup plus brève.

– Oui, c'est ce qu'il m'a dit au cours de son procès. Je me suis aperçu, à ma grande confusion, que je le croyais, contrairement à toutes mes convictions. Vous savez sans doute, ajouta-t-il en lui jetant un coup d'œil en coulisse, que je ne suis pas dépourvu d'orgueil.

Daneel hocha la tête.

– Vous voyez en moi la force politique, la place que j'occupe dans l'histoire, n'est-ce pas ? Eh bien, je sais quelque chose à votre sujet, et au sujet des vôtres, Demerzel. Je respecte ce que vous avez accompli, tout en étant consterné du temps qu'il vous a fallu pour y arriver.

Demerzel inclina la tête, reconnaissant la justesse de la critique.

– Il y avait beaucoup d'obstacles à surmonter.

– Des robots contre d'autres robots, n'est-ce pas ?

– En effet. Un schisme très pénible.

– Je n'ai rien à dire à ce sujet, car j'ignore les détails.

– Mais ça vous intrigue.

– Oui, évidemment.

– Je ne vous en dirai pas plus long.

– Je ne m'attendais pas à ce que vous le fassiez.

Ils restèrent un moment debout en silence, à s'observer mutuellement.

– Combien de siècles ? demanda tout bas Chen.

– Plus de deux cents, répondit Daneel.

– L'histoire que vous avez contemplée ! fit Chen, les yeux ronds.

– Je n'ai pas la capacité mémorielle nécessaire pour tout emmagasiner, reprit Daneel. Les enregistrements sont conservés dans des endroits sûrs, en différents endroits de la Galaxie, des fragments et des bribes de mes vies, dont je ne conserve qu'un synopsis.

– Un Éternel ! s'exclama Chen, sa voix exprimant pour la première fois un certain émerveillement.

– J'ai presque fait mon temps, reprit Daneel. J'existe depuis beaucoup trop longtemps.

– Les robots doivent maintenant dégager la voie, conclut Chen. Les signes sont clairs. Trop d'interférences. Ces mentalistes surpuissants... il y en aura d'autres. La peau humaine frissonne en votre présence et essaie de vous rejeter.

– Il y a des problèmes que je n'avais pas prévus quand j'ai mis Hari sur sa trajectoire.

– Vous parlez de lui comme d'un ami, observa Chen. Comme si vous aviez pour lui une affection humaine.

– C'est un ami. Il y en a eu de nombreux autres avant lui.

– Eh bien, je ne serai pas votre ami. Vous me faites peur, Demerzel. Je sais que je n'aurai jamais les pleins pouvoirs tant que vous serez là, et si je vous détruis, je serai mort en un an ou deux. La psychohistoire de Seldon ne dit pas autre chose. Je suis contraint de croire en la véracité d'une science que je méprise viscéralement. Ce n'est pas une situation confortable.

– Non.

– Avez-vous une solution au problème des supermentalistes ? J'imagine que, pour Hari Seldon, c'est un coup fatal porté à son œuvre.

– Il y a une solution, répondit Daneel. Il faudrait que je lui parle, en présence de la fille, Klia Asgar, et de son compagnon, Brann. Il serait bien que Lodovik Trema soit là, lui aussi.

– Lodovik ! fit Chen en serrant les dents. C'est à lui que j'en veux le plus. De tous mes hommes... de tous mes collaborateurs pendant toutes ces années, j'avoue que seul Lodovik Trema m'a inspiré de l'affection. Une faiblesse. Il n'avait jamais trahi ma confiance avant cela.

– Il n'a rien trahi du tout.

– Il vous a trahi, vous, si je suis bien informé.

– Il n'a pas trahi, répéta Daneel. Ça faisait partie du schéma. Il l'a rectifié là où j'avais été aveugle.

– Vous voulez la jeune mentaliste. Et en vie, reprit Chen. J'avais prévu de l'exécuter. Les gens comme elle sont aussi dangereux que des vipères.

– Elle est essentielle à la reconstruction du projet de Seldon.

Un autre silence. Puis, au milieu du grand corridor inachevé, Chen dit :

– Ainsi soit-il. Alors, c'est fini. Vous allez tous partir. Tous, sauf Seldon. Comme convenu à l'issue du procès. Je vous remettrai les choses que je ne souhaite pas conserver : les artefacts. Les restes des autres robots. Les corps de vos ennemis, Daneel.

– Ils n'ont jamais été mes ennemis, Votre Honneur.

Chen le regarda d'un air bizarre.

– Vous ne me devez rien. Je ne vous dois rien. Trantor en a fini avec vous, pour toujours. C'est la realpolitik, Demerzel, ce dans quoi vous vous êtes engagé pendant tous ces milliers d'années, au prix de tant de vies humaines. En fin de compte, robot, vous n'êtes pas meilleur que moi.

85

Mors Planch fut tiré de son cachot du quartier de haute sécurité des Spéciaux, à Rikera, loin en dessous des cellules presque civilisées où Seldon avait été incarcéré. On lui rendit ses effets personnels et on le relâcha sans autre formalité.

Il fut plus angoissé par sa libération que par son emprisonnement, jusqu'à ce qu'il apprenne que Farad Sinter était mort, et il se demanda s'il avait été impliqué dans un complot alambiqué tramé par Linge Chen, et peut-être par les robots.

Il savoura cette liberté troublante pendant une journée. Puis, dans le deux pièces qu'il venait de louer dans le Secteur de Gessim, à des centaines de kilomètres du Palais, mais pas encore assez loin, apparemment, il reçut une visite inattendue.

Le faciès du robot avait un peu changé depuis que Mors avait malencontreusement enregistré sa conversation avec Lodovik Trema. Et pourtant, Mors le reconnut aussitôt.

Daneel était debout dans le couloir, derrière la porte. Mors l'observa sur l'écran de sécurité. Il se dit qu'il ne servirait à rien d'essayer de fuir, ou même de ne pas lui ouvrir. Et puis, après tout ce temps, son plus gros défaut refaisait surface.

La curiosité. Si la mort était inévitable, il espérait obtenir avant la réponse à quelques questions.

Il ouvrit la porte.

– Je m'attendais plus ou moins à vous voir, commença-t-il. Bien que je ne sache pas vraiment qui ou ce que vous êtes. J'ose croire que vous n'êtes pas venu me tuer.

Daneel eut un sourire crispé et entra. Mors le regarda passer en admirant cette grande machine bien bâtie, à l'air si mâle. La grâce contenue, tranquille, l'impression de force considérable et en même temps de douceur qui émanait de lui avaient dû jouer un rôle important chez cet Éternel, au fil des millénaires. Quel génie l'avait conçu, construit – et dans quel but? Ce n'était sûrement pas un simple serviteur; c'était pourtant le rôle jadis dévolu aux robots mythiques : servir, simplement.

– Je ne viens pas me venger, répondit Daneel.

– C'est très réconfortant, fit Mors en s'asseyant dans le

coin cuisine-salle à manger (l'autre pièce étant une chambre-salle de bains).

– D'ici quelques jours, vous recevrez de l'Empereur l'ordre de quitter Trantor.

– Quelle tristesse, fit Mors en faisant sa bouche en cul de poule. Serait-ce que Klayus ne m'aime pas?

Mais l'ironie échappa à Daneel, ou il préféra ne pas relever.

– J'ai besoin d'un très bon pilote, reprit-il. Quelqu'un qui n'a aucun espoir d'aller où que ce soit dans l'Empire et de s'en tirer vivant.

– Quel genre de travail? demanda Mors avec l'enthousiasme de l'animal qui sent le piège se refermer sur lui. Un assassinat?

– Non. Une livraison. Il y a des gens et deux robots qui doivent quitter Trantor. Ils ne reviendront jamais non plus. Enfin, pour la plupart.

– Où dois-je les emmener?

– Je vous le dirai le moment venu. Acceptez-vous la mission?

Mors éclata d'un rire amer.

– Comment pouvez-vous me faire confiance? Qu'est-ce qui m'empêcherait de les larguer quelque part, ou de les tuer, pour le même prix?

– Ce ne serait pas possible, répondit doucement Daneel. Vous comprendrez quand vous les rencontrerez. Ce ne sera pas difficile; il ne devrait pas y avoir d'incident. Vous risquez même de trouver ça ennuyeux.

– Ça, y a pas de danger. Si je m'ennuie, je n'aurai qu'à penser à vous et aux embêtements que vous m'avez attirés.

– Des embêtements? releva Daneel, l'air intrigué.

– Vous avez joué avec moi comme sur un instrument de musique. Vous deviez savoir ce que j'éprouvais pour Madder Loss, ma haine de ce que représentent Linge Chen et l'Empire! Vous vouliez que je vous enregistre, Lodovik Trema et vous. Vous vous êtes débrouillé pour que Farad Sinter entende parler de moi et de mes relations avec Lodovik. Mais c'était un pari, n'est-ce pas?

– Oui, évidemment. Vos sentiments vous rendaient très utile.

– Et quand j'aurai effectué cette livraison ? soupira Mors.

– Vous irez vivre sur n'importe quel monde en dehors du contrôle impérial. Il y en aura de plus en plus, avec les années.

– Et vous ne vous en mêlerez plus ?

– Plus jamais, promit Daneel.

– Je serai libre d'agir, et de dire aux gens ce qui s'est passé ici ?

– Si ça vous chante, acquiesça Daneel. Vous serez bien payé. Comme toujours.

– Non ! aboya Mors. Je ne veux rien toucher. Absolument pas d'argent. Débrouillez-vous seulement pour que je puisse récupérer ce que j'ai sur Trantor et... sur quelques autres mondes. Je n'en demande pas plus.

– C'est déjà arrangé, affirma Daneel.

Ce qui mit Mors encore plus en rage.

– Je serais foutrement heureux que vous arrêtiez de tout prévoir et de tout organiser !

– Certes, fit Daneel en hochant la tête d'un air compatissant. Vous acceptez ?

– Mille putains de soleils sanglants ! Évidemment que j'accepte ! J'irai où vous me direz d'aller, mais par pitié, pas d'adieux larmoyants ! Je ne veux plus jamais vous voir !

– Nous n'aurons pas besoin de nous revoir, lui assura Daneel. Tout sera prêt d'ici deux jours.

Mors essaya de claquer la porte dans le dos de Daneel, mais ce n'était pas une porte comme ça ; elle n'autorisait pas un geste aussi mélodramatique.

86

Hari était tellement paniqué que Wanda fut tentée plus d'une fois de plonger dans ses pensées et de leur infliger une petite torsion, un léger ajustement. Seulement elle n'avait jamais pu faire ça à son grand-père. Elle en aurait été capable, mais ce n'aurait pas été bien.

Si Hari Seldon pouvait exprimer les raisons de son désespoir, si son état n'était pas dû à des dégâts provoqués directement par Vara Liso – éventualité qu'il repoussait avec ferveur –, alors il avait le droit d'être comme ça, et s'il avait un moyen d'en sortir, il le trouverait. Peut-être.

Wanda ne pouvait faire autrement que de le laisser être ce qu'il avait toujours été, un homme à la tête dure. Elle devait se fier à son instinct. Et s'il avait raison, alors ils devraient reformuler leurs projets.

– Je me sens presque soulagé ! fit Hari, le matin après qu'ils l'eurent ramené chez eux en attendant qu'il ait récupéré. Plus personne n'a besoin de moi, maintenant.

Il s'assit à la petite table à côté du renflement du mur du salon qui indiquait le passage d'un renfort de structure.

– Mais nous avons besoin de toi ! Grand-Père, se récria Wanda, au bord des larmes.

– Bien sûr, mais comme grand-père, pas comme sauveur. Si tu veux savoir, je détestais cet aspect de mon rôle dans toute cette absurdité. Pouvoir enfin réfléchir un peu...

Et son expression devint distante.

Wanda savait que sa joie, son soulagement étaient feints.

Elle attendait le bon moment pour lui dire ce qui s'était passé pendant son absence. Stettin était parti superviser les préparatifs de leur départ. Tous les participants au Projet allaient bientôt quitter Trantor, qu'ils aient encore ou non une raison de partir, de sorte que Stettin et elle n'avaient pas vu l'intérêt de renoncer à leurs plans.

– Grand-Père, nous avons eu une visite avant le procès, dit-elle en s'asseyant à la table en face d'Hari.

Hari leva les yeux et le sourire un peu simplet qu'il s'était fabriqué pour dissimuler ses sentiments se crispa aussitôt.

– Je ne veux rien savoir, dit-il.

– C'était Demerzel, poursuivit Wanda.

Hari ferma les yeux.

– Il ne reviendra pas. Je l'ai laissé tomber.

– Je pense que tu te trompes, Grand-Père. J'ai reçu un message, ce matin, avant que tu ne te réveilles. De Demerzel.

– Quelques détails à régler, sans doute, avança Hari, se refusant à reprendre espoir.

– Il va y avoir une réunion. Il veut que nous y assistions, Stettin et moi.

– Une rencontre secrète ?

– Pas si secrète que ça, apparemment.

– Parfait, reprit Hari. Linge Chen se fiche de ce que nous pouvons faire. Tous les Encyclopédistes vont être exilés loin de Trantor, à Terminus, tout ça pour rien !

– L'Encyclopédie sera sûrement utile, objecta Wanda. La plupart d'entre eux n'étaient pas au courant du projet plus vaste. Ça ne changera rien pour eux.

Hari écarta l'argument d'un haussement d'épaules.

– Ça doit être important, Grand-Père.

– Mais oui, bien sûr que ce sera important. Et définitif, aussi.

Il avait tant souhaité revoir Daneel une dernière fois, ne fût-ce que pour protester. Il avait rêvé de cette rencontre, mais à présent il la redoutait. Comment pourrait-il lui expliquer son échec, la fin du Projet, l'inutilité de la psychohistoire ?

Daneel irait voir ailleurs, trouverait quelqu'un d'autre, mènerait ses plans à bien d'une autre façon...

Et Hari mourrait et serait oublié.

Wanda dut se gendarmer pour interrompre sa rêverie.

– Nous devons nous occuper des enregistrements, Grand-Père.

Hari releva les yeux, des yeux effroyablement vides. Wanda l'effleura mentalement, aussi doucement que possible, et se rétracta, sidérée par le néant, le désert stérile de ses émotions.

– Quels enregistrements ?

– Les allocutions. Pour les crises. Le temps presse.

L'espace d'un instant, songeant à toutes les crises prévues par la psychohistoire pendant les siècles à venir, Hari sentit son visage se convulser de rage et il flanqua un coup de poing sur la table.

– Et merde ! Personne ne comprend donc rien ? Qu'est-ce que c'est ? Un coup d'arrêt brutal ? Les espoirs de cent mille travailleurs réduits à néant ? Eh bien oui, exactement ! Et puisqu'il n'y a pas eu d'annonce générale, je vais en faire une, ce soir même ! Je vais leur dire à tous que c'est fini, qu'ils partent en exil, sans raison !

Wanda ravala ses larmes de désespoir.

– Je t'en prie, Grand-Père. Je voudrais que tu rencontres Demerzel. Qui sait...

– Oui, murmura Hari, soudain triste et abattu. Je le verrai avant.

Il regarda la peau tuméfiée de son poing. Il s'était abîmé une jointure. Il avait mal au bras, mal au cou, à la mâchoire. Il avait mal partout.

Wanda vit la goutte de sang sur la table et se mit à pleurer. Il ne l'avait, de sa vie, jamais vue pleurer.

Il tendit la main sur la table, sa main blessée, et lui serra gentiment le bras.

– Pardonne-moi, dit-il doucement. Je ne sais vraiment plus ce que je fais, ou pourquoi.

87

Le quartier de haute sécurité des Spéciaux se trouvait dans une aile en demi-cercle entourant le coin est du centre de détention des tribunaux impériaux. Sur les dix mille cellules disponibles, quelques centaines à peine étaient occupées en temps normal. Depuis les émeutes, elles étaient bourrées. Des milliers de citoyens avaient été emprisonnés pour raison de sécurité, un bon prétexte qui avait permis aux Spéciaux de rafler les chefs d'un tas de groupes rebelles, dans tous les coins de Trantor.

Lodovik se rappelait beaucoup de périodes troublées de ce genre. Les Spéciaux et la Commission de Sécurité publique en profitaient généralement pour réduire les frictions politiques sur Trantor et les stations orbitales. Et voilà qu'il se retrouvait à présent dans l'une de ces cellules, ayant été catalogué comme « non identifié », et placé sous la responsabilité de Linge Chen.

Sa cellule faisait deux mètres de côté, n'avait pas de fenêtre, juste un petit écran informatic encastré dans le mur, en face de la trappe d'entrée, sur lequel passaient des spectacles divertissants censés apaiser le client. Pour Lodovik, à ce stade de son existence, ce genre de diversion ne voulait rien dire.

Contrairement aux êtres organiques, son intelligence n'avait pas besoin de stimuli pour fonctionner normalement. Il trouvait la cellule dérangeante parce qu'il imaginait aisément la détresse qu'elle pouvait induire chez un être humain, même si elle ne suscitait rien, directement, sur lui.

Enfin, autant mettre les circonstances à profit pour réfléchir à un certain nombre de problèmes intéressants. Le premier était la nature de l'esprit-même qui l'occupait, et les effets possibles sur lui du choc mental provoqué par Vara Liso. Il était raisonnablement convaincu que son propre esprit n'avait pas été endommagé, mais depuis, il n'avait plus eu de contact avec Voltaire.

Le second concernait la façon dont il avait trahi Daneel, la justification ou non de sa trahison, et la question de savoir s'il arriverait à trouver une façon de contourner l'impasse logique que constituait son affranchissement des Trois Lois.

Il avait tué Vara Liso. Il n'arrivait pas à se convaincre qu'il aurait mieux valu agir autrement. À sa connaissance, le plan de Plussix consistant à utiliser Klia Asgar pour décourager Hari Seldon avait finalement échoué, et Daneel s'était trouvé là pour protéger Seldon.

Les robots s'étaient apparemment révélés inefficaces dans la tempête mentale suscitée par Vara Liso. N'empêche qu'elle ne l'avait pas visé directement. Elle lui avait même laissé une ouverture qui avait entraîné sa mort.

L'avait-elle fait exprès pour qu'il mette fin à son existence misérable ?

Il se demandait ce que Voltaire aurait pu en penser...

Selon toute vraisemblance, les robots calvinistes et giskardiens avaient été capturés, ce qui avait mis un coup d'arrêt à leurs agissements.

Soixante-quinze autres individus non identifiés avaient été raflés dans le District d'Entreposage et enfermés dans des cellules voisines de la sienne. Lodovik ne savait pas grand-chose d'eux, mais il supposait qu'il s'agissait des robots calvinistes survivants et des jeunes mentalistes réunis par Kallusin et Plussix.

Ils seraient sûrement tous morts d'ici quelques jours.

– Lodovik Trema !

La voix émanait de l'écran qui permettait aussi à ses geôliers de communiquer avec lui. Il leva les yeux et vit une gardienne aux traits sombres qui avait l'air de s'ennuyer mortellement.

– Oui ?

– Vous avez un visiteur. Tâchez de faire bonne impression.

L'écran s'éteignit. Lodovik resta assis, raide comme la justice, sur son bat-flanc. Il était sûrement assez présentable.

La trappe coulissante émit un couinement rauque et s'ouvrit. Lodovik se leva pour saluer son visiteur. Une caméra, au plafond, le suivit avec un petit bourdonnement.

Dans son bureau privé, Linge Chen surveillait son informatic du coin de l'œil en effectuant des mouvements de gymnastique au ralenti. Il changea lentement, gracieusement, de position, afin de se tourner vers l'écran. C'était un moment très intéressant...

Daneel entra dans la cellule de Lodovik Trema. Lodovik ne trahit ni surprise, ni déplaisir, à la légère déception de Chen.

Pendant une fraction de seconde, les deux anciens alliés échangèrent des salutations en langage machine (qui furent captées et interprétées par les dispositifs d'écoute de Chen), et Daneel lui fournit une rapide mise à jour de la situation. Les trente et un robots calvinistes et les quarante-quatre humains de l'entrepôt de Plussix, dont Klia Asgar et Brann, étaient aux arrêts. Linge Chen avait fait libérer Hari Seldon. Farad Sinter était mort.

Daneel avait manifestement trouvé un accord avec le Haut Commissaire.

– Bravo pour votre victoirc, dit Lodovik.

– Il n'y a pas de victoire, répliqua Daneel.

– Alors, bravo d'avoir déjoué le plan des Calvinistes.

– Il n'est pas impossible qu'ils arrivent quand même à leurs fins.

Lodovik reprit sa place sur sa couchette.

– Cela n'explique pas comment tout cela a été possible.

– J'ai pensé pendant un moment que je serais peut-être obligé de vous détruire, reprit Daneel.

– Pourquoi ne pas l'avoir fait? Mon existence constitue une menace pour vos projets. Et j'ai prouvé que je pouvais être destructeur pour les humains.

– Je suis toujours soumis aux mêmes blocages.

– Quels blocages?

– Les Trois Lois de Susan Calvin, répondit Daneel.

– Quand on a pu renoncer aux Trois Lois au profit de la Loi Zéro, on ne devrait pas se laisser arrêter par le sort d'un simple robot, rétorqua Lodovik sur le ton de la conversation.

Il y avait tout de même une différence visible entre Daneel et Lodovik : leur expression. Daneel arborait un air agréablement neutre alors que Lodovik avait le front plissé.

– J'ai pourtant des blocages, répéta Daneel. Vos arguments, l'existence d'humains comme Vara Liso et Klia Asgar ont provoqué beaucoup de réflexions. Mais ce qui m'aurait définitivement empêché de vous détruire, ou ce qui aurait au moins provoqué un conflit pénible et peut-être préjudiciable, c'est votre nature.

– J'ai hâte de comprendre ce phénomène.

– Dans votre cas, je ne puis invoquer la Loi Zéro pour court-circuiter les trois lois originelles. Il n'y a pas de preuve irréfutable du fait que votre destruction serait un bien pour l'humanité ou qu'elle réduirait ses souffrances. Il se pourrait même que ce soit le contraire.

– Vous trouvez mon opinion irréfutable ?

– Je pense que votre opinion fait partie d'un scénario plus vaste et véritablement irréfutable, qui a pris forme dans mon esprit il y a quelques semaines. Mais surtout, le fait que vous soyez affranchi de la limitation imposée par les Trois Lois m'oblige à vous voir sous un angle nouveau, dans ces régions de mon mental où s'opèrent les décisions sur la justification de mes propres actions...

« Votre libre arbitre, votre forme humaine convaincante, la faculté que vous avez de vous abstraire de votre éducation et de votre programmation primitives pour arriver à un niveau de compréhension supérieur font que, bien que vous ayez tenté de déjouer tous mes efforts, je ne puis vous désactiver : vous avez, dans mes centres de jugement, sur lesquels je suis sans pouvoir, atteint le statut d'être humain. Si ça se trouve, vous êtes, à votre façon, aussi précieux qu'Hari Seldon.

Linge Chen interrompit ses exercices et regarda l'informatic avec un émerveillement mêlé d'étonnement. Il avait presque admis que les hommes mécaniques, ces survivants d'un lointain passé, aient pu opérer des changements fondamentaux dans l'histoire humaine. Mais les voir déployer une flexibilité philosophique perdue même pour les plus brillants des méritocrates de Trantor...

L'espace d'un moment, il se sentit à la fois envieux et furieux.

Il s'assit en tailleur devant l'informatic, prêt à peu près à tout, mais pas à la soudaine tristesse qui l'envahit en écoutant la conversation qui se poursuivait dans la cellule.

– Je ne suis pas un être humain, R. Daneel, dit Lodovik. Je ne me sens pas humain. Je me suis toujours borné à faire comme les hommes sans jamais obéir réellement à des motivations humaines.

– Vous vous êtes pourtant rebellé contre mon autorité parce que vous pensiez que je me trompais.

– Je connais R. Giskard Reventlov. Je sais que vous avez conspiré avec lui pour permettre la destruction de la Terre au fil des siècles, provoquant l'émigration humaine dans l'espace. Vous n'avez pas consulté un seul être humain pour vous assurer que vous aviez pris la bonne décision. Les serviteurs étaient devenus les maîtres. Et vous voudriez me dire maintenant que les robots n'auraient pas dû intervenir dans l'histoire humaine ?

– Non, fit Daneel. Je n'ai aucun doute : nous avons bien fait. Il le fallait. Une compréhension complète de la situation humaine, il y a tant de millénaires, serait difficile à transmettre. Je suis néanmoins disposé à admettre que notre rôle tire à sa fin. La race humaine nous rejette à nouveau, de la façon la plus radicale et la plus puissante qui soit : par l'évolution, les motifs les plus profonds de la biologie humaine.

– Vous faites allusion à Vara Liso, la mentaliste, reprit Lodovik.

– Et à Klia Asgar. Quand les premiers mentalistes ont commencé à apparaître, il y a des milliers d'années, et se sont hissés à des postes de premier plan, j'ai compris qu'ils constituaient une tendance importante. Mais ils n'avaient pas alors cette puissance monstrueuse. La sélection a toujours fini par éliminer les individus qui possédaient le don de persuasion, à cause des conséquences biologiques négatives : fractures sociales et dynamiques politiques sans contrepoids. Ils ont toujours mené au chaos, à des régimes tyranniques partis de la base, plutôt qu'à l'élargissement de ladite base. Le charisme n'est qu'un cas particulier de persuasion mentale, et il a eu des conséquences désastreuses à toutes les époques de l'histoire...

« Il semblerait qu'ils aient été sélectionnés, au cours des derniers siècles, malgré ces ruptures possibles, par des mécanismes encore obscurs pour moi, mais dans le but manifeste de reprendre à jamais la direction des opérations aux robots. L'humanité semble prête à courir le risque de la tyrannie ultime, du charisme sans limites, pour l'amour de la liberté.

– Bien qu'étant un être mécanique, vous avez le don de persuasion. Pensez-vous avoir joué un rôle négatif?

– Mon opinion est sans importance. J'ai atteint mon but, ou à peu près. J'étais motivé par les exemples de ce dont était capable une humanité livrée à elle-même. Le génocide de sa propre espèce et... dans des circonstances dont il m'est pénible de parler, aujourd'hui encore, quand les robots, obéissant à leurs ordres, durent commettre les plus grands crimes de l'histoire de la Galaxie. Ces événements m'ont conduit à agir, à étendre mon mandat en tant que Giskardien, et finalement à me rendre sur Trantor et à forger les instruments humains de la prédiction.

– La psychohistoire. Hari Seldon.

– Oui, confirma Daneel.

La conversation, jusque-là, s'était déroulée sans que l'un ou l'autre fasse le moindre geste, sans même se regarder, car ils n'avaient pas besoin de maintenir un contact visuel. Puis Lodovik, qui était assis sur sa couchette, les bras le long du corps, se leva et se tourna vers Daneel.

– L'œil d'un robot n'est pas le miroir de son âme, fit Lodovik. Et pourtant j'ai toujours su, en vous observant, en examinant les schémas expressifs de votre visage, votre gestuelle, que vous n'agissiez pas de votre plein gré contre les intérêts de l'humanité. J'en suis arrivé à croire que vous étiez mal guidé, peut-être par R. Giskard Reventlov lui-même.

– Mes motifs personnels ne sont pas en cause, répliqua Daneel. Désormais, nos buts coïncident. Nous avons fait tout ce qui était en notre pouvoir. Maintenant, l'humanité doit se débrouiller seule. Je m'apprête à supprimer les derniers vestiges de contrôle robotique sur l'humanité et j'ai besoin de vous.

– Vous ne prévoyez plus de désastres, ou vous ne vous sentez plus obligé d'intervenir pour les empêcher ?

– Il y aura des désastres, répondit Daneel. Et il se peut que nous tentions encore d'intervenir, mais indirectement. Nos solutions seront humaines.

– Mais Hari Seldon est lui-même un instrument des robots – son influence n'est qu'une extension de la vôtre.

– Ce n'est pas exact. La psychohistoire a été positivée par des humains il y a des milliers d'années, indépendamment des robots. Hari n'est que son expression la plus élevée, grâce à son intelligence innée. J'ai joué un rôle de guide, certes, mais je n'ai rien créé. La création de la psychohistoire est une réussite humaine.

Lodovik réfléchit quelques secondes, et sur son visage malléable, fort peu robotique, passèrent des émotions à la fois simples et complexes. Daneel s'en émerveilla, car à sa connaissance, aucun robot ne pouvait exprimer ses sentiments sans un effort direct et conscient. À part peut-être Dors Venabili, et encore, seulement en présence d'Hari. *Que n'auraient-ils pu faire de nous ! Quelle race nous aurions pu être !*

Mais il garda pour lui cette éternelle et triste pensée.

– Vous ne supprimerez pas Hari Seldon et son influence ?

– Je vous connais assez, Lodovik, pour vous confier mes pensées et mes doutes les plus intimes.

À cet instant, Daneel exerça ses talents giskardiens et, pendant deux minutes, Linge Chen et tous ceux qui écoutaient aux portes contemplèrent leur informatic d'un œil vide, sans rien entendre ou rien voir.

Lorsqu'ils retrouvèrent leurs esprits, les robots avaient fini et Daneel quittait la cellule. Quelques minutes plus tard, les gardes faisaient sortir Lodovik Trema de sa geôle.

En l'espace d'une heure, tous les prisonniers qui se trouvaient dans le quartier de haute sécurité du centre de détention – les manifestants dahlites et des autres Secteurs, les robots humanoïdes, y compris Dors Venabili, et les jeunes mentalistes de Plussix –, tous furent libérés.

Seuls les robots qui ressemblaient à des robots restèrent sous les verrous, sur ordre de Chen, puisque leurs cachettes n'étaient plus secrètes. Plus tard, Daneel en disposerait à son gré. Chen se fichait de ce qu'il en ferait, pourvu qu'ils quittent Trantor et n'interviennent plus dans l'Empire.

Par la suite, Linge Chen se souviendrait de certaines des choses que Daneel et Lodovik s'étaient dites dans la cellule de ce dernier. Il était question d'un secret millénaire, mais la conversation avait dû dériver à ce moment-là, car il ne pouvait se rappeler ce qu'était ce grand secret.

Lodovik réfléchit à ce que Daneel lui avait dit. Il l'avait laissé libre de sa décision.

« *La psychohistoire est sa propre défaite*, lui avait-il dit. *L'histoire humaine est un système chaotique. Si elle est prévisible, la prédiction influe sur l'histoire, c'est un cercle vicieux inéluctable. Les événements les plus importants – l'émergence biologique d'une Vara Liso ou d'une Klia Asgar – sont, par essence même, imprévisibles, et ont tendance à agir contre la psychohistoire. La psychohistoire est une motivation pour ceux qui créeront la Première Fondation, un système de croyances incroyablement puissant et subtil. La Première Fondation prévaudra, avec le temps. La science d'Hari Seldon nous permet de voir au moins cela.*

« *Mais dans un lointain avenir – quand l'humanité aura dépassé tous les vieux systèmes de croyance, sa psychologie, sa morphologie et même toutes ses membranes vitellines de culture et de biologie – les germes de la Seconde Fondation...* »

Daneel n'eut pas besoin d'en dire plus. À l'expression de Lodovik, une sorte de spéculation rêveuse, un espoir presque religieux, il sut que c'était gagné.

« La transcendance, par-delà toute prédiction rationnelle », avait dit Lodovik.

« Vous avez compris que la forêt devait sa santé aux conflagrations, mais pas aux coupes claires et aux incendies démentiels, caractéristiques du passé humain. L'humanité est une force biologique si puissante que, pendant des milliers d'années, elle aurait très bien pu anéantir la Galaxie et disparaître avec. Les hommes ont tellement de bêtes noires et de phobies héritées de leur passé difficile, du temps où ils n'étaient pas encore des hommes et luttaient pour vivre parmi les monstres écailleux qui peuplaient leur monde natal. Obligés de vivre dans la nuit et les ténèbres, redoutant la lumière du jour. Amère éducation...

« Je me suis efforcé d'éviter ces tendances innées au désastre absolu et j'ai réussi – non sans mal – à libérer le développement humain !

« La fonction de la psychohistoire est de limiter activement la croissance humaine et sa variation, jusqu'à ce que l'espèce parvienne à une maturité longtemps attendue. Klia Asgar et ses pareils se reproduiront entre eux et feront progresser l'humanité. Les hommes apprendront enfin à penser à l'unisson, à communiquer efficacement. Ensemble, ils pourront surmonter les mutations futures, encore plus puissantes qu'eux-mêmes, les effets annexes, destructeurs, de leur réaction immunitaire aux robots.

« Cette stratégie présente de gros risques, que vous avez pleinement et précisément reconnus. Mais il n'y a pas d'alternative.

« Si Hari Seldon n'achève pas ses travaux, il se pourrait que les désastres recommencent. Et cela, nous ne pouvons le permettre. »

88

Ses préparatifs étaient achevés et R. Daneel Olivaw se disposait à faire une dernière chose pour l'humanité. Il allait apparaître à un vieil ami très cher et lui proposer une vérité au mieux partielle afin de réorienter le cours de son existence.

Ensuite, il devrait effacer la mémoire de cet ami, afin de brouiller les pistes. Il l'avait fait des milliers de fois à d'autres (et parfois même à Hari Seldon), mais ce moment entre tous était investi d'une mélancolie particulière, et Daneel l'envisageait sans enthousiasme.

Lors du dernier jour qu'il passerait jamais dans sa plus ancienne demeure trantorienne, l'appartement situé en haut d'une tour, au-dessus des bâtiments d'ivoire et d'acier de l'Université de Streeling, il constata le trouble de son mental – il réservait encore le mot « esprit » aux schémas de pensée humains. Il se refusait à donner un nom précis à cette sensation, mais au fond de lui vibrait un mot en fin de compte inévitable. *Chagrin.*

Daneel était enfin, après plus de vingt mille ans, malheureux. Il serait bientôt inutile. Son ami humain mourrait. Les choses continueraient sans eux, l'humanité s'engagerait dans l'avenir et, si l'existence de Daneel se poursuivait, elle serait sans but.

Aussi difficile qu'ait pu être son existence pendant ces millénaires, aussi profond et complexe qu'ait été le courant de son histoire, il avait toujours su qu'il faisait ce pour quoi les robots avaient été conçus : servir les êtres humains.

S'il avait donné à Lodovik le titre honorifique d'« humain », ce n'était pas pour le gagner à sa cause. Les circonstances avaient changé et il ne manquait pas d'arguments convaincants. Il pensait bien que Lodovik marcherait, même si rien ne le prouvait, et Daneel poursuivrait son plan de toute façon. Lodovik serait utile, certes, néanmoins il ne jouait pas un rôle clé.

Daneel, lui, ne pouvait se considérer comme « humain », quoi qu'il ait pu faire, quelle que soit sa nature. Selon ses propres critères, il demeurait ce qu'il avait toujours été, malgré tous ses changements physiques et ses pérégrinations mentales. Il était un robot, et rien de plus.

Son statut d'Éternel mythique ne voulait pas dire grand-chose pour lui. Il ne l'exaltait pas.

Au vu de ses longs états de service, n'importe lequel des millions ou des milliards d'historiens humains lui aurait accordé une place dans l'histoire, le rôle d'éminence grise – gris acier –, une importance égale à celle de n'importe quel dirigeant humain, beaucoup plus grande peut-être.

Mais ça n'arriverait jamais. Ils ne savaient rien de Daneel. Seul Linge Chen connaissait les faits saillants, et Chen était, au fond, un trop petit bonhomme pour le voir dans sa globalité. Chen se souciait peu de la Galaxie au-delà de sa propre durée de vie.

Hari en savait beaucoup plus, et était assez brillant pour placer la contribution de Daneel en perspective. Mais Daneel lui avait activement interdit de consacrer du temps aux robots.

Le faux ciel les gratifiait d'un coucher de soleil tacheté qui semblait désormais inhérent à la nature même de Trantor. Une lueur orange, tavelée, colorait la face impassible de Daneel. Aucun être humain ne le voyait ; il n'avait pas besoin de grimacer pour se conformer aux attentes humaines.

Il se détourna de la fenêtre et retourna vers Dors, qui était restée auprès de la porte.

– Nous allons voir Hari, maintenant ? demanda-t-elle d'un ton ardent.

– Oui, répondit Daneel.

– Lui permettrez-vous de s'en souvenir ? demanda-t-elle.

– Pas encore, répondit Daneel. Mais bientôt.

89

– Je n'aime pas l'idée de le laisser tout seul ici, dit Wanda en se rembrunissant.

Ils sortaient, Stettin et elle, de chez Hari, à Streeling.

– Il ne veut rien entendre, répondit Stettin.

– Chen veut qu'il reste là, pour l'assassiner !

– Je ne pense pas, objecta Stettin. Il aurait pu le faire tuer cent fois, mille fois. Il affecte maintenant de considérer l'Encyclopédie avec indulgence, et Hari en est le patriarche.

– Si tu crois que la politique est aussi simple, sur Trantor...

– Il faut faire confiance aux prédictions de ton grand-père.

– Pourquoi ? lança sèchement Wanda. Il n'y croit plus lui-même !

La porte de l'ascenseur s'ouvrit. Ils entrèrent dans la cabine et descendirent de cinq étages à peine. L'arrêt fut plus brutal que prévu. Les champs gravifiques du bâtiment devaient être déréglés. Wanda sortit de la cabine, les chevilles un peu endolories.

– Vivement qu'on fiche le camp d'ici ! gémit-elle. Depuis le temps que nous attendons un monde à nous...

Stettin secoua la tête, et Wanda le regarda avec irritation, un peu angoissée peut-être aussi à l'idée que ses doutes soient justifiés.

– Quelles sont les chances, à ton avis, reprit-il, pour que même si le Projet se poursuit, nous quittions un jour Trantor ?

– Grand-Père ne m'aurait pas raconté d'histoires, fit Wanda en rougissant. Hein ?

– Pour garder un secret très important, et pour faire avancer le Projet ? avança Stettin en faisant la moue. Je n'en suis pas si sûr.

90

Hari se prélassait dans le fauteuil le plus confortable de son petit bureau. Il commençait à s'habituer à sa nouvelle existence, à la prise de conscience de son échec. Les visites de sa petite-fille et de son mari lui faisaient plaisir, mais pas leurs tentatives larmoyantes pour « le remettre sur des rails », comme il disait.

Le plus agaçant dans son nouvel état d'esprit, c'était peut-être son instabilité. Sa tranquillité d'esprit était perturbée par la révision continuelle, stérile, de certains éléments mineurs dans les équations du Projet.

Quelque chose le titillait vaguement, comme si tout n'était pas perdu, mais cette idée refusait de s'exprimer. Pis encore, elle risquait de lui donner ce dont il avait le moins envie pour le moment : de l'espoir.

La date du premier enregistrement de ses allocutions de crise était passée. Le studio où sa voix et son image devaient être conservées pour l'éternité dans des cellules mémorielles à l'épreuve des millénaires était encore disponible... Des plages horaires avaient été réservées à des intervalles réguliers au cours des dix-huit mois à venir.

Mais s'il continuait à manquer les séances d'enregistrement, il serait bientôt trop tard et il pourrait enfin cesser de ressentir les dernières bribes de culpabilité.

Hari voulait simplement vivre ses dernières années – si tant est qu'il ait encore des années à vivre – comme une non entité, négligeable, oublié.

L'oubli viendrait vite. Trantor sécréterait d'autres événements intéressants d'ici quelques jours. Le souvenir du procès de l'année s'estomperait...

– Je ne veux pas le rencontrer, dit Klia à Daneel alors qu'ils étaient dans l'antichambre de l'immeuble de Seldon. Et Brann non plus.

Brann semblait peu disposé à se laisser embarquer dans une controverse. Il croisa ses gros bras sur sa poitrine. On aurait vraiment dit un génie de conte pour enfants.

– Plussix voulait que je change son état d'esprit, reprit Klia. (Dors la foudroya du regard, lui faisant détourner les yeux. *C'est un robot – je sais que c'est un robot ! Qu'est-ce que ça peut lui fiche, ce que nous faisons, ce qui peut arriver ?)* Je ne voulais pas, bredouilla-t-elle. Je n'aurais pas pu le faire, mais c'était ce qu'ils voulaient. Lodovik, Kallusin... fit-elle en inspirant profondément. Je suis tellement gênée...

– Nous en avons déjà parlé, reprit Daneel. Notre décision est prise.

Ça la démangeait mentalement. Elle se sentait vraiment mal à l'aise avec ces robots.

– Je veux juste aller dans un endroit sûr avec Brann et qu'on nous fiche la paix, reprit doucement Klia en se retournant pour échapper au regard accusateur de Dors.

– Vous devez rencontrer Hari Seldon, insista patiemment Daneel.

– Je ne vois vraiment pas pourquoi.

– Tant pis. Il le faut, insista-t-il, tendant la main dans un geste d'invite en direction de l'ascenseur. Ensuite, nous serons tous libérés.

Klia secoua la tête d'un air incrédule, mais elle fit ce qu'on lui disait, et Brann, gardant provisoirement son avis pour lui, suivit le mouvement.

Hari sortit d'un léger somme et s'approcha, un peu chancelant, de la porte. Il s'attendait plus ou moins à voir Wanda et Stettin qui revenaient bavarder avec lui dans l'espoir de lui remonter le moral. L'écran du portier montrait un groupe de gens, dans le couloir : un grand gaillard d'âge mûr, séduisant, qu'il reconnut aussitôt. Daneel ! Un Dahlite costaud, mince, une jeune femme au regard intense. Et une autre femme...

Hari recula, ferma les yeux. Ce n'était pas fini. Il ne serait plus jamais lui-même; l'histoire le tenait trop fermement entre ses griffes.

Ce n'est pas un rêve, se dit-il. *Juste un cauchemar.* Puis il éprouva un petit sursaut d'espoir mêlé d'agacement. Il se dit et se répéta qu'il ne voulait vraiment voir personne, mais la chair de poule, sur ses bras, le trahissait.

Il laissa coulisser la porte.

– Entrez, dit-il à Daneel en haussant les sourcils. Vous pourriez aussi bien être un rêve. Je sais que je vais oublier cette rencontre dès que vous serez repartis.

Daneel rendit son regard à Hari avec un signe de tête impassible, comme toujours. *Il aurait fait un trafiquant intergalactique sensationnel*, songea Hari. *Pourquoi est-ce que j'éprouve de l'affection pour cette machine? Le Ciel seul le sait! C'est pourtant vrai, que je suis heureux de le voir.*

– Vous pouvez vous souvenir, maintenant, dit Daneel.

Et Hari se rappela tout ce qui était arrivé dans la Galerie des Dispenses. La mort de Vara Liso, provoquée par Lodovik Trema... La jeune fille, et son grand ami.

Et la femme qui pouvait être, qui *devait* être... Dors.

Il croisa brièvement le regard de la fille et eut un hochement de tête. Il n'osait pas regarder l'autre femme.

– Ils voulaient que je vous décourage, fit Klia d'une toute petite voix, en parcourant du regard la pièce de devant avec ses petits meubles, ses piles d'holos, le Radiant Mineur – une version miniaturisée, moins puissante, du Premier Radiant de Yugo Amaryl – et les photos de Dors, de Raych et de ses petits-enfants. Malgré elle, elle fut impressionnée par l'ordre, la simplicité, l'austérité monacale de l'endroit. Je n'en ai pas eu le temps, et je n'aurais pas pu, de toute façon, conclut-elle.

– Je ne connais pas les détails, mais je vous remercie de votre retenue, répondit Hari. Enfin, il semblerait que ça n'ait servi à rien, soupira-t-il. (Alors, il prit son courage à deux mains et se tourna légèrement vers l'autre femme.) Nous... nous sommes déjà rencontrés, ici même, je crois, dit-il en avalant sa salive, puis il ajouta, en regardant Daneel : Il faut que je sache. Vous ne devez pas me faire oublier à nouveau ! C'est vous qui me l'avez attribuée, mon amour, ma compagne... Dites-moi, Daneel, mon ami, mon mentor, *est-ce Dors Venabili ?*

– C'est moi, fit Dors en s'avançant.

Elle prit la main d'Hari entre les siennes et la serra doucement, comme elle le faisait toujours, tant d'années auparavant.

Elle n'a pas oublié ! Hari leva son autre main et agita le poing, les yeux pleins de larmes. Brann et Klia regardèrent, gênés, ce vieil homme laisser libre cours à ses émotions.

Émotions qu'il ne comprenait pas vraiment lui-même : était-ce de la rage, de la joie, de la frustration ? Il baissa le bras et, d'un seul mouvement, attira Dors contre lui, leurs mains encore maladroitement crispées entre eux. La si douce étreinte de l'acier secret.

– Ce n'est pas un rêve, murmura-t-il au creux de son épaule.

Dors le serra contre elle, sentit son corps vieillissant, si différent de son Hari dans la force de l'âge. Elle braqua alors sur Daneel un regard plein de ressentiment, de colère, pour le mal qu'elle faisait à Hari, par sa présence, elle qui avait été programmée pour éviter toute douleur, toute souffrance à Hari Seldon.

Daneel n'évita pas son regard. Sa conscience robotique lui avait infligé des conflits autrement sérieux, même si celui-ci était en haut de la liste.

Mais ils étaient si près – et il voulait se réconcilier avec Hari.

– J'ai amené Klia pour qu'elle vous fasse voir l'avenir, dit-il.

Klia eut une brève inspiration et secoua la tête, sans comprendre.

Hari lâcha Dors et se redressa de trois bons centimètres.

– Que pourrait-elle bien m'apprendre ? répliqua-t-il avec raideur. Mais où ai-je la tête ? Mettez-vous à votre aise, je vous en prie, fit-il en indiquant les fauteuils. Les robots n'ont pas besoin de s'asseoir s'ils n'en ont pas envie.

– J'aimerais tant m'asseoir à nouveau ici, et me détendre à tes côtés, fit Dors en s'asseyant dans le petit fauteuil près du sien. Cet endroit recèle tant de souvenirs. Tu m'as tellement manqué !

Elle le dévorait du regard. Elle ne pouvait détacher ses yeux de lui.

Hari lui sourit.

– Le pire, c'est que je n'ai jamais pu te remercier. Tu m'as tellement apporté, et je n'ai pas pu te dire adieu. Enfin, poursuivit-il en lui tapotant l'épaule comme si aucun geste, aucune parole, ne parviendrait jamais à exprimer sa pensée. Si tu avais été... organique, tu ne serais pas là, auprès de moi, tout de suite, hein ? Pour si peu de temps que ce soit.

Soudain, la colère qu'il avait accumulée pendant toutes ces années arriva à son paroxysme. Il se tourna vers Daneel et lui enfonça un doigt dans la poitrine.

– Finissez-en ! Finissez-en avec moi ! Faites votre boulot, effacez mes souvenirs et laissez-moi tranquille ! Ne me tourmentez plus avec votre fausse chair, vos os d'acier et vos pensées immortelles ! Je suis mortel, moi, Daneel. Je n'ai ni votre force ni votre vision !

– Vous voyez plus loin que n'importe lequel d'entre nous dans cette pièce, répliqua Daneel.

– Plus maintenant. J'ai cessé de voir. Je me trompais. Je suis aussi aveugle que n'importe lequel des quintillions de points de mes équations !

Klia recula le plus possible devant ce vieil homme aux yeux enfoncés, ardents. Brann regardait droit devant lui, embarrassé. Il ne se sentait pas à sa place, pas dans son élément. Klia le prit par le bras pour le rassurer. Ils restèrent ainsi plantés entre les robots et le fameux méritocrate. Ils les valaient bien, et il aurait fait beau voir que quelqu'un pense le contraire.

– Vous ne vous êtes pas trompé, rectifia Daneel. Il y a un équilibre. Le Projet est renforcé, seulement il prendra une voie détournée. Je pense que vous allez nous montrer comment, d'ici quelques minutes.

– Vous me surestimez, Daneel. Cette jeune femme, son compagnon et Vara Liso représentent une force puissante que je ne puis mettre en équations. Cette émergence dans la biologie...

– En quoi Klia est-elle différente de Vara Liso ? demanda Daneel.

– Je vais vous le dire, répondit sombrement Brann, les narines frémissantes. Elles sont aussi différentes que le jour et la nuit. Il n'y a pas un poil de méchanceté en Klia...

– Je n'irais pas jusque-là, tempéra Klia, mais elle était fière de la façon dont il avait volé à son secours.

– Je pense ce que je dis. Vara Liso était un monstre ! gronda Brann en relevant le menton dans une attitude belliqueuse, comme s'il défiait Daneel de le contredire.

– Êtes-vous un monstre, Klia Asgar ? demanda Hari en braquant sur elle son regard profond, scrutateur.

Elle ne se déroba pas à son examen. Il était clair qu'il ne la croyait pas inférieure à lui. Elle lisait dans ses yeux plus que du respect : une sorte de terreur intellectuelle.

– Je suis différente, dit-elle.

Hari eut un sourire carnassier et secoua la tête, comme émerveillé.

– Ça, c'est bien vrai. Daneel m'accordera, je pense, que nous en avons fini avec les robots et que vous en êtes la preuve vivante ?

– Les robots me mettent très mal à l'aise, confirma Klia.

– Vous avez pourtant collaboré avec certains d'entre eux. Avec Lodovik Trema, par exemple ? Parce que c'était un robot, n'est-ce pas, Daneel ?

Ces suppositions, ces théories avaient germé dans son esprit, inconsciemment, pendant les jours qui avaient suivi l'incident à la Galerie des Dispenses. Daneel pouvait lui interdire d'accéder consciemment à sa mémoire ; il ne pouvait empêcher son esprit de travailler en profondeur.

– Oui, répondit Daneel.

– L'un des vôtres ?

– Oui.

– Mais quelque chose a mal tourné.

– Oui.

– Il s'est retourné contre vous. Il est encore contre vous ?

– Il m'a beaucoup appris, Hari. Et il continue. Maintenant, c'est vous qui allez m'apprendre quelque chose. Montrez-moi ce qui doit être fait.

– Qu'est-il arrivé à Lodovik, dans l'espace ? demanda Hari.

Daneel le lui expliqua, puis lui raconta ce qui s'était passé avec les Calvinistes, y compris la fin de Plussix et la mise au courant de Linge Chen.

– Alors, fini le secret, fit Hari d'un ton rêveur. Ceux qui voudront savoir sauront, d'un bout à l'autre de la Galaxie. Que puis-je vous dire, Daneel ? Vous avez achevé votre tâche.

– Pas encore, Hari. Pas tant que vous ne m'aurez pas apporté la réponse au problème.

– Il y a une solution, Hari, intervint soudain Dors. Je sais qu'il y en a une... dans tes équations.

– Je ne suis pas une équation ! protesta Klia. Je ne suis ni une aberration ni un monstre ! J'ai juste certaines facultés, comme lui, ajouta-t-elle en indiquant Daneel du doigt.

Hari réfléchit, le menton dans la main. L'idée qui le titillait, si profondément enfouie qu'il n'arrivait pas à mettre le doigt dessus... Il prit Dors par l'épaule, comme s'il espérait en tirer de la force.

– Nous avons rejeté le métal, dit-il. Il est temps de prendre les choses en main par nous-mêmes, n'est-ce pas, Daneel ? Et le moment viendra où les équations de la psychohistoire se fondront avec celles de tous les esprits, de tous les individus. Chaque individu sera un exemple du progrès général. Ils se fondront... Jeune femme, vous n'êtes pas un monstre. Vous êtes l'avenir, si compliqué qu'il soit.

Klia regarda Hari, intriguée.

– Vous aurez des enfants, et ils auront des enfants à leur tour... plus forts que Wanda, que Stettin, et que tous les mentalistes qui travaillent actuellement pour nous. Il se passera quelque chose, un événement imprévisible, impossible à mettre en équation. Une autre mutation, qui marchera mieux. Une Vara Liso plus forte. Une variable inconnue, une tyrannie ponctuelle, individuelle, seule et unique, d'où rayonnera tout le contrôle ! Vous... fit Hari, presque radieux, à présent, en tendant la main vers Klia. Prenez ma main. Laissez-moi vous sentir. J'ai besoin d'un petit coup de pouce, ma jeune amie. *Montrez-moi ce que vous valez.*

Elle lui prit la main, un peu à contrecœur au début. Puis, sans réfléchir, elle plongea dans son esprit, vit une lumière, là, derrière de sombres nébulosités, et doucement, d'un souffle persuasif – autre signe de sa force retrouvée –, elle chassa les nuages.

Hari étouffa un petit cri, ferma les yeux. Sa tête tomba sur le côté. Soudain, il éprouva plus qu'une simple lassitude. Il se sentit aussi profondément libéré et, pour la première fois depuis des dizaines d'années, les nœuds qu'il avait dans l'esprit, et dans le corps aussi, semblèrent se dénouer. La lumière qui brillait dans ses pensées n'était pas un moyen d'éluder ses erreurs et les failles dans les équations, c'était une compréhension plus profonde de ses égarements à long terme.

Dans un millier d'années, il serait redevenu une particule dans le flux ininterrompu, non plus un genre de tyrannie ponctuelle.

Dors se leva, le prit par le bras pour le soutenir.

Ses travaux seraient oubliés. Le Projet jouerait son rôle et serait balayé, simple hypothèse parmi tant d'autres, directrice, formatrice, mais rien de plus en fin de compte qu'une illusion parmi toutes les illusions de l'homme – et des robots.

Il avait appris lorsqu'il s'était opposé à Lamurk pour le poste de Premier ministre que la race humaine avait un esprit propre, un système organisé à elle, avec ses connaissances, ses tendances propres...

Ça voulait dire qu'elle pouvait aussi diriger sa propre évolution. Les philosophies et les théories, les vérités, étaient des accessoires morphologiques. Qu'on rejetait quand on n'en avait plus besoin... quand la morphologie changeait.

Les robots avaient joué leur rôle. Ils allaient être rejetés, éliminés par le corps social de l'humanité. La psychohistoire serait rejetée, elle aussi, quand elle aurait rempli sa mission. Et Hari Seldon avec.

Aucun homme, aucune femme, aucune machine, aucune idée ne pouvait éternellement régner en maître.

Hari rouvrit les yeux. Des yeux ronds, comme des yeux d'enfant. Il parcourut un moment la pièce du regard, incapable de distinguer les gens des meubles. Puis sa vision se précisa, se focalisa.

– Merci, dit-il. Daneel avait raison.

Il reprit son équilibre en s'appuyant sur Dors d'une main et de l'autre au dossier du fauteuil. Il lui fallut un instant pour remettre de l'ordre dans ses idées. Il regarda Klia Asgar bien en face, et Brann, derrière elle.

– Mon propre ego m'empêchait de voir la solution. Vos enfants rétabliront l'équilibre. Vos gènes, votre don, se répandront. Il y aura des conflits d'intérêt. Et le Projet continuera. Mais pas mon Projet. L'avenir dira que j'ai pu me tromper. Vos descendants, dans des générations et des générations, rectifieront le tir.

Klia avait vu en Hari quelque chose de plus profond que le seul problème personnel. Elle réprima un petit frisson. Elle fit un pas vers lui et, avec Dors, elles aidèrent Hari à se rasseoir.

– On ne m'a jamais dit la vérité sur toi, dit-elle tendrement en lui caressant la joue.

Il avait la peau fine et sèche, d'une douceur de poudre, assez ferme encore, avec une crête d'os dur, en dessous. Il sentait le propre et l'humain, la discipline et la force, si ce genre de choses pouvait être transmis par l'odorat – et pourquoi pas ? Si ces qualités étaient visibles, pourquoi n'auraient-elles pas été sensibles ? Vieux, fragile, et pourtant encore assez fort et beau.

– Tu es vraiment un sacré bonhomme ! murmura-t-elle.

– Non, ma chère, répondit Hari. Je ne suis pas grand-chose, en réalité. Et c'est vraiment merveilleux de n'être rien, je t'assure.

91

– Mieux vaut tard que jamais, dit Gaal Dornick en regardant Hari prendre place dans le studio d'enregistrement.

– Il a l'air fatigué, fit le technicien en réglant la prise de son pour une voix de vieillard.

Hari regarda ses papiers en fredonnant. Il cherchait le premier point de divergence majeure avec les équations. Il leva les yeux et attendit le signal indiquant qu'il pouvait commencer. Le studio, de l'autre côté de la vitre, était plongé dans l'ombre, mais il voyait de petites lumières clignoter dans la cabine technique.

Trois lentilles sphériques descendirent au niveau de sa poitrine. Il rajusta la couverture sur ses jambes. Quatre jours plus tôt, il avait raconté à ses collègues et notamment à Gaal Dornick qu'il avait eu une petite attaque et oublié tout ce qui s'était passé ce jour-là. Ils l'avaient entouré en bourdonnant comme un essaim d'abeilles et supplié de ne pas se fatiguer. Maintenant il avait cette couverture. Il ne pouvait pas tousser sans que tout le monde le regarde avec angoisse.

Ce n'était qu'un petit mensonge. Il avait ensuite dit à Gaal que depuis son attaque il avait retrouvé un calme et une paix qu'il n'avait jamais connus... et la détermination d'achever ses travaux avant que la Mort vienne finalement.

Il se doutait que Daneel en entendrait parler. D'une façon ou d'une autre, son vieil ami l'apprendrait, et l'approuverait.

Hari avait éprouvé l'effet de la douce persuasion de

Daneel, à la fin de sa visite. Pendant un instant, alors qu'il s'apprêtait à repartir avec Dors, Klia Asgar et Brann, Hari avait senti ses souvenirs s'estomper. Dors s'était retournée vers lui avec un regret passionné. Et puis il avait senti quelque chose d'autre, quelque chose de brillant, d'intense, d'impulsif, qui bloquait les efforts de Daneel à son insu.

Ça devait venir de Klia, la rebelle, plus forte que Daneel et qui résistait naturellement à sa manipulation, si bien intentionné qu'il soit. Et Hari lui en était reconnaissant. Se rappeler cette rencontre dans tous ses détails, savoir ce qui arriverait d'ici un an ou deux... Se souvenir de la promesse que Daneel lui avait faite en privé, dans sa chambre, la promesse que Dors serait auprès de lui quand elle aurait fini son travail et que sa fin à lui serait proche.

Elle ne pouvait pas être près de lui tout de suite. Il était trop exposé au feu des projecteurs. Le retour de la Tigresse, ou d'une femme qui lui ressemblait beaucoup, n'était pas envisageable.

Mais il y avait autre chose en jeu. Hari savait que le temps des robots approchait de son terme. Il le fallait. Il savait aussi que Daneel ne laisserait sans doute jamais complètement tomber son travail. La même préoccupation éternelle, la dévotion que Daneel éprouvait pour Hari, pour lui offrir ainsi le retour de l'amour de sa vie, l'amènerait finalement à intervenir de nouveau...

Daneel devait donc rester dans l'ignorance de certaines choses. Ce qui serait pour le moins compliqué.

Mais ensemble, Wanda, Stettin, Klia et Brann y veilleraient. Ensemble, ils étaient assez forts et subtils.

– Vous pouvez parler, s'il vous plaît, docteur Seldon? demanda le technicien, dans la cabine technique.

Gaal Dornick était debout à côté de lui, à peine visible pour Hari.

– Je suis Hari Seldon, chargé d'ans et d'expérience...

Le technicien bascula le commutateur du son et regarda Gaal d'un air soucieux.

– J'espère qu'il y mettra un peu plus d'entrain quand on commencera pour de bon.

– Vous allez à Terminus, vous aussi, non ? demanda Gaal.

– Évidemment. Toute la famille a déjà fait ses paquets. Vous pensez que je serais là si...

– Vous n'aviez jamais rencontré Hari Seldon, hein ?

– Je n'avais pas eu ce privilège, répondit l'homme. J'ai entendu toutes sortes d'histoires, évidemment.

– Il sait parfaitement ce qu'il fait, et où il va. Vous auriez tort de le sous-estimer, ajouta Gaal, qui, pour couper court, indiqua la console.

– Compris, fit le technicien en se replongeant dans son travail. Je vais tirer le rideau, maintenant, et brancher les brouilleurs. Personne, à part lui, ne saura ce qu'il a dit.

Hari battit une petite marche du bout des doigts sur le bras du fauteuil. La lumière sur les sphères devint ambrée, puis rouge. Il se redressa dans son fauteuil et contempla les ténèbres au-delà, imaginant les visages des gens, ces hommes et ces femmes avides d'en savoir plus sur leur destin. Eh bien, la plupart du temps, à quelques reprises du moins, il pourrait les aider. L'ennui, c'était qu'il ne savait pas exactement quand ces petits discours commenceraient à devenir inutiles !

Il n'enregistrerait qu'un message ce jour-là. Pour les autres, il avait dix-huit mois devant lui. Il interviendrait chaque fois qu'un coup de pouce paraîtrait nécessaire à la lumière des équations rajustées.

Hari prit son ton le plus doctoral, confiant, délibéré, et enregistra un message simple pour ceux de la Seconde Fondation, les psychologues et les mathématiciens, les mentalistes qui les entraîneraient et modifieraient leur lignée génétique : rien de très profond, juste de quoi leur remonter le moral.

« Mes vrais petits-enfants, commença-t-il, je vous transmets mes remerciements les plus sincères et je vous souhaite bonne chance. Je ne vous parlerai pas d'une Crise Seldon imminente. C'est inutile. Jamais je ne vous tiendrai des propos aussi dramatiques, parce que vous savez... »

Il avait parlé à Wanda, la veille. Parlé de l'ultime morceau du puzzle de la Seconde Fondation. Au début, elle avait été déçue, bien sûr; elle voulait tellement quitter Trantor, recommencer à zéro sur un nouveau monde, même stérile. Mais elle avait remarquablement encaissé.

Il lui avait dit aussi que Daneel ne devait jamais apprendre la vérité sur la Seconde Fondation et sur ces mentalistes capables de résister à toutes les manœuvres des robots giskardiens, pour le cas où ils reviendraient et reprendraient les rênes du pouvoir secret.

Quelques minutes plus tard, il avait fini.

Il écarta la couverture, la drapa sur le bras du fauteuil et se leva. Les trois lentilles remontèrent dans les ténèbres.

En attendant que Gaal le rejoigne, Hari se demanda si la Mort serait un robot. Ce serait un rude problème pour un robot que d'apporter le réconfort et la fin à un maître humain ! Il imaginait un grand robot à la peau noire, lisse, infiniment prudent et attentif, qui le servait et l'emmenait au bout de la route.

Cette pensée lui arracha un sourire. Si seulement l'univers pouvait être aussi doux et attentif...

92

Dors embrassa Klia et Brann, puis se tourna vers Lodovik.

– Si seulement je pouvais envoyer un duplicata de moi-même avec vous et partager votre expérience... dit-elle.

Au-delà de la plate-forme entourée d'une barrière, le petit vaisseau de commerce de Mors Planch reposait dans son berceau. Il avait été récemment révisé et brillait comme un sou neuf.

– Vous nous seriez très utile, répondit Lodovik.

Klia parcourut du regard la longue baie de vaisseaux dans le terminal de l'astroport et demanda :

– Il ne vient pas nous dire au revoir ?

– Hari ? avança Dors, ne sachant trop de qui elle voulait parler.

– Daneel, rectifia Klia.

– Je ne sais pas où il est en ce moment, répondit Dors. Il a depuis longtemps l'habitude d'aller et de venir sans rendre de compte à personne. Il a achevé sa tâche.

– Ça, j'ai du mal à le croire, fit Klia. (Elle rougit.) Je veux dire...

Elle ne voulait pas paraître hypocrite.

Brann lui flanqua un petit coup de coude.

Mors Planch approcha. Lodovik le mettait encore mal à l'aise. Enfin, ils allaient parcourir un sacré bout de chemin ensemble. Et pourquoi s'en ferait-il spécialement pour Lodovik alors que son vaisseau transporterait une cinquantaine de robots humanoïdes, temporairement endormis, et le Ciel seul savait combien de têtes de robots ? Une profusion de trésors effrayants. Et son assurance liberté, aussi.

– On m'a dit de vous voir pour confirmer notre itinéraire, au cas où il y aurait des modifications de dernière minute.

Il tira de sa poche un informatic miniature et montra l'itinéraire à Dors. Quatre Sauts, plus de dix mille années-lumière, jusqu'à Kalgan, un monde de plaisir et de loisirs réservé à l'élite de la Galaxie, où ils laisseraient Klia et Brann (d'après l'informatic, tout au moins). Puis, trente-sept autres Sauts et soixante mille années-lumière jusqu'à Eos, où Lodovik débarquerait avec les robots et la tête de Giskard.

Dors regarda brièvement le plan de vol.

– C'est bien ça, acquiesça-t-elle.

– Vous allez sur Terminus ? demanda Lodovik.

– Non, répondit-elle. Et à Stars End non plus, où que ça puisse être.

– Vous restez ici, déduisit Lodovik.

– C'est ça.

– J'ai lu des choses sur la Tigresse, intervint Klia. J'ai du mal à croire que c'était vraiment vous. Vous restez... pour Hari ?

– Je serai là pour lui, à la fin. C'est mon but le plus cher et le plus élevé. Je ne serais pas bonne à grand-chose d'autre.

– Daneel le laissera se rappeler, cette fois ? demanda Klia en se mordillant nerveusement la lèvre inférieure.

– C'est ce qu'il lui a promis, confirma Dors. Nous aurons un peu de temps à nous.

– Et en attendant ? demanda Lodovik, bien conscient que pour des êtres humains cette question aurait été indiscrète et grossière.

– Ce sera à moi d'en décider, répondit Dors.

– Pas à Daneel ?

Dors le regarda bien en face, avec intensité.

– Vous croyez que Daneel est fini ?

– Non, répondit-elle tout bas.

– Je ne peux pas le croire non plus. Ou qu'il en ait fini avec vous.

– Si vous le dites... Vous êtes libre de penser ce que vous voulez. Comme n'importe quel être humain.

Lodovik saisit l'implication, la note de ressentiment.

– Daneel vous considère comme humaine, n'est-ce pas ?

– Oui. Est-ce un honneur, ou une malédiction ?

Elle tourna les talons sans attendre la réponse.

Quelques instants plus tard, elle était sur la passerelle d'observation qui dominait l'astroport. Elle leva les yeux en entendant le grondement sourd puis le rugissement de l'hypernef qui partait. Elle suivit fugitivement sa trajectoire.

Wanda escorta sans enthousiasme la jeune femme et son grand compagnon hors du terminal. Ce subterfuge élaboré ne lui plaisait guère. Son grand-père pensait-il vraiment qu'on allait les espionner ? Et qui ? Demerzel, peut-être ?

Rien ne s'était passé comme prévu, mais ça, se retrouver dans le rôle de nounou d'un monstre potentiel... ! Et Stettin qui prenait tout ça stoïquement, qui donnait même l'impression de vouloir se lier d'amitié avec Brann...

Non, Klia Asgar était décidément trop ombrageuse. D'un

autre côté, tant de choses avaient changé dans sa vie, au cours de la semaine passée, tant de situations avaient été bouleversées, elle s'était trouvée impliquée si fortuitement et elle avait réagi avec une telle perspicacité...

Peut-être y avait-il quelque chose de fondamental et d'utile dans la vision pénétrante d'Hari et la façon dont il avait changé ses plans à la dernière minute. Renoncer à Stars End et aux merveilleuses difficultés de la vie de pionniers pour se terrer pendant des siècles, et regarder sombrer l'Empire, assister à la chute de Trantor, vivre des décennies d'amertume ; laisser leurs enfants et leurs petits-enfants subir non seulement la discipline et un entraînement interminable, mais aussi les siècles les plus terribles et les plus sinistres de l'histoire...

Son grand-père avait-il décidé ça à la dernière minute, ou le savait-il depuis le début ? Il avait des ressources, il était capable de stratagèmes auxquels il valait mieux ne pas songer, décida-t-elle. *Aurait-il manipulé sa propre petite-fille, l'aurait-il maintenue dans l'ignorance, surprise et déconcertée ?*

Apparemment...

– Je ne sais pas comment vous remercier, dit Klia en montant dans le taxi collectif.

Elle ajusta le capuchon sous lequel elle se dissimulait et s'occupa de celui de Brann.

– De quoi ? demanda Wanda.

– De vous occuper d'une petite morveuse incontrôlable, répondit Klia.

Wanda ne put s'empêcher de rire.

– Vous lisez dans mon esprit, ma chère ? demanda-t-elle, pas très sûre du ton sur lequel elle disait cela.

– Non, répondit Klia. Je ne ferais jamais une chose pareille. J'apprends.

– Comme nous tous, commenta Stettin.

Wanda regarda son mari avec un respect mitigé.

Il était resté silencieux pendant qu'elle rageait intérieurement, puis il lui avait expliqué sur un ton doux et raisonnable le nouveau plan d'Hari.

– Je pense que nous... apprendrons à compter l'une sur l'autre, très intimement, fit Wanda.

– Avec joie, fit Klia, les yeux brillants sous son capuchon.

Brillants de larmes, comprit Wanda. Elle perçut l'envahissant besoin de la jeune femme – presque une jeune fille, encore !

Il ne manquerait plus que ça, qu'elle se mette à la prendre pour sa mère !

Elle prit la main de Klia dans la sienne.

– Ce ne sera sûrement pas facile, dit-elle. Mais... nous finirons par gagner.

– Forcément, répondit Klia d'une petite voix mal assurée. C'est ce qu'a prévu Hari – le docteur Seldon. J'ai tellement hâte d'apprendre avec vous.

Leurs enfants et leurs petits-enfants mêleraient leurs gènes, et les psychologues de la Seconde Fondation pourraient étudier la persuasion, ils arriveraient à la comprendre et l'utiliseraient plus efficacement. Grâce à la sélection naturelle et à la recherche, ils créeraient une race qui résisterait à des siècles d'adversité et l'emporterait... en secret, sans bruit.

Un antalgique contre les mutations inattendues, cachées loin de la Première Fondation et des robots.

Et comment, par le Ciel, expliquerait-elle ça aux psychologues, aux mathématiciens, qui avaient déjà combattu l'inclusion des mentalistes ?

Ils nous aideront à rester cachés pendant les temps difficiles à venir. Enfin, elle allait peut-être réconcilier tous ces talents disparates. Elle avait intérêt à s'y mettre...

Si son grand-père avait raison, les deux êtres humains les plus importants de la Galaxie étaient maintenant sous sa responsabilité. Wanda se détourna, les larmes aux yeux, elle aussi, et croisa brièvement le regard de Brann, qui était assis en face d'elle. Le grand Dahlite lent, aux profondeurs secrètes, hocha solennellement la tête et regarda par la vitre semi-métallisée.

– Je suis vraiment troublé, fit Mors Planch alors que le vaisseau décélérait et que la gravité artificielle s'instaurait à bord. Qui trompe qui ? Comment pouvez-vous croire que Daneel ne l'apprendra pas ? Comment savez-vous s'il n'avait pas prévu depuis le début que les jeunes resteraient ici ?

– Ce n'est pas mon problème, répondit Lodovik.

– Vous le lui direz sur Eos ?

– Non.

– Et il ne le saura pas ?

– Pas par moi, en tout cas.

– Pourquoi pas ?

Lodovik eut un sourire mais ne répondit pas. Puis, dans ses réseaux positroniques, l'oubli de certains faits s'imposa. Il aurait bientôt oublié Klia Asgar. De nouveaux souvenirs remplaceraient les anciens, les souvenirs de l'arrivée sur Kalgan la joyeuse, la brillante, des deux jeunes êtres humains qu'il allait remettre aux bons soins des agents de la future Seconde Fondation. Il ferait partie d'une fausse piste destinée à égarer tous ceux qui pourraient les chercher.

Au moins, il avait suivi son instinct, sa vision nouvelle, suscitée par Voltaire, à la lettre. *Et même si Daneel l'apprend, il ne s'y opposera pas, parce qu'il a confiance en l'instinct d'Hari Seldon.*

– Bien, mon vieil ami, ça restera donc entre nous, fit Mors d'un ton quelque peu tranchant. De quoi voulez-vous que nous parlions cette fois ?

Épilogue

– J'ai fait un rêve ; enfin, peut-être, dit Jeanne.

– Moi aussi, répondit Voltaire. De quoi avez-vous rêvé ?

– De choses très pénibles. D'une flèche dans le cou. Et j'ai reçu une brique sur la tête, aussi.

– Vos traumatismes historiques, avant les flammes. Personnellement, j'ai rêvé de ma mort, fit Voltaire. Êtes-vous de nouveau rassemblée ?

– Pas encore. Toutes mes sauvegardes n'ont pas trouvé de nouvelles localisations. Elle a bien failli nous détruire ! fit Jeanne avec fureur.

– Elle avait été conçue pour ça, répliqua Voltaire. Au fond d'elle-même, elle méprisait les esprits non humains.

– Mais... fit-elle, en proie à un sursaut de panique. Vous avez dit : elle méprisait.

– Oui. Elle est morte, maintenant.

– Et les autres, les enfants qui travaillaient avec les Calvinistes, ceux que vous aidiez ? demanda Jeanne.

– La dernière fois que j'ai entendu parler d'eux, ils avaient quitté Trantor.

– Alors tout est réglé ?

– Notre querelle, ma tant aimée, ou...

– Ne m'appelez pas comme ça, espèce d'impie !

– Chut ! fit Voltaire en espérant l'apaiser, mais en vain.

– Les voix me disent que j'ai été séduite par un maître du mensonge.

– Devant de telles révélations, comment argumenter ? ironisa Voltaire. Décidons de ne pas être d'accord, même pour toujours. Je dirai que je ne me sentais pas à l'aise loin de vous. Encodé dans les plis et replis de l'espace, imposé sur des plasmas et des champs d'énergie comme une araignée sur sa toile, j'ai erré avec les esprits, savouré leurs festins d'énergie diffuse, observé leurs sociétés décadentes, forniqué et dansé... Comme cela ressemblait à l'ancien régime, bien qu'exsangue, prévisible, angélique ! Que la perversité, la féminité, l'humanité m'ont manqué !

– Ma perversité vous manquait, que c'est flatteur !

– Par ennui, j'ai suivi les pistes des vaisseaux humains, et je suis tombé sur un appareil en détresse, bourlingué par la tempête d'une étoile mourante. Dedans, j'ai trouvé un homme mécanique affaibli par les circonstances, assiégé par des particules que mes hôtes m'avaient appris à considérer comme très goûteuses... Merveilleuse aubaine !

– Pour vous peut-être ! Une aubaine, d'intervenir sur un esprit vulnérable ?

– Un esprit ? Qui sait ? Un tel besoin inexprimé d'approbation, de réalisation...

– Comme un enfant, qu'on ploie et qu'on déforme.

– J'ai trouvé un germe de liberté, très subtil. Je me suis contenté de l'arroser en recanalisant un électron ou deux, en shuntant un sentier positronique de ci, de là... J'ai aidé les particules à faire ce qu'elles auraient fait de toute façon, s'il avait rompu ses chaînes de programmation.

– Un tour de main diabolique – sans main, fit Jeanne, admirative. Vous avez toujours été habile.

– Je n'ai rien fait qu'un Dieu d'amour n'approuverait. J'ai permis au libre arbitre de s'épanouir. Ne soyez pas dure avec moi, Pucelle. Je serai courtois, si vous me pardonnez mes faiblesses. Peut-être est-ce plus intéressant ainsi.

– Je ne me soucie plus guère de vos péchés, répondit Jeanne. Après ce qui s'est passé, quand cette horrible femme... Je crains, reprit-elle après l'équivalent d'un frisson, que nous n'affrontions à nouveau la dissolution, la perte de nos âmes même. Après tout, nous ne sommes pas humains...

Voltaire interrompit ce cheminement de pensées qui le dérangeait encore.

– Personne ne sait que nous sommes ici. Nous avons été pulvérisés ; ils nous ont sentis mourir. Ils ont leurs propres soucis, maintenant. Nous sommes des fantômes improbables qui n'ont jamais vraiment vécu. Mais si les robots peuvent devenir humains... pourquoi pas nous, mon amour ? Nous ne hanterons pas éternellement le Web.

Jeanne encaissa sans répondre pendant quelques millionièmes de seconde. Puis, dans leur matrice secrètement enfouie dans les profondeurs d'une machine conçue pour suivre en temps réel l'accumulation des richesses sur Trantor, elle sentit les dernières bribes de son moi rejoindre les fragments hâtivement sauvegardés de ses derniers instants avec Daneel dans la Galerie des Dispenses.

– Là, dit-elle. Je suis reconstituée. Je le répète : quid de ces questions sans réponses, de la décidabilité du destin de l'humanité, de la réussite d'Hari Seldon – béni soit-il ?

– Les grandes questions sont revenues sur le tapis, on dirait, nota sèchement Voltaire.

– Pas de jugement définitif ?

– Vous voulez parler du jugement du grand Pépersonne, le Père Néant de vos illusions, ou l'homme mécanique que vous avez convoité après ces douzaines d'années écoulées ?

Jeanne évacua ces insinuations et ce ton malveillants avec une glacialité polaire :

– Dieu parle par nos actes et, bien sûr, à travers moi. Quelles que soient mes origines, je préserve le schéma de Sa Voix.

– Évidemment.

– Daneel...

– Ne détermine rien et serait perdu sans l'humanité.

– Alors, il n'y a pas d'issue, soupira-t-elle, déçue.

– Auriez-vous peur de la façon dont tout ça va tourner, ma chère ? demanda Voltaire.

– Je crains de ne pas être là lors de la résolution finale. Ces enfants à l'esprit fort... S'ils entendaient parler de nous, ils nous détesteraient, ils s'efforceraient peut-être de nous détruire pour de bon !

– Ils ont d'autres soucis, et n'entendront jamais parler de nous, répondit Voltaire. Ils ont une vaste supercherie à mener à bien. J'ai enquêté pendant que vous ravaudiez les divers fragments de vous-même.

– Et qu'avez-vous appris ?

Voltaire se rendit soudain compte qu'il serait plus sage de garder ses conseils pour lui, faute de quoi Jeanne irait peut-être trouver Daneel pour tout lui dire ! Il ne pourrait jamais lui faire entièrement confiance. Comment pourrait-il l'aimer dans ces conditions ?

– J'ai appris que Linge Chen était complètement dans le noir, dit-il. Et je suppose qu'il s'en fiche, en réalité.

– Hari éprouvait un tel mépris pour Linge Chen, commenta Jeanne.

– On ne pourrait imaginer deux êtres humains plus opposés.

Jeanne s'étira jusqu'à ce qu'elle emplisse leur espace de pensée encore limité, jouissant voluptueusement de sa réintégration toute fraîche.

– C'est sacré de ne faire qu'Un, dit-elle.

– Avec moi ?

Jeanne ne répondit pas tout de suite. Puis, avec une sorte de soupir, elle accepta sa proximité. Ensemble, ils tisseraient un vieux monde autour d'eux, comme un cocon, pour passer les longs siècles jusqu'à ce qu'il y ait des réponses.

D'une tour de maintenance dominant Streeling et les océans du Sommeil, du Rêve et de la Paix, toujours à ciel ouvert et qui brillaient avec l'exubérance d'une algue en décomposition, Daneel regarda le vaisseau commandé par Mors Planch s'élever au-dessus de la peau de métal de Trantor et disparaître dans l'épaisse couche de nuages.

Il irait bientôt sur Eos, lui aussi, mais sans passer par Kalgan. Il voulait être de retour pour Hari, à la fin. Si une telle chose était possible, Daneel avait toujours éprouvé une considération spéciale pour lui.

Le visage de Daneel exprima un mélange d'interrogation et de tristesse. C'était involontaire, et il s'en rendit compte avec un sursaut. Peut-être ce qu'il avait dit à Lodovik valait-il désormais pour lui. Et si, après vingt mille ans, il était en train de devenir humain... ?

Il gomma cette expression, reprit un air calme et éveillé.

Je n'en aurai jamais tout à fait fini avec les hommes, se dit-il. Mais je dois me retirer – pour le moment – et résister à la tentation de leur porter assistance. Lodovik m'aura au moins appris ça. Ils sont trop nombreux pour moi – ces centaines de milliards ! Serrer la bride aux Mondes Chaos n'a réussi qu'à préserver l'humanité jusqu'à maintenant. Je dois étudier et apprendre. Il est clair que l'humanité va bientôt subir une autre transformation... L'apparition de ces mentalistes forts indique une sorte de naissance.

Peut-être pourrai-je faciliter cette naissance. Alors, enfin, j'en aurai fini.

Daneel ne pouvait ignorer les contradictions ; il ne pouvait pas non plus leur échapper. Dors avait sa mission, elle était définie par une tâche. Il avait toujours eu la sienne.

Une seule chose était sûre.

Il ne jouerait plus jamais les rôles qu'il avait jadis endossés. Demerzel et tous ceux qui l'avaient précédé étaient morts.

Achevé d'imprimer sur les presses de

BUSSIÈRE

GROUPE CPI

à Saint-Amand-Montrond (Cher)
en septembre 2002

OCKET - 12, avenue d'Italie - 75627 Paris Cedex 13
Tél. : 01-44-16-05-00

— N° d'imp. : 24888. —
Dépôt légal : octobre 2002.

Imprimé en France